REMEMBERING YOU... AND ME

MONICA JAMES

REMEMBERING YOU... AND ME

Alter Real
Éditions

Traduction : Julie Nicey
Titre original : Someone Else's Shadow

Collection Real Love
Directrice de collection : Violaine Georgiadis
Illustration couverture : E-dantes
ISBN papier : 9782385755232
Dépôt : novembre 2025

Je me dédie ce livre.

J'ai cru que j'étais brisée. Et ensuite, eh bien, j'ai écrit cette histoire...

CHAPITRE 1

Observer un orage en plein mois de juin, c'est fascinant. À tout point de vue.

En contemplant le ciel, la façon dont le soleil embrase l'horizon, comment ne pas penser qu'il existe une puissance divine ? Seule la main de Dieu pourrait créer quelque chose d'aussi parfait, d'aussi splendide. Mais juste au-dessus de la ligne d'horizon, un courant sous-jacent d'électricité assombrit le soleil.

Et puis, très vite, la lumière disparaît, cédant la place aux ténèbres. Elle part se réfugier dans un paradis préservé, car mère Nature n'a aucune miséricorde quand c'est à son tour de briller.

Les nuages se hâtent d'émerger, sans un bruit. Ils entrent en scène pour le premier acte. La destruction reste suspendue dans l'air pendant quelques minutes avant qu'on ne puisse l'entendre ou la sentir. Certains la goûtent même sur le bout de leur langue. Aux abois, les gens détalent comme des lapins pour se mettre à l'abri, en sécurité dans leurs maisons, parce que le grondement du tonnerre les met en garde contre ce qui approche.

Le ciel passe de bleu vif à gris foncé, et sans prévenir, un éclair aveuglant illumine tout. L'atmosphère menaçante et la chaleur qui s'attarde encore pourraient presque faire oublier que les cieux vont s'ouvrir, et qu'en quelques secondes, une pluie battante va tous nous baptiser.

Un orage d'été, quel oxymore ! Le temps est étouffant, et pourtant les averses torrentielles nous empêchent de profiter de la chaleur estivale.

Quant à moi, je dois être l'incarnation de l'oxymore – une idiote intelligente – parce que je n'ai qu'une idée en tête, sortir de l'espace confiné de la voiture pour danser sous la pluie. Je meurs d'envie de sauter à pieds joints dans les flaques, comme si j'avais cinq ans. J'ai envie d'ôter mes vêtements – des habits qui m'ont coûté tellement cher qu'avec tout cet argent j'aurais pu nourrir une petite nation –, d'écarter les bras, et de voler. Je veux sentir la pluie sur mon visage et dans ma bouche pendant que je hurle « je suis libre ! »

Je me fiche de ce que les autres pensent de moi ; je me fiche qu'ils se moquent de moi parce que j'ai toujours été hypnotisée par les orages d'été. Enfin, je crois.

— Peyton, tout va bien ?

Je m'arrache à la contemplation de la tempête qui fait rage derrière ma fenêtre, et croise les yeux noisette de Stella Lane.

Notre ressemblance est frappante. J'ai les mêmes yeux immenses, presque démesurés par rapport à mon visage en forme de cœur. On a toutes les deux les cheveux longs et auburn, mais les miens sont plus sombres que ceux de Stella. Mes lèvres sont naturellement pleines et d'une teinte rose pâle. Stella a recours à la chirurgie esthétique pour faire gonfler les siennes. Nous avons une silhouette fine toutes les deux.

Oui, je constate de mes propres yeux nos similarités… mais c'est toujours difficile d'accepter le fait que cette étrangère soit ma mère.

— Oui, ça va. Ça fait juste beaucoup à encaisser.

Je sais qu'elle voudrait que j'en dise plus. Que j'explique peut-être pourquoi j'ai décidé de déménager de son manoir sécurisé à Myrtle Beach en Caroline du Sud, pour m'installer dans une petite propriété, loin de tout, à quarante-cinq minutes de route. Mais je ne peux pas lui donner de raison, parce que je n'en ai pas. Je ne sais pas pourquoi cette maison très modeste m'appelle. Elle le fait, c'est tout.

Stella affiche une moue contrariée, et je sais d'avance ce qu'elle va dire.

— On peut toujours faire demi-tour et rentrer à la maison.

À la maison.

Il paraît que notre cœur est là où est notre maison, mais le problème, c'est que j'ai égaré le mien, ainsi que les souvenirs qui vont avec.

Quand je regarde dans le miroir, je ne reconnais pas la personne dans le reflet, parce que j'ignore qui je suis. Des bribes d'informations m'ont été communiquées ces six derniers mois, dans l'espoir que ça raviverait un souvenir, mais ça n'a fait que me laisser un sentiment de vide. Je suis une étrangère dans la peau de quelqu'un d'autre.

Il paraît que je m'appelle Peyton Veronica Lane. Je suis née le premier octobre. J'ai vingt-sept ans. J'ai deux frères et deux sœurs, et je suis la troisième. Je suis manager marketing, j'adore les sports aquatiques et prendre un verre de vin en écoutant de la musique classique. J'ai une petite cicatrice sur le menton qui date de la fois où je suis tombée de ma jument, Sabina, quand j'avais neuf ans.

Apparemment, je mène une existence pleine et gratifiante que beaucoup m'envieraient, grâce au sang bleu qui coule dans mes veines. Malgré ça, je renoncerais à tout ce luxe en un clin d'œil pour me rappeler qui je suis.

Il y a six mois, je me suis réveillée… je suis sortie du coma sans me souvenir de rien ni de personne. Les médecins m'ont dit que j'avais été impliquée dans une collision frontale qui avait failli me coûter la vie. Vu de l'extérieur, j'ai l'air indemne et en excellente santé, mais ce sont les blessures invisibles, comme un iceberg immergé dans les profondeurs sombres, qui m'ont fait le plus de mal. Mon esprit est une page blanche. Chaque seconde de ma vie en a été effacée.

Mes amis et ma famille m'ont assuré que j'étais une bonne personne, que j'étais aimée, mais je ne me souviens de rien… de rien du tout.

— Merci, mais il faut que je le fasse. Je crois.

Stella triture sa boucle d'oreille en nacre – un signe révélateur de son irritation parce que j'ai dit « non », un mot qu'elle n'entend pas souvent. Augusto Lane, le mari de Stella et mon père, se contente de conduire en silence, en me jetant quelques coups d'œil dans le rétroviseur. Il a l'air aussi mal à l'aise que moi.

C'est déconcertant quand des gens que vous ne connaissez pas, mais qui vous connaissent essaient de vous raconter votre propre vie. À chaque fois que quelqu'un me relate un souvenir, je vois l'espoir dans ses yeux – l'espoir que quelque chose refasse enfin surface. Mais ça n'arrive jamais.

Seul le temps nous dira si je suis brisée pour toujours. Les médecins ne sont sûrs de rien.

Donc je suis assise dans cette Mercedes, en route vers ma nouvelle maison, parce que c'est la première fois depuis de nombreux mois que quelque chose me semble familier. Cet endroit m'attire, et j'ai besoin de savoir pourquoi.

Stella prétend que c'est parce qu'on a passé des vacances au bord du lac quand on était petits, comme le prouvent les photos. Mais ces dernières auraient tout aussi bien pu avoir été prises dans une autre vie, parce que je les regarde à travers les yeux d'une étrangère.

Augusto tourne à gauche. À mesure qu'on avance sur une petite route tranquille, la végétation luxuriante se densifie. On s'éloigne de la civilisation. L'agitation de Myrtle Beach me donne l'impression d'avoir en permanence le mal de mer. Le monde tourne plus vite, là-bas. Alors qu'ici, le rythme apaisant satisfait mon besoin de calme.

Le chemin n'est pas uniformément bétonné, mais ça ne semble pas déranger les gens du coin. Comme si elles étaient debout depuis la nuit des temps, les vieilles maisons typiques du lac irradient de chaleur et d'amour. L'endroit est tout à fait à l'image de ce qu'on attend d'une petite communauté : privé, entretenu et tranquille.

L'orage s'éloigne. J'essuie la buée sur la fenêtre pour regarder dehors, le nez pratiquement collé à la vitre. Plus Augusto roule, plus l'endroit paraît isolé, mais qui a besoin de civilisation quand un mystérieux lac émerge de nulle part ? Je retiens ma respiration.

Il est immense, presque intimidant, et en plongeant les yeux dans ses profondeurs insondables, on est en droit de se demander quels secrets il recèle. Des troncs en forme de Y jaillissent de la surface et des branches effleurent le bord de l'eau ; on se croirait presque devant un marécage.

La voiture ralentit avant de descendre une allée pentue. Inutile de vérifier, je sais qu'on est arrivés dans mon nouveau chez-moi.

Stella murmure quelque chose à Augusto, qui se tourne vers moi, les lèvres plissées dans une moue renfrognée. Ils préféreraient que je vive n'importe où sauf ici, mais ce n'est pas à eux de prendre cette décision. J'ai suivi leurs règles ces six derniers mois, et je ne suis pas plus avancée, je ne sais toujours pas qui j'étais... qui je suis. Je détache ma ceinture, récupère mon sac à dos, et me hâte de sortir de là.

— Peyton ! Prends le parapluie ! Et Seigneur tout-puissant, enfile des chaussures !

Je ne prête aucune attention aux requêtes de Stella, parce qu'à la seconde où je mets le nez dehors, et que mes pieds nus se posent sur la terre humide de pluie, mes poumons se remplissent d'air, et je respire. La sensation d'être oppressée se dissipe peu à peu, et je m'accorde quelques secondes pour apprécier mon environnement.

Je tourne lentement en rond sur moi-même, et admire mon quartier tranquille. Les maisons à un étage de l'autre côté de la rue sont loin d'être de première jeunesse, mais elles sont bien entretenues. Beaucoup sont d'un blanc éclatant ou jaune pâle, entourées de balcons blancs. Des fauteuils à bascule en bois attendent sous les proches que mes voisins admirent la vue parfaite. Les jardins sont entretenus au cordeau, pas une seule herbe ne dépasse.

Des petits véhicules hybrides ou des citadines sont garés dans toutes les allées, sauf une. Une superbe bâtisse à un étage, à deux maisons de la mienne. Il est clair qu'elle a été rénovée, mais l'ajout de baies vitrées ne ternit en rien sa beauté par rapport à ses voisines. J'imagine l'espace de vie baigné par les rayons du soleil qui réchauffent les occupants toute l'année.

Un énorme SUV pick-up noir dans l'allée surplombe les voitures à côté. Les rosiers en fleurs alignés comme des petits soldats le long du chemin pavé contrastent avec la virilité qui se dégage de la maison.

Toujours en admiration, je lève la tête et découvre avec émerveillement de la mousse espagnole accrochée aux chênes gigantesques qui bordent la route. Les brins argentés se balancent doucement dans le vent, suspendus comme des trapèzes prêts pour une nouvelle acrobatie. Les arbres sont inclinés les uns vers les autres. Les feuilles bruissent et laissent filtrer par intermittence les rayons du soleil.

Il flotte dans l'air comme un parfum d'enchantement, impression encore décuplée lorsque je me retourne et vois apparaître le lac. Un sentiment inattendu de déjà-vu me saisit. Mon attention se porte sur le grand chêne sur la rive opposée. Une balançoire en bois oscille un peu dans la brise. Mais ce n'est pas ça qui a suscité mon intérêt. Je suis envoûtée par le ruban rouge attaché à la corde usée. Il me semble… familier.

— Je suis sûr que ce toit va s'effondrer au moindre coup de vent.

Le commentaire critique de Stella me sort de mes pensées. Une distraction bienvenue.

Ma maison est vert olive ; ce n'est peut-être pas la plus jolie du lot, mais je visualise son potentiel. Après une bonne couche de peinture fraîche et beaucoup de soins et d'attentions, à la fois à l'intérieur et à l'extérieur, je me vois tout à fait construire une vie – une vie dont je me souviendrai – ici. Les mains serrées sur les anses de mon sac à dos, j'ai hâte de m'y mettre.

Soudain, un aboiement bruyant interrompt mes plans pour le futur et me coupe dans mon élan, exigeant mon attention pleine et entière. Pieds nus sur le sol mouillé, je perds l'équilibre et tombe sur les fesses de manière très inélégante. L'herbe touffue amortit ma chute, mais rien ne me protège du golden retriever sautillant qui plonge sur moi et me témoigne son affection en me léchant le visage avec application.

Je ne peux m'empêcher de rire alors qu'il me cloue au sol et m'étouffe de baisers.

— Salut, mon beau. C'est toi le comité d'accueil ?

En réponse, il me lèche la joue comme si j'étais son nouveau jouet à mâchouiller. Je tends la main vers sa tête poilue et le repousse gentiment en arrière pour me rasseoir. Il m'accorde la liberté, mais seulement parce que je le laisse se vautrer sur mes genoux.

— Oh, ouste, affreux gros clébard. Ouste !

Je suis en train de lever les yeux au ciel quand une voix semblable à du miel fondu s'élève de nulle part et me cloue sur place :

— Clébard ? Ce n'est pas gentil, ça. Empire, vieux, ici mon chien.

La boule de poils surexcitée, plus connue sous le nom d'Empire, donc, aboie une seule fois.

Sa voix rauque est chargée de promesses sulfureuses. Mais ce n'est pas pour cette raison que j'ai soudain le souffle coupé. Incapable de m'en empêcher, je jette un coup d'œil sur la gauche et admire le grand type ténébreux et canon qui se tient à quelques mètres. La première chose qui me frappe, c'est la clarté pénétrante de ses yeux bleus à demi fermés. D'une profondeur sans fin, ils sont nuancés par un mélange de gris. Impossible de résister à leur attrait. Je crois qu'avec ces yeux, il pourrait même hypnotiser quelqu'un, comme je le suis en ce moment même.

Son air fanfaron disparaît aussitôt quand il me voit les fesses dans la boue. J'étais cachée derrière ma mère, mais maintenant que je suis visible, il marque une pause, et m'observe avec attention.

Il pince ses lèvres pulpeuses d'un air crispé et perplexe, et quand elles s'écartent juste un peu, j'imagine qu'elles ont la capacité de murmurer des mots doux et de faire des promesses vides de sens à n'importe qui dans un rayon de cent kilomètres. Ses traits sont durs, ciselés et il a une mâchoire carrée. Sa barbe de trois jours met en valeur la fossette qui orne son menton. Son nez retroussé souligne l'arrogance qui irradie de ses larges épaules pendant qu'il soutient mon regard inquisiteur.

Ses cheveux bruns sont ébouriffés, et encadrent son visage en adoptant un mouvement naturel. Les mèches les plus longues tombent paresseusement en avant. Il est presque rasé sur les côtés, mais sa coupe, trop anarchique, indique qu'il n'est pas allé chez le coiffeur depuis un moment.

Il n'y a pas à s'y tromper, c'est un aimant à problèmes. Avec sa silhouette musclée et son allure rude et féroce, il incarne le mauvais garçon dans toute sa splendeur.

Un T-shirt gris clair moulant avec un col en V et un jean déchiré enserrent son corps affûté. Une paire de bottes de moto complète son look de gros dur.

Je le mate de la tête aux pieds – deux fois – et je déglutis pour déloger la boule qui s'est formée dans ma gorge.

Il me dévisage de façon ostensible, sans se soucier que ma mère soit à deux doigts de l'étrangler, et ça me laisse sans voix.

— Je m'en fiche. Emmenez-le tout de suite ! s'écrie-t-elle en montant dans les aigus.

Elle me rappelle que nous sommes coincés, ce qui est hautement inapproprié étant donné que je ne connais même pas le nom de l'étranger. Cependant, même moi je grimace devant son insolence, et je suis déçue que quelqu'un de son rang se comporte de la sorte. L'étranger n'a pas l'air du tout perturbé et passe devant elle pour s'approcher de moi.

Je relâche aussitôt le collier d'Empire. J'ai peur que son propriétaire exige que je laisse son chien tranquille et qu'il nous envoie paître, Stella et moi. Je ne lui en voudrais pas si c'était le cas. Le seul problème, c'est que je vis ici maintenant, et que j'ai le pressentiment que lui aussi.

Empire, joyeux, court vers lui en agitant la queue. L'étranger lui ébouriffe les poils à l'arrière de son cou. Je me dis qu'il va s'en aller maintenant qu'il a récupéré son chien, mais non. Il continue à avancer dans ma direction sans jamais rompre le contact visuel.

Quand il est à un cheveu de moi, il s'arrête. Ses épaules carrées bloquent les rayons du soleil, qui forment un halo irréel autour de sa silhouette. Je cligne des yeux.

Maintenant qu'il se tient devant moi, je remarque à quel point il est grand, c'est incroyable. En même temps, je suis toujours assise dans la boue. On ne peut plus mortifiée, j'essaie de me lever, mais un petit hoquet m'échappe quand il me tend sa grande main.

Je la fixe puis lève les yeux vers son visage. À tous les coups je ressemble à un personnage de cartoon, vu le léger rictus qui étire ses lèvres pleines alors qu'il m'observe avec attention.

Je me secoue pour sortir de ma torpeur, et claque ma paume dans la sienne. Tout ça est ridicule. Je me conduis comme une gamine de lycée énamourée devant son premier *crush*. Je suis une femme adulte, et ce n'est pas parce qu'il est à tomber que je dois me transformer tout à coup en nunuche. Je suis là pour gagner mon indépendance, et un homme ne ferait que compliquer les choses.

Cette belle théorie ne tient que trois secondes, parce qu'au moment où il referme ses doigts autour des miens, un brasier s'allume, et je suis sûre que j'ai de la fièvre. Mon corps s'enflamme des pieds à la tête.

Un couinement étranglé se fraie un chemin entre mes lèvres, et même si c'est discret, je sais qu'il m'a parfaitement entendue. Mes joues me brûlent, ce qui n'apaise en rien la vague de chaleur incontrôlable qui me dévore de l'intérieur.

C'est quoi mon problème ? Je ne sais pas du tout si c'est comme ça que je réagis d'habitude à un homme séduisant, parce que je n'ai aucun souvenir. C'est cette pensée qui me sauve – me rappeler pourquoi je suis là – et je le laisse me remettre debout. Dès que je suis levée, je me sens toute petite dans son ombre. Il est grand. Je dirais un mètre quatre-vingt-sept. Avec mon petit mètre soixante, je me sens fragile et délicate à côté de lui.

Je croise ses yeux captivants et me retrouve figée sur place.

— Oh, c'est vilain.

— Hein... quoi ? couiné-je en balbutiant.

— Vilain.

Ma bouche s'ouvre en grand avant de remuer sans qu'un seul mot en sorte. Est-ce qu'il peut lire dans mes pensées ? Je suis morte de honte. Une vague de chaleur remonte dans ma nuque en parfaite harmonie avec le rouge qui empourpre mes joues.

— Je suis vraiment désolée...

Je me racle la gorge.

— ... je ne voulais pas te dévisager comme ça. C'était très grossier de ma part.

Un rire rauque s'échappe de ses lèvres entrouvertes alors qu'il secoue la tête.

— Non, je parlais de tes vêtements. Les taches sont vilaines, ils sont sales.

Il joint le geste à la parole et donne un coup de menton en direction de ma robe souillée.

Quant à moi, je regrette que la flaque de boue dans laquelle je suis debout ne m'ait pas avalée en entier.

Je fronce le nez et tire sur le lobe de mon oreille.

— Oh, oui. Eh bah putain, c'était franchement gênant.

— Peyton ! Surveille ton langage, me réprimande Stella.

Personne ne fait attention à elle.

Je suis couverte de boue, je me comporte plus ou moins comme une traînée, mais il n'a pas l'air de s'en formaliser, ce qui me met instantanément à l'aise.

— Bonjour, Peyton.

Comme nos mains sont toujours entrelacées, il me salue en secouant la mienne. Ça me rappelle que je l'empoigne toujours, ce qui est tout à fait déplacé, mais il ne m'est pas venu une seule seconde à l'esprit de briser notre connexion.

Quoi qu'il en soit, je retire ma main et j'éprouve aussitôt une sensation de froid.

— Bonjour. Comment tu t'appelles ?

Il hausse les sourcils d'un air surpris, mais j'ignore son étrange réaction.

— Je suis ta nouvelle voisine. Enfin, en supposant que tu vives ici. Ne t'inquiète pas, ma folie n'est pas contagieuse.

Je désigne ma maison en pointant le pouce par-dessus mon épaule.

— Par ailleurs, je souffre d'amnésie. Alors, ne te vexe pas si j'oublie qu'on s'est déjà rencontrés.

C'était supposé être drôle – bon, d'accord, j'ai un humour de merde – et détendre l'atmosphère, mais, vu la tête de papier mâché qu'il fait, il n'apprécie pas du tout mon humour. Qu'est-ce que j'ai dit de mal ?

— Allez, viens, mon chien.

Il se détourne sans attendre, en tapotant sa cuisse, pour faire comprendre à Empire qu'il est temps de partir.

— On ne t'embêtera plus.

J'en reste bouche bée. Je ne comprends pas. Qu'est-ce qui vient de se passer ?

— Tu veux rester prendre un café ?

Qu'est-ce qui m'a pris de proposer ça ? Je n'ai même pas de café. En fait, je n'ai rien du tout à lui offrir, mais j'ai envie qu'il reste.

Néanmoins, quand il répond vertement « non » et qu'il se dépêche de partir, je suis contente qu'il ait refusé parce qu'on aurait eu un supplément gêne avec notre caféine.

— C'était très sympa de vous rencontrer, tous les deux ! lancé-je en mettant ma main en visière pour me protéger du soleil, afin de m'assurer que je n'ai rien imaginé.

Mais non. L'étranger est presque en train de s'enfuir en courant, dans sa hâte d'échapper à une situation qui l'a selon toute évidence mis mal à l'aise.

Je me hisse sur la pointe des pieds dans l'espoir d'avoir une idée de l'endroit où il va, mais Stella me bloque la vue.

— Chérie, s'il te plaît, réfléchis. Tu vas sans aucun doute avoir besoin d'un rappel antirabique après avoir fréquenté cette bête.

Le plus triste, c'est que je ne sais même pas si elle parle de l'homme ou de son chien.

C'est exactement pour ça qu'il faut que je parte. Je ne peux pas vivre une seconde de plus sous son toit. Si je veux me retrouver, je n'y arriverai pas en restant enfermée dans sa tour.

— Non. Je veux le faire. Je le dois. Tu as entendu le docteur Martinez. Il faut que je sorte toute seule, que je vive ma vie et que je subvienne à mes propres besoins. C'est ma seule chance de me rappeler qui j'étais.

Stella pince les lèvres, agacée par mon besoin constant de la défier. Ça me pousse à me demander quel genre de personnes j'étais. Est-ce que je ne la défiais pas avant ? Est-ce que j'acceptais ses sempiternelles leçons de morale parce que j'étais faite du même bois ?

Si c'est le cas, alors c'est ma chance de me rattraper pour tout ce que j'ai fait de mal dans le passé.

— Tu souffres peut-être d'amnésie, mais ton besoin constant de me défier est toujours intact, apparemment. Tu te rendras vite à l'évidence. Tout ce que je fais, c'est pour te protéger. Viens, Augusto.

Mon père n'est pas du genre loquace. Peut-être parce que sa femme parle à sa place.

Il avance vers moi et me serre dans ses bras maladroitement. Crispée, je reste les bras ballants. Je crois que je n'ai jamais aimé les embrassades. Il recule après m'avoir donné une bonne claque dans le dos, puis me lance un regard qui ne peut être interprété que comme un « bonne chance dans ta nouvelle vie ». J'en aurai besoin. Stella ne me dit même pas au revoir.

Leur voiture hors de prix s'éloigne dans un nuage de fumée. Ils retournent à leur vie confortable, protégée du monde réel. Pas étonnant que je ne sache toujours pas qui je suis après six mois. Je sais que je n'ai vu que ce qu'ils ont voulu que je voie. Le commentaire de Stella résonne dans mes oreilles.

Tout ce que je fais, je le fais pour te protéger.

Depuis quelque temps, je soupçonne les Lane de cacher un lourd secret… à propos de moi. J'ai cette impression chaque fois que j'entre dans une pièce ; mes frères et sœurs eux-mêmes ont trop peur de me regarder dans les yeux, au cas où leur culpabilité serait affichée sur leur visage.

Je reporte mon attention au loin, hypnotisée par le lac encore une fois. C'est pour ça que je suis là. Je range dans un coin de ma tête toutes les choses dont je ne me souviens pas et me concentre sur celles, ou celle, au singulier, que je me rappelle. Je n'en ai parlé à personne, car comment peut-on décrire quelque chose qui n'a aucun sens ?

Un sentiment familier d'impuissance me submerge, et je coule comme une pierre lestée vers des profondeurs insondables, incapable de respirer. Je ne le combats pas, parce qu'il est devenu une partie de moi.

Haletante, j'essaie de remonter à la surface, parce que soudain, je ne peux plus nager. Plus je pousse, plus je coule. Des menottes invisibles m'enserrent les chevilles, me tirant vers le bas. De l'eau boueuse remplit ma bouche, et bientôt, je ne sens plus que ça. J'arrête de me battre et j'abandonne… je m'abandonne à la mort.

Ma poitrine se soulève et retombe alors que j'agrippe ma gorge, à la recherche d'air. Il me faut quelques minutes, mais au bout d'un moment, je calme ma respiration et reviens à l'instant présent. L'arrière-goût de la vase recouvre ma langue, rôdant dans l'air. Les petits cheveux sur ma nuque se hérissent parce que je sais… je sais que les réponses que je cherche reposent au fond de ce lac. C'est pour ça que je suis là. Ce souvenir n'est pas le mien… j'en ai été le témoin.

Alors je me demande ce que ça ferait de me rappeler… de me rappeler qui j'étais, mais plus important encore, ce que j'ai fait.

CHAPITRE 2

— Les photos étaient bien en dessous de la réalité, marmonné-je tout haut en tournant lentement sur moi-même.

Et pas dans le bon sens du terme, malheureusement.

Comme les images de cet endroit me hantaient de plus en plus, je savais que je devais découvrir où il se trouvait. J'ai commencé mes recherches en parcourant Internet, à l'affût de la moindre preuve que tout cela était réel.

Nuit après nuit, j'ai rêvé du grand chêne, et du ruban rouge. Surtout du ruban rouge. Qu'est-ce que ça signifiait ? Plus le temps a passé, plus les images se sont transformées en visions, et en quelque chose de plus.

Le lac était toujours l'attraction star, le point d'orgue de mes visions. Ça commençait par un mirage clignotant ; moi en train d'observer les eaux tranquilles, captivée par l'arbre immense et le ruban rouge oscillant dans la brise fraîche. Mais ensuite, l'obscurité recouvrait cette immobilité, et tout à coup, je n'étais plus en train de regarder… j'étais immergée.

Je sais que je me noie, mais je ne peux rien faire. Quand j'observe à la surface les remous de l'eau en train d'aspirer ma source de vie, je suis en train de m'observer moi-même depuis le ponton. J'appelle à l'aide, mes bras cherchant désespérément quelque chose à quoi me raccrocher, mais ça ne sert à rien ; l'autre moi tourne le dos et s'en va.

Je devais trouver des réponses. Ce ruban rouge et le lac étaient la clé, je le savais.

J'ai cherché, en vain. J'étais sur le point d'abandonner, mais la vie fonctionne de façon mystérieuse. Stella, comme d'habitude, a voulu réactiver mes souvenirs en m'abreuvant d'une suite interminable de photos. J'ai accepté pour lui faire plaisir.

Au bout d'un moment, elles se ressemblaient toutes. Je n'en reconnaissais aucune. Les endroits, les gens, les événements, tout ça ne signifiait rien pour moi ; néanmoins, quand Stella m'a montré une photo du fameux lac avec le grand chêne et la balançoire usée, ça m'a rappelé quelque chose.

J'ai carrément sauté de ma chaise et l'ai cuisinée pour qu'elle me donne toutes les informations qu'elle avait. Elle m'a révélé que notre famille s'y rendait quand j'étais petite, notre maison de vacances se trouvant près du lac ; toutefois elle semblait réticente à m'en dire plus. Mes frères et sœurs m'ont confirmé son histoire, mais quelque chose ne collait pas, d'où ma présence ici.

Si personne ne veut m'en parler, alors je découvrirai la vérité moi-même.

Mon frère aîné, Lachlan, est un homme d'affaires accompli qui vit à New York. Ensuite vient Ursula, qui mène à Savannah une existence de véritable reine du Sud, avec un mari plein aux as et trois gosses mal élevés. Je ne les ai pas beaucoup vus, tous les deux. Les deux plus jeunes, Blake et Isla, sont jumeaux. Ils ont l'air plus à mon niveau… enfin, je crois.

Blake et sa fiancée, Sara, habitent à une heure de route. Isla, elle, vit toujours avec Stella et Augusto, et apparemment avant mon accident, moi aussi. Isla est infirmière, ce qui horrifie et dégoûte sa mère – *notre* mère. C'est la seule avec qui j'ai un petit quelque chose en commun, mais à chaque fois que j'essaie de lui parler et de lui poser des questions, elle semble être occupée ailleurs.

J'ai l'impression qu'elle craint la colère de Stella si jamais elle me dévoilait quelque chose que cette dernière préfère me cacher.

En résumé, je dois me débrouiller toute seule.

Alors avec le peu d'informations en ma possession, j'ai parcouru les annonces et j'ai découvert cette maison qui était sur le marché depuis pas mal de temps. J'ai regardé les photos, sans m'intéresser à l'intérieur, parce que dès que l'image de la terrasse avec la vue imprenable sur le lac s'est affichée sur mon écran, j'ai su que cette maison était la clé pour que je découvre toute la vérité.

Violemment opposée à l'idée, Stella n'a eu de cesse de me faire changer d'avis, mais rien ni personne n'aurait pu m'en dissuader. J'ai acheté la maison pour une bouchée de pain. Quand une goutte d'eau s'écrase sur mon front, à cause d'une fuite dans le plafond, je comprends pourquoi...

Voilà toute mon histoire. Au moins, ça, je m'en souviens.

J'observe ce qui m'entoure, j'examine le petit salon qui a bien besoin d'une couche de peinture. Des feuilles orangées jonchent le plancher, et je me demande si j'ai un trou dans le toit, ou alors une fenêtre cassée. Quand je me tourne face au mur de briques, je trouve des toiles d'araignée dans chaque coin, et sur le manteau de la cheminée en bois, comme une guirlande de Noël.

Les murs autrefois d'un blanc immaculé ont pris une teinte coquille d'œuf, délavée avec le temps et l'exposition aux éléments. Mes pieds nus laissent des empreintes dans la poussière, alors que je passe de pièce en pièce, me familiarisant avec mon nouvel environnement. J'espère que chaque pas va débloquer un souvenir, m'offrir une petite pièce du puzzle, mais tout semble devenir plus ambigu de minute en minute. Pour l'instant, tout me paraît pareil.

J'ai presque terminé la visite, même s'il n'y a pas grand-chose à voir, vu que plus j'avance, plus la liste des travaux s'allonge. Je sors de la salle de bains et avance dans le couloir étroit jusqu'à la dernière porte sur la gauche.

Il n'y aucune raison qu'elle soit différente du reste, mais dès que j'entre, le soleil radieux qui se reflète dans l'eau stagnante baigne le modeste espace d'une chaleur qui me réchauffe de l'intérieur. Je me raidis, et tourne la tête très lentement de gauche à droite. Tout à coup, une sensation de déjà-vu me saisit.

Je fais un petit pas en arrière, reprends ma respiration et vide mon esprit. Je me concentre sur le papier peint fané, déterminée à entendre ce que ces murs ont à me raconter. J'attends, à l'affût du moindre souvenir, mais rien ne vient. Je pousse un profond soupir exaspéré.

Mon regard se tourne vers le lac qui se trouve juste devant ma fenêtre. Les portes-fenêtres s'ouvrent sur un petit balcon, alors sans attendre, j'abaisse les poignées en cuivre récalcitrantes qui couinent toutes les deux en signe de protestation, et je pousse les battants.

La première chose qui me frappe, c'est à quel point c'est facile de respirer, ici. Je teste avec précaution le bois courbé de la terrasse avec mon gros orteil, pour m'assurer qu'il peut supporter mon poids. Les averses récentes ont détrempé la surface, mais une fois que je suis sûre qu'elle ne va pas s'effondrer, je sors sur le balcon et prends deux profondes inspirations.

La peinture blanche sur la balustrade est écaillée, laissant apparaître une surface en bois brut, mais d'une certaine façon, ça ajoute encore à son charme rustique, assorti à merveille au paradis simple qui s'étale devant moi. Le lac s'étend à perte de vue. Il paraît sans fin, et je me demande ce qu'il y a de l'autre côté.

Le grand chêne se trouve à quelques centaines de mètres de l'endroit où je me trouve. Je m'accoude à la balustrade délabrée, je me penche vers la droite, et je m'abandonne au vacarme qui règne dans ma tête.

Je ne sais pas pourquoi, mais j'associe le bonheur à cet arbre et à tout ce qu'il représente. Je peux entendre le rire joyeux des enfants qui supplient leurs amis de les pousser plus haut, se sentant invincibles alors que la balançoire s'élève loin au-dessus du sol et au-dessus de la surface de l'eau. Ils agitent les orteils en l'air et observent le ciel avant de hurler de joie au moment où ils repartent en arrière, à quelques centimètres des ondulations de l'eau. Si l'un d'eux est assez courageux, il peut lâcher la balançoire et plonger dans les profondeurs, mais il peut revenir sur la terre ferme en peu de temps.

C'est comme si je m'élançais dans le vide, je peux presque sentir le vent dans mes cheveux et goûter l'eau. Le ruban rouge flotte doucement dans la brise, mais il pourrait tout aussi bien être un drapeau rouge qui s'agite devant un taureau énervé.

Mon attention se porte sur le ponton au bout de ma propriété. Il n'est pas bien grand, mais à la seule pensée de marcher dessus, j'ai soudain l'impression que mes pieds sont embourbés dans des sables mouvants. Comme si chaque pas allait me couper un peu plus la respiration. J'ai tout à coup envie de le démolir et d'envoyer les restes au fond du lac.

Du coin de l'œil, je vois un éclair rouge frapper, effaçant toutes ces peurs irrationnelles qui n'ont absolument aucun sens.

— Je suis en train de perdre la tête.

Je me passe une main dans les cheveux, et je commence à me demander si je recouvrerai la raison un jour.

Perdue dans mes pensées, je n'entends pas le plancher grincer derrière moi. Erreur de débutante.

— Bonjour.

Mon cœur me remonte dans la gorge alors que je lâche un petit cri. Je pivote si vite que je manque de tomber la tête la première.

— Putain de merde !

Je plaque une main contre ma bouche et aspire de grandes goulées d'air pour tenter de reprendre ma respiration.

— Oh mon Dieu. Je suis vraiment désolée. Je ne voulais pas te faire peur. Je suis Lacey. Ta voisine.

La brune à l'air amical avance dans la pièce avec à la main une tarte faite maison qu'elle tend comme une offrande de paix.

L'odeur sucrée des cerises embaume l'air.

Quand je suis assez calmée pour parler sans siffler comme une hyène essoufflée, je tente de sourire. J'espère que je ne ressemble pas à un clown dérangé.

— Ce n'est rien. C'est moi qui m'excuse.

J'agite une main en l'air pour balayer ses inquiétudes quand elle se mord la lèvre d'un air coupable.

— Ravie de te rencontrer, Lacey. Je m'appelle Peyton.

Quand l'atmosphère se détend, elle sourit.

— C'est un plaisir de te connaître pour moi aussi. J'ai amené de la tarte, déclare-t-elle en levant le plat avec fierté. Je me suis dit que ce serait un bon moyen de te souhaiter la bienvenue dans le quartier, mais vu que je viens de te coller une sacrée frousse, je me dis que j'aurais dû apporter le café en même temps.

Un petit rire m'échappe, ce qui me surprend, parce que je crois que ça ne m'est pas arrivé depuis que je me suis « réveillée ».

Lacey est plutôt jolie. Avec de longs cheveux bruns, des taches de rousseur et un sourire avenant, elle a tout de la fille simple et sympathique. Elle a l'air plus jeune que moi, mais j'ai tout de suite l'impression que je pourrais m'en faire une amie.

Je n'ai pas beaucoup d'amis… aucun, en fait ; alors si je suis décidée à prendre ma vie en main, quel meilleur moyen de commencer que de me faire ma première amie ?

— Je n'ai littéralement rien à t'offrir. Même pas un verre d'eau, parce que je n'ai pas de verres.

Je baisse les yeux vers la tarte à l'air succulent, et j'ajoute avec regrets :

— Ni de fourchettes, d'ailleurs.

Le rire léger de Lacey emplit la pièce.

— Tu as de la chance…

Elle fouille dans son gros sac à main marron, en se passant la langue au coin de la bouche tellement elle est concentrée.

— … je ne sors jamais sans elles.

Juste au moment où je m'apprête à lui demander de quoi elle parle, elle lève deux fourchettes en plastique.

— Tadam !

Un autre éclat de rire se fraie un chemin entre mes lèvres, me prenant par surprise. Ça me semble si étrange et familier à la fois.

— Ce que je peux t'offrir, en revanche, c'est une belle vue.

On se tourne toutes les deux vers le lac, en admiration devant le panorama pittoresque.

— Ça m'a l'air parfait.

Elle pose la tarte sur la balustrade entre nous et me tend une fourchette. Je l'accepte de bonne grâce.

— Je croyais que c'était un mythe, confessé-je en pinçant les lèvres.

— Quoi ? demande Lacey, sa fourchette figée à quelques centimètres de la tarte.

— Le fait que des voisins amicaux apportent des pâtisseries pour souhaiter la bienvenue aux nouveaux arrivants du quartier, indiqué-je, la langue appuyée à l'intérieur de ma joue.

Elle affiche un grand sourire, et illumine ainsi ma journée morose.

— Il paraît qu'il faut toujours connaître ses voisins. Va savoir qui emménage à côté de chez toi. Je voulais m'assurer que tu n'étais pas un tueur en série.

Elle a dit ça sur le ton de la plaisanterie, mais un frisson parcourt tout mon corps.

Lacey remarque mon changement d'humeur et lâche un hoquet.

— Oh, zut, je n'ai pas voulu insinuer que tu étais une perverse ou je ne sais quoi. En fait, c'est plutôt moi la perverse, à me pointer avec une tarte sans être invitée.

Elle a l'air bouleversée et vraiment embarrassée par son commentaire, mais il n'y a pas de quoi.

— Ne t'inquiète pas, il n'y a aucun souci. Je suis contente que tu sois passée. Avant que tu arrives, j'étais en train de me demander si je perdais la tête.

— Et quel est le verdict ?

— Le jury délibère toujours, avoué-je en toute honnêteté.

Normalement, ce serait à ce moment-là que Lacey me souhaiterait encore une fois bienvenue dans le quartier, avant de se sauver de cette maison de fous sans un regard en arrière, mais elle ne le fait pas. Elle enfonce sa fourchette dans la tarte et l'attaque avec appétit.

— Alors, qu'est-ce qui te fait penser ça ? demande-t-elle d'un ton nonchalant.

La garniture rouge et chaude de la tarte reste collée à sa fourchette.

Je pousse un soupir, consciente que j'ai deux options. Soit je lui dis la vérité, en prenant le risque de perdre ma première amie potentielle, soit je raconte un mensonge, avec les mêmes conséquences. Je suis venue ici pour repartir à zéro et essayer de rassembler les pièces de ma vie. Forte de cette bonne résolution, je prends une profonde inspiration.

— J'ai été impliquée dans un accident de voiture.

La fourchette de Lacey tremble dans sa main alors qu'elle la porte à sa bouche.

Je me rends compte que j'aurais dû commencer avec quelque chose de moins choquant.

— Désolée, j'essaie toujours de me faire à cette histoire d'étiquette sociale.

Je grimace et secoue la tête, parce que cette révélation n'est pas meilleure que la première.

Lacey mâche sa tarte poliment, attendant que je continue.

— Il y a six mois, je suis sortie du coma.

Ça me coupe toujours le souffle.

— Je souffre d'amnésie. Je ne sais pas qui je suis. Des étrangers me parlent de la personne que j'étais, mais je ne m'en souviens pas du tout.

Je joue avec ma fourchette, passant mon pouce sur les dents en plastique.

— Les médecins ne savent pas si je retrouverai la mémoire. Pour l'instant, ce n'est pas le cas, mais…

— Mais quoi ? demande-t-elle après avoir avalé, l'air intrigué.

Je marque une pause et me perds à nouveau dans le léger bourdonnement qui palpite dans l'air.

— Mais cet endroit… quelque chose ici me semble tellement… familier. Ça n'a aucun sens parce que je n'ai pas grandi ici, mais je n'arrive pas à me débarrasser de l'impression que je suis déjà venue avant.

Je pousse un soupir et plonge ma fourchette dans la croûte feuilletée, parce qu'il vaut mieux que je mette quelque chose dans ma bouche pour arrêter de parler. Je suis sûre que j'ai fichu la trouille à Lacey. Voilà ce qui s'appelle faire le grand plongeon. Cette pensée involontaire me retourne l'estomac.

On reste toutes les deux silencieuses en mangeant, chacune absorbée dans ses pensées. Je repense à ce que je viens de confier à Lacey, qui arbore une expression impassible que je n'arrive pas à déchiffrer. Je ne lui en voudrais pas si elle préfère garder ses distances, mais elle a dit qu'elle était ma voisine, ce qui me pousse à me demander depuis combien de temps elle vit ici.

Pour changer le ton de la conversation, je pose une main sur la rambarde, secoue mes cheveux et prends ma plus belle pose de top model.

— J'imagine que je ne te dis rien ?

Je sais que j'ai l'air ridicule, mais c'est justement le but.

Lacey recrache sa tarte, puis couvre sa bouche avec sa main.

— Là, tout de suite…

Elle ne parvient pas à dissimuler un sourire moqueur.

— … tu ressembles un peu à Donald Duck.

Mes lèvres pincées frémissent avant que je n'éclate de rire.

— Bon, au moins, je peux rayer top model de la liste, m'étranglé-je entre deux gloussements.

Lacey ricane avec moi.

— Qu'est-ce que tu fais demain ?

— Demain ?

— Oui, demain.

Elle hoche la tête avec excitation.

— Je n'en ai aucune idée, avoué-je. Je ne sais pas ce que je fais tout court.

J'ignore pourquoi c'est drôle, mais être avec Lacey, c'est comme échanger des potins avec une vieille amie, où tout est amusant.

— Eh bien, dans ce cas, j'insiste pour que tu me laisses t'aider à décorer cet endroit. On pourrait aller en ville et prendre deux ou trois trucs.

Un bruit fracassant retentit dans la cuisine. Lacey écarquille les yeux, puis se retient de sourire.

— Peut-être beaucoup de trucs, en fait.

Mon cœur enfle, parce que ça a l'air absolument incroyable.

— Marché conclu.

Je ressens une affinité inexplicable avec Lacey. Je ne sais pas pourquoi, mais elle est la première personne que je rencontre avec laquelle je me sens tout à fait à l'aise. Peut-être parce qu'elle n'a aucune idée de qui j'étais, et qu'elle a devant elle la nouvelle Peyton Lane 2.0.

Quelle que soit la raison, je ne la remets pas en question.

— Allons voir la chambre principale, et voyons de quoi on a besoin. Peut-être qu'on pourrait mettre un jacuzzi.

Elle agite les sourcils d'un air espiègle.

Son commentaire douche un peu mon enthousiasme. En regardant par-dessus mon épaule, j'examine la pièce derrière moi. C'est la plus petite pièce de la maison, et l'affreux papier peint rétro me transporte dans les années 70, mais pour une raison que je ne m'explique pas, elle est parfaite.

Quand je lève la tête, une seule étoile phosphorescente collée au plafond cimente ma décision.

— Je crois que je préfère faire ma chambre ici.

— Ici ? répète-t-elle, surprise.

Je hoche la tête et me mordille la lèvre.

— Oui. C'est la pièce qui nécessite le plus de travaux, mais j'ai l'impression… d'être chez moi. C'est bizarre, hein ?

— Non, pas du tout, m'assure-t-elle une seconde plus tard. C'est parfait.

Un silence s'installe entre nous, mais cette fois, c'est Lacey qui a l'air pensive. Mais je n'ai pas le temps de l'interroger davantage, parce qu'un autre bruit sourd, suivi d'un grand fracas, fait vibrer les murs. On entend de façon distincte un bruit de pattes qui foulent joyeusement le sol. On se retourne d'un bloc toutes les deux pour accueillir la source de ce vacarme.

Empire déboule dans la pièce, et fonce droit sur moi. Avant que je n'aie le temps de bouger, il me lèche le visage. Comme la première fois que je l'ai vu, un sentiment de bonheur m'étreint.

— Salut, Empire. Qu'est-ce que tu fais ici, mon chien ?

Je serre sa tête entre mes mains, riant quand sa langue continue à me nettoyer.

— Est-ce qu'il est toujours aussi amical ? demandé-je à Lacey, qui est appuyée contre la balustrade en train de nous observer d'un air amusé.

— Oui, mais juste avec les gens qu'il apprécie.

— Eh bien, dans ce cas, roucoulé-je en frottant ses oreilles tombantes, je suis honorée. Peut-être que tu pourrais apprendre à ton maître une chose ou deux sur l'amabilité. Dieu sait que ça ne lui ferait pas de mal. Quelqu'un s'est levé du mauvais pied, pas vrai ? Ou alors c'est un connard de naissance, conclus-je en terminant ma digression.

Quand Lacey se redresse, je me rends compte que je suis peut-être allée trop loin. Je ne sais pas du tout où elle vit, mais si elle connaît Empire, alors elle connaît son maître aussi.

— Merde, je suis désolée. C'était très grossier de ma part.

Je caresse doucement Empire, qui s'assied à mes côtés.

Néanmoins, Lacey agite une main en l'air comme pour balayer mes excuses.

— J'en déduis que tu as rencontré Cayden ?

Cayden.

Mon étranger a enfin un nom.

Sa question dégouline de sous-entendus. Peut-être que c'est un trouble-fête bien connu dans le quartier.

Gratouillant la peau du cou d'Empire, j'acquiesce lentement.

— Ouais. Je crois que je l'ai offensé d'une façon ou d'une autre.

Sa curiosité est piquée.

— Qu'est-ce qui te fait dire ça ?

Je hausse les épaules, et repense à notre rencontre. Il est canon, c'est indéniable, mais je le soupçonne de dissimuler un secret. Je suis bien placée pour le savoir. Je connais trop bien ce genre de regard.

— Je ne sais pas. Juste un pressentiment, je crois. Je l'ai presque fait partir en courant, tout à l'heure.

— Je suis sûre qu'il n'a pas couru, plaisante-t-elle pour essayer de minimiser la situation.

Mais je me souviens très bien de son empressement à s'éloigner de moi.

— Il a laissé des traces de pneus derrière lui tellement il est parti vite.

La bouche de Lacey tressaille.

— Ne le prends pas pour toi, dit-elle en reprenant son sérieux.

C'est ma curiosité qui est piquée, maintenant.

— Il a l'habitude de fuir ses voisins en courant ?

Elle baisse les yeux sur ses baskets éraflées, enfonçant le bout d'une de ses chaussures dans un trou du plancher avant de répondre :

— Le truc à propos de Cayden, c'est qu'il…

Suspendue à ses lèvres, je retiens ma respiration.

Elle mâchouille sa lèvre rose brillante, comme si elle regrettait soudain d'avoir parlé. Néanmoins je ne vais pas laisser tomber. Je hausse un sourcil devant son hésitation.

— Que c'est vraiment un mec sympa, mais qu'il a oublié qu'il avait laissé le gaz allumé ? lancé-je pour détendre l'atmosphère.

Elle sourit, mais je vois bien qu'elle se retient de parler.

Je suis sur le point de lui dire que ce n'est pas grave, qu'on a tous des secrets, mais elle prend une rapide respiration comme pour se lancer avant de perdre courage.

— Le truc avec Cayden, c'est qu'il a perdu...

Mais cette conversation est destinée à rester en suspens.

— Je vois qu'on est encore en train de causer des problèmes.

On tourne toutes les deux la tête vers la porte où se trouve Cayden, appuyé contre le chambranle, les bras et les chevilles croisés. Son attitude peut donner l'impression qu'il est nonchalant et détendu, mais la façon dont ses doigts sont enfoncés dans ses biceps contractés raconte une tout autre histoire.

Lacey baisse aussitôt les yeux. Elle se mordille la lèvre, ce qui lui donne l'air dix fois plus coupable.

Je ne sais pas à qui Cayden fait référence, Empire, Lacey ou moi. Mais quoi qu'il en soit, l'embarras évident de Lacey me met en colère, parce qu'il est hors de question qu'elle se sente intimidée dans ma maison.

— Je ne sais pas pour qui tu te prends, mais tu ne peux pas entrer dans ma chambre sans avoir été invité.

Son magnétisme est époustouflant. Je ne me laisse pas impressionner pour autant. J'avance et m'arrête au milieu de la pièce, le défiant de répliquer. Tout ce qu'il fait, en revanche, c'est m'énerver encore plus quand ses lèvres sensuelles s'étirent pour dessiner un sourire en coin.

— Ta chambre ? demande-t-il sans cacher son étonnement.

Ou son dégoût. Je n'arrive pas à faire la différence.

— Oui, ma chambre, insisté-je sur un ton défensif. Même si ce ne sont pas tes affaires, parce que c'est la première et la dernière fois que tu la vois.

Ma réplique sarcastique tombe à plat. Cayden me fixe sans rien dire. Je paierais cher pour savoir à quoi il pense.

— C'est sûrement plus sûr pour toi de dormir dans la chambre principale. Il y a une fuite dans cette pièce, mais tu fais ce comme tu veux.

Il me donne des conseils d'aménagement, maintenant ? Mais pour qui il se prend ?

— Il n'y a pas de fuite, protesté-je en posant une main sur ma hanche et en levant les yeux vers le plafond.

J'agite mon autre main au-dessus de ma tête comme pour prouver mes dires. Pile à ce moment-là, une goutte d'eau de la taille d'une flaque s'écrase sur mon visage levé, et me fait passer pour une grosse menteuse.

Humiliée, je ferme les yeux et essuie mon front trempé avant de hausser les épaules.

— Tu es quoi, un expert en bâtiment ou un truc comme ça ?

Avec le même sourire ironique agaçant, il s'éloigne de la porte et, nonchalant, lance :

— Ou un truc comme ça. On y va ?

Je sais qu'il ne parle pas à Empire, donc il doit s'adresser à Lacey, qui est restée murée dans un désagréable silence durant notre échange. Je me tourne vers elle. Pourquoi est-ce qu'elle a l'air d'avoir été prise la main dans le bocal à cookies ?

Un affreux pressentiment s'empare de moi. Qui est Cayden pour Lacey ? Il veut savoir si elle est prête à partir… avec lui.

Est-ce que j'ai mis les pieds dans le plat ?

Est-ce qu'ils sortent ensemble ? Ou sont-ils mari et femme ?

Mes joues me brûlent d'embarras.

— Je n'avais pas compris que vous étiez… proches, tous les deux, déclaré-je en allant à la pêche aux infos en les montrant du doigt, elle et monsieur Caractériel.

Elle hoche la tête, l'air dévorée par la culpabilité. Cayden glousse.

— Pas par choix.

— Qu'est-ce que c'est censé vouloir dire ? lâché-je d'un ton mordant, en me retournant brusquement.

Je me cogne dans un mur… de muscles, en fait, parce que Cayden se tient juste derrière moi.

Il tend les mains pour m'attraper par les bras afin de me stabiliser, et au moment où on rentre en contact, un désir inédit me consume. C'est complètement inapproprié, et je me sens mortifiée, mais me dégager de son étreinte, ce serait un peu comme commettre le péché ultime.

Nos regards se verrouillent l'un à l'autre. Il scrute chaque centimètre carré de mon visage, en se mordillant l'intérieur de la joue, perdu dans ses pensées. Il porte un masque impénétrable. Je ne sais pas du tout ce qui lui passe par la tête, mais si j'en juge par le sourire arrogant plaqué sur ses lèvres parfaites, il n'a aucun problème à décrypter mon tourment intérieur.

— Ça veut dire…

Il se penche vers moi, ne laissant que quelques centimètres entre nous.

— … que c'est ma sœur.

Le brouillard met quelques secondes à se lever dans mon cerveau, mais une fois que c'est fait, je suis soulagée, c'est indéniable. Il essaie de m'intimider, mais tout ce qu'il obtient comme résultat, c'est me mettre en colère.

— Oui, j'imagine qu'on choisit ses amis, mais pas sa famille. Toutes mes condoléances, Lacey.

Cette dernière lâche un reniflement ironique derrière moi.

Ma déclaration semble peut-être courageuse et culottée, mais derrière cette façade, je tremble comme une feuille en automne.

Un fredonnement amusé résonne dans l'espace restreint entre nous, et une lueur sombre emplit les pupilles de Cayden. Je suis si proche de lui, que je me retrouve enveloppée de son parfum, qui me donne l'eau à la bouche. Ça sent l'océan, avec une touche d'épices.

Ma repartie semble l'avoir amusé plus qu'autre chose. Je suis captivée par son regard braqué sur moi, tandis qu'il rétorque :

— Je suppose qu'il y a beaucoup de choses pour lesquelles on n'a pas le choix dans la vie.

Il marque une pause, et mon cœur s'emballe d'anticipation. Ce qu'il dit ensuite me laisse sans voix :

— Mais les mauvais jours créent des jours meilleurs.

Je laisse échapper un petit hoquet, parce que cette remarque me parle. C'est ce que je vis quotidiennement.

— Et qu'est-ce qui se passe quand tu n'as que des mauvais jours ? chuchoté-je, toujours engagée dans un combat de regards avec lui.

Il pousse un soupir chargé de tristesse. Qu'est-ce qui a bien pu lui arriver pour qu'il soit comme ça ?

— Les orages ne durent pas éternellement.

Je reste sans voix, encore une fois.

On se défie en silence, et on se lance des piques pleines de sous-entendus, mais d'une façon ou d'une autre, j'ai l'impression qu'il comprend ce que j'endure, ce qui est absurde. Tandis que je le fixe et que je me perds dans ses yeux, j'acquiers l'intime certitude que Cayden aimerait avoir le luxe d'oublier… mais oublier quoi, au juste ?

Un doute, un minuscule avertissement, flotte à la surface, et au début, je n'y fais pas attention, trop occupée à essayer d'interpréter le comportement de Cayden. Il a l'air énervé, en colère, mais sous toutes ces couches, il semble surtout incroyablement triste et… perdu.

Le truc avec Cayden, c'est qu'il a perdu…

Ce petit grondement, ce tiraillement insignifiant commence à faire *plic, ploc… plic, ploc…* tout doucement contre mon crâne. Je l'étouffe, mais le goutte-à-goutte se transforme bientôt en filet, et bientôt, ma tête commence à se remplir de bruits sourds. Je plaque mes mains contre mes oreilles et ferme les yeux, parce que je sais ce qui va suivre.

Je prends de profondes inspirations, comme j'ai appris à le faire au yoga. Je m'imagine dans un endroit où je me sens bien. Mais rien de tout ça ne fonctionne, parce que les crépitements d'électricité statique se déploient de ma tête jusqu'à mes orteils et je me noie… encore et toujours.

Pitié non. Pas encore.

Je me prépare à être attirée dans un vortex qui me laissera hors d'haleine, mais quelque chose change tout à coup. Je ne suis plus aspirée par des ténèbres abyssales. Non, je suis toujours plongée dans l'obscurité, mais ces ombres proviennent du crépuscule naissant.

Une petite voix murmure dans ma tête : *Tout va toujours mieux après un orage…* Dès que les gouttes tombent sur ma langue, je sens un goût de barbe à papa. Je capte aussi la trace d'une fragrance qui m'enferme dans une bulle. Je sens l'océan. Tout comme il y a quelques minutes…

— Qu'est-ce que tu as dit ?

Je reconnais ma voix. C'est juste que je ne sais pas si j'ai parlé tout haut.

Je n'ai plus le vertige et je calme ma respiration. Mon cœur bat vite, mais je force mes yeux à s'ouvrir, parce que je dois m'assurer que ce qui vient de se passer est réel.

Il me faut une minute pour ajuster ma vue. Cayden et Lacey se tiennent devant moi. Leurs lèvres remuent, mais je ne comprends rien de ce qu'ils disent. Tout ce que j'entends, ce sont les mots « *Ça va toujours mieux après un orage...* », encore et encore.

Je passe en revue ce qui m'est passé par la tête dans la journée, quand je me languissais de danser sous la pluie. Je suis sûre que je n'ai pas parlé tout haut, et même si c'était le cas, c'est la voix d'un homme que j'entends dans ma tête. Augusto a à peine décroché un mot pendant le trajet en voiture, alors qui était-ce ? À qui appartient cette voix que je connais mais que je ne parviens pas à replacer ?

— Peyton ?

Mon nom résonne dans ma boîte crânienne. Il tournoie, encore et encore, et me donne envie de vomir. Mais je réprime ma nausée et me reconnecte à l'instant présent.

— Ça va, parviens-je à souffler, me retenant à quelque chose de solide pour m'empêcher de tomber.

— Non, ça ne va pas. Seigneur, tu es en pleine hyperventilation.

Je ne me débats pas. On m'attire hors de ce cauchemar, et je me laisse faire en espérant que, où que j'aille, ça m'éclaircira les idées.

Dès qu'on m'emmène dehors, et que mon regard se promène sur le bord du lac puis se fixe sur l'arbre, je pousse un soupir de soulagement.

C'est un fouillis de mots, mais au milieu du chaos, j'arrive à en comprendre quelques-uns.

— Merde. Respire. Allez, s'il te plaît. Respire... Neige.

Je suis enveloppée dans la chaleur la plus délicieuse qui soit, et je ne veux plus jamais m'en éloigner, mais je me débats pour revenir à moi, parce que je suis sûre que je viens d'entendre le mot « neige ».

Je me force à détourner mon attention du chêne, puis je lève la tête et me rends compte que je suis dans les bras de Cayden. C'est le moment de le remercier de sa chevalerie, de prendre un valium, et de m'allonger, mais je n'en fais rien.

Hypnotisée, je contemple les mèches de cheveux qui tombent sur son front osciller dans le vent. La façon dont ses yeux scrutent chaque centimètre de mon visage, comme pour s'assurer que je ne suis pas brisée. Mais surtout, je reste immobile, à écouter le rythme captivant de son cœur qui bat en harmonie avec le mien.

— Tu vas bien ? demande-t-il.

Je comprends ce qu'il me dit, quel soulagement ! Je hoche la tête et résiste à l'envie de repousser les cheveux de ses joues, et me dégage doucement de son étreinte.

— Oui, ça va, confirmé-je.

Il ne m'a pas quittée des yeux.

Je retourne cahin-caha à l'intérieur.

Il secoue fermement la tête en m'emboîtant le pas.

— La dernière fois que tu as dit ça, tu as failli tomber dans les pommes. Je t'emmène à l'hôpital.

— Non, je vais bien. Promis, ajouté-je devant son air peu convaincu. J'ai juste besoin de m'allonger.

Néanmoins, quand je regarde la maison vide autour de moi, je me rends compte qu'il y a un petit problème. Cayden lit dans mes pensées et pousse un soupir.

— Tu peux venir chez nous, propose Lacey, mais en voyant la mâchoire contractée de Cayden, je décline poliment.

— Merci, mais le vieux canapé du salon fera très bien l'affaire.

Je suis presque sûre que j'ai vu une famille de ratons laveurs en train de faire son nid en dessous, mais je n'ai pas l'intention de le lui dire.

Tout à coup, je suis gênée de croiser le regard de Cayden, parce que j'ai l'impression d'être une demoiselle en détresse. J'ai envie de lui demander s'il a prononcé le mot « neige », mais je ne le fais pas. J'ai déjà une migraine affreuse. Je ne pense pas pouvoir supporter plus de bruit.

— Tu as besoin d'un coup de main ? demande-t-il en levant son menton à fossette en direction du salon.

Je secoue la tête, mais je ne sais pas à quoi ça sert ni même pourquoi il a posé la question, parce qu'avant que j'aie le temps de dire ouf, il a enroulé un bras autour de ma taille et me guide vers l'autre pièce. Les pas de Lacey résonnent derrière moi, et je n'arrive pas à croire que je suis là depuis à peine une heure et que je me suis déjà écroulée. Super, la nouvelle indépendance.

Cayden me tient par la taille avec détermination et autorité. À mon avis, il est comme ça aussi dans sa vie de tous les jours. Mais je pourrai réfléchir à tout ça une fois que j'aurai dormi et que ce cauchemar sera derrière moi, parce que même si le sofa décoloré a l'air d'avoir connu des jours meilleurs, je m'affale dessus dès que Cayden me pose. Un nuage de poussière s'en élève, mais je m'enfonce dans les coussins, surprise qu'ils ne sentent pas mauvais et ne soient pas si inconfortables que ça.

— Merci, marmonné-je.

Mes paupières se ferment déjà à moitié.

C'est normal après une « crise ». Est-ce que c'est le moyen que mon corps a trouvé pour encaisser tout ça, ou juste mon cerveau qui a besoin d'un temps mort ? Quoi qu'il en soit, je ne résiste pas.

Le silence règne dans la pièce. Même dans mon état de semi-alerte, j'en déduis que mes invités ont dû prendre leurs jambes à leur cou avec la ferme intention de ne jamais revenir. Je ne les en blâme pas. Mes blagues douteuses me sont revenues en pleine figure. Lacey peut choisir ses amis, et après ce qui s'est passé aujourd'hui, c'est sûr que je ne la reverrai pas de sitôt.

Un poids tombe sur ma poitrine, parce que je l'aimais bien, et j'ai eu l'impression qu'on aurait pu être de grandes amies. Quant à Cayden, mon corps épuisé est incapable d'appréhender cette boîte de Pandore. M'enfonçant plus profondément dans ma bulle de sommeil, je commence à douter que tout ça se soit produit pour de bon.

Mon esprit me joue des tours. Est-ce que j'ai bien entendu ? Non, c'est ridicule. Pourquoi est-ce que quelqu'un parlerait de neige en plein été en Caroline du Sud ? Et en ce qui concerne cette phrase… c'est tout aussi stupide. Une fois que j'ai statué sur cette question, j'autorise mon esprit épuisé à obtenir le répit dont il a désespérément besoin et j'accueille le sommeil à bras ouverts.

Perdue dans le silence, et satisfaite de ma résolution, je succombe à mes troubles et laisse tout disparaître. Alors que je suis à deux doigts de sombrer, je sens qu'on pose quelque chose de doux sur moi, une chaleur qui éloigne le froid de mes os. Je me renfonce dans les coussins et pousse un soupir, tirant le tissu jusqu'à mon nez, et je comprends que je suis sous une couverture.

Quand mon odorat reconnaît ce que je suis en train d'inhaler, tous mes sens ont l'eau à la bouche, pendant que mon esprit, silencieux jusque-là, secoue la tête et me fait un doigt d'honneur. Trop fatiguée pour bouger, je dépose les armes et me laisse emporter par la fragrance. Je pourrai gérer toute cette merde demain, parce que là, tout ce que je sens… c'est l'océan.

CHAPITRE 3

Quand je me réveille, je ne sais pas quelle heure ou quel jour on est, mais ce dont je suis sûre, c'est que je me sens reposée, et que mon cerveau ne me donne plus l'impression d'être en compote. J'essaie de remonter dans mes souvenirs, en vain. Quelle déception !

Avec un soupir, je me lève lentement en me frottant les yeux pour me débarrasser des dernières traces de sommeil. Il fait jour, et la douleur dans mes os m'indique que j'ai dormi de longues heures. Je sors mon téléphone de mon sac et constate qu'il est un peu plus de 8 heures du matin.

La couverture en laine enroulée autour de moi me rappelle tout ce qui s'est passé avant que je ne m'endorme. Cayden et Lacey étaient là, et on avait une conversation à peu près normale avant que je ne commence à entendre des voix et à avoir des visions.

Ces dernières n'étaient pas comme d'habitude ; ce n'était plus la nuit, mais le crépuscule, et au lieu de me noyer, je me sentais libre. Tout m'a paru si réel, les odeurs, le goût, mais je ne sais pas ce que tout ça signifiait. J'essaie de me concentrer sur les sensations, mais mon esprit fait barrage.

Allez, ce ne sont que des vœux pieux ! Je balance mes jambes et pose mes pieds sur le sol poussiéreux. Je prends mon temps. Avec lenteur, je me mets debout, dans l'espoir que mes jambes en gelée vont me soutenir. C'est le cas. Je traverse ma maison, récupère mon sac à dos et ma valise, et les emporte dans ce qui sera ma chambre. Dès que je pose un pied dans la pièce, une sensation chaleureuse m'enveloppe, et je me sens aussitôt à la maison.

Je m'accroupis, fouille dans ma valise, et rejette un à un presque tous les vêtements qu'elle contient. Ils ont coûté beaucoup d'argent – trop, en fait – et j'échangerais volontiers chacun d'eux contre un jean confortable et un pull large. Je ne trouverai pas ça là-dedans, j'en ai bien peur, alors je choisis une robe d'été blanche. Je prends mes affaires de toilette et une serviette, et je traverse le couloir en direction de la salle de bains.

Quand je jette un coup d'œil autour de moi, je pousse un soupir parce qu'encore une fois, les photos étaient bien en dessous de la réalité. Toute la pièce est décorée dans les tons verts, et même si elle est entièrement équipée, je ne sais pas si elle est fonctionnelle.

Je me déshabille, et me regarde dans le miroir craquelé au-dessus du lavabo. Mes cheveux emmêlés ont vu des jours meilleurs, sans parler de mon maquillage qui a coulé. Pas grave. Je pose les mains sur le rebord du lavabo et me penche en avant. J'ai besoin d'observer de près la personne qui me renvoie mon regard.

Je ne la reconnais pas. Je ne sais pas qui elle est. J'aimerais me rappeler qui j'étais, parce que vivre dans l'ombre de quelqu'un est la sensation la plus déstabilisante qui soit. Je sais que je me ferai de nouveaux souvenirs – c'est déjà le cas –, mais il me manque une partie de moi. Je ne peux m'empêcher de comparer cette Peyton à la Peyton que tout le monde connaît.

Laquelle est la meilleure version ? Celle du passé ou celle d'aujourd'hui ?

Je me débats avec cette question quotidiennement, et comme à chaque fois, la réponse m'échappe.

Comme je n'ai pas envie de commencer la journée sur une note déprimante, j'entre dans la baignoire et ouvre le robinet. Dès que l'eau chaude coule sur mes muscles endoloris, j'oublie mes malheurs et me concentre sur ce dont je me souviens, c'est-à-dire mon intention de rénover cet endroit. Je n'ai pas encore de voiture parce que Stella pensait que c'était trop dangereux que je conduise, vu que je n'avais aucune idée d'où j'étais. Mais maintenant que je suis déterminée à m'installer dans cette ville, c'est une des premières choses que je veux faire. Ça, et faire une razzia dans une quincaillerie.

J'ai assez d'argent pour m'acheter tout ce dont j'ai besoin, mais je ne veux pas dépendre de la fortune de Stella et Augusto. Il faut que je trouve du travail.

Peut-être que je pourrais reprendre mon métier de manager marketing, plus tard. Un jour, qui sait, je pourrais retrouver une vie normale. Toutefois je n'ai pas l'impression que c'est pour demain.

Je ferme le robinet, puis je me dépêche de m'essuyer et de m'habiller. Mon estomac crie famine, me rappelant que je n'ai rien à manger et surtout pas de café. Je vais ajouter ça à ma liste. Tandis que je termine de mettre une touche de maquillage, j'entends un petit coup à la porte.

Je referme mon tube de rouge à lèvres, et prie je ne sais quel dieu qui veillerait sur moi que ce ne soit pas Stella. Même si, la connaissant, elle ne frapperait pas.

Quand j'ouvre, je suis agréablement surprise de voir Lacey debout devant moi avec deux tasses de café fumant à la main.

— Bonjour, chantonne-t-elle alors que je reste muette. Je peux entrer ?

Elle agite la tasse à emporter comme un pot-de-vin pour que je la laisse franchir le seuil.

Me rappelant les bonnes manières, je m'écarte aussitôt pour la laisser passer.

— Merde, je suis désolée ! Bien sûr que tu peux. Cette saleté d'amnésie semble affecter mes bonnes manières aussi, plaisanté-je en lui faisant signe d'entrer.

Elle lâche un petit rire et me serre brièvement dans ses bras en passant.

Son geste me prend au dépourvu tant il me semble naturel au possible. Ma surprise doit être évidente, parce que Lacey s'empresse de s'excuser, confondant mon étonnement avec de la désapprobation.

— Pardon, mais je suis du genre câlin. J'oublie que ce n'est pas le cas de tout le monde.

Je balaie aussitôt ses excuses.

— Non, je t'en prie, tout va bien. Je suis juste contente de te revoir.

Je referme la porte et la suis dans la cuisine.

— Je suis vraiment désolée pour hier.

Elle me tend la tasse, que j'accepte avec reconnaissance.

— Ne sois pas bête. Tu n'as aucune raison d'être désolée, réplique-t-elle en sautant pour s'asseoir sur le comptoir.

Elle balance ses jambes en prenant une gorgée de café.

— Tu rigoles ? Je suis sûre qu'en termes de première rencontre, c'était la pire de toute l'histoire. Sans parler du fait que ton frère est un monsieur je-sais-tout.

Lacey s'étrangle avec son café et se cogne la poitrine, hilare.

— Ça, c'est sûr. Cayden n'est pas quelqu'un de très sociable. Il veut bien faire, mais…

Elle marque une pause, ce qui semble arriver souvent quand il s'agit de son frère.

Je n'insiste pas, parce que la dernière fois que c'est arrivé, les choses se sont gâtées, et je préférerais ne pas revivre ça – jamais. Je serre mon café entre mes mains, en silence, lui indiquant que je suis là pour écouter si elle veut continuer.

— Cayden et moi on était livrés à nous-mêmes quand on était petits. Ma mère est partie quand on était jeunes, m'explique-t-elle, ce qui me donne un pincement au cœur. Mon père nous a « élevés », mais il n'était pas une figure paternelle pour Cayden et moi. Il aurait mieux valu qu'il nous abandonne aussi. Et il l'a fait. Un jour, il a juste disparu. J'avais onze ans, et Cayden était à quelques jours de son dix-huitième anniversaire.

L'amertume dans son ton indique le ressentiment qu'elle a l'égard de son père.

— J'étais littéralement une sale gosse. La dernière chose que voulait Cayden, c'était s'occuper de sa petite sœur ; après tout, il était si jeune.

Elle lève son index en l'air.

— Mais pas une seule fois il ne s'est plaint. Il est venu à chacun de mes récitals de danse. Il me récupérait sans faute après tous mes entraînements de pom-pom girls. Il était à la fois ma mère et mon père. À l'époque, je lui en voulais, mais maintenant, je me rends compte que tout ce qu'il faisait, c'était pour moi.

Sa voix prend un ton sentimental, et je ne peux pas la blâmer. Elle n'avait pas eu la vie facile. Son commentaire d'hier prend tout son sens, maintenant. Je sais ce que Cayden a perdu… ce qu'ils ont perdu tous les deux.

Elle essuya ses larmes d'un geste discret et sourit.

— C'est pour ça que je lui pardonne son comportement pas très sociable. Parce que je sais que mon frère est un type bien. Le meilleur. Tu essaies de te souvenir de ton passé… mais la plupart du temps, j'essaie d'oublier le mien.

Sa déclaration me touche, car elle a raison. On a tous notre croix à porter et j'ai pris le problème à l'envers. Si je veux me souvenir, alors il faut que j'arrête de vivre dans le passé, pour ainsi dire, et que je me concentre sur l'avenir. En me focalisant uniquement sur ce que je n'arrive pas à me rappeler, je me coupe des choses dont je peux me souvenir.

Comme maintenant.

— Qu'est-ce que tu fais, là tout de suite ?

Lacey marque une pause, et regarde autour d'elle comme si elle avait été surprise en train de faire quelque chose de mal. Je ne peux m'empêcher d'éclater de rire devant sa réaction.

— Si tu es dispo, tu pourrais peut-être venir en ville avec moi ? J'aurais bien besoin d'une paire de bras supplémentaire.

C'est le moment que choisit la porte branlante du garde-manger pour se décrocher et rendre l'âme avant de tomber par terre.

On pousse toutes les deux un cri perçant, puis on échange un regard et on part dans un fou rire hystérique. Une fois qu'elle a repris son souffle, Lacey hoche la tête.

— Ça marche.

Incapable de contenir mon excitation, je fonce hors de la cuisine et en direction de ma chambre pour enfiler une paire de sandales. Juste au moment où je m'apprête à ressortir, je prends une seconde pour apprécier ce que Lacey vient de partager avec moi. Cayden et moi n'avons échangé que quelques mots, mais je ne peux nier que je me sens irrésistiblement attirée par lui.

Même si des tragédies ont entaché nos vies, on continue, car l'existence est ainsi. Je prends la décision de faire plus d'efforts avec lui, pas parce que je suis désolée pour lui, mais parce qu'il est le genre de personne que je veux avoir dans ma vie.

Et ça ne gâche rien qu'il soit un véritable régal pour les yeux, mais c'est hors de propos.

Je mets ces pensées de côté, prends mon sac à main, et m'apprête à affronter le grand méchant monde. Lacey m'attend devant la porte, avec un papier et un crayon à la main. Quand je hausse un sourcil curieux, elle affiche un sourire en coin.

— Je note juste quelques trucs dont on a besoin.

Je me hisse sur la pointe des pieds pour voir ce qu'elle écrit.

— Tu es sûre que tu auras assez de pages dans ton carnet ?

— Ça fera l'affaire pour commencer, réplique-t-elle d'un ton léger en haussant les épaules.

Tout en descendant les marches du porche, elle fredonne un air entêtant et se tapote le menton en scrutant le devant de ma maison, tout dénudé. Une fois que j'ai fermé à clé, je m'arrête à côté d'elle. À quoi est-ce qu'elle peut bien penser ?

— Qu'est-ce que tu dirais de mettre des roses ? J'adore les roses, commente-t-elle, une main sur le cœur.

C'est à ce moment que j'assemble les pièces du puzzle.

— Tu vis dans cette incroyable maison avec les grandes baies vitrées et les superbes rosiers devant, c'est ça ?

— Ouais, c'est moi.

— J'ai admiré ta maison et tes roses quand je suis arrivée. Ta propriété est extraordinaire. Tellement différente de celles qu'on trouve dans le coin.

On dirait une maman fière de ses petits, et je ne sais pas pourquoi.

— Merci. Je l'adore. C'est la maison de mes rêves. C'est Cayden que je dois remercier pour ça.

L'amour inconditionnel qu'elle éprouve pour son frère me réchauffe le cœur.

— Je pense que des roses rendront très bien ici. Ajoutons-les à la liste.

Elle pousse un petit cri surexcité en notant dans son carnet. Son bonheur est contagieux.

Elle passe devant pour rejoindre sa maison. Je n'ai pas pu la contempler dans toute sa splendeur hier, mais maintenant que je ne suis qu'à quelques mètres, je mets ma main en visière pour me protéger du soleil et me fige sur place.

La façade est en bois sombre, avec de grandes baies vitrées. Les rideaux sont tirés pour laisser entrer la lumière du soleil. Un balcon fait le tour de l'étage, de façon à ce que Lacey et Cayden puissent profiter d'une vue panoramique. Deux portes vitrées marquent le milieu du rez-de-chaussée. Je scrute l'étage en me demandant quelle chambre est celle de Cayden.

Il faut que j'arrête ça. Tout de suite.

Je presse le pas pour rattraper Lacey et lui accorde toute mon attention quand elle s'arrête à côté de sa voiture.

— Je sais qu'elle ne paie pas de mine, mais elle ne m'a jamais laissée tomber, dit-elle en tapotant le toit de la Coccinelle rouillée.

Dans sa prime jeunesse, elle devait être d'un turquoise brillant, mais maintenant elle est d'un bleu passé. La majorité des gens l'aurait vendue pour pièces, mais moi, je trouve qu'elle en jette et je l'adore.

— Elle est magnifique, lui assuré-je, émerveillée, en passant une main sur la carrosserie.

J'imagine la mine dégoûtée de Stella.

J'essaie d'ouvrir la portière, mais elle résiste, et je tombe presque en arrière, ce qui fait glousser Lacey.

— Elle ne s'ouvre que de l'intérieur.

— Je suppose que c'est pratique pour ne pas se faire *carjacker*.

Elle continue à rire en déverrouillant sa portière pour s'installer derrière le volant. Elle se penche au-dessus de la console centrale et tire sur la poignée pour que je puisse monter. L'intérieur est aussi impressionnant que l'extérieur. Des housses en laine rendent les sièges avant et arrière plus confortables. Un désodorisant en forme de licorne est accroché au rétroviseur. Cette voiture dans son ensemble reflète la personnalité de Lacey : amusante, sympathique et vivante.

Une fois ma ceinture attachée, Lacey tourne la clé et le moteur crachote. Je ravale un sourire. Au bout de trois essais, il démarre, et on est parties. Une chanson pop entraînante passe à la radio, donnant le ton de la journée.

Je prends un moment pour apprécier ce qui m'entoure, parce qu'en chemin, hier, avec Augusto derrière le volant et Stella qui pestait parce qu'il avait choisi le chemin le plus long, je suis restée la plupart du temps plongée dans mes pensées, pressée d'arriver. Mais maintenant, avec les cheveux dans le vent, grâce aux vitres complètement baissées, je peux admirer la ville.

On ne perd jamais tout à fait le lac de vue, où qu'on soit. Comme un noyau gravitationnel qui nous ramènerait à la maison si on s'éloigne trop.

Lacey ne respecte pas vraiment les limitations de vitesse, et je m'accroche à la barre au-dessus de la porte. Je suis toujours un peu anxieuse en voiture. La nuit de mon accident, un blizzard hivernal bouchait la vue, et c'était le chaos sur les routes. Stella m'a raconté que j'étais sur le chemin du retour après avoir fait la fête pour le réveillon du jour de l'An. Les routes étaient glissantes et verglacées, et une voiture qui venait en face a perdu le contrôle et m'a percutée de plein fouet. L'alcoolémie du chauffeur était trois fois supérieure à la limite autorisée, comme souvent à cette période de l'année. C'est la fête non-stop et le moment où tout le monde se lâche. Super façon de commencer l'année.

J'ai passé cinq jours dans le coma, dans un état critique. Si la vie avait été juste, j'aurais été en train de faire la fête avec des amis, ma famille et peut-être un petit ami. Mais Stella avait dit que je n'en avais qu'un sur les trois. Ce n'était pas difficile de deviner lequel.

— Est-ce que tu es malade en voiture ?

La voix inquiète de Lacey me tire de ma rêverie.

— Non, pourquoi ? demandé-je en croisant son regard soucieux.

— Parce qu'on dirait que tu vas vomir d'une seconde à l'autre.

Je pousse un soupir et mets mes lunettes de soleil, stressée à l'idée d'avoir gâché l'atmosphère.

— Non, ça va. Je réfléchissais.

— À propos de... ?

Même si je n'ai pas envie de jouer les rabat-joie, ce serait agréable de pouvoir parler à quelqu'un qui est d'accord pour m'écouter. Et pas juste parce qu'elle attend que ce soit son tour de parler, mais parce qu'elle est intéressée pour de vrai par ce que j'ai à dire.

— De la nuit de mon accident, avoué-je en gigotant sur mon siège, parce que ce sera toujours un sujet délicat pour moi.

Sa curiosité se mue en horreur et j'évite de justesse le coup du lapin quand elle enfonce la pédale de frein.

— Oh, mon Dieu. Je n'ai même pas réfléchi. Je connais cette route comme ma poche, et je roule sans doute un peu plus vite que je ne le devrais. Je suis vraiment, vraiment désolée, Peyton.

Je me rends compte que tout ce qu'on fait Lacey et moi, c'est se présenter des excuses l'une à l'autre. Même si j'apprécie sa compassion, je ne veux pas qu'elle marche sur des œufs avec moi. Et je décide d'agir de même.

— Passons un marché, proposé-je en me tournant vers Lacey qui est en train de se mordiller la lèvre.

Elle hoche la tête pour m'indiquer qu'elle m'écoute.

— Arrêtons de dire qu'on est désolées, et acceptons juste le fait que je suis cassée et que tu es, euh…

Je ne trouve rien à dire, parce que Lacey est sacrément parfaite, d'après moi.

Elle ne partage pas mon avis.

— Une voisine indiscrète qui n'a que de bonnes intentions ?

J'éclate de rire.

— OK, si tu veux. Alors si on disait qu'à partir de maintenant, on demande à l'autre ce qu'elle pense, mais qu'on ne s'excuse pas de le faire. Qu'est-ce que tu en dis ?

Lacey tapote le volant avec son index, comme si elle réfléchissait à ma suggestion.

— D'accord. C'est ce que font les amis, pas vrai ?

Elle ne saura jamais à quel point son choix de mots compte pour moi.

— Oui, c'est ce qu'ils font, c'est ça. Alors, vas-y… demande-moi n'importe quoi.

Elle tourne soudain la tête vers moi avant de revenir à la route.

— N'importe quoi ?

— Oui, confirmé-je.

Je me repose contre l'appuie-tête, appréciant cette nouvelle sensation de liberté.

Le silence s'étire dans la voiture pendant que Lacey réfléchit à sa question.

— Tu ne te rappelles rien de rien ?

Je souris, reconnaissante qu'elle ait accepté ma suggestion et qu'elle ne prenne pas de gants.

— Non, rien de concret…

— Pourquoi tu as déménagé ici ? Je ne veux pas être méchante, mais je peux penser à au moins des millions d'endroits plus excitants où aller si jamais je perdais la mémoire et que je voulais prendre un nouveau départ.

Elle se mord aussitôt la lèvre comme si elle avait franchi une ligne, mais ce n'est pas le cas.

— Franchement, je ne sais pas. Hier, pendant mon…

Je cherche le bon terme.

— … black-out, j'ai cru me rappeler quelque chose, mais je ne sais même pas ce que j'ai vu.

— Est-ce que ça t'est déjà arrivé avant ?

Je hoche la tête.

— Oui. J'ai eu la même vision. Ça a commencé peu de temps après que je suis sortie du coma.

Le silence s'installe à nouveau, interrompu uniquement par la musique en toile de fond et nos respirations pensives.

— Je suis presque sûre que je suis déjà venue ici. Je sais que ça a l'air dingue, crois-moi, j'en ai conscience ; mais ce lac, ce grand chêne qui le surplombe avec la balançoire, je les ai déjà vus.

Ma peau se couvre de chair de poule, et je me frotte les bras pour chasser le frisson.

Lacey déglutit. Ses lunettes de soleil dissimulent ce qui se passe derrière ses yeux, mais je sens qu'elle est intriguée.

— Il existe beaucoup de lacs avec des chênes qui ont des balançoires, Peyton. Je n'essaie pas de jouer l'avocat du diable, mais qu'est-ce qui permet d'affirmer que c'est ce lac que tu as vu ?

Je sais que ça a l'air ridicule, et elle a tous les droits de demander ça, mais ses doutes ne font que renforcer ma certitude.

— Parce que je vois le ruban rouge, dans mes flash-back. Tu vois de quoi je parle. Il est attaché à la corde. Il est clairement visible.

Lacey resserre les mains autour du volant, mais à part ça, elle ne bouge pas.

— Je ne sais pas ce que ça signifie, mais j'ai juste le pressentiment que c'est important. J'imagine que tu ne sais rien au sujet de ce ruban ? Est-ce qu'il a toujours été là ?

Je lui laisse le temps de répondre, parce que je sais que tout ça est un peu perturbant et étrange. Elle inspire par le nez avant de secouer la tête.

— Je n'y ai jamais vraiment pensé, pour être honnête. Je me suis toujours dit que quelqu'un avait trouvé le ruban et l'avait attaché à la balançoire dans l'espoir que le ou la propriétaire le récupérerait.

Je pince les lèvres en me disant que c'est un raisonnement on ne peut plus logique. Mais pourquoi je m'en souviendrais, alors ? Ça doit bien avoir une signification pour que je me le rappelle de façon aussi nette.

— Tu te souviens d'autre chose ? demande-t-elle d'un ton grave.

Elle sait qu'il y a plus.

Même si j'ai très envie de lui avouer que oui, je secoue la tête. Il faut que je donne du sens à ce que je vois avant de confesser être une meurtrière, parce qu'au fond de moi, je pense qu'il est possible que ce soit le cas.

Elle a l'air soulagée que je ne me rappelle rien d'autre.

— Eh bien, compte sur moi. Si je peux t'aider à retrouver la mémoire d'une façon ou d'une autre, je le ferai.

— Merci, Lacey. Tu n'imagines pas ce que ça signifie pour moi. Ça fait combien de temps que tu vis ici ?

Je sais qu'elle a dit que ma tête ne lui disait rien, mais peut-être qu'elle connaît quelqu'un qui pourrait se souvenir de moi.

— Depuis que je suis née, répond-elle tout bas.

— Peut-être que tu connais quelqu'un qui pourrait savoir qui je suis ?

Je sais que c'est peu probable, mais ça vaut le coup d'essayer. Elle redevient silencieuse, alors j'interprète ça comme le signe qu'il est temps de me taire. Elle m'a déjà beaucoup aidée, et je ne veux pas abuser.

— Enfin bref, je voulais juste t'expliquer ce qui s'est passé hier. Si jamais ça se reproduit un jour, tu sauras que tu peux boire un café en attendant que je reprenne mes esprits.

Je sursaute quand Lacey tend la main pour frotter la mienne dans un geste affectueux.

— Ne t'inquiète pas, ça va aller. Tu m'as moi, maintenant. On peut se faire de nouveaux souvenirs.

Je repense à ce que je me disais tout à l'heure, que je devais vivre pour le présent, et je souris. Quoi qu'il se passe aujourd'hui, demain ou la semaine prochaine, je sais que ce souvenir-là, je ne l'oublierai pas de sitôt.

***

J'ignore si je me suis autant amusée par le passé, mais si c'est le cas, je ne veux pas m'en souvenir, parce que cette journée a été incroyable. Une fois que le malaise s'est dissipé dans la voiture, on a parcouru la ville de long en large et en travers, littéralement.

Le centre-ville est peut-être de taille modeste, mais il offre tout ce dont un apprenti décorateur a besoin. Lacey et moi avons visité toutes les boutiques du quartier. Je suis à présent membre VIP de la quincaillerie du coin, parce qu'apparemment, je l'ai dévalisée.

On a pris un exemplaire de chaque chose, juste au cas où, et en un rien de temps, nos caddies débordaient. Reggie, le manager du magasin, a cru que c'était Noël quand Lacey lui a débité une liste longue comme le bras des choses qu'il nous fallait et qui n'étaient pas en stock. Il a promis de passer la commande et de nous appeler dès qu'il aurait tout reçu. Avec un grand sourire aux lèvres, Lacey a fait une croix sur sa liste pour indiquer qu'on avait accompli une tâche.

Notre arrêt suivant s'est fait au magasin de meubles. Avant tout, j'avais besoin d'un lit. Je me fichais du modèle. Tant qu'il était doté d'un matelas confortable et qu'il était assez grand pour que je m'étale et que je dorme comme une souche, ça me convenait.

J'ai fini par prendre un magnifique lit deux places en chêne blanc style campagne française. Il était absolument somptueux et extravagant avec sa tête de lit matelassée en satin, mais quand je me suis laissée tomber dessus, sur le ventre, je suis tombée amoureuse. Lacey ne m'a pas lâchée – au sens littéral du terme – avant que je n'aie pris les meubles qui allaient avec.

Elle a un talent certain avec les mots et les gens, parce qu'elle a réussi à s'arranger pour que tout le mobilier de ma chambre soit livré ce week-end. Je me suis dit qu'après ça, on en avait terminé pour la journée, mais quand Lacey a ressorti sa liste, j'ai compris que ce n'était que le début.

Pendant qu'on faisait les courses alimentaires au supermarché, Lacey a mentionné le fait qu'elle était chef. Elle est responsable de la cuisine dans un restaurant cossu d'inspiration française, en bord de mer, à Myrtle Beach. J'ai vu l'établissement qui s'appelle *Miam* quand je me promenais sur le ponton. C'est toujours bondé, et il est impossible d'y manger si on n'a pas réservé.

Il s'échappe de cet endroit des odeurs alléchantes, alors j'avais demandé à Stella si on pouvait y réserver une table. Bien sûr, elle avait dit non. Elle ne dînait pas avec le petit peuple.

Je n'arrive pas à croire que Lacey était à quelques mètres de moi tout ce temps, et qu'on ne se soit jamais croisées. Parfois, le monde est vraiment petit.

Toutes ces courses ont fini par nous ouvrir l'appétit, mais on a eu du mal à finir le burger qu'on avait commandé pour deux. On était trop occupées à papoter ! On a parlé de tout et de rien ; Lacey m'a posé un million de questions, ce qui ne m'a pas du tout dérangée. On a fait les trucs normaux que deux amies font ensemble, et pour la première fois depuis une éternité, j'ai eu l'impression d'apprendre à vivre dans le présent, et de ne pas m'inquiéter du passé.

— Tu aimes les lasagnes ?

La question de Lacey tombe comme un cheveu sur la soupe, étant donné qu'on n'est plus en train de manger, mais dans le rayon accessoires culinaires d'une boutique de déco rétro. Je m'arrête pour ranger comme il faut les objets qui débordent presque de notre caddie.

— Oui, indiqué-je avec méfiance.

— Bien.

L'instrument argenté en forme de spatule atterrit dans le caddie avec ses camarades couverts de service.

— Pourquoi j'ai besoin d'une spatule à lasagne ? demandé-je, tellement à l'ouest que ce n'est même pas drôle.

Elle fait mine d'afficher une expression horrifiée.

— Ce n'est pas une spatule. C'est un retourneur à lasagnes.

J'éclate de rire, mais je referme les lèvres d'un coup sec quand je vois qu'elle est sérieuse.

— Peut-être que certaines choses valent le coup d'être oubliées, marmonné-je pour plaisanter, assez fort pour qu'elle m'entende.

Elle lâche un reniflement si fort que le couple à côté de nous se dépêche de prendre un ouvre-boîte et de se sauver du rayon.

— Lacey, je crois qu'on ne peut plus rien mettre dans le caddie. Je pense qu'on a ce qu'il faut, là.

En baissant les yeux sur ma montre, je constate qu'on y aura passé la journée.

Elle se tapote le menton, en jaugeant du regard notre butin, puis elle reprend sa liste, qui est striée de croix rouges.

— J'imagine que tu as raison. Ça devrait suffire pour le moment.

Je secoue la tête, et on prend le chemin des caisses, où on fait la queue.

Pendant qu'on attend, je la vois se mettre sur la pointe des pieds pour espionner par-dessus la tête des trois personnes devant nous. Je fais comme elle, en me demandant ce qu'elle regarde. Apparemment, elle observe le chantier de construction au bout de la rue, à travers la vitrine. De jeunes ouvriers profitent du soleil du Sud pour exhiber leurs muscles et montrer à quel point ils sont forts. Ils transportent d'énormes morceaux de bois et déplacent des gros matériaux sans effort apparent.

Je ne jette pas la pierre à Lacey qui s'en met plein la vue tout en restant discrète. Il n'y a aucun mal à se rincer l'œil. Elle est célibataire, sublime, et tout à fait incroyable – le gros lot. Elle ne m'a pas mentionné de petit ami, alors c'est la perle rare. Et moi, est-ce que je trouverai quelqu'un un jour ?

Je ne sais même pas quel genre d'homme m'attire. Bien sûr, j'ai vu beaucoup d'hommes séduisants, mais aucun ne m'a donné de papillons dans le ventre. Pas même un petit frémissement d'ailes. Enfin, jusqu'à hier.

Cayden, tout agaçant et asocial qu'il soit, m'a fait émerger de mon cocon. Je me souviens de ce que j'ai ressenti dans ses bras, et la façon dont il s'est tout de suite porté à mon secours, sans y réfléchir à deux fois. Je ne sais pas encore s'il m'apprécie ou pas, mais c'est quelqu'un sur qui on peut compter. Il n'y a qu'à voir ce qu'il a fait pour Lacey. Il ne l'a pas abandonnée une seule fois, et grâce à lui, elle est devenue une femme extraordinaire.

Comme par hasard, j'ai des papillons dans le ventre. En fait, ça arrive à chaque fois que mes pensées se tournent vers Cayden.

J'ai la tête ailleurs. Je ne me rends compte que je regarde dans le vide que lorsque Lacey me donne un coup de coude dans les côtes. Avant que je n'aie le temps de lui demander ce qui ne va pas, elle lève le menton pour me montrer la porte, et l'homme qui vient juste d'entrer.

Il est vraiment canon, dans le genre homme des cavernes terreux. Dans le sens propre du terme : il est couvert de terre ! Vu l'état de ses vêtements, il doit venir directement du chantier.

Quand je vois Lacey faire bouffer ses cheveux bruns et sortir à la hâte son baume pour les lèvres, j'en déduis qu'elle en pince pour lui. Je reste à côté d'elle, sans rien dire, attendant de voir ce qui va se passer.

Dès que ses yeux noisette se posent sur elle, ils s'éclairent aussitôt, et il se refait une beauté à son tour, en passant la main dans ses cheveux dorés et emmêlés. Il essaie d'épousseter la terre et la poussière sur son T-shirt de travail, mais il laisse tomber en voyant que c'est une bataille perdue d'avance.

— Salut, Ace.

Le ton taquin qu'il prend pour s'adresser à elle me fait penser qu'ils sont amis de longue date.

— Quoi de neuf ?

— On fait un peu de shopping, répond-elle avec un petit quelque chose dans la voix que je n'arrive pas à identifier.

Quand elle papillonne des cils, je comprends que je suis en train d'assister en direct à ce concept mystérieux qu'est le flirt.

Je ne saurais même pas par où commencer, parce que j'ai regardé beaucoup de rediffusions de *Gossip Girl*. C'est vraiment perturbant que les choses qui me sont étrangères soient innées pour la plupart des êtres humains. Mais dans certains domaines, c'est comme réapprendre à marcher. Pour l'instant, j'en suis à ramper à un rythme d'escargot.

— Un peu de shopping ? répète-t-il en examinant notre butin. On dirait que tu as dévalisé la moitié du magasin.

Lacey pince les lèvres et esquisse un sourire en coin. Ses joues se teintent de rose.

— Ce n'est pas pour moi. J'aide juste une amie.

Dès qu'elle prononce le mot « amie », mon cœur bondit de joie. En même temps, j'ai envie de lui plaquer une main sur le front pour vérifier qu'elle n'a pas de fièvre.

On ne peut pas dire que je suis du bois dont on fait les bonnes amies. Je traîne un paquet de casseroles, mais ça n'a pas l'air de déranger Lacey.

Elle penche justement la tête vers moi.

— Gunn, je te présente mon amie.

Gun me jette un coup d'œil et hoche la tête de façon polie.

— Bonjour, son amie.

Il me tend la main, que je serre avec un petit rire.

— Salut. Je m'appelle Peyton.

— Ravi de te rencontrer, Peyton. Je suis Gunn.

Je me demande si c'est son vrai nom.

En l'observant d'un peu plus près, je comprends pourquoi Lacey le trouve séduisant. Avec ses mèches blondes décolorées par le soleil brûlant, un corps musclé et des yeux noisette très expressifs dans lesquels il serait facile de se noyer si on les fixait trop longtemps, il sent les problèmes à plein nez, et Lacey a l'air d'apprécier son côté mauvais garçon.

— Vous devriez passer dire bonjour.

Je comprends qu'il parle du chantier de construction. Néanmoins, ce que je ne comprends pas, c'est ce qu'il dit ensuite :

— Coach adorerait te voir.

Si on était dans un dessin animé, une ampoule se serait allumée au-dessus de la tête de Lacey. Je ne sais pas ce qu'elle est en train de penser, mais je sais que ça ne finira pas bien.

— Pas de souci, on va venir faire un tour.

Gunn hoche la tête. Un sourire en coin creuse une fossette sur sa joue recouverte de barbe.

— On se voit là-bas, alors. Je vais juste chercher un truc à manger.

Il la reluque sans vergogne, et je baisse les yeux, parce que j'ai l'impression d'être de trop. Ses lourdes bottes de travail martèlent le lino, annonçant son départ.

Quand il est hors de portée d'oreille, elle s'accroche à mon bras et pousse un petit cri suraigu.

— Donc Gunn et toi ?

Je n'ai pas besoin d'élaborer, parce qu'elle sait exactement ce que je sous-entends.

— Je le connais depuis des années.

Comme j'attends qu'elle continue, elle se mord la lèvre, en regardant au-dessus de ma tête pour s'assurer qu'il ne nous écoute pas.

— Il ne s'est jamais rien passé entre nous. Ce n'est pas passé loin, mais je ne sais pas… ça n'a jamais été le bon moment.

Le commentaire de Gunn tout à l'heure me fait hausser un sourcil.

— Qui est Coach ?

Je me demande si c'est à cause de lui que les étoiles ne se sont jamais alignées pour eux deux.

Lacey pouffe, et lève les yeux au ciel.

— Coach est un emmerdeur. Il se prend pour un gros dur alors qu'en fait c'est un vrai nounours. Il est…

Elle s'interrompt brusquement, et me fixe avec une lueur indéfinissable dans les yeux. J'ai presque peur de lui demander à quoi elle pense.

Les clients devant nous n'ont qu'un petit panier de produits frais, donc une fois que le tapis roulant est vide, Lacey commence à y mettre nos achats. Elle ne dit rien, plongée dans ses pensées. Je ne sais pas ce qu'elle mijote, mais ça ne me dit rien qui vaille. Quand la jeune hôtesse de caisse voit tout ce qu'on a, elle appelle du renfort dans le haut-parleur.

Vingt minutes et trois cent deux dollars plus tard, on passe les portes automatiques avec notre caddie rempli à ras-bord. Ma peau absorbe chaque vague de chaleur du soleil brûlant, et je m'arrête quelques secondes pour renverser la tête en arrière et en profiter. C'est une belle journée pour être en vie, et la passer avec une nouvelle amie.

— Donc..., chantonne la personne en question à côté de moi.

Je risque un coup d'œil dans sa direction, un peu terrifiée par son petit sourire machiavélique.

— Donc... ? répété-je en pivotant le cou pour la regarder.

— On n'arrivera jamais à faire rentrer tout ça dans ma voiture.

Je contemple notre butin. Elle a raison. Dans mon excitation, j'ai oublié un détail qui s'appelle « l'espace ».

— Merde.

Je pince les lèvres en considérant nos options. La Coccinelle de Lacey est déjà bourrée à craquer. On n'aura jamais assez de place.

— Ça ne fait rien ! s'exclame-t-elle. J'ai une idée.

Je n'ai pas le temps de lui demander ce qu'elle veut dire qu'elle prend les choses en main et traverse la route avec le caddie. Sa voiture est garée dans la direction opposée, alors je ne sais pas du tout où elle m'emmène, mais je la suis, intriguée.

La rue est calme. Exactement ce qu'on attend d'une petite ville. Les enseignes proposent tout ce dont les gens d'ici ont besoin. Je les ai presque toutes visitées, mais une petite boutique que je ne connais pas encore pique ma curiosité.

Je ne suis pas à l'aise dans mes vêtements. Toute ma garde-robe chez mes parents, à Myrtle Beach, est constituée de fringues de luxe et de tissus onéreux qui ont l'air bien trop prétentieux pour être vendus dans un magasin de proximité.

Quand j'ai fait mes bagages, j'ai pris les tenues les moins affreuses, donc autant dire que je suis partie de chez Stella avec une valise presque à moitié vide.

— Quel est le problème ? demande Lacey en poussant le caddie sur le trottoir.

— Est-ce que cette robe me fait ressembler…

Je cherche le bon terme.

— À une snob ?

Lacey m'examine de la tête aux pieds puis enfonce sa langue dans sa joue.

— Est-ce que c'est une question piège ?

— Oh, mon Dieu ! m'écrié-je, horrifiée.

Je serre mes bras autour de moi pour cacher ma honte.

— Je croyais que c'était le but recherché, me taquine-t-elle, ce qui me fait gémir. Je rigole. Je la trouve… sympa.

— Sympa ? m'exclamé-je d'un air faussement fâché. Bien, ça peut vouloir dire tout et son contraire. C'est le mot que j'utilise quand je ne veux pas vexer quelqu'un.

— Et si je disais « très sympa » ?

Je lui envoie un baiser en guise de réponse.

On continue à marcher, et au moment où je m'apprête à lui demander où on va, Lacey se dirige vers le chantier. Je me dis qu'on va passer devant, alors ma surprise augmente quand elle franchit la grille et se met à chercher quelqu'un sur le terrain. Il y a un panneau accroché au grillage à l'entrée. Coachman Constructions.

— Qu'est-ce qu'on fait là ? chuchoté-je en souriant poliment aux ouvriers autour de nous.

Ils ont l'air aussi confus que moi.

— On vient dire bonjour à Coach.

— Maintenant ?

Je maudis mon idée de porter du blanc aujourd'hui.

— Bah oui. Tu as entendu Gunn.

Je frotte ma robe pour enlever la terre. Inutile de protester, l'attitude de Lacey m'indique de façon claire qu'on ne partira pas avant que ce fameux Coach nous fasse grâce de sa présence.

Tandis que j'essaie d'éviter le panache de poussière qui flotte dans l'air, mon attention est attirée vers un homme de grande taille à quelques mètres de là. Il nous tourne le dos, mais l'envergure impressionnante de ses épaules et sa posture assurée me poussent à me demander à quoi il ressemble de face.

Avec son jean et sa chemise bleue, il n'est pas habillé comme les autres ouvriers. La tête baissée sur un plan étalé sur le capot du camion devant lui, il est entouré de trois autres hommes qui écoutent avec attention ce qu'il dit. De toute évidence, c'est lui le patron, et il a un joli p'tit cul.

Je glousse toute seule. J'imagine que dans le bon contexte, « joli » peut être un terme adéquat.

— Est-ce que tu es en train de mater son cul ? chuchote Lacey à mon oreille, en me poussant avec son coude.

— Tout à fait.

Je ne vois pas l'intérêt de le nier. C'est vrai, ce n'est pas comme si c'était son… Oh ! pour l'amour de Dieu et du petit Jésus ! J'allais dire « son frère », mais en fait, c'est vraiment lui.

Le type canon, qui me fait saliver rien qu'en le reluquant de dos, c'est Cayden. *Pitié, que quelqu'un m'achève.*

— Viens. On devrait y aller, suggéré-je d'une voix essoufflée, les joues brûlantes.

Et ça n'a rien à voir avec le soleil étouffant.

— Y aller ? Mais on vient d'arriver. En plus, il nous a vues, maintenant. Ce serait très grossier, affirme-t-elle en se retenant clairement de rire.

Je suis contente qu'au moins l'une de nous s'amuse, parce que Cayden secoue la tête et marmonne quelque chose dans sa barbe avant de venir vers nous.

Il est captivant en diable, dominateur et super énervé. Il faudrait que je détourne les yeux, mais je ne peux pas. La façon dont il bouge… tout en souplesse comme un prédateur, ses mouvements copiant celui d'un lion traquant sa proie. Quand il s'arrête à quelques mètres, et que son parfum me parvient, porté par le vent, je suis partante pour jouer, tout à coup.

— Lacey, qu'est-ce que tu fais là ? Tu ne vois pas que je travaille ?

Moi, ce que je vois, c'est qu'il est canon dans cette tenue. Qui aurait cru qu'un simple jean et une chemise pouvaient rendre aussi bien ?

— Salut, Coach.

Elle agite la main pendant que je m'étrangle presque avec ma langue, ce qui me ramène de façon efficace à l'instant présent.

— C'est *toi*, Coach ?

J'avais l'intention de dire ça dans ma tête, mais quand il croise mon regard, tout son savoir-vivre passe par la fenêtre.

— Oui, mes amis m'appellent comme ça. Pourquoi ?

Son ton acerbe refroidit un peu mes hormones, et me rappelle qu'on n'est pas amis, au cas où je ne serais pas au courant.

Avant que je ne puisse lui dire de se fourrer son amitié dans son admirable fessier, Lacey me coupe l'herbe sous le pied.

— Notre nom de famille, c'est Coachman.

Il me faut quelques secondes, mais je me rappelle vite où j'ai entendu, ou plutôt vu ce nom.

— C'est *toi* le patron ?

Encore une fois, je n'avais pas prévu de parler à haute voix, mais apparemment la connexion entre mon cerveau et ma bouche est victime de courts-circuits aujourd'hui.

Ses lèvres bien dessinées frémissent.

— Oui, c'est moi. Je vais prendre l'air ahuri sur ton visage comme un compliment.

Je me hâte de refermer la bouche. Il ricane.

— Ça vous dérangerait de m'expliquer ce que vous faites sur mon chantier avec tout ce... bazar ?

Il désigne le caddie avec son menton, arquant un sourcil amusé.

Ce que Lacey m'a dit sur sa maison et sur le rôle qu'a joué Cayden pour la rendre aussi belle prend tout son sens maintenant. La villa sort du lot, avec une touche personnalisée, ce qui est logique vu que le propriétaire est architecte. Et bon sang, un architecte sacrément doué. Même sans parler de la maison, je n'ai qu'à regarder autour de moi pour voir que ce que construit Cayden va être incroyable.

Mais toute admiration est oubliée quoi qu'il en soit.

— Ma voiture est pleine à craquer et il faut que tu ramènes Peyton chez elle.

— Ah bon ? m'exclamé-je en même temps que lui.

Je suis surprise, alors que lui est clairement mécontent de l'apprendre. Je ravale ma déception.

— Oui, absolument. Tu as presque fini ici, de toute façon.

Une fossette creuse sa joue.

— Et comment tu sais ça ?

Elle souffle et lève les yeux au ciel.

— C'est toi le patron. Ne fais pas comme si tu travaillais pour de vrai.

C'est une bataille qu'il ne gagnera pas, alors il soupire. Ses protestations piquent un peu, mais je suis une grande fille, alors je ne me fais pas de film.

Le regard de Lacey se tourne en direction de Gunn qui passe par là en portant une planche de bois. Ses muscles sont contractés et bougent pile comme il faut pour amplifier chaque goutte de sueur sur sa peau dorée. Elle n'a aucune chance.

— Ne m'attendez pas.

Cayden se tourne, et quand il voit Gunn, il secoue la tête.

Toute trace d'amusement s'envole après le brusque départ de Lacey. Je suis seule avec Cayden. Je ne sais pas pourquoi, mais on est tous les deux gênés l'un en présence de l'autre. Certains pourraient prendre ça pour de l'alchimie, ou penseraient que mes hormones s'affolent pour un homme séduisant, mais il y a autre chose derrière tout ça. Et j'ai bien l'intention de découvrir ce que c'est.

— Bon… il me reste deux ou trois trucs à faire ici.

Il fouille dans sa poche arrière et en sort ses clés.

— Mon pick-up est juste au coin de la rue. Tu as besoin d'aide ? Je peux te prêter quelques muscles.

De son propre chef, mon regard plane sur sa chemise et la façon dont elle moule chaque bosse de son torse. Tu m'étonnes qu'il en a à me prêter.

— Si jamais tu arrives à éloigner Gunn de ma sœur, il est tout à toi.

C'est de pire en pire. La poussière dans l'air me bousille le cerveau, parce que de toute évidence, il ne me propose pas ses muscles à lui.

— Non, c'est bon. J'ai amené mes propres muscles.

Même moi, je grimace. Je suis ridicule.

Mais un souffle étranglé se coince dans ma gorge quand un sourire étire ses lèvres.

Il lève le bras pour enlever son casque de chantier puis il avance jusqu'à ce qu'on soit presque torse contre torse. Je lève les yeux vers lui, retenant ma respiration pendant qu'il le pose doucement sur ma tête avant de murmurer :

— C'est ce que je vois.

Sans aucune honte, il me scrute, ainsi que mes muscles, de la tête aux pieds. Une vague de chair de poule recouvre ma peau, suivant chaque endroit où se posent ses yeux.

Quand il me mate comme ça sans se cacher, je pourrais presque être tentée de croire qu'il ressent lui aussi l'électricité statique qui bourdonne entre nous, mais dès que cette expression chaleureuse disparaît, il n'y a plus rien derrière.

Cayden Coachman sent les problèmes à plein nez, et il faut que je garde mes distances.

Je tends la main vers ses clés dans sa paume, et pousse un gémissement quand une décharge de dix milliards de volts manque de me faire griller sur place. Un simple contact ne devrait pas produire cet effet. Pourtant c'est le cas. Pourquoi ?

Aussitôt, le besoin de m'enfuir me submerge parce que je sens les murs se refermer sur moi. Je prends ses clés et fonce vers la grille. Je sais que j'ai laissé le caddie derrière moi, mais un vortex de ténèbres m'emporte à nouveau dans des abysses sans retour.

La terre retournée se soulève sous mes pieds, mais je continue à sprinter jusqu'à ce que je sois sortie du chantier. Les entraves se relâchent et je prends une grande inspiration, mais ça ne sert à rien, car ce qui m'attend à quelques mètres de là me glace les sangs.

Une petite fille, qui n'a pas plus de huit ans, est debout au milieu de la rue. Elle tient un cône de glace rose qui a fondu en une flaque à ses pieds. Je me fige, chaque fibre de mon corps me hurle de m'arrêter.

Nos regards se croisent, comme dans un rêve éveillé, alors qu'on s'examine mutuellement. Une sensation perturbante me tord le ventre, comme si on me griffait de l'intérieur, car cette enfant a l'air si... familière. Je me perds dans ses yeux... dont la couleur me rappelle une eau cristalline.

De l'eau...

Un cri guttural déchire l'air et je plaque aussitôt mes mains sur mes oreilles. Mais il faut que je me batte. Chaque partie de moi exige que je me réveille et que je bouge. Bientôt, je comprends pourquoi. Je me rends compte que ce son agonisant vient de moi, parce que cette petite fille... la petite fille qui a l'air d'avoir vu un fantôme... elle va se faire renverser par une voiture dans quelques secondes.

Sans réfléchir, je me débarrasse de ma peur... je me débarrasse de cette brûlure familière, et je cours.

CHAPITRE 4

— Attention !

Un flot d'adrénaline coule dans mes veines alors que je me précipite vers la fillette immobile. Je pourrai gérer l'effroi plus tard, parce que tout ce qui compte pour l'instant, c'est la sauver.

La conductrice de la Jeep pile. Un panache de fumée s'élève dans l'air et ses pneus laissent des traces de freinage sur le sol. Je me retourne, prête à faire bouclier pour protéger cette enfant au péril de ma vie. J'enroule mes bras autour de sa taille et plonge vers le trottoir.

Mon atterrissage est tout sauf gracieux, et je suis presque sûre que je me suis cassé une côte en tombant sur le béton. Cependant rien de tout ça n'a d'importance.

— Tu vas bien ? demandé-je, hors d'haleine, à la petite fille emmêlée dans mes bras.

J'ai formé un cocon autour d'elle par pur instinct protecteur, et grâce à ça, je crois qu'elle va bien. Quoi qu'il en soit, il faut que j'en sois sûre.

Je me dégage et me redresse en position assise. Je grimace quand une douleur soudaine irradie jusque dans mes orteils. Mais je l'ignore.

— Comment tu t'appelles ? m'enquiers-je à la petite souris timide assise sur mes genoux.

Je dégage ses longs cheveux bruns de son visage, et l'examine attentivement pour m'assurer qu'elle est indemne. Elle continue à me fixer sans dire un mot. Elle me semble si familière, jusqu'à la petite tache de rousseur sous son œil gauche, mais les profondeurs troubles m'empêchent de fouiller mes souvenirs.

Un attroupement s'est formé, et j'entends vaguement les curieux appeler la police ou discuter de ce qu'ils viennent de voir, mais tout ça disparaît en arrière-plan lorsqu'une voix appelle plus fort :

— Ellie !

Je lève la tête et vois Cayden se frayer un chemin dans la foule, une expression terrifiée sur le visage. C'est la première réaction que je vois chez la petite fille, qui détourne enfin les yeux de moi. Quand elle est arrachée à mes bras, un manque s'installe, et d'instinct j'enroule mes bras contre mon ventre.

Sans un mot et presque dans un état de transe, je regarde Cayden s'accroupir et examiner de la tête aux pieds la fillette que j'imagine s'appeler Ellie.

— Tu es blessée ?

Elle secoue la tête et renifle pour retenir ses larmes. J'admire aussitôt sa force.

— Tu es sûre ?

Il vérifie une seconde fois. Ses pouces tracent avec douceur des cercles sur ses petits bras.

— Ou-oui, répond-elle avec un léger hochement de tête. Ça va, papa.

Papa.

Ce mot à lui seul change tout et me sort de ma stupeur.

Avec un grognement, je me remets lentement debout, me tenant les côtes. J'espère qu'il n'y a rien de cassé, et que j'ai juste le souffle coupé à cause de la chute, mais mon mouvement alerte Cayden de ma présence. Il m'observe avant qu'une rage indéniable ne s'empare de lui. Je cherche aussitôt un refuge, mais je ne suis pas assez rapide.

— Qu'est-ce que tu as fait ? m'accuse-t-il.

J'ai un mouvement de recul, profondément offensée par son ton et par le fait qu'il me désigne comme responsable.

— *Excuse-moi ?*

Mon ton est aussi féroce que le sien, ce qui n'est sans doute pas malin, parce qu'il fonce sur moi, les narines évasées et les yeux fous.

— Qu'est-ce que tu lui as dit ?

Vu que j'hésite, essayant de comprendre l'absurdité de sa question, il s'approche. Sa fureur m'enveloppe et je suis comme piégée dans une cage.

— Peyton, réponds-moi.

— Je n'ai rien dit du tout ! protesté-je. Et je n'ai rien, merci. Alors, j'apprécierais que tu te calmes un peu !

Au lieu de reculer, j'avance avec une colère égale à la sienne.

Je comprends qu'il vient d'assister au pire cauchemar d'un parent, mais je ne vais pas rester là et le laisser m'accuser d'être la méchante.

— Mec... elle vient de sauver la vie de votre fille.

Je ne sais pas qui vient de parler, parce qu'on reste là à se fixer, et je refuse d'être la première à baisser les yeux.

C'est Cayden qui détourne le regard en premier.

— Quoi ?

Le Bon Samaritain continue :

— Ouais. Votre gosse était debout au milieu de la route. Cette dame...

Il me montre du doigt.

— ... a couru devant la voiture pour la mettre en sécurité. Plutôt héroïque, si vous voulez mon avis, ajoute-t-il.

Mais son courage le déserte aussitôt quand Cayden contracte la mâchoire.

La petite foule de spectateurs nous observe avec avidité, attendant de voir ce qui va se passer. Mais j'en ai marre d'être un animal de foire. Plus jamais. Je suis venue ici pour découvrir qui j'étais, mais pour l'instant, tout ce que j'ai récolté, c'est une migraine.

Je passe devant Cayden, maudissant les papillons qui s'affolent dans mon ventre au moment où on se touche, et je vais directement voir Ellie. Je m'accroupis en gardant mes distances, car elle a toujours l'air d'avoir peur de moi.

— Peut-être que ton papa pourra t'acheter une autre glace pour avoir été aussi courageuse.

Des images de substance rose fondue se mélangent avec des visions d'une immense étendue d'eau, et je me relève aussitôt, parce que je sais ce qui va arriver ensuite.

— Salut, petite souris.

Ses lèvres s'entrouvrent. Une lueur brille dans ses yeux, comme si elle me reconnaissait, mais elle disparaît une seconde après.

— Peyton.

La voix de Cayden est plus calme, mais c'est trop tard. Il tend le bras vers moi, mais je manque de m'affaler à nouveau quand je recule précipitamment. Il lève les mains en signe de reddition.

— Je suis désolé, OK ? Je ne savais pas, j'ai juste cru…

Il n'a pas besoin de terminer sa phrase, son silence est assez éloquent.

— Tu as tout de suite envisagé le pire ? C'est ça ?

Il baisse les yeux, à l'évidence honteux.

— Tu sais quoi ? Peu importe. Au revoir, Cayden.

Une vague de douleur traverse son visage, et je ne comprends pas pourquoi. Je ne comprends rien du tout.

Je me fraie un chemin parmi les spectateurs, et calme ma respiration parce que je suis sur le point de dépasser le point de non-retour. Je tourne à l'angle et plaque mon dos contre le mur en briques froides. J'ai besoin d'une minute.

Je n'arrive pas à contrôler les pensées qui fusent dans ma tête, mais ce qui domine le reste, c'est le fait que le surnom que j'ai donné à Ellie me soit venu aussi naturellement.

Et le fait que je me sois précipitée au milieu de la route sans hésitation. C'était presque… maternel.

Ellie est la fille de Cayden. Mais qui est sa mère ?

Repoussant les ténèbres, je me concentre pour découvrir la vérité, parce que je ne sais pas si cette opportunité se représentera de sitôt. Après trois grandes respirations, je jette un coup d'œil à l'angle du mur, m'assurant de rester hors de vue. Cayden est en train de réconforter Ellie, et maintenant que le spectacle est terminé, la foule s'est dispersée, me permettant d'avoir une vue dégagée.

L'atmosphère s'est calmée. Enfin, jusqu'à ce qu'une femme sorte d'une boutique de vêtements, les bras chargés de sacs de course. Elle s'arrête net quand elle croise le regard de Cayden. Je sais alors sans l'ombre d'un doute qu'il s'agit de la mère d'Ellie. La *femme* de Cayden ?

Quoi qu'il en soit, on dirait que Cayden vient de renifler un truc pourri. Je reviens sur ma supposition initiale. De toute évidence, il n'y a pas d'amour entre eux.

— Ellie ? Qu'est-ce que tu fais là, dehors ? Je croyais t'avoir dit de m'attendre chez *Patt's*. Je t'ai donné assez d'argent pour te goinfrer de glaces.

Elle est plus que jolie, et j'irais même jusqu'à dire que c'est la plus belle femme que j'ai jamais vue. Malgré tout, l'extérieur ne reflète clairement pas l'intérieur, car le ton qu'elle emploie et la façon dont elle regarde Ellie comme si elle n'était qu'une nuisance sont affreux. Je la déteste sur-le-champ.

— Magnifique façon de t'occuper de ta fille, Hazel. Je ne devrais pas être surpris, crache Cayden.

Il cache à moitié Ellie derrière sa silhouette intimidante.

Elle a l'air encore plus petite, à moitié planquée derrière sa méchanceté.

— Oh, redescends un peu, Cayden. Tu n'es pas non plus le père de l'année. À moins que tu n'aies oublié ?

Le rictus arrogant qui étire ses lèvres boudeuses couvertes de rouge à lèvres déclenche des parasites dans mon esprit. Mais je les repousse, refusant d'en être victime à nouveau.

Ses mots font l'effet d'une gifle sur Cayden. Il prend une brusque inspiration, mais refuse de reculer.

— J'emmène Ellie chez le docteur. Elle a failli se faire renverser par une voiture. Même si tu t'en fiches. Ton précieux shopping est beaucoup plus important que le bien-être de ta fille, on dirait.

Le premier signe d'inquiétude affecte le teint parfait d'Hazel. Elle pâlit.

— *Quoi ?* C'est vrai, ma chérie ?

Elle regarde Ellie qui finit par hocher la tête. Les sacs qu'elle tient se froissent et je me rends compte que c'est parce qu'elle tremble. Elle est humaine, après tout.

— Ellie, je suis vraiment désolée. Tu vas bien ?

Cayden pourrait continuer à envenimer les choses, mais il garde le silence, parce que malgré sa relation tendue avec Hazel, il est clair que le bien-être de sa fille passe avant tout pour lui.

— Ça va, maman. Un ange m'a sauvée.

Mon cœur s'arrête de battre.

— Un ange ? répète Hazel en levant les yeux vers Cayden pour obtenir des explications.

Je le dévisage aussi, espérant qu'il pourra expliquer ce qui se passe. Mais il ne le fait pas.

— Quelqu'un l'a poussée hors de danger avant qu'il ne soit trop tard.

Je retiens mon souffle dans l'attente de la suite, mais il n'ajoute rien. De toute évidence, c'est tout ce que je suis pour lui. *Quelqu'un* – personne d'important.

— Où est-elle allée ? Je veux la remercier.

Hazel scrute les alentours, et quand elle regarde par-dessus son épaule, je recule derrière le mur, hors de sa vue.

— Elle est partie, répond Cayden. Maintenant, si tu veux bien m'excuser.

Jouant à nouveau les voyeurs, je jette un coup d'œil au coin du mur. Cayden prend Ellie par la main pour la conduire vers son pick-up, mais Hazel lui bloque le passage.

— N'oublie jamais ce que tu as fait, Cayden, parce que même si je suis capable de pardonner, je n'oublierai jamais.

Le temps se fige.

Ses épaules se lèvent et retombent. Son attitude est menaçante. Je ne sais pas à quoi je suis sur le point d'assister, mais j'ai peur. Même s'il me tourne le dos, sa colère est palpable, et je retiens ma respiration.

— Je n'oublierai jamais. Ce sera toujours... *elle* sera toujours... le plus grand regret de ma vie.

L'air sort de mes poumons comme un ballon qui se dégonfle, et je sais que je vais bientôt succomber aux démons. Cependant, avant que ça ne se produise, je hèle un taxi, et demande au chauffeur de me ramener à la maison.

***

Quand je me réveille, j'ignore où je suis.

Au bout d'un moment, je finis par me rendre compte que je suis affalée sur un fauteuil à bascule usé, sur ma terrasse de derrière. Je me frotte les yeux pour les débarrasser des dernières traces de sommeil avant de me redresser, et quelque chose tombe avec un son sourd sur les planches pourries. Je baisse les yeux pour voir ce qui a provoqué ce bruit. Un bloc à dessin. Sa couleur immaculée contraste avec le bois abîmé par les intempéries. Le bruit distinct d'un crayon qui roule par terre attire mon attention. Quand il reste coincé entre deux planches, je me tourne à nouveau vers la page ouverte, parce que je ne comprends pas ce que je vois. C'est un croquis du lac, et au centre de la feuille, il y a le chêne, évidemment.

C'est moi qui ai dessiné ça ?

Je me penche en avant pour ramasser le bloc, et je repasse avec mon doigt sur les contours dessinés avec précision, tracés par la main d'un artiste. Mes yeux passent du dessin au paysage réel. Le désir de me souvenir me submerge, comme toujours.

L'aveu de Cayden me met les nerfs à vif, et je ne sais pas pourquoi. Qui est cette « *elle* » ? Qui que ce soit, elle l'a de toute évidence énervé, et elle est la raison pour laquelle c'est un tel connard. Mais sous son amertume, je ne peux passer outre la souffrance dans sa voix. Qui que soit cette personne, elle lui a fait du mal, c'est certain. Elle l'a poussé à bout.

Les pensées tournées vers cette femme mystérieuse, je passe nonchalamment mon doigt sur le dessin. Quand je reviens à moi, je me rends compte que j'ai étalé les lignes au fusain en appliquant trop de pression dessus. D'elle-même, mon attention se focalise sur la balançoire et la façon dont le ruban est noué avec précision autour de la corde.

— Souviens-toi, murmuré-je pour moi-même.

Mes efforts sont vains. Une fois de plus. Ces ombres vont sans doute rester avec moi pour toujours.

Frustrée, je me lève, tentée de jeter le dessin dans le lac. Néanmoins je m'abstiens. J'aurais l'impression que c'est presque un blasphème. Je le coince sous mon bras, et me dirige vers ma chambre, où je pousse un grognement, parce que ça me semble encore pire que ce que je pensais.

Décidant de trouver mon portable et d'appeler Lacey dans l'espoir qu'elle soit chez elle et qu'elle puisse me déposer quelques-unes des affaires qu'on a achetées aujourd'hui, je fouille la pièce. Comment j'ai fait pour rentrer à la maison ? Les trous noirs sont normaux, d'après le docteur Martinez. Il m'a donné des cachets à prendre au cas où ça s'aggraverait, mais je refuse de vivre dans un brouillard médicamenteux.

Je traverse le couloir pour aller à la cuisine. Je cligne plusieurs fois des yeux en voyant les sacs de courses éparpillés par terre. Je ne peux retenir un petit cri d'excitation : en effet, c'est pile la distraction dont j'ai besoin.

Je m'accroupis et fouille dans les sacs, soulagée de voir les produits ménagers. Je décide de passer toutes les surfaces à la Javel jusqu'à ce que ce soit propre comme un sou neuf. Je n'arriverai pas à trouver le sommeil ce soir de toute façon, parce que je suis trop nerveuse. Sans oublier que je n'ai pas d'endroit confortable où dormir.

Mais commençons par le commencement. Je décide de me changer et d'enfiler quelque chose d'un peu plus approprié, ce qui me rappelle ma conversation avec Lacey à propos de ma garde-robe. Je suis bien tentée d'allumer un feu de joie dans le jardin, mais même si c'est alléchant, je décide de donner mes habits au Secours populaire, plutôt.

Après avoir choisi un short et un débardeur, je fais passer ma robe par-dessus ma tête. Me voilà en soutien-gorge sans bretelle et en culotte. Mon reflet me contemple dans les vitres des portes-fenêtres de la terrasse. En passant une main sur mon ventre plat, je suis à nouveau frappée par la même sensation de vide que j'ai ressentie tout à l'heure quand j'ai vu Ellie pour la première fois.

J'ai vingt-sept ans. Quand j'étais plus jeune, est-ce que je me voyais mariée ? Ou avoir des enfants ? Je gonfle le ventre, et je suis submergée par un sentiment de bonheur quand je pose mes mains jointes sur mon estomac. Ça me prend par surprise, mais je ne rejette pas cette émotion. Impossible.

Je suis petite. Enceinte jusqu'aux yeux, je serais du genre à me dandiner comme un canard, et cette image me fait sourire comme une idiote.

Incapable de détourner les yeux, je me tourne de profil, et penche la tête pour examiner mon reflet. J'imagine à quoi mon bébé ressemblerait. Est-ce qu'il aurait les mêmes cheveux cuivrés que moi ? Ou est-ce qu'il ressemblerait à son père ? Quel genre de parent serais-je ? Rien à voir avec Stella, en tout cas, ça c'est certain.

Néanmoins, mon rêve se termine aussi vite qu'il a commencé parce que je ne sais même pas qui serait son père. Quelqu'un de mon passé ? Ou de mon avenir ? Tout à coup, je n'aime plus trop ce jeu.

— Oh, putain, merde, désolé !

La bordée de jurons fait éclater ma bulle. Ce que je vois – ou plutôt le reflet dans le miroir – m'arrache un cri perçant. Je tente de dissimuler mon corps presque nu.

— J'ai frappé, m'assure Cayden en essayant d'expliquer pourquoi il se trouve sur le seuil de ma chambre.

Une vague d'appréhension me submerge. Qu'est-ce qu'il a vu ? Est-ce qu'il a surpris mes pensées les plus chères et les plus inattendues ? Affreusement gênée, je me cache du mieux que je peux, rouge de la tête aux pieds.

— Qu'est-ce que tu fais là ? m'exclamé-je en me précipitant vers mes vêtements.

Mais je rate mon coup. Misérablement.

Dans ma tentative de protéger ma pudeur, je réussis à me cogner le doigt de pied dans ma valise, et je bascule en avant. Je me serais rétamé la tête la première si Cayden ne s'était pas élancé pour me rattraper. On a l'air tout à fait ridicules. On dirait qu'on prend la pose avant d'entamer une valse.

Mais toutes les pensées liées à une quelconque danse sont reléguées au fond de mon esprit quand mon sale traître de corps se concentre sur le fait que je suis lovée entre les bras de Cayden. Mon cœur commence à battre la chamade, et ça n'a rien à voir avec ma quasi-chute.

Ces yeux mystérieux examinent chaque centimètre carré de mon visage. J'en ai des papillons dans le ventre. Je pourrais me perdre en lui, et ça me fait peur, parce que quand ce genre de moments rares se produit, je peux presque faire semblant qu'on ne se méprise pas l'un l'autre. Je ne sais pas ce qui chez lui me fait cet effet, mais il m'attire. Ses changements d'humeur me donnent le tournis, néanmoins, et il faut que j'éteigne le feu avant que l'incendie ne devienne incontrôlable.

Mon bon sens revient et le brouillard dans lequel Cayden m'a plongée se lève. Bon sang, je suis dans ses bras en sous-vêtements ! Je pourrais paniquer, mais tout sentiment de gêne s'est fait la malle à partir du moment où mes seins se sont retrouvés presque sous son nez.

— À moins que tu n'aies l'intention de m'inviter à danser, je pourrais aller m'habiller ?

Mon sarcasme étouffe toute décharge électrique entre nous, et il desserre son étreinte. Je pousse un petit cri. J'ai peur qu'il me fasse tomber, parce que vu notre position, je ne suis déjà pas loin de la chute. Il affiche un petit sourire en coin, puis m'aide à me redresser.

Ignorant les picotements résiduels, je lève les yeux au ciel, comme si j'étais agacée, et tends le bras vers mon short. Je l'enfile et me tourne exprès face à lui pour remonter la fermeture éclair. On peut être deux à jouer à ce jeu – quel qu'il soit. Son attention se porte sur mes doigts et il déglutit visiblement.

Une vague de désir menace de me submerger. Rien de bon ne peut sortir de tout ça, surtout parce qu'il m'a quasiment accusée d'avoir poussé sa fille sous la voiture. Carrer les épaules n'est sans doute pas une très bonne idée vu que je ne porte qu'un soutien-gorge, mais il a déjà tout vu de toute façon.

— Alors, est-ce que tu vas répondre à ma question ?

— Quelle question ? J'ai été distrait, là, réplique-t-il, sa langue s'enfonçant à l'intérieur de sa joue.

Même quand je lance des remarques sarcastiques, il faut toujours qu'il essaie de jouer au plus malin.

Comme je n'ai aucune envie de mener cette bataille à moitié nue, j'enfile un débardeur et je campe sur mes positions. Je ne prête aucune attention aux protestations de mon corps, qui aurait préféré rester découvert.

— Qu'est-ce que tu fais là ? La dernière fois que je t'ai vu, tu m'as bien fait comprendre que j'étais le diable réincarné.

Je croise les bras. La colère a calmé mes hormones en ébullition.

Sans plus aucune trace de taquinerie, Cayden pousse un soupir avant de se passer la main dans les cheveux.

— Je suis désolé. Je n'avais aucun droit de me comporter comme ça.

Je l'écoute.

— Je suis juste...

Il marque une pause, qui pique ma curiosité.

— Je suis juste un parent surprotecteur. La mère d'Ellie va et vient dans nos vies comme elle l'entend, alors on n'est que tous les deux, la plupart du temps, ma fille et moi.

Il ne fait aucun effort pour masquer son amertume.

— Elle est mon unique priorité dans ce monde, et tout ce que je fais, toutes les décisions que je prends, c'est pour elle.

Un sentiment d'angoisse menace de me submerger, mais je l'étouffe. Il est temps que je joue cartes sur table, parce que j'en ai marre de ce carrousel d'émotions.

— Je peux le comprendre, et je t'admire parce que tu es un bon père, mais depuis qu'on s'est rencontrés, je ne peux m'empêcher de penser que tu as un problème avec moi.

Je laisse volontairement de côté le fait qu'en de rares occasions, il a l'air d'avoir envie de me dévorer toute crue.

J'attends qu'il nie, mais il ne le fait pas. Il baisse à peine les yeux.

— J'ai emménagé ici parce qu'il y a quelque chose dans cette ville, dans cette maison, qui me semble familier, ajouté-je avec un geste du bras qui englobe tout ce qui se trouve autour. J'ai l'impression d'être chez moi. Ces six derniers mois, j'ai vécu constamment dans les ténèbres. Je sais que ça sonne un peu mélodramatique, mais c'est la vérité. J'ignore qui je suis, qui j'étais. Quand je suis arrivée ici, j'ai entraperçu une lueur d'espoir pour la première fois depuis que je me suis réveillée du coma.

Il relève brusquement la tête, mais je ne sais pas ce que ça signifie. Je ne comprends rien de rien à ce qui se passe.

— Je suis désolé si le fait que je sois arrivée a perturbé la paix d'une façon ou d'une autre, mais je n'ai pas l'intention de partir… pas avant d'avoir découvert pourquoi cet endroit me parle. Je suis certaine que je suis déjà venue… c'est juste que je n'arrive pas à m'en souvenir, confessé-je en me frottant la tempe.

Toute velléité de combat m'a quittée.

— Et qu'est-ce qui se passera quand tu te rappelleras ? demande-t-il enfin, d'une voix pesante, comme s'il portait un fardeau.

— Je crois que la question appropriée, c'est *si* je me rappelle.

Je frotte mon pied nu par terre, me sentant tout à coup stupide d'avoir déballé des trucs aussi personnels devant un étranger. Mais c'est bien ça le problème. Tout comme cette maison, cette ville et ce lac, Cayden me semble familier. Sauf que j'ignore pourquoi.

— Il n'y a aucune garantie que je retrouve la mémoire, mais d'après ce que je peux dire, abandonner ne fait pas partie de mon vocabulaire.

Une ombre de sourire passe sur les lèvres souples de Cayden. Malgré ça, l'expression disparaît aussi vite qu'elle est venue.

— Donc je promets de ne plus t'embêter. Tu ne sauras même pas que je suis là.

Quand un léger gloussement s'échappe de sa gorge, la branche d'olivier que je lui tends est carrément cassée en deux et piétinée.

— Impossible, explique-t-il.

Quand j'arque un sourcil, il continue :

— Lacey t'aime bien, et je suis content qu'elle se soit fait une amie. Elle n'en a pas tant que ça. Elle travaille tout le temps et quand elle ne travaille pas, elle m'aide avec Ellie. Je crois qu'elle ne tirera pas un trait sur toi sans prendre les armes.

Il fait des blagues maintenant ? Le mystère s'épaissit…

— Sans oublier le fait que mon chien a l'air de t'adorer. Alors même si je voulais t'ignorer, mes proches m'en empêcheraient.

— Donc tout le monde semble m'apprécier sauf toi. Et ta fille.

Je dois alléger l'atmosphère parce que je ne veux pas donner l'impression que je recherche désespérément de l'affection.

Cayden avance vers moi, son rictus arrogant bien vissé aux lèvres. Tout ce que je viens de dire est risible, vu que plus il s'approche, plus je me sens calme. Rester loin de Cayden revient à priver mes poumons d'oxygène. Et quand il tend la main pour coincer avec précaution une mèche de cheveux derrière mon oreille, j'ai besoin de tout l'air disponible.

— Je t'apprécie aussi.

Pourquoi ça me fait autant plaisir ?

Ses doigts s'attardent comme s'il était subjugué par notre connexion. Je reste immobile, sans oser bouger d'un iota. Il finit par laisser retomber sa main, et alors que j'essaie de masquer ma déception, je dois me forcer à ne pas oublier de respirer.

— Et en ce qui concerne ma fille, elle t'est reconnaissante… on l'est tous les deux. Et pour t'exprimer ma gratitude, j'aimerais t'aider.

On aura tout entendu.

— M'aider ?

Je ne peux dissimuler le scepticisme dans ma voix.

Cayden confirme d'un hochement de tête.

— Cette maison n'est pas sûre.

J'ouvre la bouche pour protester, mais il me coupe l'herbe sous le pied.

— Ce n'est pas la peine d'argumenter avec moi, c'est mon boulot de prendre ce genre de décisions.

Agacée par son autoritarisme, je réplique sur un ton arrogant :

— Et alors, quoi ? Tu me proposes de loger chez toi ?

Il a le culot de ricaner.

— On sait très bien tous les deux comment ça se finirait.

Je ne me fatigue pas à protester, cette fois.

— Laisse-moi t'aider à remettre cette maison en état. Il va falloir bien plus qu'une couche de peinture.

— Et qu'est-ce que tu en retires, toi ? demandé-je.

Je pince les lèvres, méfiante.

Pourquoi propose-t-il de passer plus de temps avec moi alors qu'il se sauve le plus loin de moi que possible dès qu'il en a l'occasion ?

— J'en retire que je dormirai mieux la nuit en sachant que ma nouvelle voisine n'est pas enterrée vivante sous trois mètres de tuiles parce que son toit lui est tombé sur la tête.

J'explose de rire.

L'offre de Cayden est tentante, parce qu'il a raison. Cette maison est un piège mortel. Mais je ne sais pas comment ça va fonctionner. Le voir aussi souvent sent le désastre à plein nez. Toutefois nous sommes deux adultes, et c'est lui qui propose, alors je serais folle de ne pas accepter.

— OK.

Il fronce les sourcils.

— OK ?

Un petit sourire étire le coin de mes lèvres.

— Oui.

Il penche la tête sur le côté, sans doute pour voir si je suis possédée.

— Tu as bien compris, hein ? Ça signifie que je serai là. Souvent.

— Je sais.

— Et ça te va ?

— Je viens de te dire que oui.

Ce ton taquin est un changement agréable.

Il a l'air satisfait de mes réponses pour l'instant.

Un lourd silence s'attarde entre nous. Est-ce qu'il regrette déjà ? Il enfonce ses mains dans sa poche et hoche la tête.

— OK, dans ce cas. Je te vois demain.

Cependant il ne bouge toujours pas.

Autant profiter de notre échange civilisé, parce que je ne sais pas si ça se reproduira de sitôt.

— Et ta fille, Ellie… elle va bien ?

Cayden pousse un profond soupir.

— Oui, grâce à toi.

Sa déclaration me touche.

Son amour pour sa fille est évident. Je me rappelle sa bravoure quand elle a retenu ses larmes au moment où je lui ai demandé si elle allait bien. Elle a hérité de la force de son père, ça ne fait aucun doute. J'essaie toujours de trouver ce qu'elle aurait hérité de sa mère.

— C'est une petite fille très courageuse.

Il sourit, mais c'est un sourire mi-figue mi-raisin.

Cette conversation guindée me donne des remontées acides, car il y a toujours un genre de non-dit entre nous. Qu'est-ce que ça peut bien être ? Je l'observe de plus près, et essaie de naviguer dans les sables mouvants de mon esprit en espérant que quelque chose va en sortir. Mais non.

Je sens la déception poindre, mais je l'étouffe tout de suite, parce que Cayden est le genre de personne qu'on n'oublie pas. En plus, s'il me connaissait, il me l'aurait dit.

Il se dépêche de reculer, et se racle la gorge.

— Bon, bonne nuit.

— Bonne nuit, répété-je, incapable de me défaire de cette impression.

Quand il se retourne pour partir, ma bouche décide de n'en faire qu'à sa tête et balance le premier truc qui me vient :

— Est-ce que tu sais qui vivait ici ?

Je ne sais pas pourquoi je lui ai demandé ça. Mais plus important encore, qu'est-ce que ça peut bien me faire ?

Le silence résonne entre nous et au moment où je crois qu'il ne répondra pas, il hoche la tête. Ses épaules larges se soulèvent, et si j'osais, je dirais que j'ai touché un point sensible.

— Oui, je le sais.

J'attends qu'il développe. En vain.

***

Je n'arrive pas à dormir.

Cayden s'est quasiment sauvé en courant de peur que je lui pose d'autres questions. Après, j'ai été agitée toute la soirée, à me demander s'il était la réincarnation de Docteur Jekyll et Mister Hyde. À chaque fois que je le vois, j'ai encore plus de questions, et il m'intrigue de plus en plus.

Comme si ma journée n'avait pas été assez pourrie, Stella a décidé d'en rajouter une couche en me passant un coup de fil. La conversation a été brève, mais de toute évidence, elle voulait voir comment je m'en sortais. Elle a demandé si j'en avais fini avec cette phase et si j'étais prête à rentrer à la maison.

Son mépris pour mes sentiments m'a donné encore plus envie de persévérer, et j'ai fini par lui dire que je ne serais pas vexée si elle ne m'appelait plus jamais.

Ensuite, pour me calmer, j'ai frotté la cuisine de fond en comble jusqu'à ce qu'elle brille comme un sou neuf. Je ne me suis arrêtée qu'après avoir épuisé le stock de produits ménagers. J'espérais nettoyer jusqu'à ce que je tombe de sommeil, mais c'est raté. Raison pour laquelle je suis en train de nouer mes lacets avant de mettre mes oreillettes en place.

Aller courir à 2 heures du matin, c'est le moyen le plus sûr de forcer mon corps à lâcher prise pour qu'il me laisse me reposer. Je sélectionne une chanson de rock pendant que je fais quelques étirements. Une fois que je suis échauffée, je m'élance. Je compte bien évacuer toute cette agitation en transpirant.

Être la seule encore debout à cette heure est jouissif. La douce lueur des lampadaires illumine le trottoir, mes pieds battent le bitume. C'est libérateur. Je suis envahie par une paix intérieure. Lâcher prise ne m'a jamais fait autant de bien.

Cette journée a été un véritable tourbillon, mais j'ai le pressentiment que ce n'est que le commencement. Je m'en sers comme motivation et accélère pour semer ces démons qui me collent constamment aux basques.

Je ne suis là que depuis deux jours, et je me suis heurtée à des difficultés que je n'aurais jamais imaginées. Enfin, je suis surtout tombée sur Cayden. J'étais loin de m'imaginer rencontrer un jour un homme tel que lui. En fait, je n'aurais jamais cru qu'un type comme lui pouvait exister. À Myrtle Beach, j'avais le sentiment d'avoir un peu le contrôle, même si ma vie était frustrante. Mais là, tout part en vrille.

Quand je suis en sa présence, je n'ai plus aucun contrôle sur mes réactions, et je n'aime pas ça.

J'accélère encore, refusant d'être la victime de ces pensées irrationnelles. Ce n'est qu'un homme, et un homme agaçant, en plus. Mais je dois me rappeler pourquoi je suis là. Cayden Coachman est une complication. Et je n'ai pas besoin de ça.

Sans faire attention à la direction que je prends, je tourne à droite, et je me rends compte que je suis arrivée dans un cul-de-sac. Il y a des arbres et des buissons à quelques mètres de là, et je parie qu'il y a une piste qui fait le tour du lac. Je pourrais l'emprunter et découvrir ce qu'il y a là-bas, mais les lampadaires s'arrêtent là, et je me retrouve enveloppée dans la pénombre.

Je m'arrête et j'observe le paysage devant moi. Je me demande à quoi ça ressemble la journée. Parce que pour l'instant, c'est hyper flippant. Les ombres sont menaçantes, et mon imagination fonctionne à plein régime. Juste au moment où la chanson se termine, il y a une seconde de silence et les petits cheveux de ma nuque se hérissent. Je tourne la tête à gauche, certaine d'avoir entendu une branche craquer au loin.

J'enlève mes écouteurs et je tends l'oreille.

Le vent se met à souffler, comme au début d'un film d'horreur, et je pousse un cri. Je plisse les yeux. J'aperçois une ombre qui ressemble à s'y méprendre à une personne cachée au milieu de la végétation dense. Qui est-ce ? Je retiens mon souffle, les yeux rivés dans cette direction jusqu'à ce que le balancement des feuilles ne révèle qu'en fait, la silhouette est un arbre.

Tout en me moquant de moi, je relègue toutes ces bêtises dans un coin de ma tête et décide de rebrousser chemin. Pourtant, au moment où je remets les écouteurs pour reprendre ma course, j'ai la drôle d'impression de ne pas être seule. J'ai de vrais monstres à affronter, il n'y a plus de place pour ceux qui sortent de mon imagination.

Néanmoins, au retour, il est indéniable que je cours beaucoup plus vite qu'à l'aller.

CHAPITRE 5

— *Pour le meilleur et pour le pire, dans la richesse comme dans la pauvreté, dans la santé comme dans la maladie... jusqu'à ce que la mort nous sépare...*

Le soleil éclatant se reflète sur les joyaux incrustés dans le décolleté en forme de cœur. Le satin blanc est doux au toucher. Cette robe de mariée est le rêve de toute femme. Le jardin est plein d'invités qui s'extasient au moment du traditionnel échange de vœux.

La mariée se tient debout, fière, , ses yeux noisette brillant de larmes. Elle épouse l'amour de sa vie. Elle se sent on ne peut plus chanceuse d'avoir trouvé l'autre moitié de son âme. Elle ne le distingue pas bien à cause du voile en dentelle qui obscurcit sa vue, mais elle sait qu'il est beau. Elle est tombée amoureuse de lui à la minute où ils se sont rencontrés. Elle a hâte d'être à lui pour toujours.

— *Je vous déclare maintenant...*

Mais l'obscurité avale brusquement le soleil, et des nuages gris envahissent le ciel. Le bonheur cède la place à l'horreur. Son homme devient moins distinct, sa silhouette vacille et se transforme en quelqu'un d'autre.

Serrant les perles autour de son cou, elle essaie de crier, mais on lui a dérobé son souffle. La nuit remplace le jour, et elle se retrouve enveloppée de ténèbres, pataugeant dans la confusion. Elle appelle son fiancé, le supplie de lui expliquer. Mais elle reste avec plus de questions que de réponses parce que la voix qui s'élève dans l'air n'est pas celle d'une femme sur le point de se marier mais d'une petite fille, âgée d'à peine huit ans. La robe qui lui allait à la perfection s'étale à présent autour de ses minuscules pieds nus.

Elle voit toujours mal à cause du voile, qu'elle essaie de retirer dans un effort désespéré de donner du sens à ce qui se passe. Le monde tournoie dans un kaléidoscope de couleurs alors qu'elle s'accroche à quelque chose dans sa main. C'est son filet de sécurité dans les moments difficiles.

Néanmoins, à travers le chaos, elle se concentre sur une voix apaisante, qui a toujours été son phare dans la tempête. *Tout va toujours mieux après un orage...*

Son univers reprend sa place et elle cligne des yeux pour chasser ses peurs. Le garçon qui était auparavant son fiancé se tient devant elle en haillons, mais elle s'en fiche. Il est son foyer. Il fait toujours en sorte que tout aille bien. Il avance, et serre doucement sa main tremblante dans la sienne. C'est maintenant qu'elle se rend compte que l'objet satiné qu'elle tient est un ruban rouge. Son SOS.

Un sourire en coin étire les lèvres pleines du garçon alors qu'il efface les larmes de ses joues avec ses pouces. Il a l'air d'avoir à peine quelques années de plus qu'elle. Il est évident qu'il tient énormément à elle. Et elle éprouve la même chose.

Il est la seule personne qui peut lui expliquer pourquoi elle n'arrive pas à se rappeler.

— Comment je m'appelle ?

Il rit et secoue la tête, amusé. Cependant, quand il sent la gravité de sa question, il devient réconfortant, protecteur. Il la prend dans ses bras, et elle se délecte de la façon dont son cœur fait un petit saut périlleux. Mais ce sentiment se change bientôt en appréhension.

— Neige... tu t'appelles Neige.

Le ruban rouge lui glisse des doigts, de *mes* doigts, et je m'évanouis.

***

Je me réveille, le cœur menaçant de sortir de ma poitrine.

Repoussant les mèches de cheveux ébouriffées de mon front, j'observe frénétiquement ce qui m'entoure. Qu'est-ce qui vient de se passer ? Un poids me tombe sur l'estomac.

Des voix étouffées me poussent à me concentrer sur mon environnement, et mon cerveau se remet alors en route. Je suis à la maison. Je suis étendue sur le canapé élimé de mon salon, enfouie sous une couverture. Maintenant que mon cœur a repris un rythme presque normal, je me redresse en position assise, ignorant les battements dans ma tempe.

Une fois les pieds par terre, je me lève avec lenteur, en espérant que la pièce va arrêter de tourner. C'est le cas.

Je baisse les yeux et constate que je porte mon short de sport et un débardeur – les mêmes qu'hier. Ou aujourd'hui. Je ne me souviens pas.

Quel jour est-on ?

— Hé. Tu es réveillée.

— Bordel de merde ! crié-je, en manquant de m'affaler alors que je pivote pour voir Cayden debout sur le seuil, les mains levées en signe de reddition.

— Désolé. Je ne voulais pas te faire peur. J'ai frappé plusieurs fois. Mais tu étais dans les vapes. Il faut à tout prix que tu verrouilles ta porte, ajoute-t-il alors que je tente de reprendre mon souffle.

— Je l'ai verrouillée, finis-je par répliquer.

Ou pas. Après m'être dépêchée de rentrer à la maison, sur le point de tomber dans les pommes à cause du manque d'oxygène, je ne désirais qu'une chose, me glisser sous une couverture et dire à mon imagination un peu trop galopante de se calmer un peu. Je ne me rappelle pas grand-chose après ça.

— Quelle heure est-il ?

Les rayons du soleil qui filtrent par la fenêtre m'indiquent qu'il fait jour, mais je n'ai aucune idée de l'heure.

— Un peu plus de 7 heures.

Donc j'ai à nouveau perdu connaissance pour me réveiller dans un état de confusion totale. Ces portions de temps manquants m'inquiètent. Au lieu de me souvenir, je fais l'opposé.

— Où est-ce que je mets ça ?

Apparemment, ma maison est un vrai moulin ce matin, donc je laisse cette crise de côté pour l'instant.

Un livreur avec un porte-bloc fait son entrée. Il regarde Cayden, puis se tourne vers moi. Cayden a l'air renfrogné. Ah, c'est parce que le type me mate les seins ! À l'évidence, pendant mon trou noir, je n'ai eu aucun problème à détacher mon soutien-gorge de sport. Je ne me rappelle pas grand-chose, mais de toute évidence, je n'oublie jamais mon confort.

Je me dépêche de croiser les bras sur ma poitrine, puis je me racle la gorge, mécontente.

Cayden l'est aussi.

— Pièce de devant, ordonne-t-il.

J'oublie ma pudeur et secoue la tête.

— Non, attends. C'était quoi la question ? demandé-je, complètement perdue.

Le livreur pousse un soupir. Quelqu'un n'a pas eu son café du matin.

— Votre lit. Où vous voulez-vous que je le mette ?

La simple mention de mon lit met en joie mes muscles endoloris.

— La pièce de devant, répète Cayden alors que je pince les lèvres, agacée.

— La pièce à l'arrière, s'il vous plaît, corrigé-je, en essayant de lui montrer la direction en gardant les bras croisés.

Le livreur nous dévisage tour à tour en sortant un stylo de la poche de son bleu de travail délavé.

— Écoutez, je suis payé pour livrer ce truc. L'endroit où il est censé aller, c'est pas mon problème. Bon, qui va signer ?

Cayden soupire, et se passe une main dans les cheveux, preuve que j'ai gagné cette bataille pour l'instant.

Je prends le porte-bloc et le stylo des mains de l'homme, et je signe aussi vite que je peux parce que je suis presque sûre qu'il vient de me renifler. Quand un bruit de grincement résonne dans la pièce, le type récupère ses papiers et fonce vers la porte d'entrée. Je parie que c'est à cause de la mâchoire contractée de Cayden.

Il projette sans conteste une sorte d'aura de loup alpha, ce qui attire mon attention sur le fait que je ne me suis même pas souciée de me retrouver devant lui sans soutien-gorge. Sûrement parce qu'il ne me reluque pas comme si j'étais son prochain repas. Il sait être un gentleman quand il veut.

— Donc…

Il se balance sur ses talons.

— Tu es certaine que tu veux vraiment dormir dans la pièce la plus dangereuse de la maison ?

J'ai comme l'impression qu'il espérait que je changerais d'avis.

— Que veux-tu que je te dise ? J'aime vivre dangereusement, répliqué-je alors qu'il gonfle les joues avant de souffler. En plus, qu'est-ce que tu as contre ma chambre ?

— Rien.

Il hausse les épaules d'un air nonchalant.

— Je pensais juste que tu voudrais quelque chose de plus grand.

Je ne peux retenir un gloussement. Et je ne fais aucun effort pour le dissimuler.

— C'est ce qu'ils disent tous.

Cayden arque un sourcil bien dessiné, perplexe, jusqu'à ce qu'il comprenne le trait d'humour. Quand c'est le cas, les anges et tous les saints se mettent à chanter parce que je n'ai jamais rien vu d'aussi spectaculaire.

— Oh mon Dieu…

Je plaque une main sur ma bouche, les yeux exagérément écarquillés.

— Est-ce que tu viens de… sourire ? Seigneur. Est-ce que c'est la fin du monde ?

— Ha, ha, ricane-t-il avec la main sur le côté en prétendant être plié de rire.

Mais c'est trop tard. Je l'ai vu sourire et je ne suis pas près de l'oublier.

Le livreur interrompt cet échange bizarre mais amusant. Lui et son collègue essaient de faire rentrer le matelas à travers la porte étroite. J'imagine que je n'ai pas pensé aux dimensions de la maison quand j'ai commandé ce monstre. Toutefois, quand je vois le dessus rembourré, j'oublie aussitôt mes regrets.

Pendant qu'ils se disputent pour savoir qui devrait lâcher en premier, je me rappelle soudain que la livraison n'était pas prévue avant ce week-end. Pourquoi sont-ils en avance ?

— Je croyais que vous ne pouviez pas venir avant ce week-end ?

Mais le livreur a d'autres chats à fouetter, comme porter le matelas dans le couloir sans faire tomber un mur.

Cayden lâche un grognement de frustration avant d'agripper le matelas et de passer devant. Les deux hommes tiennent chacun un côté et ils galèrent, alors que Cayden soulève un bout du matelas sans aucun problème.

La manœuvre met en valeur ce qu'il planque sous son T-shirt blanc. C'est impressionnant à voir, c'est le moins qu'on puisse dire.

Quand il croise mon regard, je me dépêche de baisser les yeux comme si j'étais plongée en pleine réflexion. Décidant de faire un brin de toilette, j'attends qu'ils se soient engagés dans le couloir avant de me diriger vers la salle de bains et de m'assurer que je verrouille bien la porte derrière moi.

Une fois à l'intérieur, je prends une grande inspiration. Je suis souvent hors d'haleine quand Cayden est dans le coin.

Je prends ma brosse à dents sur le bord du lavabo et je frotte en me regardant dans le miroir. Il y a tant de choses à faire, et je suis suffisamment mature pour admettre que je suis un peu submergée. J'ai eu les yeux plus gros que le ventre avec cette maison, et même si l'argent n'est pas un problème, remettre cet endroit en état risque d'en poser un.

J'ai de la chance que Cayden m'ait proposé son aide, parce que sans lui, je serais paumée. Vendre n'est pas une option et j'ai appris que je pouvais assez têtue quand je voulais. Donc j'aurais foncé tête baissée jusqu'à ce que, comme l'a dit Cayden, le toit me tombe dessus. Alors je suis plus que reconnaissante qu'il m'ait offert ses services. En retour, je devrais essayer de ne pas l'ennuyer, et de l'aider autant que je peux. Je ne peux m'empêcher d'afficher un sourire débordant de dentifrice.

Ma brosse à dents est rouge vif. C'est une couleur innocente en temps normal, mais aujourd'hui, ça m'évoque un souvenir frappant, ou plutôt un rêve. Un ruban rouge était noué autour de ma paume, et cette couleur contrastait avec le blanc… le blanc d'une robe de mariée.

Ma joue est bosselée à cause de la brosse à dents, mais je reste figée, concentrée sur ce cauchemar qui m'a semblé si réel. *Neige… tu t'appelles Neige.* Un frisson me traverse.

Cayden m'a appelée comme ça. Je sais que j'étais en train de perdre contact avec la réalité, et que je confondais les faits et la fiction, mais je suis sûre de l'avoir entendu m'appeler Neige. Sa voix était mon phare, elle m'attirait hors des profondeurs. Ce que j'ignore, c'est si mon cauchemar était un souvenir essayant de refaire surface ou si c'était mon esprit qui remplissait les blancs.

Frustrée, je termine mon brossage et me nettoie le visage. J'ai besoin d'une douche, mais aussi de vêtements propres, alors j'ouvre la porte de la salle de bains pour me rendre dans ma chambre.

Néanmoins, je marque une pause sur le seuil, parce qu'il me faut un moment pour digérer ce que j'ai devant les yeux.

Cayden est debout au pied de mon lit, les mains croisées sur sa nuque, comme s'il se demandait si le lit est bien positionné. Mais il est placé exactement là où je l'aurais mis.

Je suis captivée par l'étoile phosphorescente parce qu'elle est à présent juste au-dessus de mon lit. Je me vois allongée sur ce matelas en train de la fixer pendant des heures, mais à travers une paire d'yeux différente. Je secoue la tête pour repousser cette impression perturbante et j'entre dans la pièce.

— Waouh, c'est super. Tu peux ajouter décorateur d'intérieur sur ton CV.

Un bref sourire effleure ses lèvres.

— Ce serait beaucoup mieux si tu changeais de pièce.

Je suis prête à me battre, mais quand il se retourne et croise les bras, je reste sans voix. Tout l'oxygène s'échappe de mes poumons parce que c'est une vision qui déclenche… quelque chose.

Je suis presque sûre que j'ai déjà été dans cette pièce avec lui. Et pas qu'une fois. Plusieurs. Des images clignotent faiblement, mais en plein devant, je vois un garçon et une fille allongés sur un lit simple, en train de fixer le plafond. La petite fille lève un doigt en l'air pour suivre les contours de l'étoile, tout en fredonnant une berceuse alors que le garçon dort à poings fermés à côté d'elle. Je ne peux m'empêcher de remarquer que ses chaussettes dépareillées ont des trous partout.

Encore une fois, je suis dans le rôle du voyeur secret, en train de regarder un scénario qui me semble tellement familier que je pourrais presque détailler chaque odeur et chaque son. *Brille, brille petite étoile. Dans la nuit…*

— Qui se dévoile…

Je laisse échapper un hoquet. Les mots résonnent dans l'instant présent, et pas à l'époque dans laquelle je viens de me perdre, quelle qu'elle soit. Ce que je sais, c'est que ce que je viens de vivre… c'était un souvenir. *Mon* souvenir, qui se passait dans cette pièce.

Néanmoins, je ne sais pas si je dois être excitée ou plombée de chagrin, parce que cette scène était chargée de tristesse. Chaque enfant était le sauveur de l'autre. Qui sont-ils ? Mais plus important encore, pourquoi j'ai envie de les prendre dans mes bras et de leur dire que tout ira bien ? Leur dire que… tout va toujours mieux après un orage.

— Peyton ?

La voix de Cayden me sort à nouveau de mes pensées, et je suis ramenée à l'instant présent.

Cette chambre me donne la force nécessaire pour maîtriser mon conflit intérieur.

— Tu as dit que tu savais qui vivait ici.

Il retient son souffle.

— C'était qui ?

Cayden change d'attitude, comme s'il érigeait un mur tout autour de lui.

— Il n'y a pas grand-chose à dire. C'était une famille avec des problèmes de famille classiques.

Je ne crois pas un mot de ce qu'il dit.

— Cette maison était à vendre depuis des années. Le temps passant, elle a peut-être souffert entre les mains de dame Nature, mais les propriétaires n'avaient pas le cœur à vendre, parce que ces murs ont une histoire…

Il désigne la pièce d'un geste de la main.

— Ils auraient sans doute des choses à dire. Elle ne paie pas de mine comme ça, mais ce sont les souvenirs qui cimentent ses fondations. Pourquoi tu veux savoir ?

Quand faut y aller...

Je triture ma lèvre inférieure avant de me lancer :

— Parce que je suis presque certaine que je... je suis déjà venue ici.

Je guette une réaction, même imperceptible, qui corroborerait mon histoire, mais je ne perçois que de l'indifférence.

Il fourre ses mains dans ses poches avec nonchalance et répond :

— Alors, pourquoi cette chambre ? Si tu es déjà venue... pourquoi cette pièce est aussi importante pour toi ?

Je comprends sa confusion parce que ça n'a pas le moindre sens.

Je hausse les épaules puis lève les yeux pour me concentrer sur la petite étoile qui a ravivé ce moment de vie que je ne me rappelle pas avoir vécu.

— Parce que quand je suis ici, je me sens... en sécurité.

Je décide de ne pas évoquer le fait que ces fragments de puzzle impliquant ces enfants sans nom semblent entrer et sortir de ma psyché et déclenchent une séquence d'événements qui fait monter en moi une profonde tristesse.

— De quoi tu te souviens ? me questionne-t-il.

Il a l'air vraiment intéressé, étant donné que c'est la première fois que je parle aussi ouvertement de ça avec lui.

— De pas grand-chose. Je me souviens du lac. Et du chêne. C'est ce qui m'a poussée à venir ici. Mais je n'ai pas encore trouvé le courage d'aller le voir de plus près.

Il hoche la tête et me fait signe de continuer.

— Ma mère m'a dit que ça me semblait familier parce qu'on venait ici en vacances quand on était petits.

Il s'esclaffe.

— J'en doute. Les résidents de ce côté du lac sont des gens que ta mère ne remarquerait pas même si elle roulait dessus avec sa voiture à cent mille dollars. Les pauvres, explique-t-il quand il voit mon air confus. L'autre côté, en revanche, c'est là que tu retrouves les gens comme toi.

— Les gens comme *moi* ? répété-je, incapable de masquer mon indignation. Qu'est-ce que je dois comprendre ?

La simple mention de Stella suffit à me mettre de mauvaise humeur.

Cayden fait un pas en avant, et d'un seul regard, il me cloue sur place.

— Les riches. Avec le lac comme seule ligne de démarcation, on restait de notre côté pendant que ceux qui étaient pleins aux as n'osaient pas franchir la ligne invisible et s'aventurer dans le monde des indigents.

Vu l'amertume de son ton, pas la peine de demander de quel côté il vivait.

— Lacey m'a dit que vous aviez vécu ici toute votre vie.

Je reste à l'affût d'un signe qui pourrait me donner accès à un autre souvenir.

— Est-ce que tu te souviens… de moi ?

Je retiens mon souffle parce que je sais ce qu'il va répondre, mais je suis obligée de demander quand même.

Il penche la tête sur le côté comme s'il pesait ses mots, puis se passe la langue sur la lèvre inférieure avant de répondre :

— Non, pas du tout. Au cas où tu n'aurais pas deviné, j'ai grandi de ce côté du lac. Je n'appartiens pas à ton monde. Ça n'a jamais été le cas.

Je fais claquer ma langue d'un air buté.

— Je refuse de croire que j'ai adhéré à ce genre de préjugés. En plus, je suis ici, maintenant. Je ne me souviens pas de l'autre côté. Je ne savais même pas qu'il y avait « un autre côté ».

Je mime des guillemets parce que ça me semble ridicule, mais quand je repense à la façon dont Stella s'est montrée méprisante à l'égard de Cayden, je sais que je suis peut-être la seule parmi les *gens comme moi* à penser de la sorte.

Une tension palpable menace de me faire suffoquer, et je cherche instantanément le ruban dans mes cheveux, mais il n'y a rien. Je laisse retomber ma main et j'essaie de décoder ce qui vient de se passer. Pourquoi je porterais un ruban ? Et pourquoi un simple bout de tissu pourrait apaiser la douleur dans ma poitrine ?

Je suis en train de devenir folle.

Cependant, quand je croise le regard de Cayden, je l'aperçois – une étincelle de familiarité. Je sais qu'il a dit qu'il ne se souvenait pas de moi, mais je… je ne le crois pas. On s'est déjà croisés. Je le sais. Peut-être juste une seconde, mais je suis sûre qu'il m'a déjà vue auparavant. Alors pourquoi refuse-t-il de me le dire ? Qu'est-ce qu'il cache ? Je repense à la réaction d'Ellie quand elle m'a vue pour la première fois. J'ai eu la sensation que ce n'était pas la première fois. Et elle a parlé de moi comme d'un ange, et je l'ai appelée tout naturellement « petite souris ». J'ai les pièces du puzzle, mais le problème, c'est que j'ignore à quoi l'image est censée ressembler.

J'ai des bribes d'informations, et Cayden se planque derrière ces conneries de côté du lac pour une bonne raison. Il y a toujours une possibilité que je me trompe, mais mes tripes me disent que non. J'ai l'intention de me servir de toutes les infos que j'ai en ma possession pour gagner cette bataille.

— J'ai vu la mère d'Ellie. C'est ta femme ?

Cayden fait un pas en arrière. Est-ce que cette tactique de guérilla peut fonctionner ?

— Ce n'est pas ma femme. Quand l'as-tu vue ?

— Hier. J'ai surpris votre dispute. Vous n'êtes pas sur la même longueur d'onde, je me trompe ?

Je mesure mes propos pour ne pas l'énerver. Je suis prête à tenter n'importe quelle approche en espérant qu'il lâchera un élément qui prouvera que j'ai raison.

— Tout à fait, répond-il avant de déglutir. Hazel et moi, on se connaît depuis qu'on est petits. Elle était toujours en train de traîner : la marginale, si tu veux. Mais on l'était tous.

Je le laisse poursuivre, même si une question me taraude : c'est qui au juste, « on » ?

— Mon père…

Il dissimule un air de dégoût.

— … il n'était jamais là. Alors ma maison servait de point de rassemblement, un refuge pour les rebelles de la société. Je n'ai jamais aimé Hazel de cette façon… mais parfois, les choses prennent une tournure à laquelle on ne s'attendait pas.

Donc Ellie n'était pas prévue au programme. Et apparemment, Cayden n'a jamais eu de sentiments pour Hazel. Est-ce qu'un coup d'un soir ou une fête trop arrosée avait eu des conséquences qui les liaient pour toujours ? Quelle que soit la raison, j'ai bien l'intention de creuser, dans l'espoir de dénicher quelque chose sur mon passé.

— Et tu es sûr que je n'étais pas une de ces rebelles ?

Je sais que j'insiste, mais je ne peux pas laisser tomber.

Cayden hoche la tête en avançant avec nonchalance vers moi. Avec un geste d'une lenteur interminable, il repousse une boucle rebelle de ma joue. Le contact se prolonge, comme à chaque fois qu'on se touche.

— Oui. Je te l'ai dit : tu n'appartiens pas à ce monde.

— En tout cas, je suis là, maintenant, rétorqué-je encore une fois en me retenant de toutes mes forces de poser ma joue dans sa paume.

— Oui, c'est vrai, répond-il d'une voix rauque, ses yeux scrutant chaque centimètre de mon visage.

Cette étincelle entre nous semble s'intensifier à chacun de nos échanges.

Je prends un moment pour digérer ce que Cayden vient de m'apprendre. Il peut toujours prétendre qu'il ne me connaît pas, mais comment expliquer que moi, j'aie l'impression de le connaître ? D'accord, ma famille est blindée, mais je refuse de croire que je suis comme ma mère ou mes frères et sœurs. Peut-être que je ne me souviens pas, mais je n'aurais jamais été attirée ici sinon.

— Oh, mon Dieu ! Désolée !

Cayden retire précipitamment sa main de ma joue comme s'il s'était brûlé alors que Lacey manque de trébucher en entrant dans ma chambre. Cayden recule, les poings serrés le long de ses flancs. Est-ce que le fait de me toucher l'a fait souffrir ? On dirait, oui.

— Pas de souci. Quoi de neuf ? dit Cayden.

Il va se placer à l'autre bout de la pièce et me donne l'impression que je suis une paria.

Lacey examine la distance entre nous, alors qu'on était tout proches quand elle est arrivée. Elle se racle la gorge et montre qu'elle tient un plateau avec des cafés et un sac en papier marron.

— J'ai apporté du café et des donuts.

— Quelqu'un a parlé de donuts ?

Les livreurs débarquent avec ma commode. Ma chambre, déjà petite, me paraît minuscule, et je suis prise de claustrophobie.

— Je vais juste laisser ça ici, alors. Ça ne me dérange pas.

Il se met sur la pointe des pieds et zyeute le sac en papier que Lacey serre contre sa poitrine.

La pêche aux infos est terminée pour le moment, mais pour la toute première fois, j'ai l'impression d'être à ma place. Ce qui est ironique, étant donné que c'est le contraire de ce que Cayden vient de dire.

— Vu que tu t'es si bien débrouillé avec le lit, pourquoi tu ne t'occupes pas de ça aussi ?

Je choisis mes mots avec soin, et ils ont l'effet escompté.

— Je te fais confiance. Je vais prendre ma douche, conclus-je sous les yeux gris orageux de Cayden.

Lacey nous dévisage à tour de rôle, clairement perdue, mais Cayden a compris. Il sait que je ne vais pas le lâcher. Il cache quelque chose, et je ne m'arrêterai pas avant d'avoir découvert ce que c'est.

***

— Lacey, je te jure, tu en as déjà fait bien assez. Je vais juste terminer ça et ça ira comme ça.

Mais elle secoue la tête avec un air buté. De toute évidence, avoir la tête dure est un trait de caractère commun chez les Coachman.

— Jamais. On n'abandonne pas de soldat en cours de route.

Elle m'adresse un sourire en coin par-dessus son épaule, son couteau à enduire à la main.

Ça fait des heures qu'on travaille dans ma cuisine, à retirer laborieusement le papier peint hideux à fleurs. On en a arraché le plus possible, mais la double couche et l'enduit résistent. On a trempé les murs avec de l'eau chaude pour ramollir la colle, mais vu que ces murs ont été tapissés dans les années 50, le papier est beaucoup plus dur à enlever que prévu.

Je suis sûre qu'il existe un moyen plus simple, néanmoins comme Cayden m'a évitée toute la journée, je ne peux compter que sur Google pour me renseigner.

Une fois douchée et changée, je suis retournée dans ma chambre. Avec les meubles, c'est devenu ma petite oasis à moi. Cette tranquillité a duré au moins dix secondes, avant que Cayden ne se pointe avec une boîte à outils et une masse à la main.

— Il faut arracher le papier peint, et je dois réparer un trou dans le plafond. Il va falloir remplacer tout le toit, mais je peux faire du rafistolage en attendant, a-t-il déclaré, bien décidé à démolir ma sérénité.

La seule pensée que quelqu'un touche à cette pièce m'a donné l'impression qu'il m'écrabouillait le cœur avec sa masse, surtout que réparer le trou nécessiterait de couper le morceau de plâtre où est collée l'étoile.

J'ai protesté avec véhémence :

— Si tu veux toucher à cette chambre, il faudra me passer sur le corps.

Un peu trop dramatique, malgré tout, ça allait de pair avec mes sentiments à ce moment-là. Il a sorti un rouleau de bâche de protection, mais les meubles étaient le cadet de mes soucis. Je venais juste d'emménager, et maintenant il voulait tout casser. Hors de question !

Après notre échange houleux, il est parti dans le salon, où il est resté jusqu'à la fin de la journée. Lacey et moi, on s'est réfugiées à la cuisine, supposant que les nombreux outils posés par terre avaient été laissés à notre intention. On a bien travaillé, surtout qu'on n'y connaissait rien ni l'une ni l'autre, mais comme on n'avait pas envie de se faire engueuler, on a regardé des vidéos de tutos sur YouTube.

Nos combinaisons de protection étaient dégoûtantes, mais c'était étrangement gratifiant.

— J'ai mal à des endroits de mon corps dont j'ignorais l'existence, déclaré-je en ne plaisantant qu'à moitié.

Lacey fait craquer sa nuque de gauche à droite en acquiesçant.

— Je crois qu'on devrait fêter ça.

— Fêter quoi ? demandé-je en grattant une bande récalcitrante de colle.

— Le fait qu'on soit toujours en vie.

J'écarte une mèche de mon front du dos de la main, et je laisse échapper un éclat de rire.

— J'imagine que c'est une raison comme une autre.

Je recule puis tourne lentement sur moi-même pour examiner notre dur labeur. Les murs sont irréguliers et couverts d'enduit, mais on a bien avancé, et j'ai hâte de voir le résultat final. En entendant un bruit sourd suivi d'un chapelet de jurons, je me tourne vers Lacey, qui me rend mon regard, les sourcils haussés.

— Pourquoi il est aussi grincheux ?

C'est l'occasion idéale de lui faire part de mon pressentiment. Peut-être qu'elle pourrait confirmer que j'ai vu juste ? Mais je lui ai déjà demandé, et soyons lucides, sa mémoire est beaucoup plus fiable que la mienne. Pourtant, je n'arrive pas à me sortir cette idée de la tête. Et plus Cayden prend ses distances, plus j'en suis convaincue.

Je me remets à gratter le mur et réponds de façon aussi innocente que possible :

— Je crois que ça a un rapport avec le fait que je lui ai posé des questions sur la mère d'Ellie.

Lacey marque une pause qui trahit sa surprise. Ce qu'elle exprime quelques secondes plus tard :

— Tu as fait *quoi ?*

Quand je risque un regard contrit vers elle, je vois que sa bouche est grande ouverte.

— Ça m'a paru être une bonne idée, sur le moment, raisonné-je avec un léger haussement d'épaules.

Son outil pend mollement le long de sa jambe. Je crois que nos travaux de rénovation sont finis pour aujourd'hui.

— Qu'est-ce qu'il a dit ?

— Pas grand-chose. Juste qu'il connaît Hazel depuis l'enfance. Qu'elle vivait de « ce côté » du lac. Comme lui.

Je ne peux m'empêcher de lever les yeux au ciel. Ça paraît tellement dramatique et mesquin.

Lacey pâlit, et elle s'humecte les lèvres d'un geste nerveux.

— Il te l'a dit ?

Mon côté vicieux voudrait que je tende un piège à Lacey pour qu'elle me raconte tout ce qu'elle sait. Cependant, à la voir aussi innocente, je sais que je ne pourrai jamais faire ça.

— Il m'a dit que je n'appartenais pas à ce monde, mais alors dans ce cas, qu'est-ce que je fais là ?

Les yeux de Lacey sont rivés au sol. De toute évidence, elle est mal à l'aise, et j'ai tout à coup l'impression d'avoir donné un coup de pied à un bébé chien. Mais quoi qu'il en soit, il faut que je sache.

— Je sais que je t'ai déjà posé la question, mais cet endroit... m'est si familier. Tu es sûre que tu ne m'as jamais vue avant ?

Comme je l'ai fait avec Cayden, je scrute le moindre signe qui la trahirait. N'importe quoi. Néanmoins je ne vois rien.

— Comme l'a dit Cayden... tu n'appartenais pas à notre monde. Ta place, c'était de l'autre côté du lac.

Il n'y a aucune méchanceté dans sa voix, juste la vérité. C'est pour ça que je ne me vexe pas.

Sauf qu'elle n'a pas vraiment répondu à ma question, et ça me donne de l'espoir.

— Disons que vous avez raison tous les deux, et que ma place était là-bas. Est-ce que vous auriez su qui j'étais ?

Elle finit par lever la tête. Ses yeux sont emplis d'un tourbillon d'émotions. Mais au milieu de tout ce chaos, je le vois. Un secret. Est-ce que c'est en rapport avec moi ?

— Bordel. Cette pièce est dans un état encore pire qu'avant.

Le sarcasme de Cayden met fin à ce moment. Lacey recule comme pour échapper à sa culpabilité. Ma tempe bat douloureusement à cause de la frustration, et par réflexe je plaque une main sur mon front.

Cayden remarque la tension, et nous dévisage tour à tour, Lacey et moi. Juste au moment où il ouvre la bouche, Lacey s'exclame :

— On sort.

— Ah bon ? lancé-je en même temps que Cayden.

Lacey hoche la tête avec animation.

— Oui. Absolument. On a bien travaillé. Fêtons ça.

Son enthousiasme est communicatif et je me rends compte qu'elle a raison. Pourquoi pas ? Cayden affiche alors un sourire en coin, et je sais qu'il va tout gâcher.

— On est loin d'avoir terminé.

Une boule se forme dans ma gorge.

— C'est si grave que ça ?

— Il vaut mieux que tu l'ignores, crois-moi.

Vu comme il est sale, j'en ai une petite idée. Il se passe une main dans les cheveux, ce qui soulève un nuage de poussière.

— C'est un miracle que cette maison ne se soit pas encore écroulée. En cas de fort coup de vent, disons juste que tu ne serais plus dans le Kansas, Toto[1].

Je suis soulagée qu'il ait dit ça sur un ton léger, parce que je sens que je vais finir en larmes à un moment donné.

— Les fondations sont instables. Tout ce qui soutient cette maison est soit pourri, soit à deux doigts de s'écrouler.

Je pousse un long soupir, qui soulève les mèches devant mon visage.

— Et la bonne nouvelle, c'est quoi ?

— C'était ça, la bonne nouvelle, réplique-t-il alors que je me retiens d'aller me rouler en boule dans un coin. Mais…

— Mais ? répété-je en dressant l'oreille.

— Mais tu as de la chance. J'ai un atout dans ma manche.

Incapable de contenir mon excitation, je frappe dans mes mains. Lacey se joint à moi, et Cayden secoue la tête devant notre comportement de gamines.

— Je ne me réjouirais pas trop tôt si j'étais toi. Ça signifie que tu vas souvent me voir ici.

Sa déclaration me fait rater mon applaudissement, et je me retrouve à gifler le vide.

1 Référence au *Magicien d'Oz*.

Mon cœur commence à battre plus vite, mais j'enterre ma pom-pom girl intérieure tout au fond de moi, parce qu'il n'a pas l'air ravi.

— Je me sacrifie volontiers pour la bonne cause.

Je fais semblant de soupirer, espérant cacher mon enthousiasme. Je ne sais pas pourquoi la perspective de passer autant de temps avec Cayden me fait plaisir. Quand on est ensemble, on oublie toutes conventions sociales et on se dit ce qu'on pense, mais ce n'est qu'une partie de l'explication. Avoir quelqu'un avec qui échanger, et qui n'a pas peur de se défendre, m'excite.

Peu importe mon nom de famille, ou mon statut social, et les règles ridicules qui viennent avec, il est évident que ma place est de ce côté du lac. Je crois que ça a toujours été le cas. Cayden et Lacey ont beau prétendre que je n'appartiens pas à leur monde, je n'arrêterai pas de chercher tant que je n'aurai pas trouvé quelqu'un qui m'affirme le contraire.

Cayden hausse les épaules, mais son sourire le trahit. Lui aussi, il aime la chasse.

— Tu ne pourras pas dire que je ne t'ai pas prévenue.

Ça va mal finir, et j'ai hâte de voir tout imploser.

— Bon, dans ce cas, compte sur moi, Lacey, dis-je. Dieu sait que je ferais mieux de profiter de chaque moment d'amusement, parce que les prochains mois vont être un véritable enfer.

Cayden frotte sa joue couverte de poils drus. Il exsude l'arrogance par tous les pores de sa peau. Soudain, le mot enfer prend un tout autre sens. Ça va être un enfer de garder mes pulsions irrationnelles sous contrôle.

Je le connais depuis genre, cinq minutes, mais ça m'a paru être les moments les plus exaltants de ma vie. Comme maintenant. Chaque partie de mon corps me picote alors qu'il me scrute des pieds à la tête.

Lacey pousse un cri de joie et sautille sur place. Elle ne voit pas que je suis à deux doigts de me liquéfier.

— Et toi, frangin ?

Ses yeux restent rivés sur moi.

— Peut-être la prochaine fois.

— Quoi, tu es attendu quelque part ? le taquine-t-elle alors qu'il me déshabille du regard sans aucune gêne.

Je suis certaine que je viens juste de prendre feu.

— J'ai quelque chose à faire, déclare-t-il.

Je retombe brutalement sur terre. Sans réponse est ambiguë, et il ne développe pas, évidemment. Avec lui, il y a plus de questions que de réponses. Je commence à avoir l'habitude. Mais ce n'est pas plus mal. Je dois rester concentrée.

— Comme tu veux. Soirée filles ! s'exclame Lacey en passant son bras sous le mien.

Ça a l'air génial, et j'ai super hâte de me lâcher. Et puis comme ça, Lacey et moi, on va apprendre à mieux se connaître. Toutefois j'ai dit oui pour une autre raison.

Si Cayden et Lacey ne veulent pas me parler… alors je trouverai bien quelqu'un d'autre qui le fera.

CHAPITRE 6

Décider quoi porter était facile.

Je suis fière de ma nouvelle garde-robe, constituée d'une poignée de vêtements que je n'ai pas honte de porter en public. Cette petite robe rouge en est le parfait exemple. Le reste de mes habits attend dans des sacs poubelle dans un coin de ma chambre.

Je compte les donner à une œuvre de charité, pour que quelqu'un d'autre puisse leur offrir un foyer aimant. Moi, je ne peux plus. Ils me rappellent une partie de mon passé que je rejette, à cause de l'image qu'ils me renvoient. Si j'étais le genre de personne à dépenser autant d'argent dans des fringues, alors peut-être que Cayden a raison ; je ne suis pas à ma place, ici.

Mais je refuse de penser à ça, parce que je suis bien décidée à trouver des réponses ce soir.

J'enfile mes bottines à talons, et je jette un dernier coup d'œil à mon reflet. J'ai lâché mes cheveux cuivrés, qui ondulent sur mes épaules. Je les ai lavés, et j'ai appliqué un spray à l'eau de mer pour leur donner un effet mouillé naturel. La robe rouge a un bustier en crochet avec des lacets se resserrant à la taille. La jupe à carreaux est constituée de plusieurs couches de tulle plissé. J'ai une folle envie de tourner sur moi-même pour voir la jupe se gonfler dans le vent. Néanmoins, si cette robe a échappé au tri, c'est surtout pour sa ceinture en ruban rouge.

En jouant avec, je songe à ce fameux ruban que je n'ai pas encore vu de près. *Un pas à la fois*, chuchoté-je. Je vais devoir puiser tout au fond de moi pour trouver le courage de faire ce grand saut intimidant. Je sais qu'à un moment donné, je ne pourrai plus me contenter de le regarder de loin. Mais pas ce soir.

Je prends mon sac à main et éteins la lumière de ma chambre. Quand je passe dans le salon, je m'arrête, et je souris en repensant à ce que Cayden a dit. La perspective de le voir tous les jours me fait plus plaisir que ça ne le devrait. L'attirance que je ressens pour lui n'a aucun sens, mais rien de tout ça n'en a.

Je descends les marches de devant, excitée d'aller en ville. Depuis que je me suis réveillée, je suis comme coincée dans une ornière. J'essaie de comprendre qui j'étais sans prendre en considération la personne que je suis aujourd'hui. Oui, je veux découvrir qui j'étais et quel rôle a joué cette ville dans mon passé, mais tout n'est pas forcément tout noir.

D'un pas plein d'entrain, je rejoins la maison des Coachman. Lacey m'a dit de passer vers 20 heures. Il est 20 h 02. Je ne veux pas avoir l'air trop pressée, même si c'est le cas.

Maintenant que la rénovation de la maison est en route, je peux me concentrer sur d'autres choses, comme trouver du travail. J'ai travaillé en tant que manager marketing, mais je n'ai aucune envie de reprendre un emploi que je suis sûre de détester. J'ai carrément dû chercher sur Google pour trouver la description d'un poste dont je n'ai aucun souvenir. Donc la question est : qu'est-ce que j'ai envie de faire ?

Je repense au mystérieux dessin que j'ai trouvé sur mes genoux quand je me suis réveillée. Est-ce que j'ai un talent caché dont personne ne m'aurait parlé ? Les souvenirs enfouis refont surface par bribes ; peut-être que mon subconscient procède de même pour mes compétences ? En tout cas, je ne me rappelle pas l'avoir dessiné, mais j'imagine que je ne me rappelle pas grand-chose.

Perdue dans mes pensées, je ne prête pas attention à ce qui m'entoure, jusqu'à ce que les petits cheveux sur ma nuque se hérissent – encore une fois. La même chose s'est produite hier soir. D'instinct, je m'arrête pour regarder aux alentours. Je tourne la tête de gauche à droite pour scruter le paysage nocturne, en quête de quelque chose d'inhabituel.

Rien ne me paraît étrange ; il règne dans ce quartier endormi une atmosphère si tranquille que c'est la première fois que je ferme ma porte à clé. Je décide que mon impression n'est due qu'à ma nervosité à l'idée de ce que je pourrais découvrir ce soir, et je continue à avancer en direction de chez Cayden.

Mes pas rapides résonnent dans la rue, et le silence me semble bientôt inquiétant. J'ai encore la sensation tenace que je suis épiée. Je regarde par-dessus mon épaule. Il n'y a rien d'autre que les étoiles qui scintillent doucement et la pleine lune. Un frisson me parcourt. Les lumières au loin de l'autre côté du lac ajoutent à mon anxiété, parce que pour la première fois depuis que je suis arrivée, j'ai l'impression que je ne suis pas à ma place.

Je plisse les yeux. Mon esprit invoque des images du croquemitaine rôdant dans les ombres, mais je me rappelle que ce ne sont que des histoires, comme je l'ai fait hier soir, et je me concentre là-dessus. Ma respiration se calme. Il n'y a personne.

La voie est libre, il n'y a ni tueur en série ni clown effrayant. Je continue mon chemin, mais j'accélère quand même le rythme. Quand je ne suis plus qu'à quelques mètres, je monte les marches en courant, puis prends une grande inspiration. Mon cœur bat la chamade, ce qui est absurde. Je reprends contenance avant d'appuyer sur la sonnette.

Des pas résonnent dans les escaliers, puis la porte en bois s'ouvre sur Lacey.

— Salut ! Je suis à la bourre. J'en ai pour un petit moment. Viens.

Elle me fait signe d'entrer, mais il me traverse tout à coup l'esprit que je suis sur le point de mettre un pied dans la fosse aux lions.

Mes soupçons remontent à la surface. Cayden sait qui je suis. Pénétrer chez lui pourrait confirmer mon pressentiment. Une fois à l'intérieur, je suis aussitôt percutée par l'odeur de l'océan. Ça réveille un sentiment de nostalgie, mais à part ça, je n'éprouve rien de particulier.

— Tu veux boire quelque chose ? La cuisine est juste là-bas.

Elle pointe un doigt vers la gauche. Une ouverture élaborée en forme d'arche mène à ce qui semble être un salon avec un mur aux teintes bleu-gris foncé. Des appliques rustiques éclairent la pièce et la magnifient. L'atmosphère est chaleureuse et accueillante.

Les murs du couloir sont blancs, ce qui fait ressortir le plancher lustré. Ils éveillent ma curiosité. Où mènent-ils ? La cuisine se trouve au bout du couloir, d'où je distingue un comptoir en marbre noir. La maison est bien entretenue et raffinée, et je suis tout excitée. Je suis certaine que c'est Cayden qui a créé ce château. J'ai hâte de voir ce qu'il va faire chez moi.

Quand je me rappelle que Lacey attend une réponse, je secoue la tête.

— Non, ça va. Je vais t'attendre ici.

Elle hoche la tête et tape dans ses mains, aux anges.

— OK. Donne-moi juste une minute.

Le sourire aux lèvres, je le regarde monter les marches deux par deux.

Une fois qu'elle a disparu à l'étage, je prends un moment pour apprécier ce qui m'entoure, parce qu'il y a beaucoup de choses à voir. L'entrée ouverte accueille les visiteurs à bras ouverts dès qu'ils posent le pied à l'intérieur. Un chandelier suspendu renforce cette impression de chaleur, sans prétention. C'est raffiné. Élégant. L'escalier se trouve sur la droite. La rambarde noire est assortie aux marches blanches et noires.

Je m'imprègne des lieux et me concentre, espérant que quelque chose me semblera familier, ce qui confirmerait que je suis déjà venue. Je ne force pas les choses, je me contente de tout absorber pas à pas. Je tape ma bottine sur le plancher, à l'affût du son qu'elle produit et de l'écho que ça crée dans le vestibule. Est-ce que j'ai déjà entendu ça auparavant ?

Je m'attends à des maux de tête, à ce que les ténèbres m'attirent dans leurs profondeurs, déclenchant le souvenir d'être déjà venue ici auparavant. Rien ne vient. Aucun souvenir, aucune confirmation. Rien du tout. Cet endroit m'est aussi étranger que les autres.

Je pousse un soupir de déception parce qu'une petite partie de moi espérait que j'avais raison. À coup sûr, si j'avais connu Cayden, cette maison me laisserait le même genre d'impression que le lac et le chêne, mais non. Ce ne sont peut-être que des vœux pieux. Je me raccroche à tout ce que je peux, j'ai tellement envie de trouver une connexion.

Énervée contre moi-même, je fais claquer ma langue. Tout à coup, j'ai envie de rebrousser chemin et de rentrer chez moi. Ma bonne humeur s'est envolée, et elle ne reviendra pas de sitôt. Au moment où j'envisage d'appeler Lacey pour lui dire que j'ai changé d'avis, je me retrouve dans l'incapacité de parler parce que debout à quelques mètres de moi se trouve Ellie.

Elle est sortie du couloir avec un cookie dans une main et une souris en peluche de l'autre. Elle se fige quand elle me voit. Même chose de mon côté. Elle porte un pyjama rose avec des nœuds blancs imprimés dessus. Son petit corps respire l'innocence, et tout ce que j'ai envie de faire, c'est... pleurer.

Une culpabilité écrasante me coupe le souffle et je pose la main sur le mur pour ne pas m'écrouler. Ellie ne bouge toujours pas, elle m'observe de ses grands yeux sages. Il faut que je lui parle, mais j'ai peur de ce qu'elle pourrait dire. J'ai envie de lui demander pourquoi elle a dit que j'étais un ange, mais plus important encore, je veux savoir si elle sait qui je suis.

Je me racle la gorge et lui offre un sourire.

— Salut, Ellie. Je suis Peyton. Je n'ai pas eu l'occasion de me présenter.

Elle continue à me scruter.

Les jambes tremblantes, j'avance vers elle à pas comptés pour ne pas l'effrayer davantage. Je m'arrête à quelques pas et m'accroupis. Elle retient son souffle.

— Qui est ton amie ?

Je désigne la souris en peluche élimée qu'elle tient dans sa main. Elle a peur de moi, c'est flagrant, mais je ne comprends pas pourquoi.

Et même si j'ai très envie de lui demander, je me retiens. Malgré ma quête de réponses, je ne ferais jamais rien pour l'attirer dans mes ténèbres. Je suis sur le point de lui demander à quoi est son cookie parce qu'il sent délicieusement bon, mais je perds ma voix quand un murmure s'élève dans le silence :

— Je... te connais.

Je dois m'y reprendre à trois fois pour parler.

— Ah-ah bon ? couiné-je.

Elle hoche la tête, sa queue-de-cheval s'agite comme pour acquiescer aussi.

— Oui. Tu es un ange.

C'est la deuxième fois qu'elle utilise ce terme, et je ne sais toujours pas ce que ça veut dire.

— Un ange ? Je... je ne comprends pas.

Les murs commencent à se refermer sur moi, un sentiment auquel je me suis habituée. Mais cette fois, je repousse les ombres parce que je refuse de les laisser gagner.

Les petits doigts d'Ellie se resserrent autour de l'animal en peluche. Elle a l'air aussi intriguée par moi que je le suis par elle. Je ne bouge pas d'un cil quand elle avance vers moi et semble réfléchir intensément avant de me tendre sa peluche. Ne comprenant rien de ce qui se passe, je la prends dans ma main, mais à la seconde où je la touche, mes poumons se vident de leur oxygène.

Je ferme les yeux et passe mes doigts sur les moustaches hérissées, puis mes doigts remontent. Inutile que je regarde, je sais que je ne trouverai qu'un seul œil. L'autre a disparu. Comment est-ce que je le sais ? Cette peluche n'est qu'un lointain souvenir, mais le réconfort est toujours là. Ellie le sent, et moi aussi.

Très, très lentement, je rouvre les yeux, et examine Ellie de la tête aux pieds. La douleur, le vide que j'ai ressentis quand elle était dans mes bras me percutent à nouveau de plein fouet, et je prends une brusque inspiration. Un besoin dévorant de la protéger me submerge, mais la protéger de quoi ? Ou plutôt, de qui ?

Elle me fait un grand sourire qui dévoile un trou dans ses dents de devant. Son innocence me prive de tous mes mots.

— Ça va aller, petite souris.

Mes oreilles sifflent, et je résiste à l'envie de plaquer mes mains dessus. Mais cela s'arrête quand Ellie pose sa petite main sur ma joue.

— Souviens-toi…

Je retiens ma respiration.

— … « tu es la seule personne qui peut remplir le monde avec du soleil. »

Une larme coule sur ma joue.

— Ellie ?

La voix de Cayden résonne derrière moi, et je me hâte d'essuyer ma joue.

Quand je suis sûre d'avoir repris contenance, je redonne sa peluche à Ellie.

— Elle est parfaite. Tout comme toi.

Je passe mes doigts dans ses cheveux avant de me relever.

Ellie sourit, et croque dans son cookie. Je ne sais pas du tout ce qui vient de se passer.

Je me retourne lentement, et suis prise au dépourvu quand je vois que Cayden m'observe avec intérêt. Je m'attendais à ce qu'il soit en colère, mais je perçois de la curiosité de sa part. Son intérêt prend bientôt une autre tournure quand il m'examine sous toutes les coutures. Le chaud et le froid qu'il souffle sur moi en permanence vont me laisser des brûlures d'estomac chroniques.

— Désolée pour le retard. Je suis prête, annonce Lacey.

Elle descend les escaliers en sautillant, et s'arrête sur l'avant-dernière marche quand elle nous voit en train de nous dévisager fixement. Je repousse la confusion dans un coin de ma tête et prie pour que ce soit le moment que j'attends depuis tous ces mois – le moment où je vais me souvenir.

Je dresse dans ma tête la liste de tout ce que j'ai appris, c'est-à-dire pas grand-chose, et j'essaie de reconstituer un genre d'image qui ait du sens. Mais j'en reviens toujours à la vision de l'eau et du ruban rouge qui flotte dans la brise d'été.

Me raccrochant à ces aperçus, j'arrive à la même conclusion. Les réponses se trouvent dans le lac. Tous les chemins semblent m'amener là-bas. À chaque fois que je plonge trop profond, que je frappe à une porte invisible, les murs que mon esprit a érigés se dressent devant moi pour m'empêcher d'accéder à un passé dont mon subconscient ne veut pas que je me souvienne.

Mais maintenant que je suis là, près de Cayden, d'Ellie et de ma nouvelle maison, je sais que les choses sont en train de s'éclaircir. Ce n'est plus qu'une question de temps. Et quand ça arrivera, je ne serai pas prise au dépourvu. Cependant cette maison ne signifie rien pour moi. Il n'y a aucune chaleur. Aucun indice que j'y sois déjà venue auparavant.

Cayden plisse les yeux, et m'examine avec attention. Il fait souvent ça quand je suis dans les parages. Même si cette demeure m'est étrangère, ce n'est pas le cas de Cayden et de sa fille, qui se tient à présent à ses côtés, aussi intriguée que son père.

Ellie mâche son cookie, sans quitter Cayden des yeux alors qu'il s'approche de nous. Je n'ose pas bouger.

— Fais attention ce soir. C'est la pleine lune. Tout est possible.

Je penche la tête, c'est à mon tour de le dévisager. Je ne peux m'empêcher de répliquer :

— Si je ne te connaissais pas, je pourrais croire que tu t'inquiètes pour moi.

Une ombre de sourire fait frémir ses lèvres alors qu'il secoue la tête.

— Sois prudente, c'est tout.

J'ai l'impression qu'il va tendre la main et me toucher la joue, mais qu'il change d'avis à la dernière seconde. Au lieu de ça, il replie ses mains en poings.

— Tu peux prendre ma souris. Elle te protégera.

Ce n'est qu'au moment où la voix d'Ellie s'élève que je détourne le regard de celui de Cayden.

Captivée par son innocence, je repousse l'envie de la prendre dans mes bras.

— Merci, mais je pense que tu lui manqueras trop. En plus, j'aurai ta tante Lacey pour me garder en sécurité.

— Peyton a raison, ma puce. Et toi, tu es là pour protéger papa.

Cayden contracte la mâchoire et son regard se pose sur Lacey.

J'arque un sourcil, parce que j'ai le pressentiment que Lacey a laissé échapper quelque chose que Cayden ne veut clairement pas que je sache. Mais quoi ?

Lacey tire avec nervosité sur la créole en or qu'elle porte à l'oreille, avant de descendre la dernière marche.

— On ferait mieux d'y aller. Raul sera là dans deux minutes.

— Raul ? aboie Cayden, me coupant l'herbe sous le pied.

Lacey lève les yeux au ciel et agite son téléphone.

— Oui. C'est notre Uber. Rassure-moi, tu sais ce que c'est, tu n'es pas si vieux que ça.

— Vous prenez un Uber ? demande-t-il, ignorant son sarcasme, parce qu'il a apparemment des préoccupations plus importantes. J'aurais pu vous emmener.

Elle pouffe face à sa suggestion, et passe la bandoulière de son sac sur son épaule.

— Pour que la police anti-fun me gâche la soirée ? Non merci. Salut, grand frère.

Elle l'embrasse sur la joue, lui clouant le bec.

Elle serre Ellie dans ses bras et dépose un baiser sur sa tête.

— La glace chocolat caramel est au fond du congel. Ne le dis pas à ton papa, chuchote-t-elle tout fort.

Ellie éclate d'un rire magique. Je ne peux m'empêcher de sourire.

— Oooh, une minute.

Lacey baisse les yeux sur son téléphone avant de se précipiter dehors où elle pousse un cri tout excité.

Normalement, ça devrait me donner envie d'aller voir ce qui se passe, mais je m'abstiens.

L'atmosphère devient menaçante comme si quelque chose d'énorme couvait au-dessus de l'horizon. Mais j'imagine que ça n'a rien de nouveau. Je me racle la gorge et repousse une envie instinctive d'aller embrasser Cayden pour lui dire au revoir.

— Bonne nuit, Ellie. Fais de beaux rêves.

Je lui ébouriffe les cheveux en passant. J'essaie clairement de retarder l'inévitable, parce que tout à coup, rester ici me semble plus attirant que sortir et socialiser avec plein d'étrangers.

Malgré tout je me rappelle pourquoi j'ai accepté, et je croise le regard impénétrable de Cayden.

— Bon, eh bien. Bonne nuit. Ne m'attends pas.

Ma tentative de faire de l'humour me revient en pleine figure quand Cayden hausse un sourcil.

Suivant les pas de Lacey, je me tourne pour sortir, mais quelque chose me tire en arrière, et je me retrouve pressée contre un paradis aux senteurs incroyables. Je me rends compte que je suis plaquée contre le torse de Cayden. Je ne peux pas le voir parce que je lui tourne le dos, mais je n'ai aucun problème à le sentir.

— Appelle-moi en cas de besoin. Je pensais ce que j'ai dit. Fais attention.

Son haleine chaude caresse la peau brûlante de mon cou, et je dois mobiliser toute ma volonté pour ne pas me laisser aller contre lui.

— Que je fasse attention ?

— Oui.

Il se penche et repousse mes cheveux sur le côté. Il glisse le bout de son doigt sur la courbe de ma nuque. Je tremble de partout.

— À quoi ?

— Au grand méchant loup, répond-il d'une voix basse pleine de sous-entendus.

Ma peau grésille quand il enroule ses doigts autour de ma taille et qu'il serre fort. J'ai l'impression qu'il comprime ma poitrine pour en extraire tout l'air. Mais je comprends alors qu'il est en train de comparer ma tenue à celle du Petit Chaperon Rouge. Là où il se trompe, c'est que c'est lui le loup, et que je suis constamment en danger quand il est à proximité.

Tout ce dont j'ai envie, c'est de jeter toute prudence par la fenêtre. De faire des bêtises, parce que l'avertissement de Cayden s'accompagne d'une punition. Et là, enveloppée par son odeur et son charisme entêtant, j'ai très envie d'être vilaine. Mais je me retiens.

— J'ai bien fait de prévoir une bombe de gaz lacrymogène, alors.

Il glousse. C'est vraiment trop injuste, même son rire est sexy.

— C'est bon à savoir.

Il me lâche. Je suis sûre que mes joues sont assorties à ma robe. Je ne me retourne même pas pour voir s'il est aussi troublé que moi, parce que je sais maintenant que Cayden Coachman est un maître dans l'art de garder un visage impassible. Je me sauve presque en courant, reconnaissante de ne pas m'affaler par terre.

Même si c'est une chaude soirée d'été, l'air tiède fait du bien à mes joues. Notre Uber s'arrête dans l'allée, et je n'ai jamais été plus contente de me sauver. Lacey ne semble pas avoir remarqué mon coup de chaud, même si elle doit être habituée à mes bizarreries, maintenant. On monte à l'arrière de la Honda tandis que le jeune chauffeur nous dit bonjour d'un geste de la main.

Lacey lui donne les directions pendant que je prends de grandes bouffées d'air bien méritées. Quand on part en marche arrière, je jette un coup d'œil vers la porte d'entrée. Je ne suis pas surprise de voir les larges épaules de Cayden sur le seuil, avec Ellie à ses côtés. Leurs silhouettes remuent quelque chose tout au fond de moi.

Cependant, Lacey ne me laisse pas m'appesantir là-dessus.

— Désolée pour Cayden. Les vieilles habitudes ont la vie dure.

— Ça ne fait rien. Tu n'as pas à t'excuser.

Je suis fière d'être capable de sortir une phrase complète.

— Tu as dit qu'il avait toujours veillé sur toi, et il s'inquiète parce qu'on n'est que toutes les deux. Qu'est-ce qui est arrivé à votre papa ?

Lacey se tourne sur la banquette, et l'atmosphère devient lourde. Pourquoi ? Il est clair qu'elle n'a pas une haute estime de son père, et ça me rend encore plus curieuse.

— Franchement, je ne sais pas. Quand j'étais petite, il n'était jamais là. C'est Cayden qui s'assurait que j'avais à manger, de quoi m'habiller et que j'étais en sécurité.

Raul monte le son de la radio. Apparemment, il préfère entendre les malheurs de Taylor Swift plutôt que les nôtres.

Elle se mord la lèvre et regarde par la fenêtre, en proie à des souvenirs que j'aimerais bien connaître.

— Je ne me rappelle pas grand-chose de mon enfance. Même mon adolescence est floue. Alors, je comprends un peu ce que tu ressens. Je sais que ta situation est bien pire que la mienne, mais parfois, je me dis que si j'ai oublié, c'est pour une bonne raison. C'est dingue, hein ?

Elle attend une confirmation de ma part, mais ça ne me paraît pas dingue du tout.

— Pas du tout. Je vois ce que tu veux dire. Crois-moi.

Elle reste immobile, et je lui laisse le temps dont elle a besoin.

— Tard le soir, quand tout est calme, je reste allongée dans mon lit, et je ferme les yeux très fort. C'est le seul moment où des souvenirs remontent à la surface. Et encore, je ne sais pas s'ils sont réels. Il y a des cris, j'entends quelqu'un qui se fait cogner, des reniflements étouffés, je sais que ça vient du passé… c'est juste que je ne sais pas de qui il s'agit.

Une vague de tristesse nous submerge toutes les deux, et je lui offre le seul réconfort dont je suis capable. Je pose une main sur son genou et pousse un soupir.

— Parfois, ce n'est pas plus mal d'oublier.

— C'est ce qui t'est arrivé ?

Sa question est innocente, mais je ne peux m'empêcher de penser qu'elle a lu dans mes pensées d'une façon ou d'une autre.

— Je sais que tu souffres d'amnésie à cause de ton accident, mais est-ce que tu crois qu'inconsciemment c'est ton esprit qui veut t'épargner de la souffrance ?

Tout en jouant avec le ruban autour de ma taille, je lui réponds du tac au tac :

— Oui.

J'ai presque envie de lui dire que j'ai le pressentiment d'avoir déjà rencontré Cayden avant, mais même si c'est le cas, sa loyauté ira toujours à son frère, et je ne veux pas la mettre dans une situation embarrassante.

— Mais j'ai quand même l'intention d'avoir le fin mot de l'histoire. Il le faut.

Elle hoche la tête et se tourne enfin pour croiser mon regard. Ses yeux sont gonflés de larmes. C'est la première fois que je vois sa personnalité pétillante s'assombrir. De toute évidence, on garde tous nos secrets, des secrets qu'on a oubliés, pour une raison ou pour une autre.

— Désolée de plomber l'ambiance.

Elle s'essuie les yeux.

— Fichu Cayden et sa chevalerie.

Je laisse échapper un petit rire.

— Je n'irais pas jusque-là.

Elle pouffe à son tour, et la bonne humeur revient.

De la musique pop comble le silence pendant que Lacey et moi regardons tranquillement le paysage qui défile par la fenêtre. Les yeux plongés dans l'obscurité, je repense à ce que Lacey vient de partager avec moi. Si elle a occulté des souvenirs de son enfance, c'est pour une bonne raison. Si j'avais eu ce genre d'enfance, j'aurais préféré l'oublier aussi.

Vu la colère dans la voix de Cayden quand il a mentionné son père, il n'a sans doute pas cette chance. Il se rappelle tout. Et j'ai la sensation que si elle a oublié, c'est grâce à lui. Il l'a préservée du tourment qu'auraient été les souvenirs. Il a pris sur lui de tout se remémorer pour tous les deux. Ça n'empêche que les quelques détails dont elle se souvient sont affreux. Qu'a fait Cayden pour lui épargner toute cette peine ?

Quand Raul prend un virage serré, je remarque tout à coup que la route est très sinueuse.

J'observe les alentours et une impression de vide m'enveloppe tandis qu'une sensation de déjà-vu me submerge.

— Est-ce que c'est la route qu'on a prise pour aller en ville ?

— Non, répond Lacey en sortant de la rêverie dans laquelle elle était plongée.

Elle plisse les yeux en fixant le pare-brise.

— On est passés par la voie rapide. Ça met *beaucoup* moins de temps.

Raul monte de nouveau le volume de la radio.

Je tapote un doigt contre mes lèvres. Pourquoi j'ai l'impression d'être déjà passé par là ? Je suis quasi sûre qu'on n'a pas emprunté ce chemin pour venir de Myrtle Beach. Je me souviens de ces virages. Justement, je glisse sur le siège en vinyle craquelé, et je m'agrippe comme je peux à la ceinture de sécurité.

— Tout va bien ? Tu es pâle comme un linge.

— Oui, ça va. C'est juste la route… elle me semble familière.

— Tu es passée par là en arrivant ?

Je secoue la tête, soudain hors d'haleine.

— Non.

Observer le paysage désolé me fait penser à la végétation accueillante du premier jour. Sauf que, maintenant, je ne ressens plus qu'une tristesse gutturale.

Raul doit sentir ma crise imminente. Il baisse la radio et croise mon regard dans le rétroviseur.

— C'est un raccourci. Il n'y a que les gens du coin qui le connaissent.

Mon cœur se met à palpiter douloureusement. Je me frotte la poitrine en dessinant des cercles au niveau du cœur.

Pourquoi est-ce que j'ai l'impression de connaître ce chemin, alors ? Je ne suis pas du coin.

— Peut-être que ça ressemble à un autre endroit où tu es déjà passée ? suggère gentiment Lacey.

— Peut-être, lâché-je avec réticence.

Les doigts agrippés au siège sous moi, je me rappelle ce que Stella m'a dit à propos de l'accident.

— Stella… ma mère, précisé-je, m'a raconté qu'une voiture qui venait en face a perdu le contrôle et m'a fait sortir de la route. J'ai dévalé un talus. Les routes étaient glissantes à cause de la neige et du verglas.

— Tu sais qui était l'autre conducteur ?

Une douleur aiguë frappe contre mes tempes, et je me frotte le front.

— Non, je ne sais pas. Stella a dit qu'il était ivre, alors je n'ai jamais vraiment pensé à lui. J'étais trop occupée à essayer de me souvenir… de quelque chose.

Lacey hoche la tête, m'écoute partager ma folie.

Raul ralentit quand on arrive devant les lacets d'une colline escarpée. Même s'il conduit avec prudence, j'agrippe la poignée de la portière, et calme ma respiration. Des petits points colorés dansent devant mes yeux, un arc-en-ciel de douleur, tandis que je me force à respirer.

Il faut que je me concentre sur autre chose, parce que j'ai l'impression que je vais fondre en larmes et mettre un terme à ce qui s'avère être une soirée désastreuse.

— Depuis combien de temps tu travailles chez *Miam* ?

Lacey a mentionné le fait qu'elle bossait en tant que chef dans ce restaurant chic français à Myrtle Beach.

— Environ deux ans. J'adore. Tu devrais passer un de ces jours. Je te blinderais de sucreries.

Quand le bruit blanc s'attarde en arrière-plan, je suis soulagée que la distraction fonctionne.

— En fait, je suis passée devant plusieurs fois, mais ma… Stella…

Je ne supporte pas de l'appeler « ma mère ».

— … refuse de dîner ailleurs qu'au *country club*.

Je retrousse la lèvre de dégoût.

— Donc ta mère est une connasse ?

La question de Lacey me permet de me détendre et d'oublier ma crise.

— On peut dire ça. J'ai des frères et sœurs, mais ce ne sont que des étrangers. Toi, Ellie, Cayden… vous êtes plus importants qu'eux.

Elle déglutit tout en jouant avec le bas de sa robe noire. C'était censé être un compliment… On reste silencieuses le reste du trajet, toutes deux semblant apprécier la tranquillité.

Quand Raul s'arrête devant un bar et que Lacey détache sa ceinture, je comprends qu'on est arrivées. Le panneau fluorescent indique *Mustangs*.

Dès que je sors sur le trottoir, la première chose qui me frappe, c'est le bruit. On est vendredi soir, et tout le monde est d'humeur à faire la fête. La file pour entrer est longue, mais Lacey passe son bras sous le mien et m'emmène vers deux agents de sécurité tout en noir. Ils la voient, et le plus grand des deux sourit.

— Salut, Ace. Comment ça va ?

— Bien. Je bosse dur, mais ce soir, on a décidé de se lâcher. Voici mon amie, Peyton.

L'homme, qui d'après son badge s'appelle Justin, hoche la tête.

— Salut, Peyton. Les amis de Ace sont mes amis. Ton frère est là ?

Justin regarde par-dessus nos épaules, examinant la foule dans l'espoir d'apercevoir Cayden.

Elle éclate d'un rire sarcastique.

— Tu connais mon frère, non ? Tout ce qui est amusant lui donne des boutons.

Justin s'esclaffe.

— D'accord, dans ce cas, dis-lui que je lui passe le bonjour.

Il se décale sur le côté pour nous laisser entrer. Je me sens coupable de passer devant tout le monde, mais Lacey me tire à l'intérieur.

— Merci, lancé-je par-dessus mon épaule. C'était très sympa de te rencontrer.

Je ne sais pas s'il m'a entendue, parce que dès qu'on met un pied dans l'entrée rose et ultra éclairée, le bruit est décuplé. Lacey me traîne dans un long couloir, tout en secouant la tête en rythme avec la musique du groupe qui joue sur scène.

Dans la pièce principale, je balaie l'endroit du regard. C'est bondé de clients en train de boire, de rire et de passer un bon moment. C'est un mélange éclectique, mais la majorité d'entre eux portent un jean déchiré, des T-shirts délavés arborant le nom de groupes de rock, et sont couverts de tatouages. Stella n'aurait pas mis les pieds ici pour tout l'or du monde, et rien que ça me pousse à avancer plus loin.

La musique est assourdissante dans ce petit espace, mais je comprends ce que Lacey a en tête quand elle m'emmène vers le bar. Les gens ont l'air assez amicaux, ils se poussent pour nous laisser passer. On fait la queue, Lacey sautille sur place, les yeux rivés sur la scène. Je comprends pourquoi une seconde plus tard. Assis derrière la batterie bleue, un homme se déchaîne sur les cymbales. C'est Gunn !

Le projecteur derrière lui fait briller son instrument et met en valeur sa peau dorée. Il est séduisant, c'est indéniable. Mais qui pourrait soutenir la comparaison avec Cayden ? Je le revois sur ce chantier, irradiant d'autorité... Ce n'est pas le moment de penser à lui. Je me concentre sur les clients autour de moi, en espérant reconnaître un visage dans la foule. Loupé. Je ne me laisse pas décourager, parce que je ne suis même pas sûre que la Peyton d'avant aurait traîné dans ce genre d'endroit. Si on se fie à mes vêtements et mon éducation, c'est hautement improbable.

— Qu'est-ce que tu bois ? crie Lacey dans mon oreille pour que je l'entende par-dessus la musique.

— Un whisky sour, réponds-je sans réfléchir.

D'où ça sort, ça ? C'est venu si naturellement !

— Je ne me rappelle peut-être pas grand-chose, mais je me souviens bien de mes goûts en matière d'alcool, on dirait !

Lacey rit et me donne un petit coup d'épaule.

— Que dirait Stella ?

— Ça doit être à cause d'elle que je bois, répliqué-je, ce qui nous fait glousser toutes les deux.

Lacey commande nos boissons pendant que je continue à observer autour de nous. Des affiches de concert encadrées sont placardées sur les murs peints en noir. Il n'y a rien de notable dans ce bar, pourtant il semble très prisé. Et quand je prends une gorgée de mon cocktail délicieux, je comprends mieux pourquoi.

Lacey paie le barman, puis on se fraie un chemin jusqu'aux banquettes en cuir rouge dans un petit coin de la pièce.

— C'est sympa, hein ?

Je hoche la tête en rythme avec la musique.

— Oui, et le décor est pas mal non plus.

J'agite les sourcils, et Lacey devient rouge comme une tomate.

— Tu m'as eue ; même si *Mustangs* est quand même le meilleur bar de la ville, dit-elle pour défendre son honneur. Cayden et moi, on venait ici tout le temps. Il me faisait entrer en douce quand je n'avais pas encore l'âge.

Ce qui explique le commentaire de Justin tout à l'heure. Donc, Cayden est capable de s'amuser, finalement. Je n'ai pas envie de me montrer indiscrète, mais je suis presque sûre que Lacey a remarqué que son frère me met les nerfs à vif dans tous les sens du terme.

— J'ai du mal à croire qu'avant il savait...

Je marque une pause pour renforcer l'effet dramatique.

— ... s'amuser.

Je plaque mes mains sur mes joues et ouvre la bouche comme si j'étais choquée et horrifiée.

Lacey manque de s'étouffer avec sa bière.

— Je sais. C'est un père célibataire de vingt-huit ans qui a besoin de se détendre un peu. Mais il ne le fera pas. C'est Cayden. Toujours en train de veiller sur les autres.

Je remue sur mon siège et essaie d'avoir l'air aussi nonchalant que possible. Je veux bien la croire.

— Il m'a dit qu'Hazel traînait chez vous quand vous étiez enfants. Que votre maison était un genre de refuge pour les marginaux du quartier.

Elle hoche la tête, mais ne m'offre aucun détail. Je ne me décourage pas pour autant.

— Il ne l'aime pas beaucoup, hein.

— On peut dire ça. Hazel n'a pas eu une enfance très facile, et Cayden, fidèle à lui-même, s'est assuré que quelqu'un veille sur elle. J'imagine qu'elle a confondu cette marque de bonté avec autre chose. Elle a craqué sur lui pendant des années, mais il n'a jamais été intéressé.

— Pourquoi ?

Je l'ai vue et elle est clairement canon.

Lacey triture l'étiquette de sa bière.

— Il était amoureux de quelqu'un d'autre.

Ça ne me semble pas trop difficile à croire. Cayden est quelqu'un de protecteur, et je l'imagine tout à fait chérir et aimer cette personne de tout son cœur.

— Mais le truc avec Cayden, c'est que même s'il peut être un vrai emmerdeur parfois, il est altruiste. Quand on était petits, on se reposait tous sur lui, en oubliant qu'il n'avait que quelques années de plus que nous. Parfois, même les gosses plus âgés le voyaient comme une figure d'autorité. Mon frère a grandi bien trop vite.

Le regret est flagrant dans sa voix.

— À t'entendre, on dirait que c'était Cayden le ciment qui liait les gosses de notre quartier.

Ça me semble normal de dire que c'est mon quartier aussi.

Lacey lève les yeux et hoche la tête.

— C'est ça. C'était dur de grandir dans cette partie de la ville. On venait tous de familles dysfonctionnelles et on vivait dans la pauvreté. Mais Cayden s'assurait qu'on ne manquait de rien.

Pas la peine d'en dire plus. Les familles de ces gosses n'auraient pas levé le petit doigt. Donc pour les protéger, Cayden avait dû mentir, tricher et voler.

Soudain, j'ai des doutes. Jamais Stella ne m'aurait permis de fréquenter Cayden ou ses amis. Et vu les vêtements que je portais, et la vie que je menais, je n'aurais pas pu me lier d'amitié avec eux. Même si j'étais en âge de prendre mes propres décisions. Je suis paumée. Est-ce que je suis si désespérée de retrouver la mémoire que mon esprit me fait croire que ces souvenirs sont réels ?

Je prends mon verre et le vide d'une traite. L'alcool me procure une délicieuse brûlure. J'ai l'impression d'être de retour à la case départ.

La foule se met à applaudir et à siffler, indiquant que le groupe a terminé son concert. Lacey se redresse et se joint au reste du public en tapant dans ses mains. Je remise mes pensées dans un coin de ma tête, parce qu'on est censées s'amuser.

— De quoi j'ai l'air ? demande-t-elle en arrangeant sa tenue.

Elle est sublime dans sa petite robe noire moulante. Ses cheveux sont attachés dans une queue-de-cheval haute, mettant en valeur ses traits magnifiques. Gunn est foutu.

— Tu es très belle. Est-ce qu'il sait que tu es là ?

Elle secoue la tête, croise ses mains devant ses lèvres pour dissimuler son sourire naissant.

On le regarde toutes les deux se lever de derrière sa batterie, un grand sourire aux lèvres. Lui est les autres musiciens se tapent dans la main pour se féliciter. Un groupe de filles peu vêtues traîne sur le côté de la scène. Lacey les voit aussi, et son humeur s'assombrit aussitôt. Ses épaules s'affaissent et elle s'affale dans le siège, découragée.

Hors de question. Ça ne se passera pas comme ça. Elle pourra me réprimander plus tard.

Sans y réfléchir à deux fois, je me lève et mets deux doigts dans ma bouche avant de lancer un sifflement strident. Le son est assourdissant, et j'affiche un grand sourire. Qui aurait cru que je savais siffler comme un Irlandais bourré ?

— Oh, mon Dieu ! Qu'est-ce que tu fais ? chuchote Lacey en me tirant frénétiquement sur le bras.

Elle veut que je me rasseye. Jamais de la vie.

Ma tactique fonctionne. Quand Gunn tourne la tête vers nous, j'agite les bras comme une folle pour être sûre qu'il nous voie. Une fois qu'il nous a repérées, je lui fais signe de venir nous rejoindre. Il ne se fait pas prier et saute de la scène, faisant étalage de ses impressionnantes qualités athlétiques, et passe devant sa légion de groupies. Elles se retournent pour fusiller du regard la personne qui ose leur piquer le feu des projecteurs. J'agite mon index en réponse.

— Parfois… il suffit d'un petit coup de pouce, dis-je en gloussant alors que Lacey se jette sur son sac à main pour trouver du gloss.

Elle n'a plus qu'à se tenir prête.

— Je m'en souviendrai pour la prochaine, me menace-t-elle pour me prévenir que je vais au-devant de gros ennuis.

Mais ça vaut le coup. Quand Gunn approche de notre table et voit Lacey, l'air devient électrique. Elle se fige en plein mouvement, son gloss rose en main, et le range vite dans son sac.

— Salut, dit-il.

— Salut, finit-elle par répondre. Super concert.

J'ai l'impression de tenir la chandelle.

— Merci d'être venue.

Je ressens brusquement l'envie de roucouler. Mais je me retiens. De toute évidence, ils vont dépasser les politesses d'usage si je les laisse tous les deux.

— Il me faut un autre verre. Lacey ?

Elle m'entend à peine, trop captivée par la star du rock musclée qui se tient devant elle.

— Je te rapporte une bière.

Je m'excuse en offrant un sourire de connivence à Gunn. Il m'adresse à peine un rictus en réponse, et accepte avec empressement de me piquer ma place pour serrer Lacey dans ses bras. Elle me regarde par-dessus son épaule, étincelante de gratitude.

Maintenant que le groupe a terminé, les clients assoiffés font tous la queue, prêts à se désaltérer. Je décide d'aller aux toilettes d'abord. Elles se trouvent au bout d'un couloir étroit, et ce n'est pas compliqué de deviner quelle file attend devant les toilettes pour femmes. C'est la plus longue.

Les murs du couloir sont couverts d'autocollants délavés superposés les uns sur les autres. Ça va de noms de groupes inconnus à des smileys. Au milieu de tout ce chaos, des numéros de téléphone ont été inscrits au marqueur, proposant tous genres de services. Je saurai qui appeler si j'ai envie de passer du bon temps.

Je glousse tout bas et me délecte de ce sentiment chaleureux. Ce n'est pas quelque chose que j'éprouve très souvent. Être l'acolyte de soirée de Lacey était agréable, et c'était marrant de me concentrer sur autre chose que d'essayer de retrouver la mémoire. J'ai peut-être oublié mon passé, mais pas ce qui se passe en ce moment. Peut-être que si je me détends, les choses se feront d'elles-mêmes ? C'est comme ces fois où on retrouve les choses dès qu'on arrête de les chercher.

Ravie de mon nouvel état d'esprit, je décide de m'y tenir à partir de maintenant, parce que me comporter comme une folle ne m'a rien apporté pour le moment.

Que será, será.

Je jette un coup d'œil devant moi et suis soulagée de constater que la file avance, même s'il y a encore une quinzaine de personnes. Je suis toujours la dernière. Juste au moment où j'envisage de retourner au bar et de revenir après, j'ai le sentiment que je ne suis plus toute seule. Quelqu'un me colle. Je m'apprête à faire volte-face pour lui demander de me laisser un peu d'air, mais le type me coupe l'envie de parler. Il se penche encore plus près de moi.

— Tu veux faire la fête ? J'ai tout ce qu'il faut pour t'éclater. Que de la bonne.

L'odeur de cigarettes au menthol sature son haleine et me donne des haut-le-cœur. Mais je redresse les épaules et me retourne, pas du tout intéressée par ce que ce pauvre type a à m'offrir.

— Non merci, craché-je en lui jetant un regard noir.

Le gars est loin de ressembler au stéréotype du dealer. En vrai, il a l'air de jouer dans l'équipe de foot de l'université avec sa veste d'étudiant et son pantalon chino couleur crème. Quoi qu'il en soit, il a deux secondes pour reculer avant de se prendre un coup de genou dans l'entrejambe.

— Je sais ce que tu aimes, insiste-t-il en jetant un coup d'œil autour de nous avant de fouiller dans sa poche intérieure et d'en sortir un petit sachet en plastique rempli de poudre blanche.

Je manque de bousculer la fille devant moi en reculant de dégoût.

— Tu ne sais rien de moi. Maintenant, fous-moi la paix avant que j'appelle la police.

Ses yeux verts brillent de confusion, mais ils affichent ensuite une lueur de défi. Un sourire suffisant lui étire les lèvres. Il se rapproche encore plus et ronronne :

— Oh, tu veux la jouer comme ça ? Je sais ce que tu veux.

Il baisse la tête à quelques centimètres de mon visage. Je suis trop choquée pour bouger. Cependant, quand il me pousse contre le mur et frotte son érection contre moi, je réagis au quart de tour.

— Lâche-moi, espèce de connard ! Si tu essaies de me faire peur, tu vas être déçu. Même si vu la gaule pathétique que tu te trimballes, tu dois être habitué. Maintenant, dégage.

J'essaie de me libérer, mais ma réaction ne fait que l'encourager.

— Pas la peine de faire la fine bouche avec moi. Ma gaule te convenait tout à fait avant. Si je me souviens bien, tu en redemandais, même.

Toute mon agressivité disparaît d'un coup quand ces paroles révoltantes franchissent ses lèvres arrogantes.

— *Quoi ?*

Le monde se met à tourner et le bruit blanc revient en force. Je deviens toute molle et cet enfoiré en déduit que c'est parce que je me soumets.

— Maintenant, laisse-toi faire, bébé. Papa rentre à la maison.

Il baisse la main et fait remonter ses doigts le long de ma cuisse. Son contact me donne envie de vomir, mais c'est justement ce qu'il me faut pour me réveiller. Un flot d'adrénaline se déverse dans mes veines. D'instinct, je lui colle un coup de genou dans les parties.

Le doux son d'une orange qu'on écrase se fait entendre, et le connard s'écroule par terre, les mains sur son entrejambe.

— C'est quoi ton putain de problème ? siffle-t-il, pâle comme un linge.

Une foule s'est formée autour de nous, mais je n'ai pas besoin d'aide. Je peux me débrouiller toute seule.

— C'est quoi *mon* problème ? Ce n'est pas moi qui ai essayé de te vendre de la drogue avant de te proposer de coucher avec moi.

— T'es complètement dingue ! Ça t'a jamais posé de problème avant.

Il ment. Jamais je n'aurais fait des trucs pareils.

Mais une petite voix agaçante proteste haut et fort. Pourquoi il m'a choisie, moi ? Pourquoi il m'a parlé comme s'il me connaissait ? Il n'y a qu'une seule façon de le savoir.

Sans me soucier qu'il soit en train de souffrir, je lui serre les joues entre mes doigts pour le forcer à me regarder.

— Tu sais qui je suis ?

Quand il essaie de se dégager, je presse plus fort, comme il a fait quand il m'a coincée contre le mur.

— Réponds ! Est-ce qu'on s'est déjà rencontrés ?

Son souffle haletant repousse mes cheveux, et j'ai un flash fulgurant : deux corps l'un contre l'autre, se tortillant de désir. Toutefois je refuse d'y croire. Jamais de la vie. Mais j'ai tort. Tellement. Tort.

— T'es qu'une salope complètement tarée, Neige. Avant, ça me plaisait, mais merde à la fin. Aucune femme ne mérite ces conneries.

Affrontant la douleur, il se lève et me fixe, les yeux écarquillés.

— Surtout qu'il y a que le train qui lui est pas passé dessus.

Il s'en va en boitillant, la main toujours sur son entrejambe. Je ne sais même pas si je respire encore.

Mon esprit met un moment à comprendre ce qui vient de se passer, mais même quand il y arrive enfin, je suis toujours perdue.

— Vous allez bien ? Vous voulez que j'appelle la police ? propose quelqu'un.

Mais ce n'est que du bruit de fond. J'ai l'impression d'être sur un manège qui ne fait pas mine de ralentir. Je tourne encore et encore. Des images défilent devant mes yeux, mais maintenant, j'ai une nouvelle pièce à ajouter au puzzle. De la bile remonte dans ma gorge, et je me plaque une main sur la bouche. Les ténèbres menacent de m'engloutir, comme toujours, mais je refuse d'être coincée dans ce couloir quand ça arrivera.

Je me fraie un chemin parmi les curieux inquiets, et m'appuie contre le mur, tentant de retrouver mon équilibre alors que je titube en direction de la lumière.

T'es qu'une salope complètement tarée.

Non, c'est impossible ! Comment sait-il qui je suis ?

Ça t'a jamais posé de problème avant.

Avant...

Ce mot a transformé ma vie de mille et une façons. Il paraît qu'il ne faut pas laisser notre passé définir notre futur, mais à quoi ressemble mon passé ?

Surtout qu'il y a que le train qui lui est pas passé dessus.

Plus je creuse, plus je comprends pourquoi je prends mon temps pour me rappeler. Quel genre de personne j'étais ?

Je sors du bar en trébuchant. Je fais signe à un taxi, et j'ignore Justin qui me demande si tout va bien. Je sais qu'il préviendra Lacey que je suis partie. Ce n'est pas du tout cool de ma part, mais ça ira pour elle. Elle est avec Gunn. Quand le chauffeur me demande où il doit me déposer, je suis tentée de lui donner l'adresse de mes parents, mais je ne le fais pas. Je lui demande de me ramener à la maison. Le seul endroit où je me sente en sécurité. Le seul endroit où je peux me cacher des démons qui ne se taisent plus, désormais.

CHAPITRE 7

Cette soirée m'est revenue en pleine figure – de façon épique. J'y suis allée avec l'intention de trouver quelqu'un qui saurait qui je suis, et c'est ce que j'ai trouvé… sauf que ce n'était pas du tout ce à quoi je m'attendais. La seule chose positive, c'est que je n'ai pas succombé au bruit blanc.

Une fois que le taxi m'a déposée, j'ai titubé jusque chez moi. Je n'ai jamais eu autant besoin du réconfort que m'apportent ces quatre murs. Ma chambre a été mon refuge ces dernières heures. Perdue dans la contemplation du lac depuis mon balcon, j'en viens presque à avoir envie d'y noyer mes soucis. Mais je ne peux pas. C'est à cause de ce lac que je suis ici. En enfer.

Ce soir, j'ai découvert quelque chose à propos de moi-même qui m'a déplu au plus haut point. Néanmoins ça ne servirait à rien de nier la vérité. Apparemment, j'étais une droguée qui n'avait aucun scrupule à coucher avec son dealer. Et comme si ça ne suffisait pas, mon sens moral est de toute évidence élastique. Allez, soyons honnêtes ; si on en croit ce type, je n'ai même aucune morale du tout. J'en ai la nausée.

Je laisse échapper un grognement et pose ma joue sur mes bras croisés, les yeux perdus dans l'obscurité. Je n'ai pas trouvé le courage de sortir et de prendre le taureau par les cornes, si on peut dire. J'avais trop peur. Mais après ce que je viens de découvrir, ce n'est pas le moment d'être une poule mouillée. Il est temps que je répare les erreurs de mon passé. Et je commence à comprendre que j'ai beaucoup de fautes à admettre. Il me faut lever le voile sur ce qui s'est passé dans ce lac, et pourquoi ce ruban rouge me retient prisonnière nuit après nuit.

Sans m'arrêter pour réfléchir ou remettre en question ma décision, je fais volte-face et traverse la maison pour sortir par la porte. Mes pieds nus entrent en résonance avec l'énergie qui palpite dans la terre, et je me mets à courir.

Le vent soulève mes cheveux, apaisant le feu qui brûle à l'intérieur de moi. Même avec les yeux fermés, je saurais où je vais, mais je les garde ouverts et me concentre sur la balançoire délabrée. Un rayon de lune éclaire le ruban rouge. En le voyant, j'accélère, j'oublie mes peurs. Plus je me rapproche, mieux je respire.

Rien de tout ça n'a le moindre sens, mais ça fait longtemps que j'ai abandonné l'idée d'avoir une vie normale. Je continue à courir, et c'est comme si des entraves invisibles disparaissaient, et que je retrouvais ma liberté. Un rire hystérique s'élève dans la nuit silencieuse, et même si j'ai l'air d'une folle, c'est plus fort que moi.

Mes jambes me brûlent sous l'effort, et mes poumons hurlent en quête d'un peu de répit, mais maintenant que le mystérieux chêne est tout près, je me force à redoubler de vitesse. Le vent me chuchote des avertissements inaudibles, les courants tranquilles du lac me conseillent de repartir. Quand je ne suis plus qu'à quelques mètres, je m'arrête brutalement.

Ma poitrine monte et descend rapidement alors que je tente de reprendre mon souffle. J'observe les alentours tout en me demandant pourquoi l'air me paraît aussi revigorant ici. L'herbe grasse a l'air plus douce, et la terre envoie des pulsations de vitalité qui relancent mon cœur. Je fais un pas, puis un deuxième.

De loin, le chêne a déjà l'air énorme, alors je vous laisse imaginer ce que ça fait de se trouver à quelques dizaines de centimètres. Je lève la tête et m'émerveille devant sa beauté. Des feuilles vertes bien développées couvrent les branches solides qui me font penser à des bras accueillants qui me souhaiteraient la bienvenue à la maison. La balançoire n'est qu'une simple planche attachée par deux cordes à la plus grosse des branches. Les cordes sont épaisses, usées et élimées par les éléments et des années de jeux. Cette balançoire semble invincible, comme si elle pouvait durer jusqu'à la fin des temps.

Et je suis sûre que c'est le cas.

J'inspire un grand coup, et remarque l'odeur douceâtre qui émane des fleurs rose vif qui poussent au bord du lac. Je me délecte de l'impression de paix qui se dégage de ce lieu, que personne d'autre n'existe à part moi. Cet endroit est mon paradis. Ma maison.

Le ruban rouge se balance dans la douce brise. C'est mon phare depuis toujours, et il m'enjoint à me rapprocher. Je dois d'abord reprendre mon souffle. C'est pour ça que je suis venue, mais maintenant qu'il est à portée de main... les choses ne sont pas aussi effrayantes que je le pensais. Je peux le faire.

Je prends mon temps. J'avance à pas comptés, parce que cette terre a quelque chose de sacré. Je tends le bras et j'enroule mes doigts tremblants autour de la corde. Dès que je la touche, je suis enveloppée par une vague d'innocence. J'ai cru que j'aurais un mouvement de recul, mais c'est tout le contraire qui se produit.

Je fais courir mes doigts sur la corde râpeuse, le sourire aux lèvres quand des échos de rires d'enfants s'élèvent dans mon subconscient. Incapable d'attendre plus longtemps, je caresse le ruban du bout de mon petit doigt, comme si c'était un ami perdu de vue depuis longtemps. L'énergie fuse en moi et bondit dans tous les sens, débordante de joie. Je crois que je n'ai jamais été aussi heureuse qu'à cet instant.

Je ne peux pas résister davantage ; d'un geste lent, je baisse la main et la referme autour du ruban. Je retiens mon souffle devant la vision du tissu rouge qui contraste avec ma peau crémeuse. C'est parfait. Je caresse le satin tout lisse et continue mon exploration, jusqu'aux deux extrémités.

Une clameur constante se fond en arrière-plan, le magnétisme de ce moment étouffe le bruit. Des larmes inattendues me piquent les yeux, mais elles ont quelque chose de cathartique, alors je les laisse couler. La lune choisit ce moment pour illuminer le lac, le complice parfait.

Coincée entre la réalité et ce monde, quel qu'il soit, je fais glisser les bouts du ruban entre mes doigts, je contourne la balançoire et m'assieds sur la planche. Je laisse échapper un hoquet, parce que la surface irrégulière me donne soudain l'impression d'être installée sur un trône.

La vue est à couper le souffle.

L'immensité devant moi me rappelle à quel point je suis petite au regard de l'univers. Mes problèmes me paraissent insolubles comme si mon monde arrivait lentement à son terme, mais quand je suis assise ici, seule avec la beauté du silence pour seule compagnie, je sais que tout ira bien. La vie est une merveilleuse énigme, qui parfois reste sans réponse.

J'appuie mes pieds sur le sol pour m'élancer. La balançoire oscille avec douceur, à un rythme lent. J'apprécie. Je joue avec le ruban rouge, hypnotisée par sa couleur vive. C'est la première fois que j'éprouve un semblant de paix, comme si mon esprit pouvait enfin profiter d'un peu de répit. Je ne suis peut-être pas plus proche de découvrir pourquoi, mais pendant quelques minutes, je lâche prise et je me contente d'exister.

La balançoire oscille avec paresse, tandis que mes pieds se connectent avec le sol à chaque poussée. Mon esprit est enfin silencieux, et je continue à me balancer, les yeux perdus dans l'obscurité, captivée par l'éclat de la lune qui se reflète sur l'eau. L'autre côté, « mon côté » du lac, est brillamment éclairé, et je me demande ce que ça ferait de contempler les choses depuis là-bas. Est-ce que j'apprécierais autant la beauté des lieux que maintenant ?

Perdue dans le silence, je ne remarque pas que quelqu'un est derrière moi avant qu'il ne prenne la parole :

— Déjà rentrée ?

— Putain de merde ! m'écrié-je, toute ma paix envolée.

Je sais qui est derrière moi, pas la peine de vérifier. Et c'est sans doute mieux que je ne le regarde pas, parce que je suis certaine qu'il verrait qu'il me fait de l'effet.

Si Cayden sait qui je suis, je ne lui en veux pas de ne pas m'avoir révélé la vérité. Vu ce que j'ai découvert ce soir, ce n'est pas étonnant. Je suis une fille à problèmes, c'est clair.

Je réponds par un grognement et tends les jambes pour aller plus haut. Mais Cayden prend les choses en main. Au sens propre du terme.

— Attends. Je vais te pousser.

Il pose ses mains entre mes omoplates et fait exactement ce qu'il a dit. Dès qu'il me touche, un frisson me traverse comme un feu de prairie, de la tête aux pieds.

Le silence s'installe, mais j'ai la sensation qu'il est en train de peser ses mots. Il le confirme une seconde plus tard.

— Comment était ta soirée ?

Je décide de ne pas lui parler de ma crise et je hausse les épaules.

— Bien.

— Tellement bien que tu es déjà revenue ? Qu'est-ce qui s'est passé ?

— Qu'est-ce qui te fait dire qu'il s'est passé quelque chose ?

Il a raison. Il s'est bien passé quelque chose, c'est juste que je ne sais pas quoi.

— Tout a l'air différent chez toi, réplique-t-il.

Il continue de me pousser.

Soudain, je regrette de ne pas pouvoir m'envoler et m'éloigner de tout ce bazar. Mais je connais Cayden. Il ne laissera pas tomber, et pour le moment, c'est lui qui contrôle mes mouvements. Comme je n'ai pas le choix, je déballe tout :

— J'essaie de toutes mes forces de me rappeler, mais j'ai peur. Qu'est-ce qui se passera quand ce sera le cas ? Et si je n'étais pas quelqu'un de gentil ? Et s'il y avait une raison pour laquelle je ne pourrais pas me souvenir ?

Ces craintes me tenaillent depuis que je me suis réveillée dans ce cauchemar, et les bribes de preuves que j'ai découvertes pointent vers une vérité perturbante.

J'ai un secret si sombre, si sinistre que mon corps s'est plongé en mode autoconservation et refuse de me laisser retrouver qui j'étais.

— Tout le monde a des secrets, Peyton. Et parfois, ils sont secrets pour une bonne raison. Pour protéger. Pour t'empêcher de briser le cœur de quelqu'un.

Si je n'avais pas été en l'air, je me serais figée, parce que de toute évidence, il parle en connaissance de cause.

— On est tous compliqués. C'est ça, être humain. Personne n'est parfait. On fait tous des conneries à un moment donné. Mais ce qui importe, ce ne sont pas les erreurs qu'on commet, mais plutôt comment on les répare. C'est ça qui définit la personne qu'on est.

Waouh. Il ne m'avait pas autant parlé en trois jours. Peut-être que cet endroit est cathartique pour lui aussi ?

— Même toi, Cayden Coachman, l'homme détendu, calme et serein dans n'importe quelles circonstances, tu fais des erreurs ? Je ne te crois pas, plaisanté-je pour alléger l'atmosphère.

— J'ai commis tout un tas d'erreurs, certaines que je paierai jusqu'à la fin de mes jours.

Sa voix se remplit de chagrin et je me souviens ce qu'il a confié à Hazel.

Je n'oublierai jamais. Ce sera toujours... elle sera toujours... le plus grand regret de ma vie.

Un frisson me traverse à nouveau.

— Tu as froid ? demande Cayden.

Il ignore le tour qu'ont pris mes pensées.

Il agrippe la corde et arrête doucement la balançoire. Je finis enveloppée dans ses bras comme dans un cocon alors qu'il enserre ma taille pour m'empêcher de tomber. Il ne lâche pas la corde, et ne me lâche pas non plus. Je suis suspendue en l'air, dans son étreinte, mais je ne me suis jamais sentie aussi libre.

Son souffle chaud effleure le côté de mon cou et comme toujours, je me prélasse dans l'odeur de l'océan. En temps normal, je saurais masquer mes émotions, mais un minuscule gémissement s'échappe de mes lèvres, l'informant de l'effet qu'il a sur moi.

Je m'attends à ce qu'il me lâche, mais il ne le fait pas. Le contact avec son corps envoie une décharge électrique dans le mien, et je frotte éhontément mes cuisses l'une contre l'autre.

Comment est-il possible qu'il déclenche ce genre de réaction chez moi à chaque fois ? D'une façon ou d'une autre, mon corps a toujours été synchronisé avec le sien, et maintenant, on dirait bien que ma respiration aussi. Lui d'habitude si imperturbable, perd le contrôle. Sa poitrine qui se soulève de façon erratique le trahit. Il ressent ce qui se passe entre nous, quoi que ce soit.

Je ne sais pas si je dois être soulagée ou effrayée. Je ne vois pas comment ça pourrait bien se terminer.

Sans réfléchir, je serre le ruban dont la texture satinée agit comme un refuge. Mais avec lenteur, Cayden enroule sa main autour de la mienne, et déclenche une vague de désir ardent. Sa peau est chaude. Je m'humecte les lèvres.

Il se penche sur mon épaule et inspire doucement ; il pose le nez dans mes cheveux, puis le long de la courbe de ma nuque. Je retiens ma respiration. Je meurs d'envie de me retourner et d'entrer en contact avec ses lèvres pécheresses. Il suffirait d'un tout petit mouvement, mais il n'y a rien de facile dans ce scénario.

— Tu sens comme un orage d'été, chuchote-t-il, son haleine brûlante déclenchant des frissons sur ma peau. Juste avant que les cieux s'ouvrent et que le déluge ne s'abatte, l'air se remplit d'un genre de douce anticipation, parce que tout est sur le point de renaître. C'est à ça que me fait penser ton odeur. Une tempête intacte qui nettoie l'amertume et la remplace par de la clarté.

Je me reconnais dans chacun de ses mots, car n'est-ce pas exactement ce que j'ai ressenti quand je suis arrivée – que les orages nous débarrassent de nos péchés et nous offrent une deuxième chance ?

— C'est mon nouveau parfum, chuchoté-je.

Je tente de détourner la conversation pour oublier que j'ai envie de le dévorer tout cru. Mais il ne me laisse pas faire. Pas cette fois.

— Non, Peyton…

Il baisse la tête et approche ses lèvres de mon pouls affolé. Il y dépose un baiser qui fait voler en éclats mon self-control.

— … c'est toi.

Ce n'est pas le comportement normal d'un homme qui viendrait tout juste de me rencontrer, mais Cayden n'est pas un étranger. Il ne l'a jamais été. Je lui confesse mes peurs :

— Et qui suis-je pour toi, Cayden ?

Ne pas le voir facilite les choses. Ça me permet de plonger dans des profondeurs que j'aurais peur d'explorer en temps normal. Il m'agrippe plus fort et effleure mon flanc du bout des doigts.

— Tu es celle que tu veux être. Tu ne vois pas… tu essaies de toutes tes forces de te souvenir, alors que beaucoup de gens donneraient tout pour oublier.

— Qu'est-ce que tu voudrais oublier ?

— Tout, répond-il en se raidissant. Mais je n'ai pas ce luxe.

Je sais qu'il ne minimise pas ma situation ; je comprends ce qu'il veut dire. Après ce qui s'est passé ce soir, je ne sais plus si je veux vraiment retrouver la mémoire. Mais Cayden se bat avec ses propres démons chaque jour que Dieu fait.

On reste collés l'un contre l'autre, joints dans l'innocence alors que l'air s'alourdit d'une promesse tacite. Nos mains sont toujours entrelacées, le ruban tel une ancre entre nous. Me rappeler ne me semble tout à coup plus aussi important, parce que je suis en train de créer un nouveau souvenir, que je n'oublierai jamais.

Il finit par me relâcher, mais il serre la corde pour arrêter la balançoire. Sa chaleur, son odeur, notre connexion me manquent instantanément. Au lieu de me lever, je reste assise, effleurant les brins d'herbe avec mes orteils.

— Je devrais appeler Lacey. Je l'ai un peu abandonnée là-bas, confessé-je d'un air coupable.

— Je suis sûr que Gunn lui tient compagnie.

J'en reste bouche bée.

— Comment tu le sais ?

— Je connais ma sœur, répond-il comme s'il me faisait une confidence.

Je ne devrais pas être surprise.

— Je te raccompagne chez toi ?

Rien qu'à l'idée de partir, j'agrippe la corde plus fort, mais je la lâche petit à petit. Maintenant que j'ai franchi cette ligne invisible, j'ai bien l'intention de revenir dès que je peux.

Une fois debout, je prends une grande inspiration, sachant que je ne peux plus me cacher dans les ombres de la nuit. Je me retourne sans hâte, et me fige quand je croise le regard de Cayden. Il est très séduisant, c'est indéniable, mais ce n'est pas ce que je veux. C'est ce qu'il y a dans son cœur qui m'attire le plus. Cayden garde pour lui un passé douloureux, mais ces secrets ont fait de lui la personne la plus forte que je connaisse.

Je ne me rends pas compte que je le fixe, perdue dans mes pensées, jusqu'à ce qu'il avance et que je sois de nouveau enveloppée dans son odeur.

— Prête ?

Je hoche la tête. La « bulle Cayden » éclate, et on commence à se diriger à pas lents vers ma maison.

Cayden a les mains serrées le long de ses cuisses, puis il les fourre dans les poches de son jean. Je soupire, parce que j'ai cru qu'on avait fait des progrès.

— J'ai commandé deux ou trois choses pour la maison. Ça doit arriver demain. Est-ce que ça te va si je passe dans la matinée ?

Il me demande la permission. C'est nouveau. Je suis habituée à l'entendre donner des ordres, pas à demander.

— Bien sûr. Je te donnerai mes clés, et je ferai faire un double demain. Ce sera plus simple, précisé-je alors que des flashs de la conversation de ce soir me reviennent, ainsi que mes doutes sur ma moralité.

Je refuse d'envisager ça. Je ne peux pas. Pas avec Cayden à mes côtés.

— D'accord. Ça marche. Tant que ça ne t'embête pas que je débarque sans prévenir. J'aurai peut-être besoin d'entrer quand tu seras au travail. Les livreurs passent à n'importe quelle heure.

Son commentaire me plonge dans le silence, et Cayden sent que je me suis refermée.

— J'appellerai d'abord.

— Non, ce n'est pas ça.

Je secoue la tête, parce qu'il a mal interprété mon malaise.

— Je ne sais même pas si je vais retourner travailler. Enfin, là où je bossais avant tout ça.

— Et tu bossais dans quoi ? demande-t-il en regardant droit devant lui.

— J'étais manager marketing.

Il acquiesce, mais l'éclat de la lune capte ses pensées, parce que je partage les mêmes.

— Je ne vois pas ce qui pourrait être pire que ça. Être confinée derrière un bureau, devoir côtoyer des chefs d'entreprise sans âme, tout ça me retourne l'estomac.

— Est-ce qu'il y a quelque chose que tu aimerais faire à la place ?

Je réfléchis puis acquiesce, gênée :

— Oui. Je crois… je crois que j'aimerais faire quelque chose qui impliquerait de dessiner.

Je m'attends à ce qu'il ricane, à ce qu'il me dise qu'il parlait d'un « vrai » travail, mais rien.

— Comme une artiste ?

Je lui jette un coup d'œil en coin, et il sourit en croisant mon regard.

— Ouais.

— Est-ce que tu es douée ?

C'est plus fort que moi, je ris.

— Honnêtement, je ne sais pas. Je crois que oui. J'imagine que ce bloc que j'ai trouvé sur mes genoux avec un dessin de ça…

Je désigne le décor qui nous entoure.

— … est à moi, et que c'est moi qui l'ai réalisé. Si c'est le cas, alors oui, je suis drôlement douée.

Cayden sourit devant autant de confiance de ma part.

— Alors qu'est-ce qui t'en empêche ?

Je me fais l'impression d'être une vraie poule mouillée et mes épaules s'affaissent.

— Moi. Stella… ma mère, expliqué-je.

Je n'arrive toujours pas à faire référence à elle en tant que parent.

Son sourire s'évanouit et il arbore un air renfrogné.

— Je crois que rien de ce que tu pourrais choisir comme profession ne lui conviendrait. Le mot clé étant « choisir », comme dans c'est toi qui choisis, et pas elle.

Je me rappelle la façon dont elle l'a traité la première fois qu'on s'est parlé, et je pousse un soupir, embarrassée et consternée.

— Je suis désolée pour la façon dont elle t'a traité. Ne te vexe pas. Elle est comme ça avec tout le monde. Même avec son mari.

Cayden secoue la tête.

— Je ne suis pas vexé. J'ai l'habitude.

Je hausse un sourcil curieux.

— Ce côté du lac, tu te souviens ? clarifie-t-il.

Ma bouche forme un « O » quand je comprends ce qu'il veut dire.

— Ça paraît ridicule.

— Parce que ça l'est, réplique-t-il en passant sa langue sur sa lèvre supérieure. Mais c'est la différence entre mon monde et le tien.

Je déteste qu'il fasse cette distinction absurde entre nous.

— Ce n'est pas mon monde, protesté-je. J'y suis peut-être née, mais ça ne veut pas dire que je cautionne leurs manières de sauvages.

Comme il garde le silence, j'ajoute :

— Enfin, j'espère que je ne les cautionnais pas.

Mon commentaire a l'effet désiré et ses lèvres frémissent d'un sourire réprimé.

— Tu pourrais toujours poser la question à Stella. Ou à tes frères et sœurs, si tu en as.

Un éclat de rire m'échappe, mais il n'a rien de joyeux.

— Mais *j'ai* demandé à Stella. On s'est disputées pendant tout le trajet pour venir ici, ce qui est typique de la façon dont se déroulent nos conversations. Et pour mes frères et sœurs…

Je marque une pause, essayant de trouver les bons mots.

— Ils ont peur d'elle, ou de moi, peut-être. Le jury n'a pas encore délibéré.

Je ne cherche aucune compassion en disant ça, parce que c'est la vérité.

Dès que j'entre dans une pièce, ils se sauvent tous comme si j'avais la peste. Ils ont tout à coup quelque chose d'autre à faire. Sauf Isla. Elle en sait plus que ce qu'elle veut bien dire, mais Stella a toujours fait en sorte qu'on ne soit jamais seules très longtemps.

Ce n'est que lorsque je sens un goût métallique dans ma bouche que je me rends compte que je me suis mordu la lèvre au sang.

— Hé.

Cayden saisit mon biceps pour m'inciter à m'arrêter, puis me fait pivoter pour lui faire face.

— Ça va te revenir. Promis.

Comme je garde la tête baissée, il lève mon menton avec deux doigts. Je m'attends à ce qu'il me lâche, mais il ne le fait pas. Au lieu de ça, il passe doucement son pouce sous ma lèvre inférieure jusqu'à ce que j'arrête de la malmener.

Chacune de ses caresses déclenche une réaction frénétique de ma part, et j'ai l'impression que c'est de pire en pire. Je suis carrément foutue.

— Je n'en suis pas aussi sûre.

Je suis si contente qu'il me touche à nouveau que ma voix tremble de plaisir. J'espère qu'elle ne me trahit pas. Il reste hypnotisé par ma bouche tandis qu'il trace une ligne du milieu de ma lèvre inférieure à mon menton. Il frotte la petite fossette que j'ai là avant de retirer sa main.

Je dois prendre sur moi pour ne pas lui sauter dessus et le goûter pour voir s'il est aussi bon que le suggère son odeur. Comme d'habitude, je suis piégée dans la bulle Cayden, et ce n'est que lorsqu'il plisse les yeux que je me rends compte qu'il écoute quelque chose. Je ne sais pas quoi, jusqu'à ce que j'entende une branche craquer au loin.

Ma peau se couvre à nouveau de chair de poule, mais ce n'est pas de plaisir, cette fois.

Je lève les yeux vers Cayden, qui essaie de discerner ce qui se cache dans l'obscurité.

— Y a quelqu'un là-bas ? demandé-je, pas assez hardie pour regarder par-dessus mon épaule.

Il ne dit rien et observe toujours les alentours. Pour la deuxième fois ce soir, j'ai la nette impression d'être surveillée.

— Cayden ?

— Rentrons, suggère-t-il sans me répondre.

Au moment où je m'apprête à lui reposer la question, il glisse sa main dans la mienne et je me retrouve à court d'oxygène. Je le suis alors qu'il m'entraîne vers la maison.

On monte les marches à la hâte. Cayden jette un coup d'œil par-dessus son épaule. Il me rend nerveuse. Quand je tourne la poignée et que ma porte s'ouvre en grinçant, il fait claquer sa langue.

— Peyton. Je t'ai dit de verrouiller tes portes.

Dans n'importe quelles autres circonstances, je lui dirais de se détendre. Et je lui rappellerais que je n'aime pas qu'on me donne des ordres. Mais pas ce soir. Quelque chose de sinistre s'attarde dans l'air.

— Je sais. Je suivrai tes conseils. Promis.

Il a l'air satisfait, surtout quand je lève les trois doigts du milieu comme un scout.

— On se voit demain matin.

— OK. N'hésite pas à me préparer des pancakes.

Comme d'habitude, je me cache derrière le bouclier de l'humour, parce que la gêne sous-jacente habituelle a empiré. Cependant au lieu de m'enfuir comme je l'ai fait dans le passé, je la prends à bras-le-corps.

— Bonne nuit, Cayden.

Avant qu'il n'ait le temps de se dérober, c'est mon tour de le toucher, et je le fais – avec mes lèvres.

Je me hisse sur la pointe des pieds, pose une main sur sa joue. Sa barbe de trois jours est la chose la plus douce que j'ai jamais sentie de ma vie. Le bleu de ses yeux brille d'une lueur de panique et d'autre chose, mais je me sers du flot d'adrénaline pour plaquer mes lèvres sur son autre joue. Je le tiens dans ma paume, parce que j'ai peur qu'il s'écarte. Mais au contraire, il penche la tête vers moi. Comme pour déposer les armes. À mes pieds.

Être si proche de lui me donne envie de me baigner dans son odeur. Sa chair est chaude au toucher, presque au point de me brûler, mais elle parle au feu qui couve à l'intérieur de moi. Un baiser comble le silence quand les mots ne suffisent pas, mais ça, ici ou maintenant, c'est plus que suffisant.

Cayden gémit, et mes oreilles sont à deux doigts de l'orgasme. Il faut que je parte. Je range ce moment dans un coin de ma mémoire, puis je brise notre connexion et me réfugie dans la sécurité de ma maison. Je verrouille la porte, puis m'y adosse pour reprendre mon souffle. Les papillons m'ont volé tout mon air.

Une fois calmée, je repousse les cheveux de mes joues empourprées et décide d'aller me coucher parce que je suis véritablement épuisée. Quand je fais un pas en avant, la présence d'une silhouette sous mon porche m'indique que Cayden est toujours là. L'occasion de le voir une dernière fois est trop tentante, alors je vais me poster à la fenêtre sur la pointe des pieds en espérant que le rideau me cachera. Il est train de regarder au loin, son attention rivée sur le lac, une main plaquée sur sa joue, celle que je viens d'embrasser. Il est perdu dans ses pensées et je donnerais cher pour les connaître. J'ai de nouveau le souffle coupé.

CHAPITRE 8

C'est l'odeur des pancakes qui me réveille. Est-ce que je suis encore en train de rêver ? Sinon, pourquoi est-ce que le délicieux arôme beurré des pancakes embaumerait ma maison ?

Je suis dans le brouillard au réveil, on dirait que je ne suis pas du matin. Il me faut quelques secondes pour me rappeler où je suis, et, ce qui est plus inquiétant, qui je suis. Mais aujourd'hui, c'est différent. J'ai les idées plus claires. Et je sais que ça a un rapport avec hier soir.

Je ne me souviens peut-être pas de grand-chose, mais je n'oublierai jamais l'expression sur le visage de Cayden quand il a enfin tombé le masque. Baigné de quiétude, il contemplait le lac avec une main sur la joue que je venais d'embrasser. Cette vue à elle seule m'a remplie d'un sentiment de paix.

Cayden est quelqu'un qui ne montre pas ses sentiments, mais de temps en temps, quand il baisse la garde et qu'il me laisse approcher, ce que je vois me remue de façon inexplicable. Quand mon portable sonne sur la table de nuit, je me rends compte que je suis bien réveillée, ce qui veut dire que quelqu'un est en train de me préparer mon petit-déjeuner. Impossible de me départir de mon sourire.

Je tends la main vers mon téléphone, sans regarder l'écran avant de décrocher d'un vigoureux :

— Bonjour !

Ma bonne humeur se rétame quand j'identifie la voix de mon interlocuteur :

— Oh, tu es réveillée ? Je pensais que tu serais inconsciente après hier soir.

Il me faut un moment pour reprendre mes esprits.

— Alors, pourquoi m'appeler ?

Silence. Puis un raclement de gorge bref et gêné. 1 / 0 pour moi.

— Parce que, malgré les décisions que tu prends et les gens que tu t'évertues à fréquenter, je suis ta mère, et je t'aime.

Contenant à grand-peine un haut-le-cœur, je pousse un soupir parce qu'elle n'a pas besoin de me faire un dessin. Stella me fait suivre, ce qui explique pourquoi je regarde sans cesse par-dessus mon épaule. Je devrais être surprise, mais tristement, ce n'est pas le cas.

— Rappelle ton chien. Je suis venue ici pour retrouver un semblant de normalité. C'est compliqué avec quelqu'un qui rôde dans l'ombre, prêt à te rapporter mes moindres faits et gestes. Si tu veux savoir quelque chose, il te suffit de demander, pas besoin d'embaucher quelqu'un.

— Et dans quel intérêt ? Tu ne m'écoutes pas de toute façon.

Elle laisse échapper un petit reniflement, et je lève les yeux au ciel.

— Peyton, je sais que tu ne te souviens pas, mais… mon cœur, aller dans des endroits dans *cette* partie de la ville ne t'attirera que des ennuis.

— Tu veux plutôt dire que c'est embarrassant pour le nom des Lane. Si jamais quelqu'un me voyait m'aventurer du côté obscur de la force, que Dieu nous en préserve, ton abonnement au *country club* serait révoqué !

Même si mon commentaire dégouline de sarcasme, Stella n'est pas découragée le moins du monde.

— Pourquoi tu persistes à me faire du mal ?

— Ça va peut-être te surprendre, mais mon monde ne tourne pas autour de toi. Vu que personne ne veut me dire la vérité, je n'ai pas d'autre choix que de chercher par moi-même. Alors je vais où bon me semble.

Coup de gueule terminé.

Stella garde le silence, ce qui n'est jamais bon signe. Elle peut le nier autant qu'elle veut, mais je sais qu'elle choisit soigneusement les infos qu'elle partage avec moi. Elle espère que les choses qu'elle préfère que je ne me rappelle pas, comme mon talent pour le dessin, resteront dans un passé dont je ne me souviendrai jamais.

— Viens dîner samedi prochain.

— Excuse-moi ?

Je suis incapable de faire disparaître la surprise de ma voix, parce que c'est la dernière chose que je m'attendais à l'entendre dire, surtout après la soufflante que je viens de lui mettre.

— J'ai une surprise pour toi. Je comptais attendre que tu sois prête, mais, selon toute apparence, ce n'est plus une option. J'inviterai tes frères et sœurs. À samedi, alors.

Elle ne me laisse pas le temps de répondre avant de raccrocher, m'indiquant clairement que ce n'est pas négociable.

Je reste longtemps assise après la fin de l'appel, à me demander ce que peut bien être cette surprise. Un mauvais pressentiment pèse sur ma poitrine, parce que je ne vois pas quelle surprise de Stella pourrait être une bonne nouvelle.

Le bruit de la vaisselle dans la cuisine me rappelle que quelqu'un, Cayden, j'espère, est en train de s'occuper de mon petit-déj. Je repousse mes couvertures d'un coup de pied, hésitant à mettre une robe de chambre vu que la tenue dans laquelle je dors ne laisse pas de place à l'imagination.

Il m'a vue bien moins vêtue que ça, mais je décide d'enfiler un short et un débardeur. Même s'il est tôt, le soleil est déjà en train de chauffer. Je suis partie pour quelques jours étouffants à cause de l'absence de climatisation.

Je relève mes cheveux décoiffés dans un chignon au-dessus de ma tête après m'être brossé les dents, puis je vais à la cuisine. Je m'arrête soudain devant la vision qui m'attend. C'est en effet Cayden que je dois remercier pour la bonne odeur qui flotte dans la maison. Mais le mieux, c'est qu'il ne porte pas de haut pendant qu'il fait cuire mes pancakes.

Il fredonne une chanson tout bas pendant qu'il s'active au fourneau tel un magicien. Au moment où il se tourne légèrement pour atteindre la pâte à pancake dorée dans le saladier en verre, j'en profite pour admirer son torse de profil. Pas de doute, Coachman est un sacré canon de beauté.

Un tatouage complexe descend le long de ses flancs, mais on discerne quand même bien un arbre. Un chêne. Il pivote trop vite pour que je l'examine de plus près, mais mes pieds avancent de leur propre volonté comme s'ils voulaient mieux voir.

Mes pas lourds l'avertissent de mon arrivée, et il me jette un regard par-dessus son épaule.

— Bonjour. J'espère que ça ne te dérange pas.

Avec un sourire, il lève la spatule en alu dont il se sert pour retourner les pancakes. Quand il me voit marcher vers lui comme un zombie affamé – sauf qu'au lieu de cerveaux, je veux des réponses – il hausse un sourcil, confus.

Je me fige en voyant son expression. Cayden se montre gentil et a baissé sa garde impénétrable. Si j'insiste trop, ces actes de bonté vont cesser, et après hier soir, et maintenant ce matin, j'ai l'impression qu'on avance. Et c'est sympa. Normal.

Et alors, raisonné-je avec moi-même. *Qu'est-ce que ça peut faire qu'il ait un tatouage d'arbre ?* Je parie qu'un millier de personnes en ont un comme ça. Ce n'est pas parce que ça recèle un côté sentimental pour moi que c'est le cas pour lui aussi. Il faut que je me détende du string et que je mange mes fichus pancakes.

Je mets ma folie de côté et secoue la tête une seule fois.

— M'embêter ? Tu rigoles ? Si tu ne fais pas attention, je vais bientôt te demander de me faire un rôti.

Je me hisse sur la pointe des pieds pour regarder par-dessus ses larges épaules, et ne peux m'empêcher de glousser.

— Tu attends quelqu'un ? Genre, tout le quartier ?

La montagne de pancakes sur le comptoir suffirait à nourrir une petite armée.

Un sourire en coin illumine son magnifique visage.

— Je ne savais pas si tu aurais très faim ou pas. Et c'est sans doute aussi la force de l'habitude.

Pas la peine de m'expliquer. Il est vraiment habitué à nourrir une petite armée – son armée.

— Tu ne risques pas de m'entendre me plaindre quand il y a de la nourriture en jeu. Je peux t'aider ?

— Tu peux sortir deux assiettes. Et ce que tu veux mettre dessus.

Facile. Ça, c'est dans mes cordes.

Il se retourne pour s'occuper de la pâte qui grésille pendant que je me mets sur la pointe des pieds pour atteindre le placard. J'attrape les assiettes et aussi deux mugs vu qu'il vient de faire couler du café. On travaille en harmonie, chacun respectant l'espace de l'autre, jusqu'à ce qu'on se retourne tous les deux en même temps.

Je m'interromps une seconde. En fait, plutôt deux.

Il est debout devant moi et la perfection absolue de son torse me laisse comme deux ronds de flan. Je savais qu'il était bien pourvu en muscles, mais bon sang, même ses muscles ont des muscles. Mais ce qui me scotche par-dessus tout, c'est que Cayden Coachman a des poils.

Quelques poils se dressent entre ses pectoraux fermes, et descendent comme une flèche vers ses abdominaux durs comme la pierre. On pourrait faire rebondir des pièces sur ces trucs. Les poils ont l'air doux, pas piquants du tout. Ils sont assez fins pour qu'on voie sa peau bronzée en dessous, mais quand même assez épais pour que je puisse passer mes doigts dedans.

Je baisse les yeux et mes hormones en prennent encore plein la tronche. Son jean descend assez bas sur ses hanches pour révéler la toison qui mène à l'inconnu. Mes joues me brûlent aussitôt quand je me rends compte que le bouton du haut est défait, mettant en valeur son magnifique torse en forme de V.

Qui l'eut cru ? J'aime les hommes poilus. Combiné avec le tatouage sur son flanc, ça le rend irrésistible, et je me retrouve à baver devant lui comme une idiote.

Je suis purement et simplement hypnotisée, mais je relève vite fait la tête quand je remarque que son torse se soulève. Il a poussé un gros soupir, me rappelant que je suis en train de le reluquer sans vergogne et que je suis nulle pour dissimuler mes réactions.

— Tu devrais mettre un T-shirt. Tu es inflammable avec tout ce… duvet.

Je désigne le bas de son torse d'un mouvement de la main, mais je finis de façon involontaire par pointer son entrejambe.

Oh, mon Dieu. J'ai l'air d'une grosse idiote, mais c'est toujours mieux que d'exprimer à haute voix les pensées perverses qui me passent par la tête.

Cayden affiche un sourire en coin, ce qui ne m'aide pas du tout à garder la tête froide. Il est clair qu'il a enlevé son T-shirt parce qu'il fait chaud comme dans un four là-dedans. Néanmoins, quand je vois ses délicieuses fossettes sacro-iliaques, je pense sérieusement à acheter une nouvelle clim.

— Mange, ordonne-t-il en pointant la pile de pancakes avec sa spatule.

Excellente idée. Me goinfrer évitera que je dise d'autres bêtises.

Je lui passe les assiettes, et vais m'occuper de remplir les mugs. Le café sent bon, un véritable délice. Il est amer juste comme j'aime. Une petite glacière bleue est posée dans un coin de la pièce, et quand Cayden voit que je suis en train de l'examiner, il explique :

— C'est pour toi. Je suis presque sûr que ton frigo est à deux doigts de lâcher.

Comme pour confirmer ses dires, la bête rouillée gémit avant de crachoter et de tousser.

Je lui lance un sourire de gratitude. D'un coup, j'ai envie de savoir ce qu'il a rapporté.

Sans réfléchir, je lui passe le café et il l'accepte sans chichis. Sauf que ce qu'aucun de nous n'avait prévu, c'est que nos pouces se frôlent. Ça nous coupe le souffle à tous les deux. Heureusement qu'il tient bien le mug, parce que je retire ma main d'un geste brusque, comme si je venais de me brûler.

Cayden prend une grande inspiration qui fait gonfler sa poitrine, ce qui attire davantage mon attention sur son torse sculpté, et ne m'aide pas du tout. Je pivote, bien contente d'avoir une distraction. Je m'accroupis et soulève le couvercle. Il a acheté de quoi agrémenter les pancakes, mais le seul truc qui me captive, c'est un simple sachet de citrons.

— Tu vois quelque chose qui te plaît ?

La couleur jaune vif de la chair me pousse à me passer la langue sur les lèvres, comme si je pouvais déjà sentir le goût acide. Un sachet de sucre posé sur le comptoir attire ensuite mon regard. Je prends le tout, et me relève avec les ingrédients dans les mains. Cayden a les sourcils froncés et je me demande pourquoi.

— Merci d'avoir apporté tout ça, mais pour une raison que j'ignore, ces deux choses me semblent la combinaison parfaite pour aller avec tes pancakes.

Il acquiesce. Pendant une seconde, il a eu l'air stupéfait, mais ça n'a pas duré.

Il se racle la gorge avant d'empiler des pancakes sur une assiette. Ils sentent délicieusement bon, et mon ventre gargouille de joie. Je fouille dans le placard à la recherche de la râpe que Lacey a insisté pour que j'achète. Je suis bien contente de l'avoir, et je m'attelle à râper le zeste du citron. Une fois que c'est fait, je le coupe en deux, essayant de conserver mon calme sous l'œil attentif de Cayden.

Il me passe l'assiette tout en gardant ses distances. Encore une fois, on travaille en harmonie tandis que je pose une noisette de beurre sur le pancake, avant de l'observer avec avidité fondre et dégouliner sur les côtés. Ensuite, je presse les citrons, l'arôme d'agrume se mêlant avec l'odeur beurrée des pancakes et l'effluve habituel de Cayden. C'est une véritable déferlante de sensations, et je me lèche les lèvres.

Une fois que les pancakes sont recouverts de jus de citron, j'ouvre le sucre et j'en saupoudre ma création. La pluie de grains blancs me rappelle les matins d'hiver quand il avait neigé. Je suis hypnotisée par cette vision, ce qui est absurde. Ce n'est qu'un petit-déjeuner. Et quand la chaleur du corps de Cayden touche le mien, je sais que rien n'est simple dans ce scénario.

— N'oublie pas le zeste. C'est le meilleur.

Je le regarde sans rien dire alors qu'il tend le bras devant mon corps immobile pour prendre une pincée de zeste. Il ne croise pas mon regard. Comme s'il avait peur de voir que cette connexion marche dans les deux sens, mais le fait est que c'est le cas. Depuis la première fois qu'on s'est vus.

Ses longs doigts travaillent avec précision pour mettre la dernière touche sur mon petit-déjeuner. Les taches de jaune me rappellent le soleil pendant les jours d'été, contraste parfait avec le blanc. Le yin et le yang.

Je me saisis de la fourchette, coupe un gros morceau et oublie mes bonnes manières en enfournant le tout dans ma bouche. Dès que l'acidité du citron, la douceur du sucre et le beurre doré touchent ma langue, ma bouche est frappée par un mini-orgasme et je ne peux m'empêcher de l'exprimer tout fort :

— Miam, grogné-je en fermant les yeux de délice.

Par chance, je me souviens de mâcher la bouche fermée, ce qui est un miracle, parce que mon palais est en train de festoyer et balancer la bienséance à la poubelle. Les gloussements de Cayden m'alertent. Je suis à deux doigts de m'envoyer en l'air en public avec mon pancake, et mes joues me chauffent.

— Tu peux me cuisiner des pancakes tous les jours, dis-je derrière ma main alors que je continue à mâcher.

— À la seule condition que tu promettes de refaire cette tête, alors, réplique-t-il, ce qui me fait rougir encore plus.

Apparemment, on apprécie tous les deux les petits-déjeuners simples, mais on ne peut pas en dire autant de la tension qui crépite entre nous. On mange en silence, mais l'air est lourd de promesses implicites.

Cayden ne se gêne pas pour me fixer, et même si mes joues doivent ressembler à deux tomates, je fais pareil. Étant donné que je n'ai encore ni table ni chaises, on mange debout dans ma cuisine, enveloppés dans cette atmosphère étrange.

Il boit son thé, et je suis captivée par les mouvements hypnotiques de sa pomme d'Adam. Forcément, mes yeux vagabondent sur son torse délectable, puis ses flancs.

— J'aime bien ton tatouage, déclaré-je, brisant le silence.

Cayden frotte le motif d'un air absent.

— Merci.

J'attends qu'il m'explique pourquoi il a choisi ce motif, mais il garde les lèvres scellées. Alors que je m'apprête à insister, il déclare :

— Bon, j'ai réfléchi.

Je déglutis.

— Tu as dit que tu étais douée en dessin, et, eh bien...

Cayden Coachman ne trouve pas les mots. Waouh. J'aurai tout vu.

Il se passe les doigts dans ses cheveux ébouriffés, laissant une espèce de crête iroquoise sexy dans leur sillage.

— Qu'est-ce que tu dirais de travailler... pour moi ?

Je cligne des yeux, abasourdie, parce que je ne m'attendais vraiment pas à ça. Il interprète mon silence comme de l'aversion, on dirait.

— Ou pas. C'était juste...

Mais je l'interromps :

— Continue. J'écoute.

Son soulagement est palpable, ce qui attise encore plus ma curiosité.

— Mon architecte principal s'est cassé le bras et je me demandais si ça te plairait de bosser avec elle pour dessiner. Elle te guiderait du début à la fin.

Ça apaise aussitôt mes inquiétudes, parce que j'étais sur le point de lui rappeler que je n'avais aucune expérience. Je ne savais même pas si mon dessin était unique ou pas, vu que je n'en avais pas refait depuis.

Mais l'offre est tentante. Recommencer à zéro dans un domaine qui a l'air amusant et valorisant, sans compter que c'est un poste que j'apprécierais, je pense, me pousse à hocher la tête d'un air enthousiaste.

— C'est payé combien ?

C'est juste pour rigoler, parce que j'ai déjà pris ma décision. Je me fiche du salaire. J'accepte. Toutefois je ne peux pas céder aussi facilement. Ma fierté refuse.

— C'est négociable, indique-t-il sur le ton de la plaisanterie en s'appuyant contre le comptoir, les bras croisés, attirant à nouveau mon attention sur le fait qu'il est torse nu dans ma cuisine.

Je m'en sortais si bien à me concentrer sur mes opportunités professionnelles, jusqu'à ce qu'il me nargue. Tout à coup, je me rends compte que travailler pour lui signifie le voir tous les jours... et ça douche mon enthousiasme. Si j'accepte son offre, je vais devoir revivre ces moments de gêne quotidiennement.

— Tu regrettes déjà ?

Il y a une vraie curiosité dans sa voix. Est-ce que c'est un test ? C'est de ça qu'il s'agit ?

OK, on va jouer.

Je redresse les épaules, pince les lèvres, et simule la nonchalance.

— Dans tes rêves. Je commence quand ?

Cayden accepte mon défi, et je devine un frisson d'excitation dans ses yeux bleus, qui s'illuminent d'un éclat sombre et malicieux.

— Dès que possible.

Le fait que je n'ai pas de véhicule pourrait poser problème.

— Je peux y aller à pied ?

Il me jette un regard par-dessus le bord de sa tasse tout en prenant une gorgée.

— C'est compliqué. C'est à vingt minutes en voiture.

— Je mettrai mon alarme assez tôt alors.

Ça va arriver pour de bon. Je me fiche de cuire au soleil. Je vais prendre ce boulot, et tant pis pour mes pieds.

Cayden me fait un sourire en coin – toujours le même – en posant son mug sur le comptoir. Il se penche jusqu'à ce qu'on soit à un cheveu de se toucher.

— Tu essaies déjà d'impressionner le patron ?

Techniquement, c'est bien mon patron, mais il est hors de question que je change d'attitude et que j'obéisse au moindre de ses ordres. Ça serait trop facile.

— Le patron sait que je ne suis pas une lèche-bottes. En fait, je crois qu'il apprécie que je sois capable de me débrouiller toute seule.

Cayden hoche la tête et se passe la langue sur la lèvre supérieure.

— Oui, c'est vrai.

Il fouille dans sa poche arrière et en sort une clé accrochée à un porte-clés argenté.

— Je ne remets pas en question ton indépendance, et je ne doute pas que tu es capable d'arriver à l'heure au travail, mais tiens, prends mon pick-up.

Je suis à deux doigts de protester quand il saisit ma main. Il desserre mes doigts obstinément crispés et dépose la clé dans ma paume.

— Je ne veux pas que tu sois en retard pour ton premier jour.

De toute évidence, la question n'est pas ouverte à la discussion.

Je referme mes doigts sur les siens, et serre doucement, ignorant les papillons qui s'envolent dans mon ventre.

— Merci. C'est juste pour commencer.

— Je sais, répond-il d'une voix rauque.

On se tient la main. Qui aurait cru qu'avoir la main de quelqu'un dans la sienne pouvait être aussi exaltant ? Sauf que ce sentiment n'a rien à voir avec l'action en elle-même, mais plutôt avec la personne.

— Waouh. C'est la journée des surprises.

Je n'avais pas prévu de le dire à voix haute, mais c'est l'anarchie dans mon cerveau, d'autant que je suis abasourdie que Cayden n'ait pas encore retiré sa main de la mienne.

Au contraire, il serre plus fort.

— Et pourquoi ?

Le petit-déjeuner oublié, je décide de lui donner les détails de ma conversation téléphonique.

— Stella a appelé ce matin.

— Ah ?

— Elle m'a invitée à dîner samedi prochain. Apparemment, elle a une surprise pour moi.

Je frissonne à cette seule pensée.

— Une surprise ? répète-t-il, avec une expression semblable à la mienne. Elle n'a pas dit ce que c'était ?

Je secoue la tête.

— Non, mais une surprise de la part de Stella, ça ne me dit rien qui vaille. C'est le type de mère qui est capable d'engager un clown à l'occasion d'une fête d'anniversaire sans prévenir. Quel genre de malade paierait un putain de clown pour faire une surprise à son propre enfant ? Les sociopathes dérangés, voilà quel genre.

Les lèvres de Cayden frémissent, mais je suis sérieuse. Cette surprise n'augure rien de bon. Je le sens dans mes os.

— Heureusement que tu auras mon pick-up, alors.

Il me serre une dernière fois la main avant de la lâcher.

— Tu pourras partir dès que tu te sentiras mal à l'aise.

— Merci. Je t'en dois une, ajouté-je.

Il vient juste de m'offrir un job et un pick-up en l'espace d'une minute.

Mais encore une fois, il m'étonne en rapprochant sa main pour dégager une de mes mèches de cheveux qui s'est libérée.

— Tu ne me dois rien du tout. Je veux juste que tu rentres à la maison.

Ses doigts s'attardent sur ma joue. Je ne sais pas quand on a franchi cette ligne, mais je ne vais pas m'en plaindre, parce que c'est la première fois depuis une éternité que je me sens enracinée, avec les deux pieds ancrés dans ce monde.

— Je te le promets.

Le fait qu'il ait parlé de cette maison comme si c'était la mienne me réchauffe le cœur plus que je ne l'aurais imaginé, parce que je me sens comme une étrangère depuis si longtemps.

Ma réponse semble apaiser je ne sais quelle inquiétude en lui.

— Bien. Maintenant, terminons de déjeuner. J'ai le pressentiment que tu auras besoin de forces.

— Pourquoi ?

Je laisse traîner le « oi », nerveuse tout à coup.

— Parce que j'ai deux ou trois choses à régler au bureau. Tu veux venir avec moi ? Je pourrais te présenter Penny.

— Mais... on est samedi.

— Je sais, mais ce nouveau projet, le chantier que tu as vu en ville, est énorme, et le temps ne joue pas en notre faveur. Mon équipe est tout aussi pressée que moi d'en voir le bout, alors on bosse comme des dingues pour que ça arrive. Donc quand Penny s'est cassé le bras, on a tous cru qu'on était foutus. Mais maintenant... je t'ai, toi.

Quand il me fixe avec ces yeux-là, je ne peux pas dire non. En plus, la pensée de commencer un nouveau travail est carrément excitante.

— Oui, tu m'as, moi.

Dans tous les sens du terme.

— OK, compte sur moi.

Sa joie est évidente, ce qui me fait sourire comme une idiote.

— Il faut juste que je prenne une douche. Je ne voudrais pas me présenter pour mon premier jour dans cet état.

Je désigne ma tenue d'un geste de la main. C'était censé être une blague, mais quand Cayden se passe la langue sur sa lèvre supérieure, je regrette aussitôt d'en avoir parlé.

— Je te trouve très bien comme ça.

Pas moi. Honnêtement, je suis tout sauf bien. Néanmoins il est hors de question que je le lui dise.

— Bon, dans ce cas…

Je termine mon café et lui indique que je serai prête à partir quand il aura fini. Juste au moment où je pose ma tasse dans l'évier, il agrippe mon poignet avec un sourire.

— Va t'habiller.

Il passe le pouce sur mon pouls affolé.

Je feins l'innocence.

— Mais tu as dit…

— File, m'interrompt-il en secouant la tête devant mon effronterie. Je vais attendre les livreurs. Ils devraient être là dans une minute.

Je pousse un profond soupir qui soulève les cheveux sur mes joues d'un air dramatique.

— OK, patron.

Je m'attends à ce que Cayden me laisse partir, mais au contraire, il resserre sa poigne.

— Assure-toi de porter quelque chose de…

Ma peau me brûle quand son regard descend le long de mon corps.

— … plus, termine-t-il avant de me lâcher.

Je titube en arrière, l'intensité de son regard me fait presque tomber à la renverse.

Son choix de mots est de la musique aux oreilles de ma fièvre hors de contrôle. *Plus*. C'est exactement ce que je ressens. Et ce que je veux. *Plus*.

Mais pour l'instant, ce dont j'ai le *plus* besoin, c'est d'une douche froide.

Effrayée de ce que je risque de dire si j'essaie de faire la maligne, je lui pique plutôt son mug avec un grand sourire. Il m'observe, clairement amusé de me voir boire mon café volé en sortant d'un pas tranquille de la cuisine.

Pour me distraire, je fouille dans ma garde-robe. Qu'est-ce que je vais mettre ? Maintenant que j'ai trié mon placard, mes choix sont limités, mais une robe d'été couleur paon attire mon œil. Elle sera parfaite pour le boulot, elle est plus… beaucoup plus.

Je me douche en un temps record, ignorant si mon excitation est due au fait que je vais passer la journée avec Cayden, ou au fait que je commence un nouveau travail. Je décide de profiter des deux, parce que chaque option est aussi réjouissante que l'autre.

Une fois que mes cheveux sont secs, je les attache dans un chignon bas. Je prends le ruban bleu sur ma commode et l'enroule autour. Quand je contemple mon reflet dans le miroir, je regrette qu'il ne soit pas rouge. Cependant je mets ces pensées de côté parce qu'aujourd'hui, il s'agit de nouveaux départs.

Mon maquillage est léger vu que la robe est bien assez voyante comme ça. J'enfile des sandales, puis vaporise mon parfum préféré au chèvrefeuille sur mes poignets. Quand je fais une dernière vérification dans le miroir, je ne me reconnais presque pas. Cette personne me ressemble, mais je n'ai jamais vu ce sourire sur elle auparavant. Elle a l'air… heureuse.

Comme je n'ai pas envie de me porter la poisse, je fourre toutes les affaires dont je pourrais avoir besoin, y compris mon ordinateur portable, dans un sac, et redescends dans le couloir. Le bas de ma robe fluide volette derrière moi, ajoutant à mon impression de prendre mon envol et d'être libre.

— Merci, j'apprécie, lance Cayden à ce que j'imagine être le livreur. Assurez-vous de bien livrer les carreaux demain.

— Décidément, il n'y a pas de répit pour les braves, plaisanté-je en entrant dans la pièce.

En effet, Cayden se trouve avec un jeune livreur.

— Lundi, ça ira.

L'étranger écarquille les yeux et me jette un regard appréciateur, et Cayden prend une brusque inspiration. Dommage, il n'est plus torse nu.

L'asticoter ne devrait pas me donner autant de satisfaction, mais c'est le cas.

— Je crois que ça devrait convenir, déclaré-je d'une voix légère en passant mes mains sur le tissu doux de ma robe.

— C'est quelque chose, c'est certain, répond Cayden, clairement troublé. On se voit demain.

Cayden lance un coup d'œil appuyé au livreur qui est toujours en train de me reluquer.

Il reprend ses esprits une seconde plus tard et devient rouge tomate.

— Oh, oui. Oui, bien sûr. On se voit à ce moment-là.

Une fois le jeune parti, je constate que mon salon abrite à présent une quantité infinie de matériaux de construction. Cayden a parlé de carreaux, alors j'imagine qu'il va retirer la faïence de la salle de bains. Mais on verra ça demain, parce qu'aujourd'hui, je commence une nouvelle aventure.

— Tu es prêt ?

Cayden secoue la tête comme s'il se filait une claque mentale.

— Bien sûr. Quand tu veux.

Il bascule sur ses talons, les mains dans les poches, et je ne comprends pas pourquoi jusqu'à ce qu'il sourie.

— C'est toi qui as mes clés, me rappelle-t-il quand j'arrête de le mater et que je reprends mes esprits.

— Merde, c'est vrai. Désolée.

Avec des doigts tremblants, j'ouvre mon sac et je cherche frénétiquement le porte-clés.

— Je sais qu'elles sont là-dedans.

Après avoir farfouillé dans mon bazar et m'être juré à moi-même d'être plus ordonnée, je les trouve enfin.

— Ha ha ! m'exclamé-je en les agitant en l'air.

Au moment où je m'apprête à les lui lancer, il déclare :

— À ce rythme, on devrait arriver demain.

Il baisse la tête vers une montre imaginaire pendant que je glousse.

— Viens alors.

Je ne comprends qu'à ce moment-là qu'il veut que ce soit moi qui conduise.

— C'est pas toi qui prends le volant ?

Il croise les bras et secoue la tête.

— Voyons comment tu te débrouilles.

— Ça ressemble à un défi…

Il se contente de hausser les épaules avec un petit sourire en coin.

Une fois que j'ai enfin réussi à retrouver l'usage de mes doigts, je ferme la porte, et on se dirige vers sa maison. Plus on s'approche de son pick-up, plus je deviens nerveuse. Je savais que c'était une grosse voiture, mais vue d'aussi près, elle est intimidante, c'est le moins qu'on puisse dire. Toutefois je refuse de lui laisser voir mon appréhension.

Avec la télécommande, je désactive l'alarme et déverrouille les portières. Pour l'instant, tout va bien. Cayden contourne le pare-chocs en silence, mais à en croire son sourire, il devine mon anxiété. Son arrogance m'aiguillonne, alors j'ouvre côté conducteur et pose mon pied sur la marche pour grimper à l'intérieur.

Je prends une grande inspiration pour me calmer, pose mes mains sur le volant, et me familiarise avec la sensation du cuir. Cayden a compris que je stressais, et je décide de lui dire pourquoi, vu que je ne suis pas dans ce pick-up toute seule.

— Je voulais que tu saches... je n'ai pas conduit depuis... la nuit de l'accident.

— Oh, merde.

Son air taquin disparaît.

— Je suis désolé. Je n'ai pas réfléchi.

Mais je ne veux pas qu'il s'excuse. Ce n'est pas pour ça que je lui ai dit.

— C'est bon. Je voulais te le dire au cas où tu changerais d'avis.

Je ne lui en voudrais pas si c'était le cas.

— Changer d'avis ?

— Oui. Je ne sais même pas si je suis douée.

J'ose exprimer mes inquiétudes à haute voix. Je devrais me sentir fragilisée, mais c'est tout le contraire, je me sens boostée parce que j'essaie. Néanmoins, son silence me fait craindre le pire.

Je m'apprête à lui proposer de prendre le volant quand il se penche au-dessus de la console centrale pour tendre le bras vers moi. Je suis agréablement surprise. Sa confiance m'enveloppe et j'en oublie de respirer.

Ma poitrine est tout près de son visage, mais il est concentré sur sa tâche : boucler ma ceinture.

— Tu peux le faire. Je suis là.

Une fois que je suis attachée, il lève le menton pour me regarder. Ses mots ne reflètent rien d'autre que de la sincérité. Il a confiance en moi, et c'est tout ce dont j'avais besoin.

— Me-merci, balbutié-je.

Il est si proche, ça fait court-circuiter mon cerveau.

Avec la grâce d'un oiseau de proie déployant ses ailes et prenant son envol, il se recule nonchalamment et se réinstalle dans son siège.

Je peux le faire, me répété-je encore et encore. Recommencer à zéro implique de prendre des risques et d'être libre. J'enfonce la clé dans le contact. Je pousse un petit cri quand le moteur rugit.

Cayden lâche un rire rauque devant ma réaction.

— Waouh.

Je passe mes mains sur le volant, émerveillée, et j'appuie un peu sur l'accélérateur. J'essaie tous les boutons et les leviers, me familiarisant avec la fonction de chacun.

Je prends une minute pour apprécier ce moment. Je suis dans un véhicule alors que je n'étais pas sûre de conduire à nouveau un jour. En prime, je conduis pour me rendre à mon nouveau travail. Il s'est passé tant de choses en quatre jours. Mais au fond de moi, je savais que c'était inévitable en venant ici.

— Je suis prête, déclaré-je, parcourue par un pic d'adrénaline. La grosse pédale, c'est l'accélérateur, c'est ça ?

Cayden se redresse dans son siège, l'un air un peu nerveux, alors que je lui fais un clin d'œil.

— Accroche-toi.

Il obéit, et je passe la première pour sortir de son allée.

Un petit cri d'excitation m'échappe parce que je n'arrive pas à croire que je suis vraiment en train de faire ça. Je conduis pour de vrai.

— Prends la prochaine à droite, m'indique Cayden d'un ton calme.

Même si je déclenche les essuie-glaces au lieu du clignotant, je ne mets pas longtemps à me familiariser avec la voiture.

— Je n'arrive pas à y croire, dis-je à haute voix sans quitter la route des yeux. Il y a six mois, la seule pensée de me retrouver derrière un volant suffisait à me donner des sueurs froides. Et je suis là.

Je roule à l'allure d'un escargot, mais je roule quand même.

— Tu es là… et tu te débrouilles comme un chef. Tant mieux pour toi. Mais je n'ai jamais eu le moindre doute.

Je déglutis.

— Vraiment ?

Il garde le silence, et au moment où je suis tentée de lui jeter un petit coup d'œil, il répond :

— Tu es trop têtue pour ne pas te battre pour ce que tu veux. Tout comme tu as tenu tête à Stella pour venir ici. Quand tu as décidé quelque chose, personne ne peut te faire changer d'avis, on dirait.

Je hausse les épaules, avec une moue pensive. Il a raison.

— Merci.

— À ton service, lance-t-il d'un air taquin.

On parcourt le reste du trajet en silence. Je suis soulagée que Cayden ne me fasse pas emprunter les petites routes comme notre chauffeur Uber. Les subir en tant que passagère était déjà bien assez pénible. Je ne sais pas comment j'aurais réussi à m'en débrouiller en tant que conductrice.

Quand on sort de la voie rapide et qu'on prend à gauche pour entrer dans une partie plus animée de la ville, Cayden désigne un immeuble en verre au coin de la rue.

— C'est juste là.

Le bâtiment dont il parle est chic et moderne. Je suis les panneaux qui indiquent le parking couvert à l'arrière. Il est petit, mais je trouve un emplacement réservé aux employés de Coachman Constructions. J'éteins le moteur, incapable de me départir de mon sourire. C'était grisant.

— Ça va ? demande Cayden en détachant sa ceinture.

— Ça ne pourrait pas aller mieux. Je n'arrive pas à croire que ça me soit revenu aussi naturellement ; on dirait que je n'ai rien oublié.

Je me retourne sur mon siège pour le regarder, et je suis surprise de voir qu'il a l'air aussi heureux que moi. Je n'aurais voulu partager ça avec personne d'autre, et sans réfléchir, je lui prends la main.

— Merci.

Il fixe nos mains jointes, avec une expression douce-amère.

— C'est toi qui as tout fait.

Son toucher est réconfortant et rassurant. Tout comme ses mots.

— Prête ?

Je regarde l'immeuble devant moi et hoche la tête.

— Oui. Allons-y.

Il serre mes doigts et me relâche. Quand il prend mon sac et le met sur son épaule, je ne peux pas m'empêcher d'éclater de rire. Il ferait bien de faire attention, je pourrais m'habituer à cette galanterie.

On sort du pick-up et j'observe ce qui m'entoure. Le quartier est pittoresque avec une touche moderne. À quel point Cayden est-il investi dans cette ville ? Il fouille dans sa poche et sort les clés de la porte de derrière.

Quand il ouvre la porte vitrée et me fait signe de passer la première, une petite boule d'excitation se réveille en moi. Les semelles compensées de mes sandales ne font presque pas de bruit sur la moquette du long couloir que nous longeons. Je ne sais pas du tout où je vais, mais quand je débouche sur un immense open space, je sais que je suis sur le bon chemin.

Il y a deux niveaux. Celui du haut semble être composé de salles de réunions entièrement vitrées, et d'une grande pièce au fond, qui doit être le bureau de Cayden. Je reporte mon attention sur le rez-de-chaussée, appréciant l'activité bourdonnante de ce qui a l'air d'être un environnement de travail très agréable.

Le personnel est debout autour des bureaux. Ils discutent du projet sur lequel ils travaillent avec leurs collègues. Je vois des plans étalés en abondance sur de longues tables et une jeune femme dessiner sur son ordinateur avec un stylo à l'air sophistiqué. J'ai beaucoup à apprendre.

Une jolie brune avec un bras dans le plâtre nous remarque en premier. L'immense sourire qui illumine son visage indique qu'elle est heureuse de nous voir. Enfin, Cayden, en tout cas.

— Coach ! s'écrie-t-elle en agitant son bras valide.

— Penny. J'ai une surprise pour toi.

Cayden me fait doucement avancer en me tenant par le coude, pour me présenter ma nouvelle acolyte.

— Penny, voici Peyton. Ton nouveau bras droit. Littéralement. Peyton...

Il remonte sa main le long de mon bras jusqu'à ce qu'elle repose sur mon biceps.

— ... voici Penny.

J'aime aussitôt Penny. Ses collants orange fluo et sa robe-tablier bleue couverte de chats indiquent qu'elle est un peu excentrique. On s'entendra très bien.

— Bonjour, Penny. Je suis ravie de te rencontrer.

Je vais pour lui serrer la main avant d'éclater de rire quand elle me tend son bras non plâtré.

— Le boss ici présent, expliqué-je en le montrant du pouce par-dessus mon épaule, nous a mises ensemble. Mais je préfère te prévenir que je n'ai aucune expérience, mais genre aucune, dans ce domaine.

— Ce n'est pas grave. Ce n'est pas bien compliqué, réplique-t-elle pendant que Cayden pose une main sur son cœur dans un geste théâtral.

— Je m'en souviendrai quand tu me traiteras d'esclavagiste.

— Quel rabat-joie, chuchote-t-elle tout fort derrière sa main.

Je laisse échapper un gloussement.

— Bien. De toute évidence, vous n'avez pas besoin de moi, plaisante-t-il. Penn, tu peux faire faire un tour à Peyton ? J'ai quelques coups de fil à passer.

— Pas de problème, patron.

Elle lui adresse un salut militaire, et Cayden lève les yeux au ciel. J'apprécie cette fille de plus en plus.

Il se tourne vers moi, et mon cœur bat plus vite.

— Passe une bonne journée. Si tu as besoin de moi, mon bureau est à l'étage.

J'apprécie le fait qu'il ne s'attarde pas. Il sait que je dois faire ça toute seule.

— Merci.

J'ai envie de lui faire un câlin pour m'avoir donné cette opportunité, mais ce serait franchir une limite professionnelle. Alors je lui tends mon poing. Il le fixe pendant que je glousse.

— Tu n'auras aucun problème à t'intégrer ici.

Il cogne son poing contre le mien avec un sourire dévastateur. Je remarque deux jeunes femmes qui regardent vers nous, dont l'une a l'air d'avoir envie de sauter par-dessus son bureau et me tacler par-derrière.

Les têtes se tournent quand il rejoint son bureau, mais le truc avec Cayden, c'est qu'il ne semble même pas remarquer l'effet qu'il a sur les gens. Il entre en conquérant partout où il va, maintenant que je suis là, dans une pièce remplie de ses pairs, je peux le confirmer. Je mène une bataille perdue d'avance.

— Ironique, n'est-ce pas ?

— Quoi donc ? demandé-je, les yeux toujours rivés sur le dos large de Cayden.

— Que quelqu'un d'aussi chiant puisse avoir un cul pareil.

Le commentaire de Penny est exactement ce dont j'avais besoin pour me remettre les idées en place. Je laisse échapper un reniflement sarcastique suivi d'un ricanement sonore.

Cayden tourne la tête, pas du tout gêné de me fixer aussi ostensiblement. En temps normal, j'aurais détourné la tête. Mais pas là. Je me sens femme quand un sourire étire ses lèvres en coin, parce que c'est moi qui ai suscité une telle réaction chez lui.

La femme que j'ai remarquée tout à l'heure en train de me lancer un regard mauvais rejoint Cayden d'un pas pressé, et lui touche l'avant-bras tout en lui chuchotant quelque chose à l'oreille. Sa proximité le pousse à briser notre connexion. Je la déteste sur-le-champ. Le fait qu'elle porte une robe moulante blanche avec un string noir en dessous n'arrange rien.

— C'est Darla, m'indique Penny en suivant mon regard.

Vu comme elle a prononcé son nom, j'en déduis qu'elle ne l'aime pas beaucoup non plus.

— C'est l'assistante personnelle de Coach. Même si on sait tous qu'elle préférerait être autre chose.

Ma colère monte d'un cran quand je la regarde passer ses longs cheveux blonds sur son épaule mince. Elle flirte avec lui, c'est évident, et elle devient aussitôt ma pire ennemie.

— Et Coach, il préférerait quoi ?

Je serre tellement les poings que mes ongles laissent des traces en forme de demi-lunes dans ma paume pendant que je regarde Darla et Cayden ensemble.

— Viens, je vais te faire visiter.

Je ne supporterai pas de voir Darla se pâmer une seconde de plus. Je déglutis malgré la boule que j'ai dans la gorge et suis Penny, reconnaissante qu'elle fasse un grand détour.

CHAPITRE 9

— Peyton, c'est bien. Genre, vraiment bien, dit Penny en examinant le gribouillage sur lequel j'ai passé les six dernières heures.

Après la visite que m'a fait faire Penny, elle m'a montré notre bureau, où je suis restée assise depuis. Je me suis assurée de garder la tête baissée parce que la vision de Darla en train de flirter avec Cayden est toujours gravée dans mon esprit, et que je n'ai aucune envie de réitérer l'expérience.

Ça ne devrait pas m'affecter, mais c'est le cas. Une vague féroce de possession a déferlé en moi, et je ne pensais plus qu'à arracher les ongles rouges de Darla un par un. Toutefois je suis ici pour travailler, et c'est ce que j'ai fait. J'ai même été surprise de comprendre aussi bien les instructions de Penny.

Je me suis dit que je serais plus que paumée, mais je ne me suis jamais sentie autant dans mon élément que maintenant. Peut-être parce que Penny est un bon professeur, mais en examinant le croquis qu'elle tient fièrement, je sais que c'est un effort conjoint.

— Tu es sûre que tu n'es pas allée à Yale ou un truc comme ça ? s'extasie-t-elle en secouant la tête, abasourdie.

Je lui ai parlé un peu de mon amnésie, mais je lui ai épargné les détails les plus sordides. Je refuse de salir ce lieu de travail avec mon passé.

— Il faut qu'on sorte pour fêter ça.

— Ah bon ? demandé-je en arquant un sourcil.

— Un peu, mon neveu.

Elle tape son plâtre contre la table pour appuyer son propos.

— On sort ? lance une voix derrière moi.

Je tourne sur mon fauteuil pivotant et vois un bel homme en train de ranger ses affaires. Il a l'air élégant, mais par ailleurs détendu dans son pantalon blanc assorti d'une chemise bleu marine et d'une veste bleu clair. Comme il fourre des dessins dans sa sacoche en cuir marron, j'en déduis que c'est un architecte aussi.

— Pio, Ronnie. Peyton et moi on sort. Mais je ne rappelle pas t'avoir invité, réplique Penny sur un ton ironique.

— Mais qui va tenir tes cheveux quand tu auras bu trop de gin tonic ? plaisante Ronnie en accrochant les attaches de sa sacoche.

— Ne te laisse pas avoir par ce plâtre.

Penny lève son bras pendant que je retiens un sourire, appréciant leurs chamailleries.

Ronnie comble la distance qui nous sépare et me tend la main.

— Je m'appelle Ronnie.

— Peyton.

On se serre la main et il retient la mienne un peu plus longtemps que nécessaire.

— Ravie de te rencontrer.

— De même. Alors, les filles, vous allez où ?

Je me tourne vers Penny et hausse les épaules.

— Je ne sais pas. Je suis nouvelle en ville…

Les yeux de Ronnie s'éclairent et Penny tape dans ses mains, tout excitée.

— Tu penses à ce que je pense ?

Ronnie hoche la tête, et j'ai brusquement le pressentiment que je ne vais pas avoir le choix.

J'avais prévu de rentrer à la maison, et de bûcher sur tout ce qu'il y avait à savoir sur l'architecture. J'ai vraiment aimé cette journée, et je me suis dit que plus j'en saurais, mieux ce serait pour moi à long terme si je voulais faire de ce travail un emploi à plein temps.

Mais quand Cayden descend les escaliers avec Darla derrière lui, j'ai soudain envie d'un martini. Ou deux. Ronnie remarque que je les fixe et il ricane quand il voit Cayden. Je ne sais pas pourquoi, mais j'ai l'impression que le charme de Cayden lui passe au-dessus de la tête.

— Alors, tu es prête à ce que ton monde vole en éclats ? demande Ronnie quand Cayden est à portée d'oreille.

Mes joues s'enflamment aussitôt, parce que je ne peux nier le sous-entendu derrière ses mots. Cayden est à mes côtés en une fraction de seconde.

— On pourrait penser que je vous paie à travailler. C'est dingue, hein ? plaisante-t-il en s'adressant à nous trois.

Néanmoins le tressaillement sous son œil droit raconte une autre histoire.

Je n'ai pas le temps de me pencher là-dessus maintenant, parce que Darla décide de rendre la situation encore plus gênante.

— Penny. Ronnie. La nouvelle, dit-elle.

La nouvelle ?

Penny fronce le nez, l'air aussi dégoûtée que moi.

— Je m'appelle Peyton, la corrigé-je en me levant.

Elle est à moitié cachée par Cayden, ce qui m'énerve encore plus. Si elle veut jouer les pestes, elle pourrait au moins avoir le courage de le faire en face.

En parlant d'énervé, Cayden et Ronnie s'affrontent dans un genre de lutte territoriale, et je ne sais pas pourquoi.

— Tu es prête ? demande Ronnie en s'adressant à moi.

Je le regarde d'un air interrogateur, alors il clarifie :

— Pour notre rencard.

Je fais un pas en arrière quand Cayden avance en laissant échapper un grondement bas.

— Tu voulais venir aussi, Coach ? Ronnie et moi on avait prévu de sortir avec Peyton pour fêter son premier jour de travail.

Penny se dépêche d'intervenir parce qu'elle doit elle aussi sentir que quelque chose de bizarre se trame.

Cayden ne me lance même pas un coup d'œil, il est trop occupé à fusiller Ronnie du regard. Sauf que ce dernier n'a pas l'air intimidé du tout. Quand les lèvres brillantes de Darla se relèvent dans un sourire sournois, je fais le rapprochement.

Ronnie a le béguin pour elle. Peut-être même qu'il s'est passé quelque chose entre eux. Mais de toute évidence, elle convoite quelqu'un d'autre.

Mon quelqu'un d'autre. Je laisse échapper un bruit sauvage. Elle vient juste de devenir l'ennemie publique numéro un.

— Merci, Penn. J'aimerais beaucoup.

Je manque de me froisser un muscle dans le cou quand je tourne la tête pour observer Cayden. Il croise les bras sur sa poitrine, comme pour me défier de protester.

— Je ne pensais pas que tu étais du genre à... socialiser, dis-je, parce que c'est la vérité.

J'aurais cru que sortir prendre un verre avec des collègues serait aussi plaisant pour lui que d'attraper la peste bubonique.

Mais son attitude rigide m'indique qu'il ne reculera pas.

De toute évidence, le monde est en train de devenir fou, parce que notre petite bande de quatre tourne au fiasco.

— Je viens aussi, déclare Darla avec un grand sourire.

Bon, ça devrait être intéressant.

— Tu peux monter dans ma voiture, *patron*.

Qui aurait cru que les mots « monter » et « patron » utilisés dans la même phrase pouvaient avoir l'air aussi cochons ? Je commence à me demander si ce béguin ne va pas dans les deux sens.

Toutefois Cayden apaise mon inquiétude pour l'instant.

— Je monte avec Peyton. On est venus ensemble.

— En fait, c'est moi qui ai conduit ton pick-up.

C'est très immature comme remarque, mais quand le sourire suffisant de Darla fait place à une mine renfrognée, c'est plus fort que moi, je jubile et je me transforme en pom-pom girl intérieurement.

Mon arrogance ne dure pas plus de cinq secondes, néanmoins, parce que Cayden arque un sourcil sombre. Mon comportement irrationnel ne lui a pas échappé. Il fait un pas en avant, et me fixe de ses yeux captivants comme si on était seuls au monde.

— Oui, c'est vrai. Tu te débrouilles très bien toute seule.

Je déglutis, certaine que le bout de mes oreilles est en feu. L'alchimie est tellement forte entre nous que j'ai du mal à respirer. Ma pénurie d'oxygène s'aggrave quand Cayden passe son pouce sur ma joue. Il ne s'attarde pas, mais bon sang, tout mon corps est un véritable câble électrique.

— Allons-y.

Je me contente de hocher la tête et de réunir mes affaires avant de suivre Cayden qui reprend le même chemin que ce matin.

L'air frais ne parvient pas à apaiser mon coup de chaud, et quand mon téléphone sonne, je suis reconnaissante que ce soit Penny. Elle m'a envoyé un message avec le nom de l'endroit où on est censés aller.

— *Le Cobra chargé* ? questionné-je tout haut, en espérant que ça aura du sens pour Cayden.

Tout à coup, je me demande si elle parle d'un bar ou de Darla.

Je pousse un soupir de soulagement quand il hoche la tête.

Je ne suis pas en état de conduire avec l'énergie qui me traverse, et je suis ravie que Cayden tende la main pour me demander les clés. Je me dépêche de les extraire de la petite poche latérale de mon sac pour les lui lancer.

On monte dans le pick-up, sans dire un mot. Le moteur démarre avec un rugissement furieux. Telle voiture, tel conducteur ! Cayden enclenche la première et même s'il est agacé, il ne fonce pas hors du parking comme un idiot. Malgré les progrès que j'ai faits, je suis toujours un peu nerveuse quand je suis dans un véhicule.

Cette tension soudaine entre nous va forcément exploser. Mais je n'avais pas prévu que ça arriverait aussi vite.

— Alors... Darla a l'air d'être une sacrée garce.

Je plaque une main sur ma bouche, mortifiée d'avoir laissé échapper ça. Même si c'est la vérité, c'est inapproprié. Je viens juste de m'abaisser à son niveau.

— Cayden... je suis vraiment...

Quand il explose d'un rire rauque, j'ai un mouvement de recul. Est-ce qu'il a bien entendu ce que je viens de dire ?

Il frappe sur le volant, hilare. Il glousse comme si je venais de lui raconter la blague la plus drôle qui soit. Peut-être que c'est le cas.

— Pourquoi tu ris ?

Je commence à avoir peur que ma folie ait déteint sur lui.

— Parce que…

Il prend une grande inspiration.

—… je pensais exactement la même chose de Ronnie. Mais j'avais plutôt « fils de pute sournois » en tête.

Je savais qu'il y avait un contentieux entre eux.

— Alors, il se passe quoi entre vous ? Pourquoi il te fusille du regard comme si tu étais le diable incarné ?

Cayden pousse un soupir et serre le volant entre ses mains.

— Je ne me mêle pas de ce qui se passe au bureau, mais je crois que Darla et lui étaient ensemble. J'ai embauché ces gens parce qu'ils sont doués dans leur domaine. Je me fiche de ce qu'ils font en dehors du bureau. Tant qu'ils se pointent, qu'ils font leur boulot et qu'ils ne salopent pas le travail, ça me va.

— Je crois que tu ne devrais pas utiliser le mot « salope » quand tu parles de Darla.

Je me sens pâlir alors que je tire sur la chaîne en argent autour de mon cou.

C'est rare de voir Cayden pris au dépourvu. Cette petite victoire me fait jubiler.

— Darla peut être un peu…

Il cherche le bon mot, de toute évidence. J'en ai quelques-uns en tête.

— Amicale, mais elle bosse bien. Elle est efficace, intelligente, et…

— Et ça ne gâche rien qu'il y ait du monde au balcon, terminé-je pour lui.

Que quelqu'un appelle la presse. Cayden Coachman est sans voix une deuxième fois en trente secondes.

— Je n'avais pas remarqué, répond-il.

Je lève les yeux au ciel. Ces taquineries entre nous ont calmé notre mauvaise humeur, et je me renfonce dans mon siège, appréciant la vue.

— C'était chouette aujourd'hui, avoué-je.

Pourquoi ne pas partager les détails de ma journée avec mon patron ? J'ai toujours du mal à croire que c'est réel.

— Tant mieux. Donc tu vas revenir ?

— Bien sûr. Je sais que ça a l'air dingue…

Il me jette un coup d'œil, les sourcils haussés.

— OK, d'accord. Encore plus dingue. Mais j'avais l'impression d'être dans mon élément. Dessiner est tellement naturel pour moi. Penny est fantastique, mais c'était comme si elle me disait des choses que je savais déjà.

Je m'attends à ce que Cayden me dise que je suis folle, mais non. Il regarde au loin, la respiration calme et régulière.

— On dirait bien que tu es à ta place.

Je pivote sur mon siège pour le dévisager, incapable de masquer ma surprise.

— Je croyais que je n'appartenais pas à « ce » côté du lac, répliqué-je en mimant des guillemets pour appuyer mon sarcasme.

Cayden se tourne vers moi avec une lueur d'espoir dans les yeux.

— Peut-être que si, en fin de compte. Peut-être que c'est ici que tu aurais dû être depuis le début.

J'ai du mal à déglutir, j'ai une boule dans la gorge.

— Mais tu es ici, maintenant.

Je réfléchis à ses mots et hoche la tête avec détermination.

— Oui, c'est vrai. Et j'ai bien l'intention de rester.

Satisfaite, je me réinstalle pour observer « mon » monde défiler par la fenêtre.

Quand je vois le serpent vert illuminé à quelques mètres de là, j'en déduis qu'on est arrivés. Cayden se gare en marche arrière comme un pro, et en deux temps trois mouvements, on est sortis du pick-up et sur le chemin du bar. Le trottoir grouille de clients qui profitent de la chaude soirée d'été.

Un groupe d'hommes bruyants se tient debout devant le bar avec une bière à la main. L'un d'eux ne me voit pas arriver et me fonce dedans quand il recule. Je finis presque dans le caniveau, mais Cayden se précipite pour me rattraper.

— Mer-merci, balbutié-je en tentant de reprendre mon souffle.

Me retrouver dans ses bras ne devrait pas être aussi bon, mais c'est le cas. C'est carrément fantastique.

— Désolé, lâche le type qui m'a percutée.

Mais je ne vois rien d'autre que Cayden et le désir brûlant qui brille dans ses yeux. Il finit par me lâcher, l'air aussi abasourdi que moi que le simple fait de se toucher puisse provoquer cette réaction à chaque fois.

Il passe un bras autour de ma taille et me guide vers le bar. Quand on arrive devant la porte, cependant, il me lâche pour que j'entre en premier. Une fois à l'intérieur, j'admire le décor, qui ressemble un peu au bar de la série *Cheers*.

L'endroit est pas mal bondé, mais j'imagine que c'est normal pour un samedi soir. L'ambiance est détendue, les clients profitent tranquillement de leur verre ou jouant au billard. Il y a un box libre avec des banquettes rouges dans le fond, alors je décide de me dépêcher avant qu'on se le fasse piquer.

Je tends la main derrière moi pour que Cayden la prenne, et il ne me déçoit pas. On se fraie un chemin dans la foule, et on arrive au box circulaire en premier. Je me glisse sur le siège en vinyle, pensant que Cayden va s'installer en face. Sauf que non.

Il s'assied à côté de moi, assez près pour que nos cuisses se touchent quand je m'appuie contre le dossier rembourré. Alors, on n'est pas bien, là ? Je suis à deux doigts de prendre une serviette en papier pour m'éventer, mais Cayden veut décidément ma mort.

Il pose sa main sur ma cuisse avec un grand sourire en entendant ma brusque inspiration.

— Qu'est-ce que tu veux boire ?

— Une bière, peut-être ? réponds-je.

Ma jambe est en feu.

— Peut-être ?

Il arque un sourcil, amusé.

Seigneur, il faut que j'arrête de babiller comme une idiote et que je commande ma boisson, bon sang.

— J'allais dire un whisky sour, mais je devrais peut-être commencer par quelque chose d'un peu moins… alcoolisé.

Cayden lâche un gloussement.

— Et un whisky sour qui marche.

Il jette un coup d'œil par-dessus ma tête en direction de la porte pour voir si le restant de la troupe arrive. Sans toutefois retirer sa main de ma cuisse.

Quand je vois Penny et Ronnie, je ne sais pas si je suis soulagée ou déçue. Néanmoins, quand Darla entre derrière eux, je regrette tout à coup qu'on ne soit pas que tous les deux. Elle fait passer ses longs cheveux par-dessus son épaule, diffusant son parfum pour que tous les hommes en chasse remarquent son arrivée. Et ça marche.

Elle fait tourner les têtes, et même si elle adore attirer l'attention, elle ne cherche que celle d'un seul homme. Elle fait signe à Cayden d'une façon aguicheuse. J'ai envie de vomir.

— Coucou ! lance Penny.

Ronnie nous regarde tour à tour, Cayden et moi, assis tout près l'un de l'autre.

Je comprends ce qui se trame. Ronnie ne me connaît pas. Je pourrais être n'importe quelle fille, mais comme je suis celle que Cayden ne quitte pas d'une semelle, je deviens le pion idéal dans je ne sais quelle bisbille entre eux. Mais ce qu'il ne sait pas, c'est que je ne suis pas une écervelée. J'ai repéré son petit manège.

Darla le pousse pratiquement hors de son chemin pour pouvoir s'asseoir à côté de Cayden. Il serre les dents mais s'installe après elle. Ce qui ne laisse plus que Penny et moi l'une en face de l'autre sur les bords.

— On va chercher à boire ? suggéré-je d'un ton suppliant.

Je veux qu'elle vienne avec moi pour ne pas avoir à entendre Darla demander à Cayden quel parfum il porte parce qu'il sent *teeellement* bon.

Penny lit entre les lignes et hoche la tête.

Au moment où je m'apprête à me glisser hors de la banquette, Cayden me serre la cuisse d'une pression de main.

— J'y vais.

Je me retourne vers lui et je me fige. Ses lèvres sont tout près des miennes. Ça devrait être illégal.

Néanmoins, quand Darla sort son portable et insiste pour qu'ils prennent un selfie afin de le publier sur la page Instagram de la société, j'en profite pour partir.

— Je ne voudrais pas m'imposer sur la photo.

Il essaie de m'empêcher de me lever, mais j'échappe à sa poigne avec un sourire taquin.

— Je prendrai un verre de chardonnay, déclare Darla en agitant une main en l'air comme si j'étais son majordome personnel.

Je me mords l'intérieur de la joue pour retenir les obscénités qui pourraient en sortir.

— Bière pour vous ? demande Penny à Cayden et Ronnie.

Ce dernier acquiesce, mais Cayden refuse en secouant la tête.

— Sans alcool pour moi. Je conduis pour nous ramener à la maison.

L'identité de ce « nous » ne fait aucun doute. Je constate avec une joie sadique que Darla a l'air à deux doigts de piquer une crise.

Penny et moi nous frayons un chemin vers le bar bondé. Pendant qu'on fait la queue, je la sens qui me dévisage. J'abandonne.

— J'ai un truc entre les dents ?

Elle a la bouche légèrement entrouverte, comme si elle venait de découvrir quelque chose d'incroyable ou d'effrayant. Je n'arrive pas à décider.

— Non, mais tu as quelque chose, c'est certain. Qu'est-ce qui se passe entre Coach et toi ?

Je me recule et pince les lèvres.

— Ce qui se passe ? Tu vas devoir être un peu plus spécifique.

— Eh bien, ça fait trois ans que je le connais, et sans rire, je croyais qu'il était asexuel. Il n'a jamais regardé personne, homme ou femme, comme il te regarde toi.

Son commentaire me prend au dépourvu, et je m'étrangle toute seule. Je me tape sur le torse pour déloger la bulle d'air, et je secoue la tête un peu trop vivement.

— *Nooon*. Il te faut des nouvelles lunettes ? En plus, il a une fille, alors il ne peut pas être asexuel.

Penny lâche un ricanement.

— Je t'en prie. Cette femme ne compte pas. Je croyais que c'était à cause d'elle qu'il était devenu asexuel.

Je laisse échapper un reniflement sarcastique et manque de m'étrangler encore une fois.

Mais vu qu'elle a l'air d'humeur communicative, je décide de lui poser la question pour Darla :

— Et qu'est-ce qui se passe entre Ronnie et Darla ? Il craque pour elle, c'est évident. Et elle…

J'ai envie de dire qu'elle craque pour Cayden, mais non.

— Elle ne s'intéresse qu'à elle-même.

Penny éclate de rire.

— Ils ont couché ensemble à la fête de Noël, une année. Il voulait que ça aille plus loin, pas elle, et il l'a un peu en travers de la gorge depuis. Tu as dû sentir la tension entre Coach et lui. C'est parce qu'il croit que c'est Coach qui les empêche d'être ensemble. Tout ça est un peu ridicule, si tu veux mon avis. C'est pour ça que je préfère rester avec mes cinq chats.

Pendant qu'on attend nos commandes, je repense à ce qu'elle vient de dire. Elle croyait que Cayden était asexuel ? C'est dur à imaginer, vu que je n'ai reçu que des vibrations indiquant le contraire depuis qu'on s'est rencontrés il y a quatre jours. J'ai du mal à croire que ça fait aussi peu de temps, parce que j'ai l'impression que je le connais… eh bien, depuis toujours.

On pose les boissons sur un plateau avant de retourner à notre table.

Darla exhibe ses seins quasiment sous le nez de Cayden. C'est sûr, je ne vais pas pouvoir rester assise et faire comme si de rien n'était. Je prends mon cocktail et annonce à Penny que je vais jouer au billard. Elle jette un coup d'œil à Darla et hoche la tête pour m'indiquer qu'elle a compris.

Je n'essaie pas de faire ma bêcheuse, mais franchement, je suis trop vieille pour ces conneries.

Les deux types qui s'affrontaient au billard ont presque fini, et quand le plus costaud des deux empoche la boule noire, c'est mon tour. Je n'ai pas d'adversaire, mais quand un homme séduisant avec des cheveux blonds en bataille se propose, je me dis, pourquoi pas ?

Il rassemble les boules dans le triangle pendant que je choisis ma queue. Quand je tends la main vers la craie, je me demande pourquoi j'ai l'impression d'avoir déjà fait ça avant.

— Tu veux qu'on mise quelque chose ?

— Pourquoi pas ?

Son arrogance me déplaît tout de suite.

— Le perdant paie un verre à l'autre.

Ça me semble correct.

Juste au moment où je suis sur le point d'accepter, quelqu'un décide d'augmenter les enjeux. Je vous laisse deviner qui.

— Juste un verre ? Pourquoi pas une tournée pour tout le bar ?

Je pivote lentement et fais les gros yeux à Cayden. Non, mais qu'est-ce qu'il fabrique ?

Avant que je ne puisse dire non, le blondinet accepte.

— Ça marche. Je m'appelle Mason.

— Elle se fiche de connaître ton nom. Allez, à toi de casser.

J'ouvre et je referme la bouche comme un poisson hors de l'eau, incapable de dire un mot.

— Tu peux le faire, murmure Cayden, comme lorsque nous étions dans la voiture.

Sa confiance en moi est très flatteuse, mais il vient à coup sûr de me dépouiller de mon salaire.

Quoi qu'il en soit, il est trop tard pour reculer, maintenant.

— Les dames d'abord, dit Mason en désignant la table.

Je fais semblant de ne pas remarquer que Cayden est tellement vert de jalousie qu'on dirait Hulk, et je prends position. Il reste de l'autre côté, les yeux rivés sur moi, et la sueur commence à s'accumuler dans le bas de mon dos.

Je ne peux pas. C'était d'une stupidité sans nom de croire que j'en étais capable. Mais quand je lève la tête pour croiser le regard de Cayden, et qu'il m'adresse un clin d'œil, je repousse mes doutes. Je peux faire tout ce que je veux. Le seul fait que je sois ici le prouve.

Je tends la queue au-dessus du tapis, me penche et me familiarise avec le bois. Ça me semble si naturel. En gardant ça en tête, je fais des petits allers-retours avec la queue, sans quitter Cayden des yeux, puis je tire.

Le coin des lèvres de Cayden se relève quand je cligne des yeux deux fois pour être sûre que je n'imagine pas des choses. Mais non. Je viens de mettre deux boules d'un coup.

— On dirait que tu vas te faire plumer.

Cayden s'adresse à Mason d'un ton qui dégouline de sous-entendu et de moquerie. Mon adversaire retire sa veste. Ça rigole plus, on dirait.

J'empoche deux autres boules avant que ce ne soit le tour de Mason. Il est bon, mais apparemment, je suis meilleure. Quand il rate son coup, je prends une gorgée de whisky et tourne autour de la table comme si c'était ma proie. La boule que je veux est juste devant Cayden, qui le sait aussi bien que moi. Il ne bouge pas un muscle, me défiant de me faufiler entre la table et lui.

Défi accepté.

Penny, Ronnie et Darla se sont joints à la foule qui s'est rassemblée autour de la table. Des images de cette dernière en train de flirter éhontément avec Cayden remontent à la surface, éveillant un autre genre d'instinct de compétition. Je n'y vais pas avec le dos de la cuillère : je me glisse dans le petit espace entre la table et lui.

Je jette un coup d'œil par-dessus mon épaule et lui offre un sourire.

— Il va falloir que tu recules pour me laisser un peu de place.

Avec un rictus, il fait quelques pas en arrière, juste ce qu'il faut pour que je puisse tirer.

S'il ne veut pas jouer fair-play, alors moi non plus.

Je me penche et lui donne une vue de premier choix sur mes fesses. Je n'ai même pas besoin de les agiter parce que je sens déjà qu'il n'en perd pas une miette. Il a envie de moi, et… j'ai envie de lui.

Je me concentre sur la fin de la partie, parce que je pourrai toujours me repasser ça dans ma tête ce soir quand je serai au lit toute seule. Je vise et je suis sur le point de tirer, mais je sens, inhale et goûte Cayden juste à côté de moi. Son souffle est chaud le long de mon cou.

— Tu vas y arriver.

Mais tout à coup, je ne sais plus s'il parle du jeu ou d'autre chose.

Il ne recule pas pour me laisser de la place. Au lieu de ça, il se penche et m'observe. Pas la boule ou le jeu, moi. Et si ce n'est pas le frisson le plus exaltant qui soit, alors je ne sais pas ce que c'est. Il me revendique ouvertement, et non seulement mon ventre se remplit de papillons, mais aussi de feux d'artifice.

Je remporte la partie en moins de dix minutes. Mason a l'air de croire qu'il s'est fait gruger, et Darla est agacée de s'être fait voler toute l'attention. Mais ce ne sont pas leurs réactions qui m'intéressent. C'est celle de Cayden. Il n'a pas l'air du tout surpris. Comme s'il savait que je battrais Mason. Mais pas juste le battre. Lui mettre une raclée. Il n'a aucun problème à se pavaner à ma place parce qu'il savait que je gagnerais.

Ce qui éveille mes soupçons à nouveau.

— Ils t'adorent tous, maintenant, lui dis-je en observant le bar, où tous les clients profitent de leur verre gratuit. Sauf Mason.

Il a tenu sa parole et a régalé tout le monde. Avec son groupe d'amis, ils sont à présent assis au fond de la salle, en train de siroter leurs verres d'eau gratuits.

— C'est son problème s'il t'a sous-estimée, réplique Cayden d'un ton nonchalant. Ce n'est pas ma faute si c'est un idiot.

J'éclate de rire et prends une gorgée de whisky.

J'aime cette simplicité entre nous, mais je suis sur le point de la faire voler en éclats avec mes questions.

— Alors...

Cayden me jette un regard par-dessus le bord de son verre.

— Comment tu savais que j'étais bonne au billard ?

Sa pomme d'Adam monte et descend quand il avale sa bière sans alcool. Il est mal à l'aise, c'est évident. Tant pis pour lui. Il se passe une main dans les cheveux, comme il le fait quand il est irrité. Souvent en ma présence, d'ailleurs.

— Je...

Je retiens mon souffle, mais la réponse devra attendre.

Il tend la main derrière lui pour sortir son téléphone de sa poche en grimaçant. Quand il voit l'identité de l'appelant, il se lève.

— Il faut que je réponde. C'est Lacey. C'est elle qui garde Ellie.

Il n'a pas besoin de se justifier.

— Va.

Je lui fais un signe de la main, compréhensive.

Avant de répondre, il me prend au dépourvu en déposant un bref baiser sur ma joue. Je n'ai pas le temps de reprendre mes esprits qu'il se fraie déjà un chemin dans la foule et sort par la porte de devant pour décrocher.

Ma peau est brûlante à l'endroit où il a posé ses lèvres. C'était un baiser parfait. Sans réfléchir, je pose la main sur ma peau et je frotte doucement, abasourdie.

Quand je tends la main vers mon verre, je me rends compte qu'il est à ma gauche, et non à ma droite, alors que je pensais l'avoir laissé là. Je ne me pose pas plus de questions que ça et le vide d'un trait. J'en commande un autre, et décide de jouer cartes sur table avec Cayden et de lui révéler tout ce qui s'est passé avec le dealer. J'espère que ma franchise l'inspirera, et qu'il s'ouvrira enfin à moi.

Ce qui s'est passé ce soir ne peut pas être une coïncidence. Impossible.

Quand le barman pose une bière devant moi, je remarque que l'étiquette est floue. Plisser les yeux n'arrange rien. C'est même pire, en fait. Je cherche mon portefeuille dans mon sac, mais mes bras sont affreusement lourds, tout à coup.

Je ne peux plus respirer.

— D'solée, dis-je en bafouillant.

Le barman, patient, attend que je reprenne mes esprits, mais c'est de pire en pire. Il s'en va en emportant la bière avec lui.

Je commence à être barbouillée, mais je n'ai pas envie de vomir. Je me sens juste étourdie. Je décide d'aller aux toilettes. Je me lève, mais mes jambes refusent de supporter mon poids. Qu'est-ce que c'est que ce bordel ? Après trois tentatives, j'arrive enfin à trouver l'équilibre, et je titube au milieu de la foule.

Ma vision est de plus en plus trouble, et tous les bruits du bar se rassemblent pour n'en former qu'un. De toute évidence, je suis beaucoup plus alcoolisée que je le pensais. Penny et Ronnie sont en train de faire un billard. Je ne sais pas du tout où est Darla, mais je n'aurais pas voulu de son aide de toute façon. Après avoir tâtonné et percuté pas mal de gens, j'arrive enfin aux toilettes.

C'est un miracle qu'il n'y ait pas la queue, et je me laisse tomber dans la première cabine. Je n'arrive même pas à verrouiller la porte. Mon cœur commence à s'affoler, et d'un coup, je me sens exténuée. J'ai besoin de dormir. Mon cerveau me hurle de me réveiller, mais à chaque seconde qui passe, je perds de plus en plus le contrôle de mon corps.

Je serre la cuvette des toilettes entre mes mains et pose la tête sur le couvercle fermé. Je laisse le sommeil m'emporter. C'est agréable d'être dans cette bulle de sommeil où je peux oublier. Mais mon instinct de conservation se déclenche. Je n'ai bu que trois verres. Ou quatre ? Quoi qu'il en soit, je ne devrais pas être dans cet état.

Quelque chose cloche.

Je pourrai gérer ça demain, parce que là… j'ai juste envie d'oublier…

— Peyton !

Tout se produit au ralenti. J'ai envie de crier à Cayden de venir m'aider, mais mes lèvres sont toutes molles. J'arrive à peine à émettre un grognement douloureux. Cependant cela suffit. Il déboule par la porte une seconde plus tard, et me prend dans ses bras.

— Qu'est-ce qui s'est passé ?

Il essaie de relever doucement ma tête, mais je suis comme une poupée de chiffon, je ne contrôle aucun de mes membres. Je me sens comme un spaghetti trop cuit.

— Putain, siffle-t-il.

Je ne l'ai jamais entendu aussi en colère.

Sa réaction me fait peur et je me mets à paniquer. Qu'est-ce qui ne va pas ?

— Cay… den…, balbutié-je, mais même ça, c'est à peine compréhensible.

Tout me fait mal.

— Chut… ça va aller, promis. Je vais te porter, OK ?

Ma tête roule sur le côté quand j'essaie d'acquiescer.

Je n'ai jamais été aussi mortifiée de toute ma vie, mais quand il me soulève avec précaution et m'enveloppe de son odeur, j'oublie mon humiliation, et succombe enfin à l'obscurité.

CHAPITRE 10

Ma tête me fait mal. Non, pas mal. Elle palpite affreusement.

Je ne sais pas où je suis. La dernière chose dont je me souviens, c'est… *réfléchis*. Un frisson parcourt tout mon corps parce que je ne veux pas croire que ma mémoire me fasse le coup encore une fois. Sauf que c'est différent. Ce n'est pas de l'amnésie… c'est comme si je n'existais pas.

— Peyton ?

Cette voix sera pour toujours mon phare dans la nuit.

Je frotte mon nez contre de la soie douce, engloutie dans l'océan, et je sais où je suis. En sécurité, puisque Cayden est là.

Mais la surface tremble sous moi, et je ne comprends qu'à ce moment-là que je suis allongée dans le lit de quelqu'un. Pas le mien, donc ça doit être celui de Cayden.

— Comment tu te sens ?

J'ai la bouche horriblement sèche, et je suis presque sûre que mes yeux sont collés, mais à part ça, je pense que ça va.

— De quoi tu te souviens ?

Malgré ma migraine pulsante, je tente de m'asseoir, mais je me rends compte tout à coup que je ne porte pas de vêtements. Cette prise de conscience me fait ouvrir les paupières d'un seul coup.

— Ouille.

Je plisse les yeux parce que la lumière vive me brûle. Cela étant, j'ai d'autres problèmes plus pressants, comme découvrir où sont mes fringues.

Avec des doigts tremblants, je serre le drap contre ma poitrine tout en me redressant avec prudence en position semi-assise. La tête de lit me sauve la vie et m'empêche de retomber en arrière. Ça me prend un peu de temps, mais je finis par parvenir à me concentrer et à voir Cayden assis au pied du lit.

Ses cheveux sont en bataille, et il est torse nu. Mon estomac sombre.

Je soulève un peu le drap pour vérifier si je suis nue, je le plaque à nouveau. Je suis bien nue. Cayden m'observe avec attention. Oh, mon Dieu. Qu'est-ce que j'ai fait ?

— Est-ce que... est-ce qu'on a... ?

Je fais un geste du doigt entre nous, en espérant qu'il comprendra l'allusion.

Il a l'air complètement paumé, jusqu'à ce qu'il voie mes joues devenir écarlates.

— Non. *Non*, dit-il, un peu plus fort la deuxième fois. Bien sûr que non.

— Merci, Seigneur.

Je pousse un profond soupir, mon cœur reprenant un rythme à peu près normal. Je ne comprends pas pourquoi il a l'air vexé, mais ensuite je me rends compte que ma réponse pourrait être mal interprétée.

Quoi qu'il en soit, ça n'explique pas ce que je fais toute nue dans son lit.

— Où sont mes vêtements ?

— Dans la machine.

— Pourquoi ?

— Parce qu'ils étaient couverts de vomi, répond-il sans me quitter des yeux.

C'est de pire en pire.

— C'est toi qui m'as déshabillée ?

Il se passe les deux mains dans les cheveux.

— Oui.

Je ne comprends rien du tout.

— Pou-pourquoi ?

Il ne fait pas un geste, ce dont je lui suis reconnaissante.

— Qu'est-ce que tu te rappelles à propos d'hier soir ?

Je fouille dans le brouillard de mon cerveau, et capte un souvenir que je suis certaine de ne pas avoir inventé.

— J'ai joué au billard. Tu es sorti répondre au téléphone.

J'essaie de creuser plus loin, mais je me heurte à un mur de brique.

— C'est tout.

Cayden contracte la mâchoire. Je sens que je ne vais pas aimer ça.

— Je t'ai trouvée à moitié inconsciente dans les toilettes. Dès que je t'ai prise dans mes bras, tu t'es évanouie. Je voulais te conduire à l'hôpital, mais je t'ai ramenée ici en premier. Je ne sais pas pourquoi. J'ai juste…

Il secoue la tête comme s'il remettait encore en question ses actions.

— Je ne voulais pas que tu te réveilles encore une fois dans une chambre d'hôpital sans savoir ce qui t'était arrivé ni où tu étais. Je ne voulais pas que tu sois seule.

Il baisse les yeux, comme s'il avait honte de ses décisions, mais c'est bien la chose la plus gentille qu'on ait jamais faite pour moi.

— Où tu as dormi ? demandé-je d'un air timide.

Je préfère me concentrer sur un problème à la fois.

— Je n'ai pas dormi.

D'un mouvement du pouce, il désigne le fauteuil installé dans le coin de la pièce. Il est appuyé contre la porte comme s'il avait monté la garde, prêt à passer à l'action et à me protéger si besoin.

— Je t'ai juste enlevé ta robe. Promis. Tu as retiré le reste au milieu de la nuit. Je n'ai rien vu du tout. J'ai touché ton front, et tu étais brûlante de fièvre. J'ai failli appeler les secours, mais à ce moment-là, tu t'es calmée et tu t'es endormie paisiblement.

Cayden est inquiet pour ma pudeur. Après tout ce qu'il vient de me raconter, c'est le cadet de mes soucis.

— J'imagine que je devrais lever le pied sur le whisky pendant un moment.

C'était censé être une blague, mais Cayden ne rit pas.

— Je ne crois pas que c'était à cause de l'alcool.

Je fais la moue, confuse.

— Quoi ? Qu'est-ce que tu veux que ce soit d'autre ?

Il inspire et expire. À mesure que l'air quitte ses poumons, tout espoir me déserte. Il y a peu de chance que ce soit une simple erreur sans conséquence.

— Je pense que tu as été droguée.

— Droguée ? Comme... la drogue du violeur ? chuchoté-je, incapable de dire ces mots horribles à haute voix.

Il se passe la langue sur la lèvre supérieure.

— Oui.

La pièce se met à tourner et Cayden se précipite vers moi pour agripper mon bras.

— C'est impossible. C'est risible, même. Qui voudrait me droguer ?

Dès que je prononce ces mots, je me souviens de ma rencontre avec le dealer louche.

— Qu'est-ce qu'il y a ? demande-t-il en passant son pouce sur mon biceps.

J'ai envie de lui raconter, mais je ne saurais même pas quoi lui dire, alors je décide de garder ça pour moi jusqu'à ce que je comprenne ce qui se passe.

— Rien. Oh, mon Dieu. Quelle horreur. Si tu n'étais pas arrivé...

— Mais je suis arrivé, me coupe-t-il pour apaiser ma panique. Je suis juste désolé de...

Il s'interrompt tout à coup et pince les lèvres comme pour s'empêcher de rajouter quoi que ce soit.

— Désolé pour quoi ?

Je ne vais pas le laisser s'en tirer aussi facilement.

Il pousse un lourd soupir et me prend le visage en coupe d'une main, l'autre enroulée dans mes cheveux.

— Je suis désolé d'avoir laissé ça se produire. J'aurais dû être plus prudent.

— À moins que ce ne soit toi qui m'aies droguée, tu n'as absolument aucune raison de t'excuser.

Ses narines s'évasent et il baisse les yeux. Il s'en veut.

— Cayden. Cayden, regarde-moi.

Quand il obtempère, je reprends :

— Merci.

Il lâche un hoquet, sans doute parce qu'il ne veut pas de ma gratitude. Mais je l'ignore.

— Sans toi, j'aurais été une statistique de plus. Tu m'as sauvée depuis le moment où on s'est rencontrés.

Il laisse échapper un sifflement et brise soudain notre connexion.

— Je ne suis pas le héros dans cette histoire, Peyton. Ne me prends pas pour quelqu'un que je ne suis pas.

— Je me fiche de ce que tu penses. Tu es un héros pour moi.

Il oublie que je peux être aussi têtue que lui.

— Merci, dit-il.

Il accepte enfin mon compliment tout en me scrutant par-dessous ses longs cils.

Mon cerveau tourne en boucle. Je n'arrive toujours pas à croire ce qui m'arrive. Au cours de ces cinq derniers jours, j'ai découvert deux ou trois trucs dingues, mais là, c'est autre chose.

— Est-ce que je dois aller voir la police ? Ils devraient être mis au courant, non ?

Plus je parle, plus Cayden a l'air en colère. Il serre la couverture dans son poing et la griffe comme si c'était la seule chose qui l'empêchait de faire un trou dans le mur.

— Oui, tu devrais, répond-il lentement, mais j'entends comme une réticence dans sa voix.

— Mais… ? l'encouragé-je.

Il se relève d'un bond et j'ai un mouvement de recul. Il commence à faire les cent pas. Je le suis des yeux alors qu'il arpente la pièce à grandes enjambées furieuses, en attendant qu'il se décide à parler, mais au bout d'un moment, j'ai la tête qui tourne.

Je me frotte les tempes en laissant échapper un grognement. Je suis frustrée, confuse et j'ai vraiment envie de prendre une douche.

— Mais les flics ne feront rien. Ça aurait pu être n'importe qui, explique-t-il en continuant ses va-et-vient.

Il a raison. Qui sait si Mason et son petit groupe n'ont pas voulu se venger de ce que j'ai fait.

Une pensée me vient. Où était Darla ? Je me souviens vaguement d'avoir titubé à travers le bar et d'avoir vu Penny et Ronnie, mais pas Darla. Sauf que je n'ai aucune preuve, hormis le fait qu'elle me donne envie de vomir sans que j'aie besoin de boire une seule goutte d'alcool.

Toutes ces réflexions empirent encore mon mal de crâne.

— Il faut que je prenne une douche.

Cayden arrête enfin d'essayer de creuser une tranchée dans le sol et hoche la tête.

— Tu peux la prendre ici.

J'apprécie son hospitalité, mais je n'ai pas de vêtements.

— Merci, mais si tu veux bien juste me prêter un T-shirt, je pourrai rentrer chez moi. Toutes mes affaires sont là-bas, et j'aimerais bien être moins… nue.

Une ombre de sourire recourbe ses lèvres, et je suis tentée de me frotter les yeux afin de m'assurer que je n'imagine pas des trucs.

— Je vais venir avec toi, déclare-t-il alors que je plaque davantage le drap contre ma poitrine.

— Merci encore une fois, mais ce n'est pas nécessaire. J'ai juste envie de me doucher, prendre un cachet pour le mal de tête et aller me coucher.

Il est évident qu'il n'est pas d'accord, et n'importe quel autre jour, j'essaierais de savoir pourquoi, mais là, j'arrive à peine à me rappeler mon propre nom.

— Peyton…

Il laisse sa phrase en suspens, ce qui m'incite à me redresser.

— Après ce qui s'est passé hier soir, je n'ai pas envie de te quitter des yeux.

Je déglutis, figée sur place alors qu'il revient lentement vers moi et s'installe à mes côtés. Un rayon de soleil qui traverse la fenêtre met en valeur l'élégance de son tatouage, et mon attention se porte sur les détails du dessin. C'est indéniable, Cayden a une attitude très protectrice avec moi depuis le début, mais ce qui s'est passé hier soir l'a secoué pour de bon.

Je ne devrais pas insister, mais c'est plus fort que moi.

— Pourquoi ?

Il lâche un soupir épuisé.

— Parce que… apparemment, je suis incapable de rester loin de toi.

Je cligne des yeux.

— Euh… OK, murmuré-je en mesurant mes paroles. Et pourquoi c'est si terrible ?

Notre attirance mutuelle est indéniable, et nous sommes deux adultes consentants. Pourquoi est-ce que s'autoriser à faire quelque chose qu'on souhaite tous les deux est aussi problématique ? Cayden est déchiré, et je ne sais pas pourquoi. D'accord, je traîne des casseroles derrière moi, un tas de casseroles, mais il n'a pas l'air du genre que ça découragerait. Et vu la façon dont il me dévisage, avec ce regard intense et habité, ce qu'il veut est plutôt évident. Ce qu'il dit ensuite fait monter la température :

— Parce que… je te détruirais.

Une menace ne devrait pas avoir l'air aussi… lubrique.

Il ne peut pas me sortir des trucs comme ça quand je suis nue.

— Non, tu ne le ferais pas… Tu ne peux pas me détruire, je suis déjà brisée. Et c'est ce que je suis. De la marchandise endommagée.

Je ne dis pas ça pour attirer la compassion. Ou la pitié. Je le dis parce que c'est la vérité.

Mais il secoue la tête avec conviction.

— Je t'interdis de dire ça.

C'est comme si on avait passé l'accord tacite de ne pas se toucher.

— Tu es courageuse. Et forte. Ne l'oublie jamais.

Ses mots renferment une telle passion qu'un sentiment inattendu me submerge. Toutefois je ne me laisse pas déconcentrer.

— Merci, chuchoté-je, la gorge serrée.

On a encore tellement de choses à se dire, mais on est tous les deux trop épuisés pour se lancer dans une conversation qui exige toute notre attention.

— Bon, tu veux bien rester ?

C'est comme s'il me suppliait de dire oui. Alors j'accepte.

— OK. Mais il me faut des habits de rechange.

— Pas de soucis. Lacey peut passer chez toi et prendre quelque chose. Ou tu peux te servir dans ma garde-robe.

La perspective d'être blottie dans ses vêtements est plus que tentante, mais ils seront trois fois trop grands, alors je préfère quand même les miens.

— Si ça n'embête pas Lacey.

Je me sens mal de demander, mais je n'ai pas d'autres choix.

— Bien sûr que non. Je lui dirai d'y aller.

Il se lève et mes joues se mettent à chauffer quand je vois toute cette peau nue. Je baisse les yeux et tire sur un fil qui sort de la couverture.

— Tu peux te doucher ici. Prends ton temps.

J'apprécie sa gentillesse, parce que j'en ai bien besoin. Quand on vient de vous dire qu'on vous a retrouvée évanouie sur le sol des toilettes publiques, vous n'avez qu'une envie : vous récurer pendant un bon moment à la Javel.

Je suis soulagée qu'il ne s'attarde pas et qu'il me laisse un peu toute seule.

Mes muscles protestent quand je bouge, et je prends trois grandes inspirations avant de poser les pieds sur la moquette. Je ne suis pas sûre que mes jambes vont réussir à me porter, mais même si elles tremblent, elles ont l'air de tenir le coup.

La chambre commence à tourner.

Quand le vertige se calme, je tire sur le drap et l'enroule autour de moi avant de tituber vers la salle de bains. Je regrette de ne pas être assez en forme pour observer ce qui m'entoure, parce que je suis quand même dans la chambre de Cayden. Néanmoins, l'eau chaude et le savon m'appellent.

Dès que j'ouvre la porte, je grogne de satisfaction en voyant la douche. Elle est immense ! Une grosse pomme de douche chromée apparaît au-dessus de la paroi en verre. On dirait qu'il y a un appareil de massage intégré ! Sur une étagère sont alignés tout un tas de produits luxueux pour prendre soin de sa peau. Il y a aussi un petit banc fixé sur le mur en marbre.

Sans attendre, j'entre et j'ouvre le robinet d'eau chaude. L'eau coule du pommeau comme une cascade venue tout droit du paradis. Quand elle est juste à la bonne température, je me place en dessous et renverse la tête en arrière, inhalant de grandes bouffées d'oxygène.

Mon corps endolori se délecte de la chaleur de l'eau. Je reste debout sous le jet, à passer en revue tout ce qui s'est passé ces cinq derniers jours. Même si ça n'a pas été une promenade de santé, loin de là, je ne me suis jamais sentie autant moi-même que depuis que je suis ici.

Je ne suis toujours pas plus près de découvrir ce que le ruban ou le lac signifient pour moi. Même si je me suis saoulée et qu'on m'a dit que j'étais une fille de petite vertu qui aimait faire la fête, je me rends compte que ces moments, ces individus, ne me définissent pas.

Peu de gens ont la chance de recommencer à zéro et de faire amende honorable. Soit je m'appesantis sur des incidents comme celui de la nuit dernière, soit je me concentre sur le présent en espérant que mon passé, une fois reconstitué, ne va pas m'exploser à la figure.

Quand mes muscles et mon esprit commencent à se détendre, je tends la main vers le gel douche de Cayden et j'ouvre le bouchon. Incapable de m'en empêcher, je le renifle, m'attendant à sentir l'océan, l'odeur signature de Cayden. Mais au lieu de ça, j'inhale un nuage aromatique de sous-tons boisés et acidulés. Ça sent divinement bon. Et ça veut dire que l'odeur riche et réconfortante de Cayden n'appartient qu'à lui.

Je me badigeonne de mousse et me frotte jusqu'à ce que j'aie l'impression que toutes les traces d'hier sont parties dans la bonde d'évacuation. Cayden a peur de me détruire. Néanmoins, après la nuit dernière – en fait, depuis la première fois qu'on s'est rencontrés –, il a fait tout le contraire. Il m'a donné de l'espoir.

Rien que de penser à lui, mon souffle se bloque dans ma gorge, et je sais que c'est parce que mon cœur est en harmonie avec le sien. C'est trop tôt pour dire un truc du genre « Je suis amoureuse de lui », et ce serait aussi complètement absurde, mais… entre ce que je ressens, les papillons dans le ventre, le besoin perpétuel de le chercher au milieu d'une foule, qu'est-ce que ça pourrait être d'autre ?

Je sais qu'il cache un secret. Mais parfois, enfin, la plupart du temps, je m'en fiche. Parce qu'il le fait… pour me protéger. Mais de quoi au juste ? J'espère le découvrir bientôt.

Quand ma peau est toute fripée, je ferme le robinet et tends la main vers la serviette blanche épaisse suspendue au portant. Je me sèche, me sentant un million de fois mieux. La douche, c'est pile ce qu'il me fallait.

Je n'ai pas envie de jouer les fouineuses, mais qui sait si j'aurai un jour une autre occasion comme celle-là. Alors, debout devant le meuble à double vasque, avec précaution, je fais pivoter les miroirs qui cachent l'armoire à pharmacie. Il y a trois portes. J'y vois ce que je m'attends à trouver chez tout le monde : des pansements, du bain de bouche, de l'aspirine. Mais quand j'arrive au dernier placard, je trouve un flacon orange rempli de pilules sur l'étagère du bas.

C'est mal, et je franchis une ligne, mais la curiosité prend le dessus. Je jette un bref coup d'œil par-dessus mon épaule pour vérifier que Cayden n'est pas en train de musarder. Une fois rassurée, je tourne l'étiquette et laisse échapper un hoquet.

La lumière vive me confirme que j'ai bien lu. Cayden est sous antidépresseurs. Il n'y a nul mal à ça, mais je ne peux m'empêcher de me demander pourquoi il en a besoin. C'est vrai qu'il est sérieux la plupart du temps, mais je ne me serais jamais doutée qu'il était déprimé. J'imagine qu'on a tous nos secrets, et tout comme Cayden a respecté les miens, c'est à mon tour de lui rendre la pareille.

Je remets le flacon à sa place, puis je referme sans bruit la porte, et me rince avec du bain de bouche à la menthe, comme si ça pouvait me débarrasser du goût de ma culpabilité. Je me sers de la petite serviette blanche assortie au drap de bain qui est posée sur le meuble pour m'essuyer le visage. Je referme toutes les portes miroirs et observe mon reflet.

Les cernes sous mes yeux sont d'un violet foncé, ma peau est presque transparente à cause de la fatigue. Mes cheveux pendouillent autour de mon visage, alors je les attache en chignon haut. Mon teint est plus pâle que d'habitude, ce qui fait ressortir mes taches de rousseur et les fait paraître plus sombres. Mes lèvres ont besoin d'une couche de baume. J'ai beau les humecter plusieurs fois, elles restent sèches et craquelées.

En résumé, j'ai une sale tête et je croise les doigts pour que Lacey pense à m'amener quelques produits de beauté.

J'enroule fermement la grande serviette autour de moi et vais ouvrir la porte. Je ne sais pas ce que je m'attendais à voir, mais pas Cayden étalé sur le lit, sur le ventre. Une brusque montée de panique m'envahit, parce qu'il a l'air mort, mais quand je vois son large dos se soulever et retomber doucement, je sais qu'il est juste dans les bras de Morphée.

Mes vêtements sont posés sur le dossier du fauteuil et ma trousse de toilette sur la commode. Voir mes affaires ici me fait du bien. Pour une raison que j'ignore, elles ont l'air d'être à leur place. Avec un soupir, parce qu'il faut à tout prix que j'arrête de croire aux contes de fées, je traverse la chambre sur la pointe des pieds, pour ne pas réveiller Cayden.

Me mordillant la lèvre, je tourne la tête par pudeur pour vérifier qu'il est bien endormi, puis je laisse tomber la serviette. Je suis nue dans la chambre de Cayden. Je me sens vilaine et sexy.

Pendant que j'enfile mon shorty et mon soutien-gorge, mes yeux n'arrêtent pas de revenir sur la silhouette endormie de Cayden. Qu'est-ce qu'il ferait si je m'installais derrière lui et que je collais mon corps contre le sien ? Est-ce qu'il me repousserait sous prétexte qu'on n'est que des amis ? Ou est-ce qu'il accepterait le contact et en réclamerait davantage ?

Il bouge et se tourne sur le côté, me sortant de mes idées lubriques. Je termine de m'habiller.

J'examine tour à tour le lit et la porte. J'hésite. J'ai promis de rester là, mais lorsqu'un bâillement m'échappe, le lit moelleux et confortable m'appelle. Est-ce que je peux faire quelque chose d'aussi immoral ? Est-ce que je vais céder à la tentation et m'étendre à côté de Cayden ?

Même si ce n'est que pour dormir en toute innocence, ça semble beaucoup plus émouvant que si on faisait l'amour. Je ne sais pas pourquoi.

Pendant que je pèse le pour et le contre, un petit gémissement lui échappe, il sursaute et agite les jambes. Sans réfléchir, je me précipite vers lui. Je le scrute attentivement ; ses lèvres sont pincées et son front plissé.

Je ne sais pas de quoi il rêve, mais ça n'a pas l'air agréable, et j'ai une envie irrépressible de le réconforter. Je pose un genou sur le matelas, en faisant attention de ne pas le déranger, puis je m'allonge derrière lui. Je me perds dans son odeur musquée. Sa respiration lourde. Mais plus que tout, je me sens à ma place, comme si j'avais l'habitude d'être là, couchée contre lui.

Quand il marmonne de façon incohérente, je me rapproche encore et plaque nerveusement ma poitrine contre son dos. Il se tait aussitôt et prend une grande inspiration, enfin apaisé. Son corps est chaud, presque trop, mais je me sens réconfortée, et mes paupières deviennent lourdes.

Sur le point de m'endormir, j'ai la sensation d'être prisonnière de ce moment, mais quand Cayden tend la main derrière lui pour attirer mon bras autour de sa taille, je sais qu'au bout du compte… c'est de lui que je suis prisonnière. Il pousse un soupir en entrelaçant ses doigts avec les miens, comme s'il n'avait aucune intention de me laisser partir.

Il ne faut pas longtemps avant que nos respirations s'harmonisent. Je suis enfin rentrée chez moi.

***

Je me réveille dans la même position que celle dans laquelle je me suis endormie… et c'est le paradis.

Cayden et moi, on est emmêlés et ça me semble presque blasphématoire d'échapper à son étreinte, mais j'ai vraiment envie de faire pipi. J'ai rechargé les batteries, je ne suis plus fatiguée du tout, ce qui est un véritable miracle. Je ne me rappelle même pas la dernière fois que j'ai eu les idées aussi claires. C'est incroyable les bienfaits d'une bonne nuit de sommeil, ou d'une bonne journée de sommeil.

En descendant les escaliers avec l'odeur de Cayden sur ma peau, je me rends compte que ce n'est pas la sieste qui m'a requinquée. C'est lui.

Comme il m'a sauvé la mise plusieurs fois, j'ai envie de le remercier. Alors je décide de lui retourner la faveur et de m'occuper du dîner tout comme il m'a préparé le petit-déjeuner. Me voilà donc en train de m'affairer dans la cuisine, Empire assis à mes pieds, ravi d'être mon assistant.

Lacey a laissé un mot sur le frigo pour indiquer qu'elle emmenait Ellie au cinéma. Je la soupçonne d'avoir fait ça pour nous laisser un peu de temps tout seuls, Cayden et moi. J'ai bien l'intention de la couvrir de chocolats et de vin pour la remercier.

La cuisine est digne de celle d'un grand chef. Les grands placards et les plans de travail en marbre gris bleu confèrent à l'espace une atmosphère accueillante. Cayden a conçu cette pièce pour Lacey, ça ne fait aucun doute. C'est une chef cuisinière, après tout.

J'imagine que de nombreux repas de famille ont été préparés dans cette cuisine. Et je me demande si Cayden faisait à manger lui-même. Ou Hazel, autrefois. À cette pensée, je coupe une tomate d'un geste un peu trop vif.

Il est 19 heures passées, et même si Cayden n'est pas encore descendu, l'eau qui coule dans les tuyaux m'indique qu'il est réveillé. Dès que j'entends les canalisations couiner, je repousse toutes les images de Cayden sous le jet d'eau, tout mouillé, et très, *très* nu.

Pour calmer ma faim, je dévore un des cupcakes au caramel que j'ai préparés tout à l'heure. Je les gardais pour le dessert, mais aux grands maux, les grands remèdes. Ce n'est pas ce que je veux, mais je m'en contenterai.

J'ai consulté les nombreux livres de recettes de Lacey, et j'ai choisi de cuisiner un truc facile, des enchiladas à la cocotte. J'avais tout ce qu'il fallait sous la main. Qui aurait cru que j'aimais cuisiner, ou même que j'étais douée pour ça ?

Les odeurs qui flottent dans la cuisine font gargouiller mon ventre. Je goûte une cuillère de ce qui est en train de mijoter. Pas de doute, c'est délicieux ! Je fredonne une chanson qui passe à la radio tout en dansant un peu sur place, sans me rendre compte que je ne suis plus seule, jusqu'à ce que je me retourne et que je manque de faire une crise cardiaque.

— Putain de bordel de merde ! m'exclamé-je, la respiration haletante.

Cayden hausse les sourcils. Je regrette d'avoir été aussi vulgaire.

— Tu as faim ? enchaîné-je avec nervosité en coinçant une mèche de cheveux derrière mon oreille.

— Je suis affamé, répond-il simplement.

Sauf qu'il n'y a rien de simple chez le grand homme séduisant et ténébreux qui se tient devant moi.

Il porte un jean déchiré et un col en V blanc, ce qui fait ressortir le bleu de ses yeux. Ses cheveux sont encore humides, et les mèches les plus longues sont peignées sur le côté. Il est pieds nus. Sur n'importe qui d'autre, cette tenue n'aurait rien de spécial, mais sur lui, c'est phénoménal. On dirait qu'il va défiler sur un podium à Milan.

J'arrête de le mater alors qu'il s'approche du frigo et lit le mot de Lacey. Les bouteilles s'entrechoquent dans la porte quand il l'ouvre pour prendre une bière.

— Tu bois un coup ?

Je me suis servie dans le pichet de limonade maison tout à l'heure, et mon verre est toujours plein.

— Ça va, merci.

Il referme la porte avec une Budweiser dans la main, et contemple le massacre que j'ai fait dans sa cuisine avec un sourire amusé.

— Qu'est-ce que tu prépares ? Ça sent hyper bon.

Je suis ravie qu'il aime.

Je remue une dernière fois la nourriture avant de tendre la main vers le saladier que j'ai déniché en fouinant dans tous les placards.

— C'est une recette que j'ai trouvée dans un livre de Lacey. J'espère que ça ne te dérange pas, c'est un peu épicé.

J'enfile un gant de cuisine et m'apprête à enlever la cocotte du feu. Mais quand Cayden se glisse derrière moi et jette un coup d'œil par-dessus mon épaule, je me fige.

— J'aime quand c'est épicé, dit-il.

Son souffle effleure mon cou telle la caresse d'un amant.

Mon plat est sur le point de cramer, c'est le moment d'éteindre la gazinière, pas de de humer Cayden.

— Tu veux bien prendre des bols ?

Ça m'étonnerait que Cayden soit un adepte des dîners guindés, alors je me suis dit qu'un repas pris sur le pouce sur le comptoir du petit-déjeuner ferait l'affaire.

Dès qu'il recule, l'air revient dans mes poumons. Je prépare la table en posant tout ce qu'il faut sur le comptoir. Cayden revient avec deux bols et des couverts.

— Il fait bon ce soir. Tu veux aller t'asseoir dehors ?

Je lève les yeux vers lui à travers mes cils, et hoche la tête.

— J'adorerais.

On s'active en silence, remplissant nos bols. Soit on a tous les deux très faim, soit c'est notre filet de sécurité au cas où les choses deviendraient gênantes. Pour qu'on puisse se goinfrer d'enchiladas au lieu de parler. Je suis Cayden et Empire qui sortent de la cuisine et montent les escaliers.

Je jette un œil par-dessus mon épaule, étonnée qu'on n'aille pas s'installer sous le porche, mais je ne dis rien.

Quand on entre dans sa chambre, des souvenirs de nous deux dans les bras l'un de l'autre m'assaillent, et le manque me frappe durement. Est-ce qu'il se souvient qu'il a tendu la main vers moi, qu'il a eu besoin de moi autant que moi de lui ?

Le lit est fait au carré, et tout est propre et rangé. Maintenant que j'ai les yeux en face des trous, j'observe sa chambre et admire le dessin au fusain accroché au-dessus de son lit. Je ne l'avais pas remarqué avant. Je me fige sur place, captivée. C'est sublime.

Quand Cayden ouvre les portes-fenêtres qui donnent sur la terrasse, un souffle d'air chaud flotte dans la pièce. Je continue à avancer, je meurs d'envie de sentir la brise sur ma peau.

— Waouh.

Je comprends pourquoi Cayden m'a fait monter ici. La vue est à couper le souffle.

Il y a une petite table en bois et des chaises assorties, ce qui en fait l'endroit parfait pour prendre son repas tout en admirant la beauté aux alentours. Cayden me tire une chaise, le sourire aux lèvres, et attend que j'aie fini d'admirer la vue.

— Oh. Désolée.

Je me dépêche de le rejoindre, mais Cayden n'a pas l'air embêté.

— Ça ne fait rien. Prends ton temps. On a toute la nuit.

Sa promesse déclenche des frissons sur ma peau. Je me glisse sur la chaise et lève la tête vers lui avec un sourire, reconnaissante pour sa galanterie. Alors que je rapproche le siège de la table, il s'installe à côté de moi.

Ce n'est pas le premier repas qu'on prend ensemble, mais l'atmosphère est inédite. Je ne veux pas nous porter la poisse, mais on se croirait à un premier rendez-vous. Et le dialogue gêné qui s'ensuit ne fait que confirmer cette impression.

— Tu veux dire les grâces ?

Cayden se fige alors qu'il est en train de prendre une gorgée, les joues gonflées de bière. Je fais la grimace, parce que je ne sais pas ce qui m'est passé par la tête de dire un truc aussi absurde. Sa pomme d'Adam monte et descend quand il avale.

— Euh… et toi ?

Il n'y a aucun jugement derrière sa question. Seulement de la curiosité.

Avec un soupir, je jette un regard au paysage magnifique et décide que oui, j'en ai envie, parce que je n'ai jamais été aussi reconnaissante qu'en cet instant.

— Oui, je crois.

Je tends la main, paume vers le haut. Cayden l'observe, et la prend sans y réfléchir à deux fois.

Encore une chose pour laquelle je peux exprimer ma reconnaissance.

C'est une première pour moi, mais je ne crois pas qu'il y ait de bonne ou de mauvaise façon de procéder. Tous les jours, on devrait énumérer les choses pour lesquelles on est reconnaissant. Sans que ce soit forcément à caractère religieux ou récité par cœur. Ça devrait venir de façon naturelle. Comme c'est le cas quand je tiens la main de Cayden, ou que je suis avec lui.

— Merci pour ce délicieux repas que j'ai réussi à préparer sans faire cramer la maison. Merci pour mon toit qui ne s'est pas encore écroulé.

Cayden lâche un petit reniflement sarcastique.

— J'ai hâte de voir ce que la vie me réserve, comme la rénovation de ma maison, et mon nouveau travail. Merci pour Empire.

Ce dernier aboie, content d'avoir été cité, et je passe une main dans sa fourrure.

Dans toute cette liste, je me rends compte qu'il y a un dénominateur commun.

Cayden.

Il m'observe patiemment, et même si ma paume commence à être moite, je repousse ma nervosité et termine avec ce pour quoi je suis le plus reconnaissante.

— Mais par-dessus tout, merci d'avoir mis sur mon chemin Cayden. Merci d'exister et d'être toi.

Il cligne des yeux. Je l'ai pris au dépourvu, c'est évident, mais je m'en fiche. Je veux qu'il le sache, parce que c'est ce que je ressens.

Aucun de nous ne prononce plus un mot. Les cigales et le vent qui leur fait écho comblent le silence, rendant encore plus parfaite une soirée déjà parfaite. Cayden passe son pouce sur mes articulations avant de presser doucement ma main.

— Amen.

Je ne sais pas pourquoi, mais sa réponse me semble tout à fait appropriée.

On ne se quitte pas des yeux. Nos regards dansent sous la pleine lune.

— Mangeons, dit-il enfin.

C'est une idée fantastique. Avec réticence, je lui lâche la main, et on commence.

Incapable de m'en empêcher, je le fixe avec fascination quand il prend sa première bouchée.

— C'est délicieux.

— Ah oui ? demandé-je, en avalant le riz épicé.

— Tout à fait, confirme-t-il en se servant une énorme portion.

C'est satisfaisant de voir le repas que vous avez préparé avec vos petites mains être dévoré par la personne pour laquelle vous l'avez fait.

On mâche en silence. Pas de conversation forcée ; j'ai l'impression qu'on apprécie la compagnie l'un de l'autre et la tranquillité autour de nous. Quand je jette un coup d'œil à droite, je vois ma maison et constate qu'on distingue le balcon de ma chambre depuis cet angle.

Je me fige, la bouche pleine.

Cayden remarque ce qui a attiré mon attention, mais il continue à manger.

Je m'assieds le dos bien droit, et en effet, s'il était debout devant la balustrade, il pourrait voir ma chambre et mon balcon. C'est inratable. Il ne dit toujours rien, ce qui n'est pas mon cas.

— Eh bien, heureusement que je n'ai pas décidé d'aller prendre un bain de minuit !

Il lâche un gloussement.

Je n'arrive pas à détourner les yeux de ma maison et du ruban rouge, auquel je n'ai pas accordé une seule pensée depuis un moment. Mais de là où je me tiens, j'ai une vue parfaite non seulement sur ma maison, mais aussi sur le lac, le chêne et le ruban.

— Tu m'as espionnée ?

On dirait bien que je suis la reine des questions stupides. Pourtant, Cayden se racle la gorge deux fois, et je m'étrangle presque sur mon dîner.

— Je n'appellerais pas ça espionner.

Je pousse un soupir, mais c'est inutile.

— Je vérifiais juste que tu allais bien.

Je repousse mon bol et essaie de me concentrer sur les choses positives, comme le fait que Cayden se soit montré honnête et n'ait pas nié être un voyeur.

— Et combien de fois tu t'es « assuré » que j'allais bien ?

Je mime des guillemets avec mes doigts, incapable de croire qu'on a cette conversation.

Il frotte sa joue couverte de chaume.

— Quelques fois.

Quand je hausse les sourcils, il précise, l'air un peu piteux :

— Toutes les nuits.

Je ne sais pas si je dois me sentir flattée ou violée dans mon intimité.

En regardant par-dessus l'épaule de Cayden, je vois un certain nombre de bouteilles de bière vides dans une petite poubelle. Je remarque aussi un lit pour Empire près de la rambarde. Bordel de merde.

J'ai besoin de bouger, alors je me relève et m'approche de la balustrade. Je sais que je surréagis, mais je ne peux pas me débarrasser de l'impression que si Cayden me surveille, il y a une bonne raison. S'il avait voulu garder ça secret, cependant, il ne m'aurait pas amenée ici.

— Tu voulais que je le sache ?

Je garde les yeux rivés sur ma maison, et sur le lac juste derrière.

J'entends la chaise racler le sol derrière moi, et je me prépare pour ce qui va arriver. Cayden vient se poster derrière moi, en laissant assez d'espace au cas où j'aurais envie de le frapper.

— Oui, c'est vrai. Je voulais que tu saches que je ne laisserai rien t'arriver.

— Que veux-tu qu'il m'arrive ? demandé-je avec curiosité, alors que je pose mes coudes sur la rambarde et me penche en avant.

— Rien, et je m'en assurerai. C'est pour ça qu'hier soir...

Mais je ne le laisse pas terminer.

Je me tourne sur le côté pour le regarder et y trouve le masque d'un homme défait.

— Ça ne se reproduira pas. Il faut que tu arrêtes d'y penser.

— Mais je ne peux pas, insiste-t-il, la voix tremblante alors qu'il se place dos au lac. Si quelque chose t'arrivait...

Mon cœur commence à battre plus vite.

— Cayden. Je vais bien. Et tu veux savoir pourquoi ?

Il hausse faiblement les épaules, le menton baissé sur sa poitrine.

— Grâce à toi.

Je m'écarte de la rambarde et pose doucement la main sur sa joue, l'incitant à regarder par-dessus son épaule, en direction de ma maison.

— Parce que tu es avec moi. Toujours.

Et je veux dire ça de façon à la fois littérale et métaphorique.

— Tu n'es pas fâchée ? demande-t-il d'une petite voix en appuyant sa joue contre ma paume.

Je le dévisage, à la recherche des raisons qui expliqueraient pourquoi il a un tel impact sur ma vie. Je ne peux lui donner qu'une seule réponse :

— Non, je ne suis pas en colère. Curieuse, plutôt. Mais comment est-ce que je pourrais t'en vouloir alors que tu restes assis ici toute la nuit, sans fermer l'œil, pour t'assurer que je vais bien ?

— Pas toute la nuit, me corrige-t-il avec un petit sourire. Quand tu éteins la lumière, je sais que tu vas bien.

L'émotion m'envahit, et mon cœur me fait mal. Il me fait mal parce que cet homme – cet homme incroyable, compliqué et abîmé – fait passer mes besoins et mon confort avant les siens. Je ne suis qu'une étrangère. Cependant, on sait tous les deux que ce n'est pas le cas.

C'est le moment où je devrais lui demander, me supplier de confirmer mes soupçons. Mais qu'arrivera-t-il s'il refuse ? Je sonde ses yeux où transparaît la souffrance, et je sais que c'est ce qu'il fera. Je suis peut-être prête, mais pas lui. Le fait qu'il m'ait montré ça devra suffire. Pour l'instant.

Le courant qui circule entre nous est électrique, et je n'aurais qu'à me mettre sur la pointe des pieds pour céder à ce que j'ai envie de faire depuis des jours. Il se passe la langue sur la lèvre inférieure, interprétant comme il faut la situation. Si on commence, on ne s'arrêtera pas. C'est un élan puissant et irrésistible. Mais aussi affreusement effrayant.

Cayden avait raison. Ça me détruirait. Mais de la meilleure façon possible.

J'enroule mes mains à l'arrière de son cou et joue avec les cheveux qui bouclent sur sa nuque. Je me rends, mais seulement à moitié. Je me hisse sur la pointe des pieds et avance mes lèvres vers les siennes. Il écarquille les yeux, sans pour autant reculer. Son cœur bat la chamade, ce qui me réconforte, parce que le mien fait de même.

— On dirait bien que moi aussi, je te détruis, chuchoté-je contre sa bouche.

Son souffle me remplit d'une force de vie si féroce que je manque de défaillir. Toutefois ce n'est pas le moment. Je dépose un tendre baiser au creux de sa bouche. J'en mémorise la douceur, le goût, avant de m'écarter.

Un baiser a le pouvoir de changer le monde… et celui que je viens de lui donner nous changera à coup sûr tous les deux.

CHAPITRE 11

Une semaine plus tard

C'est une mauvaise idée.

J'ai passé la semaine à travailler près de Cayden et je l'ai vu à l'œuvre. Je l'ai vu exercer son autorité naturelle non seulement au bureau, mais aussi à la maison. À ma grande surprise, même après sa journée de travail, il est venu bricoler chez moi. Je lui ai dit de ne pas s'en faire, qu'il avait déjà eu sa dose de labeur à l'agence ; mais peu importe son état de fatigue, il passait quand même.

Depuis cette soirée sur le balcon, la nuit de notre baiser, il se montre un peu distant, alors je n'en ai pas reparlé. Ni du fait que j'ai mon propre système de surveillance. Je me dis qu'il prend de la distance parce qu'il a besoin d'espace, alors je n'insiste pas. Au lieu de ça, je profite de sa compagnie, et je me concentre sur le travail.

Les livreurs, que Cayden appelle par leurs prénoms, n'arrêtent pas d'apporter des matériaux à n'en plus finir, et se fichent de devoir faire plein d'allers-retours à chaque fois. Il s'agit surtout de bois, de plâtre, et du nécessaire pour réparer la toiture ; de quoi faire tenir la maison debout.

J'aide comme je peux. Cayden a l'air content que je pose des questions incessantes. Il a suggéré qu'on commence par la salle de bains. Il a décidé que la plomberie pouvait rester en l'état, ce qui signifie qu'on va surtout redécorer.

Ça m'a semblé assez facile jusqu'à ce qu'on commence à arracher le carrelage, ce qui m'a flingué le dos. J'ai juré comme un charretier, mais c'était libérateur de détruire quelque chose pour le reconstruire en mieux. Cayden m'a assuré qu'une fois qu'on aurait terminé, ma maison n'aurait plus rien à voir avec une ruine vieillotte.

Il a dit que ça prendrait une semaine à peu près pour remettre la salle de bains en état. En attendant, il m'a proposé de venir chez lui dès que j'avais une envie pressante. On a juste cessé de boire autant d'eau parce qu'on avait hâte d'avancer.

Pendant qu'on démontait le lavabo, il a suggéré qu'on s'attaque à la cuisine après. Ce sera la pièce la plus coûteuse à refaire, selon lui. J'ai répondu qu'il ferait mieux de m'augmenter, alors.

On a travaillé sans se gêner, et j'ai été agréablement surprise de voir que j'apprenais vite.

Tout se passait bien, très bien, même, jusqu'à ce qu'il mentionne la chambre. L'appréhension m'a saisie aux tripes, parce que toucher cette pièce me semble presque être un sacrilège. Comme si j'allais perturber un lieu sacré. Dès qu'il a remarqué mon hésitation, il m'a proposé un compromis : réparer en priorité le balcon. Car il a confirmé mes craintes, il est bien à deux doigts de s'effondrer.

Mais même. La pensée de voir Cayden détruire l'endroit qu'il surveille toutes les nuits depuis douze jours creuse comme un trou en moi. Malgré tout j'ai fini par accepter.

J'étais en train de passer la meilleure journée de ma vie, et je ne me suis pas rendu compte qu'il était aussi tard. Alors quand le moment est venu que je me prépare pour aller dîner avec mes parents, c'est devenu tendu entre Cayden et moi.

De toute évidence, aucun de nous deux n'avait envie que cette journée magique se termine, mais ma curiosité a pris le dessus, et j'ai dit au revoir à Cayden. Il m'a promis de revenir le lendemain, et j'ai décidé de m'accrocher à cette pensée agréable jusqu'à ce que je rentre à la maison.

Quand il a passé la porte d'entrée, ses épaules se sont affaissées comme s'il portait un fardeau. Je l'observais descendre la première marche du porche, et soudain, il s'est arrêté et a tourné la tête vers moi.

— Tu veux que je vienne avec toi ?

J'ai failli en tomber à la renverse.

— Chez mes parents ? ai-je demandé, au cas où j'aurais mal compris.

Il a hoché la tête, confirmant mes soupçons. Il avait autant d'appréhension que moi concernant ce soir.

Cet homme ne cesserait jamais de me stupéfier.

— Tu ferais ça pour moi ?

L'air devient immobile.

— Je ferais n'importe quoi pour toi.

J'ai eu envie de dire oui, s'il te plaît, viens avec moi. Tout est toujours plus facile quand tu es à mes côtés. Il a dû saisir mon hésitation, et m'a proposé une alternative.

— Appelle-moi en cas de besoin. Et n'oublie pas de fermer la porte à clé.

Fin de la discussion.

Je me suis appuyée contre le chambranle et l'ai regardé repartir chez lui d'une démarche qui trahissait un peu sa frustration. J'ai attendu qu'il disparaisse de mon champ de vision pour refermer la porte et j'ai donné un tour de clé.

J'ai pris une profonde inspiration. C'était la première fois de la journée que je me sentais mal à l'aise. Être avec Cayden m'aidait à oublier, raison pour laquelle… c'est une mauvaise idée.

***

Je suis assise dans le *monster truck* de Cayden, garé le long du trottoir, à environ un pâté de maisons du manoir à un million de dollars de mes parents. Le moteur tourne au ralenti. Je n'ai aucun doute que leur agent de sécurité, sûrement un aspirant policier qui s'est fait recaler, va faire sa ronde dans sa voiturette blanche et abuser de son autorité d'une seconde à l'autre. Toutefois j'ai besoin d'une minute.

Je ne peux me débarrasser de l'impression que ma vie va être chamboulée dans quelques instants.

Il est probable que je surréagisse parce que je n'ai pas de souvenirs d'enfance heureux dans ce quartier ou dans la maison de mes parents, mais quelque chose d'énorme se profile. Je jette un coup d'œil dans le rétroviseur et je n'y reconnais pas les grands yeux effrayés que je vois.

Je sens que ma famille ne va pas me reconnaître non plus. J'ai jeté la majorité des vêtements que j'avais lorsque je vivais dans ce quartier. Quand j'ai opté pour cette robe style bohémienne orange vif, qui donne l'impression que mes cheveux roux sont en feu, j'ai su que Stella serait agacée que je ne porte pas de fringues de luxe. Mais il va bien falloir qu'elle s'habitue à la nouvelle Peyton.

Pour l'instant, j'aime la personne que je vois.

Je repousse ces pensées déprimantes et passe mes mains sur le volant. C'est réconfortant de penser que les mains de Cayden ont fait la même chose avant moi. Avec un nouvel élan, j'appuie sur l'accélérateur, ravie d'entendre la bête rugir et perturber la paix stérile des rues de la résidence huppée.

Dès que le grand portail blanc entre dans mon champ de vision, je suis frappée par le souvenir de la première fois que je l'ai vu. C'était le jour où Stella m'a ramenée à la « maison ». Tout était tellement embrouillé, et elle me parlait comme si j'avais dû me souvenir de toutes les informations dont elle m'inondait. Mais je ne me rappelais rien du tout, et je ne me rappelle toujours pas.

En regardant la maison de mes parents, la maison de mon enfance, je ne ressens rien du tout, à part de l'appréhension. Des images de cet endroit où je me suis sentie en prison me reviennent de plein fouet, et je suis aussitôt envahie par l'envie irrépressible de m'enfuir. Mais je prends sur moi, franchis les grilles et appuie sur le bouton de l'interphone.

Je ne suis pas surprise d'entendre une voix inconnue me répondre. Aucune personne saine d'esprit ne pourrait travailler pour Stella trop longtemps. Être au service de la famille Lane six mois d'affilée vous propulsait directement candidat à la canonisation.

— Allô ? lance une voix nasillarde.

— Bonjour. C'est Peyton.

Silence.

— Je vivais ici.

Deuxième silence.

— C'est à cause de moi que Stella a sûrement pris un Long Island *iced tea*[1] avec sa salade de chou kale et de quinoa.

Et bien sûr, la grille s'ouvre.

Je me retiens d'accélérer le long de l'allée comme un pilote de NASCAR dans son dernier tour, et remonte d'un pas tranquille en admirant les jardins bien entretenus. C'est la seule chose que j'aimais bien en vivant ici. Les jardiniers taillent, coupent et tondent, embellissant la végétation et s'assurant que le parc des Lane soit le plus beau du quartier. Ça me démange de faire un dérapage sur la pelouse de devant, mais je me retiens parce que je n'ai pas envie d'exposer qui que ce soit à la colère divine de Stella.

Je fais exprès d'appuyer sur le champignon et je lâche un gloussement quand le moteur de Cayden rugit comme un lion, prévenant ma famille parfaite que leur fille et sœur imparfaite est arrivée. J'arrête le moteur et tends la main pour prendre mon sac et mes chaussures.

Je descends de la bête en sautant, et je décide de terminer pieds nus parce que le soleil estival chauffe toujours les dalles en terre cuite de l'allée. L'immense manoir devant moi impressionnerait la majorité des gens, mais je ne suis pas la majorité des gens. Je sais ce qui se cache à l'intérieur. Cette maison abrite peut-être des richesses, mais c'est la solitude qui tapisse les murs blancs immaculés.

Je sais que ce manoir contient huit chambres et six salles de bains, et je suis bien placée pour savoir que la majorité des équipements hors de prix n'ont jamais servi. Chaque surface parfaite est gravée dans mon esprit, pas parce que je suis admirative de tout ce que possèdent mes parents, mais parce que c'est un rappel de ce que je refuse de devenir.

Les gens comme mes parents en veulent toujours plus, plus, plus, car ce n'est jamais assez. Des maisons plus grosses, des voitures plus rapides, des

1 Cocktail à base de différents alcools forts et de Coca et qui ressemble au thé glacé, d'où son nom.

femmes trophées, des mensonges scandaleux – c'est une obligation quand on mène cette existence merdique. Une vie que beaucoup rêveraient d'avoir, alors que moi, je veux juste être heureuse. J'en suis venue à la conclusion que dans ce monde, c'est soit l'un, soit l'autre.

D'un pas hésitant, je monte les marches en marbre blanc, sûre que si je baisse la tête, je verrai la couleur de ma culotte dans le reflet du sol brillant. Combien de temps est-ce que les ouvriers ont dû passer à polir la pierre avant que Stella soit satisfaite ?

L'alcôve est un dôme blanc, complètement superficiel, comme le reste de cette maison. J'appuie sur la sonnette ; le carillon m'évoque le départ d'un cortège funéraire. Je déteste cette baraque.

La porte s'ouvre, et je me retrouve aussitôt frappée par des souvenirs que je préférerais oublier. Quand j'ai franchi ce seuil en rentrant de l'hôpital, je croyais que, comme par enchantement, toutes mes questions obtiendraient des réponses. Mais à mesure que les jours sont devenus des semaines, j'ai compris que je ne trouverais aucun réconfort ici. Et je doute que ça arrive un jour.

Un homme que je n'ai jamais vu se tient près de la porte ouverte, attendant que j'entre. Il a l'air d'avoir la quarantaine. Et c'est aussi le genre d'homme que Stella mettrait à la porte en deux minutes chrono parce qu'on lit de la gentillesse dans ses yeux verts.

— Bonsoir, mademoiselle.

Il fait un pas de côté pour me laisser entrer dans ma prison tout confort.

Chaque cellule de mon corps me crie de courir très, très loin, et de ne pas regarder en arrière, mais j'essaie de me persuader que plus vite j'en aurai fini avec ça, plus vite je rentrerai chez moi.

Il me propose de prendre mon sac, mais je refuse. Je ne veux pas être servie.

— Est-ce que mes frères et sœurs sont là ? demandé-je en entrant dans le hall somptueux.

Un grand escalier, semblable à ceux qu'on voit dans les films Disney quand la princesse descend pour rencontrer son prince charmant, se trouve à quelques pas. Je m'attends à moitié à ce que Stella débarque avec une robe haute couture et des bijoux éblouissants, elle qui aime tant faire des entrées remarquées. Mais j'y échappe, pour l'instant.

Il referme la porte, scellant mon destin pour de bon.

— Oui, répond-il.

— Tous ?

J'ai du mal à croire qu'Ursula, l'antéchrist incarné, ait daigné abandonner son style de vie luxueux pour se mélanger au commun des mortels pendant toute une soirée. Sa nounou a sûrement démissionné, ce qui a dû contrecarrer ses projets de faire le tour de l'Europe cet été. Je me tourne vers l'homme affable à côté de moi, et je compatis, parce qu'il ne sait pas dans quoi il s'est embringué.

— Oui, répète-t-il, avec sympathie.

— Génial, putain.

Un sourire étire ses lèvres et sa moustache. Je l'apprécie aussitôt.

— Vous vous appelez comment ?

Il jette un coup d'œil circulaire, comme s'il avait peur de parler.

— Luis Lopez.

— Eh bien, Luis Lopez… je ne vais pas vous demander si vous aimez travailler ici, parce que la réponse saute aux yeux.

Je fouille dans mon sac pour sortir mon chéquier et un stylo. Je le feuillette et demande nonchalamment :

— Vous avez des enfants ?

— Oui, j'en ai trois.

— Oh, c'est adorable, lâché-je en me servant de mon sac comme support pour écrire sur le chèque.

— Ce soir, c'est la fête d'anniversaire pour les quatre ans de ma dernière, ajoute-t-il en fronçant les sourcils.

Je marque une pause, secoue la tête, et décide d'ajouter un zéro.

Luis m'observe avec attention, presque effrayé tandis que mes gestes déterminés trahissent mes intentions. Je signe, détache le chèque, et le lui tends.

— Voilà. Allez lui acheter quelque chose de joli.

Il recule et secoue frénétiquement la tête.

— Si madame Lane l'apprend, elle sera très fâchée contre moi.

Je me renfrogne et agite le chèque, pour lui faire comprendre que ce n'est pas négociable.

— Madame Lane sera très fâchée quoi que vous fassiez de toute façon. Elle est née avec un manche à balai dans le derrière, et il n'est pas près de sortir. S'il vous plaît, prenez-le.

Son dilemme est flagrant ; quel père digne de ce nom raterait volontairement la fête d'anniversaire de sa fille ? Je sais que c'est un bon père. Sinon, pourquoi est-ce qu'il aurait accepté d'être engoncé dans son costume de pingouin à répondre au moindre caprice de Miss Hautaine ?

— Qu'est-ce que je vais dire à madame Lane ?

— Je m'en occupe. Allez passer du temps avec votre famille.

Voyant qu'il hésite, je plaque le chèque dans sa paume avec un grand sourire.

— Filez, avant qu'elle ne se rende compte que vous êtes parti.

Il comprend ce que ça voudrait dire pour lui.

— Merci, mademoiselle.

Il prend mes mains dans les siennes et hoche la tête de gratitude.

Mon cœur se gonfle. C'est le moins que je puisse faire.

— Ce n'est pas grand-chose, et je vous en prie, appelez-moi Peyton.

Sur un dernier hochement de tête, il range le chèque dans sa poche et ouvre la porte. Néanmoins, il tourne encore une fois la tête pour jeter un regard à la ronde, avant de déclarer :

— Mademoiselle… Peyton. Quelqu'un vous attend. À l'étage.

Comme un automate, je lève les yeux vers les escaliers avec appréhension.

— Madame Lane veut vous faire la surprise avant le dîner. Soyez prudente.

Il se signe comme s'il était à l'église, avant de claquer la porte derrière lui.

Je cligne des yeux. Comment suis-je censée prendre cet avertissement inquiétant ? C'est qui, ce « quelqu'un » ? Est-ce que c'est cette personne, ma surprise ? Apparemment.

— Ma chérie, tu as été cambriolée ? hoquette Stella en émergeant du salon, une main pressée de façon théâtrale sur sa poitrine, au-dessus du cœur.

Elle s'est mise sur son trente-et-un avec un tailleur-pantalon en soie et des escarpins blancs cloutés. Des Valentino, à tous les coups.

Je me retiens de lui dire que oui, on m'a dérobé ma santé mentale à la seconde où j'ai posé le pied dans cette maison.

— Non.

Je sais qu'elle fait référence à ma tenue pas du tout appropriée pour un dîner. Elle attend que je développe, mais je me tais.

Elle pince ses lèvres pleines, et je n'arrive pas à décider si elle sourit ou si elle fait la moue.

— Où sont tes chaussures ?

Quand je lève la main pour lui montrer mes sandales dorées, un petit gloussement m'échappe quand je remarque un chewing-gum rose collé sur la semelle gauche. Stella, en revanche, à l'air d'être sur le point de me pulvériser de produit désinfectant.

— Ravie de voir que tu t'es rabaissée au niveau des cas sociaux au milieu desquels tu vis.

Je ferme les yeux une fraction de seconde, en espérant que le dieu qui veille sur moi, quel qu'il soit, m'accorde la force de ne pas étrangler ma sœur. Elle porte une robe filet qui la fait ressembler à un jambon de Noël.

— Tu es au courant que tu as du rouge à lèvres sur les dents ? répliqué-je, amusée quand Ursula se couvre la bouche d'une main, horrifiée à l'idée de ne pas paraître parfaite.

Ça devrait lui clouer le bec pendant au moins cinq secondes.

— J'ai besoin d'un verre.

Je tourne les talons et me dirige vers le salon, là où je sais qu'Augusto garde le bon scotch.

Stella et Ursula murmurent frénétiquement dans mon dos. Elles doivent s'offusquer de mon attitude scandaleuse. Elles n'ont encore rien vu. Augusto est assis sur le canapé en cuir blanc, une cheville posée sur l'autre genou, en train de lire le journal. Il lève à peine la tête quand j'entre. Tant mieux, parce que je ne suis pas d'humeur à parler de la pluie et du beau temps.

Je prends un verre à shot en cristal, le décanteur, et le remplis à ras bord. Le liquide ambré sent divinement bon. Il est encore meilleur quand on l'avale d'une traite. Je me ressers quelques secondes plus tard.

— Tu commences tôt, petite sœur.

Il semble que cet étranger, Lachlan Lane, soit mon frère, même si je ne vois aucune ressemblance entre nous.

Il a d'épais cheveux blonds et des yeux bleu clair qui doivent affoler un tas de femmes naïves. Sauf que les hommes comme Lachlan ne se casent pas. Ils utilisent les femmes et abusent de leur crédulité parce qu'ils en ont le pouvoir. Il va sans dire que je le déteste avec force.

— Que veux-tu que je te dise ? Cette maison me pousse à boire.

Il lève son propre verre comme pour trinquer à mon commentaire.

Augusto, avec ses lunettes à monture argentée perchées sur le bout de son nez aquilin, ne se donne même pas la peine de lever les yeux de son journal. Il trouve les nouvelles du jour plus intéressantes que ses enfants. Cette soirée s'annonce interminable.

Armée de mon verre, j'avance jusqu'à la baie vitrée et jette un coup d'œil dans le jardin et ses hectares de verdure. Est-ce que j'ai exploré ce parc quand j'étais petite, les bras écartés, comme si j'allais m'envoler en courant en bas des pentes douces ? J'aime à penser que oui.

— Tu te rappelles le bon vieux temps ? me demande Lachlan, debout à côté de moi.

Qu'est-ce qui lui prend d'être aussi bavard ?

J'avale une gorgée de scotch qui me brûle et me réconforte.

— Je ne me souviens de rien du tout.

— Quelle chance, dit-il, en se penchant vers moi.

Sa proximité me prend au dépourvu. Je lâche un hoquet et tourne brusquement la tête vers lui en espérant découvrir ce qui lui passe par la tête. Il ne m'a jamais dit plus de cinq mots d'affilée. C'est quoi, ce revirement ?

Dommage, mais mon enquête doit s'arrêter là, parce qu'une tornade déboule dans la pièce, perturbant le peu de paix qui règne dans cette maison.

— Rends-le-moi, Benjamin ! C'est à moi ! crie Kyle.

À moins que ce ne soit George, son jumeau. Je n'arrive pas à différencier ces deux terreurs.

— Non, c'est le mien ! réplique Benjamin, en serrant le petit camion contre sa poitrine.

Mes trois neveux ont entre cinq et dix ans. Je ne me rappelle pas, parce qu'Ursula et son mari, Roger, se sont assurés que je ne leur parle pas plus de trente secondes à la fois. Ils sont mignons avec leurs cheveux roux bouclés et leurs taches de rousseur, mais leur avenir est déjà tout tracé, malheureusement. Ces gamins sont condamnés à devenir des petits cons narcissiques.

— C'est à moi ! braille peut-être George.

Ça m'attriste de constater que les mots « à moi » sont apparemment gravés dans leur ADN.

Augusto n'a pas du tout l'air perturbé alors que je suis à deux doigts de craquer à cause du bruit. J'essaie de les calmer et de leur transmettre mon attitude zen.

— Hé, c'est bon, vous pouvez partager, dis-je.

Mon intervention produit tout l'effet inverse.

Benjamin, le plus vieux, je crois, me regarde comme si j'étais un insecte qu'il pourrait écraser sous ses chaussures hors de prix.

— Ma maman dit que tu es bizarre.

— Ah oui, elle dit ça, répliqué-je d'un ton ironique en secouant la tête.

Et le prix de la mère de l'année revient à...

Il acquiesce avec un sourire qui creuse des fossettes sur ses joues. Sur n'importe qui d'autre, ce serait mignon. Lui, ça lui donne un air diabolique.

George et Kyle arrêtent de se chamailler et décident d'allier leurs forces.

— Oui, ma maman dit que tu es une *drama queen* et que tu fais semblant d'avoir oublié.

— Que tu te rappelles tout, mais que tu as honte de ce que tu as fait, ajoute son jumeau.

— *Drama queen* ! *Drama queen* ! chantonnent-ils tous les deux.

Insultes mises à part, je me dis que ces deux-là représentent peut-être mon meilleur espoir de découvrir ce que j'ai fait.

— Et d'après elle, j'ai fait quoi ?

Quand Augusto baisse son journal, et se met à nous observer avec attention, je sais que je tiens quelque chose.

— Elle a dit que tu...

— Les garçons, ça suffit ! Allez voir votre grand-mère.

C'est la première fois que j'entends Augusto hausser le ton ou parler tout court, d'ailleurs, ce qui ne fait qu'attiser encore plus ma curiosité.

Je m'accroupis, ignore sa suggestion, et fixe mes neveux droit dans les yeux.

— Si vous me répétez ce qu'elle a dit, je vous donne vingt dollars.

Quand George ricane, je fais monter les enchères.

— Cinquante.

Bon, je ne suis pas très fière de moi, mais aux grand maux les grands remèdes.

Ses yeux pétillent de convoitise.

— Elle a dit que tu avais apporté le déshonneur sur cette famille en t'allongeant avec des chiens. Tu t'es vraiment couchée avec un chien ? se hâte-t-il de demander, ses yeux passant de son grand-père, qui s'est mis debout, à moi.

— Elle a dit aussi...

Kyle ne peut pas finir sa phrase, parce qu'une douleur cuisante me fait jurer comme un charretier. La cause ? Benjamin, qui vient d'enfoncer les dents dans mon bras et refuse de le lâcher.

— F'est comme fa que font les fiens.

— Lâche-moi, ordonné-je en secouant le bras, mais il me mord encore plus fort. Aïe ! Espèce de taré !

Je devrais avoir honte de dire ça à un gosse, mais la douleur a pris le dessus sur mes bonnes manières.

Kyle et Georges lâchent des ricanements diaboliques avant de se jeter dans la mêlée et de me mordre partout où ils peuvent.

— Espèces de petits garnements ! Arrêtez ça !

Je gigote pour tenter de me libérer, mais ils ne font que me mordre plus fort.

Lachlan lève son verre avec un grand sourire.

— Ravi que ce soit toi et pas moi.

Augusto essaie de les faire lâcher. Il échoue et tombe sur les fesses. Il pousse un cri quand l'un d'eux lui met un coup de pied dans l'entrejambe.

Ursula et Stella se décident à faire leur entrée.

— Qu'est-ce qui se passe ? s'écrie Ursula en accourant pour aider ses enfants. Qu'est-ce que tu as fait ?

Sans surprise, c'est à moi qu'elle pose la question. Stella pousse des hurlements hystériques et se précipite pour aider Augusto qui est devenu pâle comme un linge.

— Je n'ai rien fait du tout, craché-je en secouant Kyle, qui s'accroche. Mini Satan numéro un vient de me mordre. Puis les deux autres se sont joints à lui. Sans vouloir te vexer, tes gosses sont des petits cons.

Encore une fois, je ne suis pas fière de mon choix de mots, mais c'est mesuré comparé à ce qui m'est venu à l'esprit en premier.

— Maman, elle a dit un gros mot ! déclare Benjamin, toujours accroché à mon avant-bras.

J'en profite pour lui repousser le front, et Dieu merci, il me lâche. J'ai dû y aller un peu fort, parce qu'il tombe en arrière, rejoignant son grand-père sur le sol. Il touche le tapis et je vois le coup arriver.

Il éclate en sanglots exagérés et surjoués. Et c'est moi la *drama queen* !

Quand les deux autres remarquent que leur frère fait plus de bruit qu'eux, ils décident d'ouvrir les vannes et de tomber de façon théâtrale. Je suis libérée de leurs dents acérées, mais pas de la colère de leur mère.

— J'espère que tu es contente, grogne-t-elle, en berçant ses enfants contre elle.

Ils me toisent sous leurs cils, avec un sourire sinistre. Que Dieu ait pitié de leurs futures femmes.

— Contente ? m'esclaffé-je en me relevant. Je suis couverte de bave et j'ai sûrement besoin d'un rappel de tétanos, alors non, je ne suis pas contente. Mais ce n'est pas ça, le pire. Le pire, c'est de découvrir ce que ma sœur pense de moi. Alors, c'est qui ce chien avec qui j'ai couché ? Peut-être que pour une fois, quelqu'un dans cette putain de famille pourrait me dire ce qui se passe !

Stella écarquille les yeux. On lui voit tout le blanc des yeux. J'ai fait mouche, mais si elle croit que je vais m'arrêter là, elle se fourre le doigt dans l'œil.

— Oh, c'est parfait. Quelle classe d'utiliser un langage aussi vulgaire, lâche Ursula en essayant de protéger les oreilles de ses enfants de mon blasphème.

Leurs pleurs redoublent.

— Oh, je t'en prie. Ce n'est rien du tout. Si tu veux de la vulgarité, je vais t'en donner, espèce de sal…

Ursula devient folle de rage.

— Mes enfants vont avoir besoin d'une thérapie après ce soir !

— Ils auraient bien besoin d'autre chose, marmonné-je dans ma barbe en levant mon verre pour trinquer.

L'atmosphère est tendue ; ça va finir à coup sûr dans le sang et les larmes. Ça ne peut pas être pire.

— Peyton ? Chérie ?

Et juste comme ça, les choses deviennent pires… bien pires.

Chérie ? De quel droit est-ce qu'il m'appelle comme ça ?

Tout le monde tourne la tête vers la porte où se tient un homme, en train d'observer la folie devant lui. Stella ajuste sa tenue et se dépêche de se relever, laissant Augusto se débrouiller tout seul.

— Calvin, ce n'est pas encore le moment, dit-elle avec prudence.

Je ne l'ai jamais entendue parler avec autant de délicatesse.

L'homme mystérieux, qui se prénomme apparemment Calvin, ne lui prête aucune attention. Il n'a d'yeux que pour moi. Il est séduisant si on aime le genre Abercrombie, mais il est bien trop propre sur lui pour moi. Et Stella semble l'apprécier, raison de plus pour qu'il ne me plaise pas.

— Je sais, mais je n'en pouvais plus. J'ai déjà été bien assez patient.

Il fait un pas en avant, les bras tendus comme s'il s'attendait à ce que je coure vers lui. Je fais le contraire et recule, à la place.

Sa surprise est évidente. Il s'arrête, inspire lentement. Il n'est pas habitué au rejet.

Je ne sais pas du tout qui est cet homme, ni pourquoi il a le droit d'être ici alors qu'on est à deux doigts de la Troisième Guerre mondiale. Ursula est la première à briser le silence.

— Tu voulais savoir ce qui se passe. Eh bien, voilà ta chance.

Elle tend la main vers Calvin comme s'il était la clé de tout.

— Ursula ! la réprimande Stella, ce qui ne fait que piquer encore plus mon intérêt.

L'avertissement de Luis résonne dans ma tête, et je me demande si c'est *ça*, ma surprise. La personne qui m'attendait à l'étage. Si c'est le cas, j'exige un remboursement.

Lachlan fait claquer sa langue, avant de se hâter d'avancer d'une démarche arrogante. Il est clair qu'il a bu trop de scotch. Mais est-ce que c'est possible de boire trop dans cette maison ?

— Peyton, voici Calvin.

— Lachlan, ça suffit !

L'avertissement de Stella est féroce, mais il s'en fiche. L'alcool lui fait tourner la tête et il se souciera des conséquences plus tard.

— Elle a le droit de savoir.

Mon sang se glace.

— Savoir quoi ?

Lachlan se tourne vers moi avec une lueur dans le regard que je ne connais que trop bien. De la pitié.

— Peyton, Calvin est…

— Est quoi ? l'encouragé-je, à deux doigts de devenir hystérique.

Les réponses que je cherchais désespérément sont à portée de main. Mais jamais je n'aurais imaginé une révélation de ce genre. Jamais de la vie.

Ursula redresse les épaules avec un sourire suffisant. Elle prend un énorme plaisir à me voir souffrir. Je me tiens prête, mais rien n'aurait pu me préparer à ce qu'elle dit :

— Calvin est ton fiancé. Il est venu pour te ramener à la maison.

Je pourrais dire que ma vie a défilé devant mes yeux, ou « ce qui ne vous tue pas vous rend plus fort », bref, tous les clichés de ce genre, mais un seul mot me vient, là, maintenant, et ce mot, c'est PUTAIN !

Fiancé ?

Donc j'étais sur le point de me marier avec ce… ce naze ? Je n'arrive pas à le croire.

— Non, hoqueté-je, en secouant la tête, incrédule. Ça… ça ne peut pas être vrai.

Les murs commencent à se refermer sur moi, et l'obscurité, que j'ai tenue à distance pendant des jours, rampe vers moi.

— C'est la vérité. Oh, chérie. Tu m'as manqué.

Calvin se remet à avancer, et moi, je plaque une main sur ma bouche. Je vais vomir. Je tends une main devant moi.

— Arrête. Reste où tu es, m'étranglé-je.

S'il fait encore un pas, je vais dégobiller sur ses mocassins italiens.

— C'est vraiment vrai ?

Quelle tristesse, devoir en référer à Stella pour connaître la vérité.

Elle se racle la gorge avant que quelque chose que certains qualifieraient de sourire ne se peigne sur ses lèvres. Il a disparu aussi vite qu'il est apparu.

— Oui. Comme d'habitude, Calvin est incapable de garder un secret.

Il affiche un rictus, et lève les mains d'un air amusé.

— Je plaide coupable.

Son attitude enjouée ne fait qu'ajouter à la colère qui bouillonne en moi.

— C'était de la torture d'attendre là-haut.

— *Là-haut ?* chuchoté-je, en essayant de calmer ma respiration saccadée.

Il hoche la tête alors que je plante mes ongles dans mes paumes.

— Et attendre pendant six mois ? Est-ce que, ça aussi, c'était de la torture ? Parce que je sais que c'était le cas pour moi.

Son air taquin disparaît aussitôt.

— Chérie…

Mais je lui coupe la parole, car je me fiche de ce qu'il a à dire.

— Je ne suis *pas* ta chérie. Si c'était le cas, tu aurais été à mon chevet. Tu aurais été la première personne que j'aurais vue en ouvrant les yeux quand je suis sortie de cet horrible cauchemar.

Le tremblement dans ma voix trahit mon émotion, mais je la repousse aussi loin que possible : je refuse de montrer la moindre faiblesse.

— Mais tu n'étais pas là. En ce qui me concerne, tu fais partie de ce passé que je préfère ne pas me rappeler. Ne me fais plus *jamais* de surprise comme ça.

Je dirige ma colère brûlante sur Stella.

Comment ose-t-elle me faire ça ?

— Vous feriez bien de parler, tous les deux.

Qu'elle aille en enfer ! Je me mets à rire de façon hystérique. Je crains d'avoir fini par craquer.

— Et moi, je crois que tu ferais bien d'arrêter de me dire ce que je dois faire. Tu as perdu ce droit quand tu m'as caché ce…

Je désigne Calvin, qui se recroqueville sur lui-même.

— … secret. Comment as-tu pu ? Comment avez-vous tous pu ?

J'en ai fini avec cette famille. Avec cette maison. Et j'en ai surtout fini avec cet étranger qui croit qu'il a le droit de me toucher.

Calvin se rue vers moi, mais je recule, en levant un doigt en l'air.

— Que Dieu me vienne en aide, parce que si tu me touches, je te casse la main.

Il sent que ce n'est pas une menace en l'air, et laisse tomber.

— Je vais te laisser un peu de temps pour te calmer.

Mais j'ai largement dépassé ce stade.

Plus Calvin parle, plus j'ai envie de l'étrangler. C'est impossible que j'aie été fiancée avec lui. Est-ce que j'avais perdu la boule ? Tout est possible, j'imagine, parce qu'apparemment, je remets tout le temps en question ma santé mentale.

— Je n'ai pas besoin de me calmer. Ce dont j'ai besoin, c'est que vous m'oubliiez, tous. Tout comme moi, je vous ai oubliés. Adieu. Et ne m'appelez plus jamais.

Je tourne les talons, et tant pis si je pars en courant.

Ce n'est que quand j'ouvre la porte et que je descends les marches de devant que je laisse les larmes couler. Je monte dans le pick-up de Cayden et je fonce dans l'allée comme si le diable était à mes trousses. Et ce n'est qu'à ce moment-là que je m'autorise à éclater en sanglots.

Tout mon corps tremble quand je m'arrête le long du trottoir. Je pleure de frustration et de colère. Je suis furieuse contre moi-même de l'avoir laissée m'atteindre. C'était juste un autre jeu pour elle, pour prouver que c'est elle qui a le contrôle. Elle m'a peut-être laissée déménager, mais ce soir, c'était sa façon de me rappeler que c'est elle la marionnettiste, et que je ne suis que son jouet. Et que je n'existe que pour son amusement personnel.

Je cogne le volant avec mes poings, encore et encore. Je suis rentrée dans son jeu.

J'essuie mes larmes avec mes pouces, et je me promets à moi-même que ce sont les dernières. Je ne verserai plus une larme pour quelqu'un qui ne le mérite pas. Je redémarre et prends la route de la maison.

Je suis les indications du GPS et le trajet se fait en pilote automatique. Mon esprit tourne à cent à l'heure. Les pensées fusent dans tous les sens. Je m'en veux de ne pas avoir recueilli plus d'informations sur Calvin pendant que j'en avais l'occasion. Mais j'en sais assez. S'il m'aimait, il ne m'aurait jamais laissée toute seule.

Je n'ai jamais été plus heureuse de voir ma vieille maison délabrée mais si chaleureuse. C'est mon foyer. Après ce soir, j'ai besoin de me sentir en sécurité. J'éteins le moteur, et je pousse un soupir de soulagement quand mes pieds touchent le sol.

L'énergie constante qui alimente cet endroit magique coule en moi, et je sais que c'est le seul endroit où je veux être. J'avance avec prudence, le cœur lourd. Comme attirée par un aimant, je monte la colline jusqu'au chêne. Le ruban rouge flotte dans le vent, comme s'il me faisait signe et me souhaitait la bienvenue.

Cet endroit apaise mes démons. Pas étonnant que je m'y sois sentie comme chez moi dès ma première visite. Ursula a dit que Calvin était là pour me ramener à la maison. Je n'imagine pas me trouver ailleurs qu'ici.

Je prends la corde rêche dans mes mains, me tourne face au lac, et m'assieds sur la balançoire, parce que je n'ai qu'une envie : m'échapper.

Avec tout ce que j'ai appris, j'en suis venue à une conclusion réconfortante. J'étais accro aux drogues et au sexe pour une bonne raison. J'avais besoin de me shooter et de m'envoyer en l'air avec le premier venu pour supporter d'être fiancée à une tête de gland nommée Calvin. Même son nom est stupide. À quoi je pensais ?

Mais c'est bien le problème, je crois que je ne réfléchissais pas. Quel événement m'a conduite à une telle extrémité ? Qu'est-ce qui m'a transformée en cette personne horrible ?

— Peyton ?

Comment a-t-il su que j'étais là ? Comme un papillon de nuit attiré par une flamme… est-ce que je suis son pôle nord comme il est le mien ? Il est temps de le découvrir.

— Salut.

Je garde les yeux baissés tout en me balançant doucement.

— Comment ça s'est passé ?

Cayden sait. Il voit que j'ai l'air brisée. Mais il ne tire jamais de conclusions hâtives.

Je déglutis et rassemble tout mon courage pour lui avouer mes vilains petits secrets, sans prendre de gants.

— Apparemment, je suis fiancée à un type du nom de Calvin.

Il ne dit rien. Alors je continue :

— Et comme si ça ne suffisait pas, la nuit où Lacey et moi on est sorties prendre un verre, j'ai découvert que j'étais une marie-couche-toi-là infidèle qui n'est pas contre sniffer une ligne ou deux. Pas étonnant que j'aie perdu la mémoire. Il n'y a rien de bien à me rappeler.

Les larmes menacent de couler, mais je renifle pour les chasser.

Je ne sais pas à quoi pense Cayden. Je ne lui en voudrais pas de repartir d'où il est venu. Mais il me surprend, comme toujours.

— C'est faux.

Sa voix est puissante, comme une ancre dans une tempête éprouvante.

Je finis par lever les yeux et le dévisager. Instantanément, les voix se taisent.

— Quelle partie ? Je ne suis pas sûre que tu aies bien compris, mais j'étais fiancée à un type sans âme, et ça ne me posait aucun problème. Et je n'avais pas non plus de scrupules à coucher à droite à gauche. J'étais une fêtarde et je ne disais pas non à un rail de coke.

— J'ai entendu, réplique-t-il en enfonçant les mains dans les poches de son jean déchiré.

Son attitude calme m'énerve parce que j'ai envie d'en découdre. J'ai besoin de ressentir autre chose que cette douleur débilitante qui fait éclater mon âme en mille morceaux. Je saute de la balançoire et lui fonce dessus, shootée à l'adrénaline. Cayden ne bouge pas d'un cil quand je comble la distance entre nous.

— Alors, dis-moi. Dis-moi comment quelque chose de bien pourrait ressortir de tout ça.

Le tonnerre gronde. La nuit sans étoiles se charge d'électricité. Une tempête est en préparation, tout comme le jour de mon arrivée. J'abandonne toute retenue, et presse mes deux mains sur les joues de Cayden, cherchant désespérément les réponses qu'il détient, je le sais. J'ai promis d'être patiente, mais je ne peux pas, je ne peux plus.

Le courant électrique menace de nous brûler tous les deux.

— Je ne te connais même pas depuis deux semaines, murmuré-je avec l'impression d'être une gamine.

Je suis une femme adulte qui a un coup de cœur comme une écolière, mais je continue :

— Alors pourquoi je ressens… ça ?

Inutile de lui expliquer ce que c'est que « ça ». Il l'a senti la première fois qu'on s'est touchés. Malgré tout, je continue de remettre en question ma santé mentale, encore et encore.

Il ferme les yeux, comme pour me bloquer. Je suis allée trop loin.

Un éclair déchire le ciel et l'illumine, comme un signe venu de là-haut. La tempête est sur le point de nous submerger tous les deux, mais elle a aussi le pouvoir de nous baptiser et de nous laver de nos péchés.

— Je sais que je t'ai déjà posé la question, mais j'ai besoin de savoir…

Un éclair lézarde le ciel, comme un avertissement. Ça y est, c'est le moment. Plus de retour en arrière possible.

Des rafales de vent menacent de balayer tous ceux qui se trouvent sur son chemin. Mais je l'ignore.

— S'il te plaît, j'ai besoin de connaître la vérité. Pour une fois, supplié-je, avec la lèvre inférieure qui tremble.

Cayden ouvre les yeux, et la couleur, l'intensité... je sais que je me suis déjà perdu dans son regard auparavant.

— Est-ce qu'on s'est... est-ce qu'on s'est déjà rencontrés avant ?

C'est le moment où Cayden va me dire d'arrêter avec les théories de la conspiration et me traîner à l'intérieur. Le moment où il va calmer mes incertitudes une bonne fois pour toutes. Mais quand il laisse le silence s'étirer, je sais que je suis sur le point d'obtenir plus que ce que j'ai demandé. Un simple mot ne devrait pas avoir le pouvoir de changer le monde. Cependant c'est le cas.

— Oui.

Le ciel choisit cet instant pour s'ouvrir et déverser une averse torrentielle, ce qui est ironique, vu que j'ai déjà l'impression d'être submergée. Même si la pluie nous trempe tous les deux, aucun de nous ne bouge. On est coincés dans une impasse. Cayden vient de me révéler ce que j'ai toujours su. Mais maintenant qu'il a confirmé mes pires craintes, j'ai besoin de savoir pourquoi il a menti.

Je pensais qu'une fois qu'il m'aurait dit la vérité, les choses deviendraient plus claires, et que peut-être, juste peut-être, je me souviendrais. Or, désormais je connais la vérité, et je le regrette, parce que je me retrouve face à un autre dilemme. Pourquoi a-t-il menti ? Ça fait douze jours. Douze jours entiers pendant lesquels il aurait pu tout me dire. Au lieu de ça, il a choisi de me regarder souffrir. Tout remettre en question.

La vérité était censée me libérer, mais il n'en est rien.

La pluie tombe fort, et je parviens à peine à distinguer la silhouette immobile de Cayden. Néanmoins, les mouvements réguliers de sa poitrine qui se soulève et retombe m'indiquent que mon voyage ne fait que commencer. Le besoin impérieux de fuir s'empare de moi. Un nouvel éclair zèbre le ciel. Je sursaute, et comme un cheval sauvage, je pivote et m'enfuis.

Le sol boueux sous mes pieds menace de m'engloutir comme des sables mouvants, mais je continue à courir. Le lac a toujours été une force magnétique qui a déclenché des événements en chaîne. Je dois en avoir le cœur net, ici et maintenant.

Je cours plus vite que je n'ai jamais couru de ma vie, dérapant et glissant dans la boue, mais plus je me rapproche de l'étendue d'eau, plus tout devient silencieux. Les hurlements de Cayden se mêlent au fracas de la pluie, mais son angoisse finit par l'emporter.

— Arrête ! Peyton, arrête !

Je n'écoute pas. Je veux me défaire de ma peau et renaître, et personne ne m'en empêchera.

Je ne suis plus qu'à quelques mètres. Le contact apaisant de l'eau m'appelle tandis qu'une brume légère caresse mon visage et mon corps. Je suis presque à la ligne d'arrivée, alors j'écarte les bras, préparée à ce que le destin jettera sur mon chemin.

Comme d'habitude, le destin révèle son vrai visage de garce, parce que l'odeur de vase m'enveloppe à peine suis-je plaquée au sol. Le choc vide mes poumons, et je me débats pour respirer. Cayden me retient, me supplie d'arrêter. Mon instinct de survie est relégué au second plan, mais je ne me rendrai pas.

Je l'affronte, griffe ses épaules pour qu'il me lâche. Mes tentatives ne font que l'encourager davantage à me plaquer encore plus fort contre le sol.

— Lâche-moi ! crié-je, hystérique. Tu m'as menti, putain !

Je me tortille et donne des coups de pied en espérant le déloger sur un coup de chance.

Mais non.

— Ne t'avise pas de me refaire ça ! Plus jamais ! hurle-t-il en tirant mes bras au-dessus de ma tête, mes poignets agrippés dans une de ses mains.

Ses mots ont l'effet désiré, et je me détends brusquement, toute mon envie de me battre me désertant d'un coup. Qu'est-ce qu'il veut dire ?

— Je ne sais plus ce qui est réel, confessé-je.

Des larmes de colère me brûlent les yeux.

J'ai envie de me battre contre lui, mais je ne sais pas contre qui je suis le plus en colère, Cayden ou moi.

Sa poitrine haletante se colle contre la mienne. Il scrute chaque centimètre carré de mon visage.

— Je suis réel. Et toi aussi. Mais plus important encore…

Il pousse mon nez avec le sien, et inspire profondément.

— Ça, c'est réel. Tu n'es pas seule.

C'est un serment, et je le crois, ce qui toutefois ne chasse pas le sentiment de trahison que je ressens ; c'est pour ça qu'il me rend un petit morceau de mon âme.

— Tout… tout va toujours mieux après un orage…

Mon souffle se bloque dans ma gorge et je cligne des yeux pour chasser les gouttes de pluie, mais aussi mes larmes.

— Pou-pourquoi tu dis ça ? chuchoté-je.

Je ne comprends plus rien. Nos corps sont collés l'un contre l'autre au point que pas un souffle d'air ne peut passer entre nous. Malgré tout, je veux être encore plus proche.

Cayden me lâche, et repousse les cheveux mouillés plaqués sur mes joues. Le bleu hypnotisant de ses yeux menace de m'attirer dans les profondeurs.

— Parce que ça nous aide à nous rappeler que la vie continue. Qu'on le veuille… ou non.

Je n'ai pas le temps de lui répondre… ou de réfléchir… ou de respirer. Cayden me prend par surprise. Il passe le pouce sur ma lèvre inférieure pour m'inciter à le laisser entrer. Mais il n'a pas besoin de permission. Cet homme est une partie de moi depuis qu'on s'est rencontrés.

Ses cheveux sont emmêlés, et la pluie fonce la couleur de ses cheveux. Une goutte de pluie tombe d'une boucle brune qui pend au-dessus de mon visage et s'écrase sur mes lèvres entrouvertes. Inconsciemment, ma langue sort pour la goûter. Pour *le* goûter. Son grognement cascade sur mon corps frissonnant.

La pluie s'abat autour de nous, mais plus rien d'autre n'existe.

— Est-ce que tu… Est-ce que tu m'aimais ? demandé-je sans ambages, en ondulant sous lui alors qu'il se concentre sur ma bouche.

— Oui. Beaucoup, répond-il franchement et sans aucune réserve. Mais une petite erreur nous a coûté très cher à tous les deux.

— Qu'est-ce que ça veut dire ?

Cayden m'enlève un énorme fardeau, mais on ne peut plus faire marche arrière.

Je sens chaque centimètre dur de lui quand il nous écrase l'un contre l'autre, passant ses doigts dans mes cheveux. Scellant notre destinée pour toujours, il taquine ma lèvre avec son pouce encore une fois, pour m'encourager à l'accueillir à la maison. Il aspire ma lèvre supérieure. On est foutus.

— Je t'ai brisé le cœur, avoue-t-il.

Une vague de tristesse nous enveloppe tous les deux. Mais c'est ce qu'il dit ensuite qui me détruit pour de bon :

— Et pendant les dix années qui ont suivi… tu as brisé le mien.

Le temps s'arrête.

Les mots se bousculent dans ma tête, mais aucun ne pourrait expliquer le chaos qui tourbillonne en moi. Comme je n'ai pas d'autre choix, je mets fin à tout ça une bonne fois pour toutes. J'entrelace mes doigts dans ses boucles emmêlées et j'attire son visage vers le mien, m'arrêtant quelques millimètres avant qu'on ne se touche. Il attend, au-dessus de moi, consumé par un mélange de rage, de tristesse et de frustration.

Je tire sur ses cheveux, sans aucune douceur. Je suis furieuse, tellement furieuse, putain, et là, à cette seconde, je ne sais pas si j'ai envie de le gifler ou de l'embrasser. Mais je vois sa langue passer sur sa lèvre inférieure, et je me décide pour l'option numéro deux.

Je le dévore. Et tant pis pour les conséquences.

Je n'ai pas le temps de le goûter parce que j'ai un trop-plein de sensations, et je le dévore comme s'il était mon dernier repas. Ce baiser n'a rien de doux et le fait que nos langues exigent que l'autre se rende nous excite encore plus. Malgré tout je refuse de céder.

On se bat pour la domination, mais aucun de nous ne se soumet. Je mords sa lèvre, ce qui ne fait que l'encourager davantage.

Il gronde dans ma bouche, ses doigts enroulés autour de ma nuque, me tenant captive pendant qu'on s'embrasse comme des âmes affamées. On se taquine. On prend. On donne. Je me ramollis contre lui au moment où il durcit et exige davantage.

Il lèche le bord de mes lèvres, me goûtant à grands coups de langue élégants. Je halète et me tortille sous lui parce que je sais ce qui va se produire ensuite. Je le sais, parce que je ne pourrais jamais oublier les baisers de Cayden. Les mouvements de sa langue, la douceur de ses lèvres, je m'en souviens.

Je m'en souviens parce qu'on n'oublie jamais son premier baiser… ou son premier amour.

Cayden était mon premier tout. Je le sais.

Il suce ma langue, s'abreuvant de moi avec avidité pendant que je me délecte de son odeur. Sa peau sent l'océan et le soleil, et je ne peux retenir le gémissement qui franchit mes lèvres. Tant d'émotions m'écrasent. Embrasser Cayden est familier, presque inné, comme respirer pour survivre.

Je suis toujours en colère. Trahie. Mais j'ai tout le reste de ma vie pour naviguer au milieu de cette amertume. Pour le moment, je veux juste ressentir.

Nos langues roulent à l'unisson, tout comme nos corps, dans une danse créée spécialement pour nous. On s'emboîte comme deux pièces d'un puzzle. La pluie lubrifie nos corps, nos peaux glissent l'une contre l'autre pendant que je me tortille et que je gémis contre lui.

Je prends son visage entre mes mains, j'ai trop peur qu'il disparaisse. Son aveu est la preuve que nous avons déjà supporté beaucoup d'épreuves. Les larmes me montent aux yeux. Il sent mon chagrin et ralentit le baiser, comme s'il faisait l'amour à ma bouche, lentement et avec douceur. C'est presque plus fort. Plus frappant.

Il y a beaucoup de choses dans ce baiser, mais ce qui me fait sombrer, c'est de sentir l'amour remplacer la passion. Il me caresse et m'embrasse comme si j'étais son monde tout entier. Pas juste les étoiles, la lune ou le soleil. Son tout. Sans moi, il périrait, et perdrait la vie.

Le barrage cède ; mes larmes coulent et je ne sais pas si elles vont s'arrêter un jour. La tristesse de Cayden est palpable quand il m'embrasse une dernière fois. Il dépose un baiser sur mes joues, chassant mon angoisse, avant de reculer. Sa chaleur me manque aussitôt.

J'ai besoin d'une minute. Je reste immobile, à scruter le ciel alors que la pluie me tombe dessus.

— Pourquoi tu ne me l'as pas dit, Cayden ?

Sa respiration est lourde. Ce qui se passe est sur le point de nous briser tous les deux.

— Parce que c'est toi qui me l'as demandé.

Je ferme les yeux pour empêcher mes larmes de couler.

— Tu m'as dit que quelles que soient les circonstances, je ne devais plus jamais te parler. Que je devais t'oublier parce que tu… m'aurais oubliée.

L'hésitation dans sa voix m'indique qu'obéir à mes exigences ne l'a pas laissé indemne.

— Je ne t'ai apporté que de la souffrance. Tu m'as dit que si je t'avais jamais aimée, je devais te laisser tranquille, et je t'ai écoutée. Tu m'as fait promettre. Et je l'ai fait. C'est la seule et unique fois que je ne t'ai pas laissée tomber.

J'inspire et j'expire, comptant mes respirations, comme si j'avais peur de m'évanouir.

— Qu'est-ce qu'on a fait ?

J'ai presque peur de demander. Je ne peux pas le regarder en face. Pas encore.

Ma peau se couvre de chair de poule quand Cayden effleure mon avant-bras avec deux doigts et trace des cercles autour de mon pouls affolé. Voilà de quoi je meurs d'envie depuis qu'on s'est rencontrés. Qu'il me touche comme si j'étais à lui. Mais là, je sais ce que c'est. C'est un au revoir.

— Tu seras toujours mon plus grand regret.

Elle sera toujours… le plus grand regret de toute ma vie. La confession de Cayden à Hazel prend un tout autre sens à présent. Qu'est-ce qu'on a bien pu faire tous les deux pour causer tant de haine ? Pour avoir des regrets éternels ?

Je suis un monstre.

— Je ne comprends pas. Je ne comprends rien du tout. Mais je suis dé-désolée, Cayden, pour la dou-douleur que je t'ai causée.

Mon estomac se retourne, et l'obscurité est sur le point de m'entraîner vers le fond.

Contrairement aux autres fois, c'est un tsunami, la mère de tous les orages, et je sais qu'on ne revient pas de ce genre de choses. Je combats la noirceur, mais tout à coup, j'ai envie d'abandonner. De me laisser aller. Le bruit blanc prend le pas sur la douleur, et je le laisse m'envahir.

Mais à ce moment-là… tout ce que j'arrive à sentir, c'est l'océan.

— C'est moi qui suis désolé. C'est moi qui n'ai pas pu te sauver, Neige.

CHAPITRE 12

Trois semaines plus tard

— Ma jolie, j'ai commandé des œufs brouillés, pas pochés.

Cette remarque me tire de mes pensées. Je cligne des yeux une fois, et reviens à l'instant présent. Revenir à la réalité me fait l'effet d'une image parasitée sur un écran de TV.

Le client, un homme entre deux âges avec de gentils yeux bleus, pointe son assiette du doigt où se trouvent en effet deux œufs pochés, trois tranches de bacon et une montagne de pommes de terre. De toute évidence, il se sent coupable de souligner mon erreur, mais je suis habituée à mes omissions, parce que c'est arrivé plein de fois cette semaine.

— Je suis vraiment désolée, Will. Attendez, laissez-moi arranger ça.

Je tends la main vers l'assiette, les joues écarlates, mais il enroule doucement ses doigts autour de mon poignet.

— C'est pas grave. Ne vous inquiétez pas. Je vais les manger.

Je lui souris, soulagée qu'il ne fasse pas une scène.

— Tenez. Je vais vous resservir en café.

Will, que j'ai rencontré lors de mon premier jour de travail, lâche mon poignet et lève sa tasse en porcelaine blanche. Je verse le liquide noir d'une main tremblante, et bien sûr, ça déborde dans la soucoupe. Je pousse un soupir.

— Journée difficile ? demande-t-il en prenant un tas de serviettes en papier pour éponger mes bêtises.

— On peut le dire, réponds-je. Je vous offre le petit-déjeuner.

Je fouille dans la poche de mon tablier à la recherche d'une poignée de dosettes de crème, que je pose sur la table.

En pilote automatique, je traverse mon lieu de travail, un *diner* très cool sur le thème des années 50, *Nat's Place*. Ils servent de la bonne nourriture saine à des prix raisonnables. C'est aussi ouvert vingt-quatre heures sur vingt-quatre. Autant dire que ça fait un tabac, autant grâce aux gens du coin qu'aux touristes.

Je déambule dans le décor rétro, remplissant les tasses de café sans oublier de sourire. Mais c'est beaucoup me demander, étant donné que ces dernières semaines ont été un enfer. Je me suis promis de ne plus penser à la nuit qui a marqué le début de ma chute. J'ai accepté le fait que je suis une vraie masochiste, parce qu'avant que ma vie ne s'écroule, j'étais heureuse. Pendant un petit moment, je me suis sentie vivante.

Un simple baiser a changé mon monde pour toujours, mais il n'y avait rien de simple dans ce baiser, ni dans la confession qui a suivi. Je déglutis malgré la boule dans ma gorge, qui se forme à chaque fois que je pense ne serait-ce qu'à son nom. Cayden et moi étions amoureux. Mon cœur se réchauffe. Mais un froid amer remplace bientôt cette chaleur.

Je t'ai brisé le cœur… et pendant les dix années qui ont suivi… tu as brisé le mien.

Son aveu me glace toujours les sangs. Qu'est-ce que j'ai fait ? Qu'est-ce qu'*on* a fait ?

Les trous noirs ont été plus fréquents, et la sensation d'être surveillée est si écrasante que j'ai commencé à prendre les médicaments prescrits par mon médecin. J'avais juré de ne jamais y avoir recours, mais la limite entre la fiction et la réalité est devenue floue.

Quand je suis revenue à moi après m'être évanouie, je me suis réveillée seule dans ma chambre. Cayden a dû me porter jusqu'à la maison, mais il n'est pas resté. Je lui ai laissé l'espace dont il avait clairement besoin, parce que c'était mon cas aussi, mais quand l'aube s'est levée, j'ai su que cet espace serait sans fin.

Cayden se fait discret, comme moi. J'ai eu besoin de m'éclaircir les idées. Sa confession a tout changé. Ça a modifié la façon dont je me vois. Et dont je le vois, lui. Après tout ce que j'ai découvert, une chose est sûre : je n'étais pas quelqu'un de bien. J'ai fait promettre à l'homme que j'aimais de m'oublier parce que moi, j'avais décidé de l'oublier. De toute évidence, j'ai raté mon coup.

Après deux jours de torture, j'ai fini par rassembler assez de courage pour aller frapper à sa porte. Il n'a jamais répondu. Je me suis dit qu'il lui fallait plus de temps, mais les deux jours se sont transformés en trois, quatre, cinq, et j'ai compris. Il voulait que je le laisse tranquille. L'amour qu'on avait partagé a disparu.

J'avais toujours son pick-up, alors je l'ai laissé dans son allée vu qu'il m'avait fait comprendre de façon claire qu'il ne voulait plus me voir. Le lendemain, il était garé devant chez moi. Il se souciait toujours de moi, ce qui était encore pire. J'avais envie de débouler chez lui et d'exiger qu'il me parle, mais je ne l'ai pas fait. Une petite partie de moi avait peur de ce que je dirais. De ce que je demanderais. Tout est tellement tordu.

J'ai rejoué toutes nos conversations dans ma tête, et à chaque fois, je suis encore plus confuse, en colère et blessée que la fois d'avant. Je suis furieuse que Cayden m'ignore après tout ce qu'il m'a appris, mais cette rage disparaît quand je me demande ce que j'ai bien pu lui faire pour qu'il me regarde avec autant de chagrin et de regret.

En tout cas, il a tenu parole, parce que depuis cette nuit-là, il est aux abonnés absents. Lacey aussi. C'est plus fort que moi, je me sens trahie parce qu'elle savait la vérité depuis le début. J'ai fait promettre Cayden, mais elle ?

Encore une fois, les questions tournent en boucle dans ma tête. Je me noie.

Cayden a envoyé des ouvriers pour terminer le boulot dans la maison, ce qui rend cette situation encore plus intolérable. Les signaux contraires qu'il m'envoie m'embrouillent encore plus. C'est lui que je voulais, pas eux, et je leur ai demandé de partir et de ne plus revenir. Bien sûr, ils n'ont pas écouté.

Je me suis déjà retrouvée seule. Néanmoins, être seule dans cette maison, c'est pire. Chaque bruit est amplifié à cause du silence qui règne dans les pièces. Mais plus encore, je vois Cayden partout où je regarde. Le soir, à force d'observer mon étoile collée au plafond, j'ai fini par comprendre pourquoi cette maison est devenue mon foyer. Grâce à Cayden. Il m'a donné un aperçu de ce que je voulais… de ce que j'avais. Mais ensuite, il me l'a repris… encore.

Déterminée à ne pas laisser tomber les travaux, j'ai appris toute seule du mieux que j'ai pu en faisant de YouTube mon nouveau meilleur ami. J'ai regardé des dizaines de vidéos sur comment rénover seul sa maison. Je me suis aussi servie de ce que Cayden m'avait appris. Néanmoins, après le sale coup que m'avait fait Stella, je ne voulais plus dépendre d'elle pour le moindre centime. J'ai mon propre compte en banque, mais je ne sais pas pourquoi, utiliser cet argent me semble mal.

Un jour, en rentrant de la quincaillerie, mes fournitures à la main, j'ai remarqué une annonce sur la vitrine du *diner* expliquant qu'il recherchait du personnel. Même si j'adorais travailler pour Cayden, je ne pouvais pas y retourner. Alors je me suis présentée, et j'ai aussitôt obtenu le poste.

C'est un job de serveuse, ce qui ne me dérange pas, et mon patron, Nate, est incroyable. Ce *diner* est dans sa famille depuis des générations, et il l'a conservé en l'état, exactement tel que l'a conçu son arrière-grand-père Nathanael. Nate ne pose pas de questions et ne dit rien quand je casse une assiette ou une tasse à cause de mes doigts qui tremblent. Il parle rarement, et ça me convient bien.

Je suis contente de redevenir anonyme.

Julia, une serveuse volubile originaire du Texas, m'offre un chewing-gum quand je passe derrière le comptoir pour me remplir ma carafe de café. Je sais qu'elle essaie d'être amicale, mais je ne veux pas de son amitié. La dernière amie que j'ai eue a disparu sans laisser de trace.

Néanmoins, je ne veux pas paraître impolie, alors j'accepte la tablette à la menthe poivrée et la range dans la poche de mon uniforme vert menthe. C'est une robe classique pour un *diner rétro avec un col blanc et des bords de la même couleur aux poignets*. Par chance, Nate n'est pas allé jusqu'au serre-tête.

— Tu veux qu'on prenne une pause ? me propose Julia, debout derrière moi.

— Non, c'est bon. J'ai déjà pris la mienne.

— C'était hier, me rappelle-t-elle gentiment.

La cafetière en verre tremble dans ma main.

Elle a sans doute raison. J'ai l'impression de vivre un jour sans fin. Et comme il ne me faut pas plus de trois heures de sommeil pour survivre, je peux enchaîner deux services. J'ai besoin d'argent et de m'occuper l'esprit. Je gagne sur les deux tableaux.

Will apparaît pour payer son addition, mais je lui fais signe de la main.

— Ne vous en faites pas pour ça. Je m'en occupe.

Je fouille dans la poche de mon tablier pour compter les billets d'un dollar, prête à payer son petit-déjeuner avec mes pourboires. Mais il tend la main au-dessus du comptoir et enroule ses doigts autour de mon poignet pour m'arrêter.

— Non, pas question. Donnez-moi l'addition. Je refuse que vous payiez pour mon repas.

La fermeté dans son ton m'indique qu'il n'y a pas matière à discuter. Alors je ne discute pas.

Il retire sa main pendant que je calcule nerveusement le total.

— Ça fera dix cinquante-quatre.

Will cherche son portefeuille dans sa poche de derrière et me donne un billet de vingt dollars.

— Gardez la monnaie, ma jolie.

J'hésite à accepter, parce que c'est trop, mais Will semble être le genre d'homme qui ne tolère aucun refus.

— Merci. Passez une bonne journée.

— J'y compte bien. On se voit demain ? demande-t-il en rangeant son portefeuille avant de prendre un cure-dents dans la boîte sur le comptoir.

— Bien sûr, acquiescé-je, sans comprendre pourquoi il me rend nerveuse, tout à coup.

Il me fait un clin d'œil et se retourne. Après son départ, j'ai une tonne de questions.

Une fois que Will est sorti, Julia, qui a assisté à cette scène bizarre, me rejoint, confuse.

— Il vient souvent ces derniers temps.

Je mets la monnaie dans ma poche, en espérant avoir l'air nonchalant.

— Je n'avais pas remarqué.

Mais elle ne mord pas à l'hameçon.

— Oh, allez. Un type comme lui, c'est dur de ne pas le remarquer.

Je pâlis, parce que d'accord, Will est plutôt pas mal, mais il conviendrait sûrement mieux à quelqu'un de l'âge de ma mère. Je ne peux m'empêcher de glousser en les imaginant tous les deux.

Ma mère ne fréquenterait jamais quelqu'un comme Will. Ils sont à l'opposé l'un de l'autre. S'il lui disait bonjour, avec ses cheveux grisonnants ébouriffés, ses T-shirts Harley Davidson et ses tatouages passés, elle en ferait une crise cardiaque.

— Il en pince pour toi, déclare Julia.

Je tourne la tête vers elle d'un geste si brusque que je manque de me froisser un muscle dans la nuque.

— N'aie pas l'air aussi surprise. Avec tes cheveux roux flamboyant et ton joli minois, plein d'hommes craquent sur toi.

Première nouvelle.

— Merci, mais je ne suis pas intéressée. Je suis ici pour faire mon travail et rentrer chez moi après. Je ne cherche pas l'amour, ni une relation.

C'était censé lui faire comprendre de laisser tomber, mais je commence à avoir l'habitude qu'elle ne saisisse pas les sous-entendus.

— Dis ça au type canon qui vient juste de passer la porte.

Pour lui faire plaisir, je lève les yeux pour contempler quelqu'un que je pensais ne jamais revoir. Ma mémoire ne lui a pas rendu justice, parce que je ne me souviens pas qu'il *était aussi beau. Mais peu importe son apparence, ça ne m'empêche pas d'avoir envie de le gifler.*

Cayden se tient au milieu du *diner*, et il me dévisage ouvertement. Trop d'émotions font rage en moi, et je m'agrippe au bord du comptoir, effrayée d'être à deux doigts de perdre mes dernières miettes de santé mentale.

Les mots se bousculent dans ma tête, mais j'ai peur de ce que je pourrais lui dire. Le voir provoque une montée de colère. Il m'a menti avant de disparaître. Je veux des réponses. Il me doit bien ça.

Une larme traîtresse franchit le barrage et roule sur ma joue. Cayden ferme les yeux une fraction de seconde. Il semble lutter contre ses démons, les poings serrés le long du corps. Je meurs d'envie de parler avec lui, mais j'ai perdu ce droit quand je lui ai brisé le cœur – pas une fois, pas deux, mais pendant dix longues années.

Même si je lui ai dit de rester à l'écart, apparemment, l'amnésie n'a pas suffi à m'éloigner de lui. Je lui ai peut-être pardonné, mais pas mon cœur, de toute évidence. Je ne veux pas me remémorer ce qu'on a fait. Sauf que Cayden n'a pas ce luxe. Quoi qu'on ait fait, quoi que moi j'aie fait, il s'en souvient. Et à chaque fois qu'il me regarde, il se rappelle nos péchés. On s'aimait, mais parfois l'amour ne suffit pas.

On se fixe pour graver l'image de l'autre dans notre esprit, parce qu'on ne sait pas quand on se reverra, étant donné qu'une chose est claire : ça fait mal. Le fait de me confier son fardeau ne l'a pas libéré, ça n'a fait qu'empirer les choses. Il aurait peut-être mieux valu qu'il se taise à jamais.

— Julia, tu peux me remplacer ? Je ne me sens pas très bien tout à coup.

Je reconnais à peine ma voix. Cayden et moi sommes toujours en train de nous dévisager, mais c'est moi qui mets fin à la situation une bonne fois pour toutes.

— Bien sûr. Prends le reste de la journée.

Je ne proteste même pas et me dépêche de détacher mon tablier. Je récupère mon sac sous le comptoir et risque un dernier coup d'œil vers Cayden, car je ne sais pas quand je le reverrai. Mais il est déjà parti.

Il a emporté un morceau de mon cœur avec lui quand il est sorti par la porte de devant, alors je décide de passer par-derrière. C'est une magnifique journée d'été, et n'importe quel autre matin, j'aurais apprécié le soleil, mais pas aujourd'hui. Je décide de rentrer à pied : un peu d'air frais me fera du bien.

Il faut que je parle à Cayden, mais ce qui vient de se passer prouve qu'aucun de nous n'est prêt à faire le premier pas. Certains me traiteraient peut-être de faible parce que je refuse d'affronter mes démons, mais la vérité, c'est que je ne sais pas si je suis prête. Je ne sais pas si je serai prête un jour à découvrir la vérité, a priori atroce, sur mon passé. En avoir un aperçu est déjà assez éprouvant.

La tête baissée, perdue dans mon petit monde, je ne regarde pas où je vais ; enfin, jusqu'à ce que fonce dans quelqu'un.

— Je suis vraiment...

Mais je ne termine pas ma phrase, parce que quand je vois qui se tient devant moi, je ne suis même pas sûre d'arriver à retrouver l'usage de la parole.

— Toi, lâche Hazel dans un halètement, en clignant deux fois des yeux comme pour s'assurer que je suis bien là. Tu ne manques pas de culot de te repointer ici. Comment oses-tu revenir ?

À une époque, je mourais d'envie de déterrer les secrets de mon passé, mais maintenant que j'en ai eu un aperçu, je veux juste oublier.

— Je suis vrai-vraiment désolée, balbutié-je en essuyant mes paumes moites sur ma robe.

Le geste pousse Hazel à observer ma tenue, qu'elle n'avait pas remarquée.

Elle m'examine de la tête aux pieds avant que son air renfrogné ne cède la place à une expression hautaine qui me fait regretter de ne pas être restée au travail.

— Oh, mon Dieu. Je n'aurais jamais cru voir miss Parfaite s'abaisser à faire un petit boulot.

Le ton de sa voix ne me plaît pas du tout.

— Je ne m'abaisse pas en étant serveuse, répliqué-je.

Elle croise les bras sur sa silhouette mince et arque un sourcil. Elle voit que quelque chose n'est pas normal. Fatiguée de me cacher derrière mes peurs, je redresse les épaules. Pas question de laisser le passé affecter mon futur.

— Je sais que tu t'appelles Hazel.

De la colère remplace son arrogance. Elle a l'air furieuse que j'ose prononcer son nom.

— Si je le sais, c'est uniquement parce que Cayden me l'a dit.

— Ne t'avise pas de prononcer son nom devant moi, crache-t-elle, de plus en plus énervée.

Mais j'insiste :

— Je ne me souviens pas de toi. Je suis désolée. Il y a six mois, j'ai été impliquée dans un accident de voiture. Quand je me suis réveillée, je ne me souvenais de rien ni de personne.

Vu sa tête, on dirait que je parle russe. Alors je clarifie :

— Je souffre d'amnésie.

Cette révélation déstabilise Hazel. Mais à part ça, je n'ai aucune idée de ce qu'elle pense. Elle a l'air sonnée, avec un côté dubitatif, ce qu'elle confirme une seconde plus tard.

— Il faut toujours que tu sois le centre de l'attention, hein ? J'ai déjà entendu des conneries dans ma vie, mais alors là, c'est le pompon, déclare-t-elle avant de lâcher un ricanement sarcastique.

— Ce ne sont pas des conneries, protesté-je, amère. C'est la vérité. Pourquoi j'inventerais un truc pareil ?

Hazel pousse un sifflement entre ses dents serrées.

— Pour des tas de raisons ! s'écrie-t-elle. La première étant que tu as foutu ma vie en l'air. Non seulement tu as mené Cayden en bateau, mais tu…

Elle s'interrompt brusquement en pinçant les lèvres, presque comme si ça lui faisait mal de continuer.

— Je quoi ?

Quoi qu'elle ait à dire, je veux savoir.

Elle penche la tête sur le côté et m'observe avec attention pour la première fois.

— Tu dis la vérité, pas vrai ?

Je hoche la tête.

— Oui.

— Bah mince alors, chuchote-t-elle, les yeux écarquillés. Mon rêve s'est réalisé. Tu as oublié cet endroit. Et pourtant, tu es là. Amnésie ou non, tu ne peux pas le laisser tranquille.

Pas besoin de lui demander de qui elle parle.

— Je suis désolée, Hazel, pour ce que j'ai fait, même si je ne sais pas ce que c'est.

Je pourrais le lui demander, mais je ne sais pas si je la croirais. Cependant, quand je repense à Ellie, je me dis que sa mère ne peut pas être si mauvaise que ça. Ellie est une enfant très chouette, et j'ai envie de croire qu'elle en est en partie responsable.

— Quand Ellie a failli se faire renverser, c'est moi qui l'ai poussée hors de danger. Je ne savais pas que c'était votre fille…

Je ne sais pas pourquoi je décide de lui raconter ça. Peut-être parce que je me suis dit qu'elle verrait que j'ai changé et que je ne suis plus la même personne. Cependant mes paroles ont l'effet inverse. J'aurais aussi bien pu lui suggérer d'aller se faire voir.

Elle se précipite vers moi, et m'assène une gifle de toutes ses forces. Le temps s'arrête. Sans la sensation de picotements sur ma joue, j'aurais pu croire que j'avais eu une absence. Mais je n'ai pas ce luxe.

— Reste loin d'elle ! hurle-t-elle.

Je me recule, de peur qu'elle me frappe l'autre joue.

— Qu'est-ce que tu lui as fait ?

— Rien ! m'exclamé-je, en faisant un autre pas en arrière, les mains levées devant moi comme pour me rendre. Je l'ai vue au milieu de la route. On aurait dit qu'elle avait aperçu un fantôme. Alors j'ai agi par instinct et je l'ai poussée hors de danger.

— C'est *toi* qui l'as sauvée ? crache-t-elle, comme si mes actions étaient diaboliques.

— Oui.

Cayden a sous-entendu qu'Hazel était un peu folle, mais quand elle renverse la tête en arrière et qu'elle éclate d'un rire hystérique, je me dis qu'il a un peu enjolivé les choses.

— Oh mon Dieu, souffle-t-elle, hors d'haleine. Quelle ironie que ce soit toi qui l'aies sauvée. Pas étonnant que Cayden n'ait jamais voulu me dire qui c'était. Il faut toujours qu'il te protège.

Son commentaire m'indique qu'elle sait que Cayden et moi avons eu une relation.

Je déglutis, refusant de réagir à sa pique. Je sais que Cayden et moi avons une histoire. Mais quand je serai moins trouillarde, ce sera à lui de me la raconter, pas à elle.

— Pourquoi ironique ?

J'en ai marre qu'elle me parle en faisant des sous-entendus que je ne comprends pas.

Ce qu'elle me dit ensuite me fait regretter d'avoir posé la question. Elle avance d'un pas, envahissant mon espace personnel, et grogne à quelques centimètres de mon visage :

— Parce qu'il n'y a pas si longtemps, c'est de toi qu'on a dû la sauver.

— Non, haleté-je en secouant la tête, des larmes accrochées à mes cils. C'est… c'est faux.

Cayden m'a prévenu qu'Hazel était toxique, mais là, ça dépasse les bornes. Quel genre de mère utiliserait sa propre fille de cette façon juste pour bouleverser quelqu'un ?

Puis je cligne des yeux pour me débarrasser de mes larmes, et soudain, je vois clair. Hazel se comporte en mère bafouée parce que moi, Peyton Veronica Lane, j'ai fait du mal à sa fille unique. Ellie est la preuve vivante que ce qu'elle dit est vrai. Ellie était figée au milieu de la route à cause de moi. Sur le coup, je me suis dit qu'elle avait l'air de quelqu'un qui a vu un fantôme, parce que c'était le cas.

Moi.

Quoi que j'aie fait… Ellie en a été victime.

Des parasites grésillent dans ma tête et des flashs du lac et de quelqu'un qui se noie défilent devant mes yeux. Cette personne patauge et appelle à l'aide… mais je ne bouge pas d'un pouce. Je me contente de la regarder prendre son dernier souffle avant de couler au fond, oubliée du monde.

Les insultes d'Hazel s'élèvent tout autour de moi, mais plus rien n'a d'importance. Je n'ai qu'une envie, m'enfuir sans regarder en arrière. Je ne peux qu'avancer, pas le choix. Il est temps d'enlever mes œillères et de regarder la vérité en face. Une bonne fois pour toutes.

***

Toute velléité de rentrer à pied à la maison s'est envolée. Je hèle un taxi, soulagée de constater que le chauffeur n'est pas du genre bavard. Pendant le trajet, je me repasse en boucle les paroles d'Hazel.

Parce qu'il n'y a pas si longtemps, c'est de toi qu'on a dû la sauver.

C'est tellement affreux, mais ça explique tellement de choses. La façon dont Ellie s'est comportée la première fois qu'elle m'a vue. L'attitude ultra-protectrice de Cayden envers elle vis-à-vis de moi. Non seulement je lui ai fait du mal à lui, mais aussi à sa fille. Je savais que je n'étais pas une sainte, mais ça, c'est incompréhensible. Tant de secrets assombrissent mon passé. Pas étonnant que mon cerveau ait bloqué mes souvenirs. J'ai le luxe d'oublier, mais Cayden, lui, n'a pas cette chance.

Voilà pourquoi je sors du taxi après avoir donné un billet de cinquante dollars au chauffeur, pressée de mettre un terme à ce calvaire. Cayden doit être au travail, mais j'ai fini de lui laisser de l'espace. Il faut que j'en aie le cœur net, même si ça doit me détruire pour toujours. J'ai l'intention de me changer, puis de faire un sit-in devant chez lui jusqu'à ce qu'il rentre. Je ne sais pas combien de temps ça va durer, mais je veux des réponses, et je les veux maintenant.

Néanmoins, je suis coupée net dans mon élan. La vie a vraiment un sens de l'humour tordu !

— S'il te plaît, laisse-moi parler.

Calvin descend les marches de mon porche, et moi, je reste plantée là où je suis.

— Qu'est-ce que tu fais là ? Comment tu m'as trouvée ?

— J'étais sûr de te trouver ici, répond-il.

Je prends une grande inspiration avant de continuer :

— Donc tout le monde est au courant de mon passé, sauf moi.

— On peut discuter ?

Calvin ne m'offre pas de rameau d'olivier. Il veut juste une chance de s'expliquer.

— Je n'aime pas la façon dont les choses sont restées en plan entre nous. Stella m'a assuré que tu serais contente de me revoir, mais il faut croire qu'elle s'est trompée.

— Oui, en effet.

Je croise les bras, comme pour ériger une barrière. Mes sentiments sur le sujet sont clairs. S'il veut parler, il peut le faire ici. Hors de question qu'il mette les pieds chez moi.

— J'ai gardé mes distances parce qu'avant ton accident, tu m'as rendu ça.

Il fouille dans la poche de son pantalon chino beige et je retiens mon souffle. Il en sort un diamant qui scintille sous le reflet du soleil.

— On a été fiancés pendant un an, mais on se connaît depuis qu'on est gosses.

Je passe une main sur mon visage parce que c'en est presque trop.

— Pourquoi j'ai rompu nos fiançailles ?

Calvin pousse un soupir et il est évident qu'il souffre.

— Pour la même raison qui t'a amenée ici.

— C'est bien ça le problème. Je ne sais pas ce que je fais là, répliqué-je, mais il n'a pas l'air de me croire.

— Tu sais bien pourquoi. Ça dure… depuis que tu as huit ans.

— Quoi ?

Je suis en pleine confusion.

— Stella ne t'a rien dit du tout ?

Je secoue lentement la tête.

— J'ai gardé mes distances, pas parce que je ne t'aimais pas… mais parce que je t'aimais, justement. Mais toi…

Son regret est palpable.

— … tu ne m'aimais pas. Tu ne m'as jamais aimé. Ton cœur a toujours appartenu à quelqu'un d'autre.

— Qui ? chuchoté-je d'une voix à peine audible.

Je connais la réponse, mais j'ai besoin d'entendre sa confirmation.

— Cayden.

Même si je m'y attendais, je ne peux pas masquer mon choc.

— C'est pour ça que tu es revenue ici. Tu souffres peut-être d'amnésie, mais on dirait que ton amour pour lui ne connaît aucune limite. J'ai été stupide de croire qu'on avait une chance.

— S'il te plaît, dis-moi ce qui s'est passé entre nous, demandé-je en toute sincérité.

Peu importe ce que j'ai pensé de Calvin la première fois que je l'ai vu, sa franchise et le fait qu'il semble m'aimer vraiment me laissent espérer que je n'étais pas si mauvaise que ça, en définitive.

Il sourit, mais avec un air mi-figue mi-raisin.

— Nos parents sont des amis de longue date, alors notre mariage aurait très bien pu être arrangé à notre naissance. On allait en vacances ensemble quand on était petits. Nos maisons étaient les plus grosses du coin. Je trouvais la vue magnifique à l'époque, mais maintenant je sais que c'était fait exprès pour qu'on surplombe tout le quartier. Dans tous les sens du terme. Mais ça ne t'a pas arrêtée. Non seulement tu étais têtue, mais très curieuse aussi. C'est une combinaison dangereuse chez une petite fille de huit ans.

Il prend une grande inspiration. Il a besoin de mettre de l'ordre dans ses idées, tout comme moi.

— Je savais que je voulais me marier avec toi. Je devais avoir dix ans, et toi huit...

Il affiche un sourire en coin devant sa propre naïveté.

— ... mais pour moi, il n'y avait aucune autre fille. Tu étais la femme de ma vie. Sauf que ça ne fonctionne pas comme ça. Dès que tu as rencontré Cayden Coachman... tout a changé.

Ma respiration régulière comble le silence tandis que je rassemble le courage d'écouter ce qui va suivre.

— J'ai toujours pensé que tu étais avec lui pour emmerder ta mère, mais ce n'étaient que des vœux pieux de ma part. Tu lui as toujours appartenu. Même quand tu as accepté de m'épouser et que je me suis dit que les choses avaient peut-être changé. Je savais que tu le voyais toujours dans mon dos, mais c'était le cas bien avant qu'on se fiance.

— Qu'est-ce que... qu'est-ce que ça veut dire ? demandé-je avant de déglutir.

Il me fixe de ses yeux bleu acier, et je dois me souvenir de respirer.

— Ça veut dire qu'on s'est mis ensemble il y a environ huit ans. Mais j'utilise ce terme avec circonspection. Le plus souvent, on était séparés, mais je t'aimais. J'avais accepté le fait que Cayden ferait toujours partie de ton passé. Tant qu'il y restait, ça me convenait. Et ça a fonctionné. Pendant un temps.

— Pendant un temps ?

J'aimerais bien être un peu plus loquace, mais j'ai la tête qui tourne.

Il hoche la tête et fourre ses mains dans ses poches.

— Tu as toujours été attirée par cet endroit comme par un aimant. Même si tu étais bien installée, aucun endroit ne te rendait plus heureuse que celui-ci. Je ne voulais pas l'accepter, pourtant je savais que ce qui te faisait te sentir chez toi, ce n'était pas le lieu mais lui.

— Pourquoi tu es resté avec moi ? demandé-je, honteuse.

— Parce que je t'aimais. Et je t'aime toujours.

Il n'a aucun problème à m'ouvrir son cœur, et je me sens encore plus coupable.

— On n'a pas couché ensemble pendant plus de six mois. Je savais que ça finirait par arriver, mais le jour où tu m'as rendu ça…

Il joue avec la bague, plongé dans ses pensées.

— … j'ai su que c'était terminé pour de bon.

Le récit de Calvin, c'est la goutte d'eau qui fait déborder le vase. Quel genre de personne j'étais, au juste ?

Quoi qu'il en soit, il est évident que comme je m'en doutais, tout a commencé avec Cayden. Et tout se terminera avec lui.

— Qu'est-ce que tu fous là ?

Le mépris dans la voix de Cayden me fait grimacer. J'ai peur de ce qui va se passer ensuite.

Calvin range la bague dans sa poche, comme s'il la chérissait, ainsi que les souvenirs qu'elle lui évoque. Pourtant, à la façon dont il plisse les yeux, je vois bien qu'il regrette que certains souvenirs ne soient pas tombés dans l'oubli.

— Je suis venu dire la vérité à Peyton. Ce que tu aurais dû faire il y a bien longtemps.

J'ai peur de lui faire face. Depuis que j'ai rassemblé quelques pièces éparpillées du puzzle, je suis terrifiée de découvrir l'image finale qui est en train de se dessiner. Néanmoins la raison pour laquelle je suis ici me donne la force de me retourner. Tout ce que Calvin m'a raconté me pousse à voir Cayden sous un autre jour. Mais les émotions sous-jacentes que m'inspire Cayden depuis notre première rencontre sont bien là. Il est mon foyer.

Il voit que j'ai changé d'avis. Il sait que Calvin m'a raconté des petits bouts et que maintenant, je veux tout savoir.

— Ce qui s'est passé entre nous ne te regarde pas. Mais tu ne peux pas t'empêcher de jouer les chevaliers en armure étincelante, hein ? crache Cayden.

L'atmosphère change aussitôt.

— Je ne vais pas m'excuser de vouloir la protéger.

Nos regards se verrouillent l'un à l'autre et on se dévore des yeux. Nos actions en disent plus long que des mots. Là, tout de suite, Cayden a envie de se jeter sur moi.

— C'est là qu'on n'est pas d'accord, toi et moi. Tu crois qu'elle a besoin d'être protégée. Or ça n'a jamais été le cas. J'ai commis cette erreur une fois, et ça a été le plus grand regret de toute ma vie.

Je suis touchée par ce qu'il dit. Il ne me voit pas comme une demoiselle en détresse. Et je ne me suis jamais sentie comme telle, c'est certain. Je n'ai pas besoin qu'on me protège. Juste qu'on me dise la vérité.

— Tu n'as jamais eu besoin de personne, reprend Cayden. Tu n'as peur de rien. Tu es forte. Tu es Peyton Veronica Lane, putain.

D'un seul coup, il n'y a plus que lui et moi au monde.

Les larmes me piquent les yeux, parce que je ne me suis jamais sentie aussi puissante.

Cayden s'approche de moi à grands pas et pose une main tremblante sur ma joue. Dès qu'on se touche, je sais que tout a changé.

— N'oublie jamais ça. Peu importe ce qu'on te dit, tu es belle. Tu es intelligente, mais surtout… tu es à moi. Tu as toujours été à moi.

Je me mords l'intérieur de la joue pour ravaler mon émotion. Mais il passe son pouce sur ma pommette, et mon cœur s'ouvre en deux.

Je presse ma joue contre sa main et tous les bruits alentour cessent. J'en étais sûre, les démons de Cayden apaisent les miens. Malheureusement, ils n'aiment pas être mis de côté. Soudain, Cayden me pousse sur le côté. Pourquoi ? Je tombe les fesses par terre, sans comprendre ce qui se passe, jusqu'à ce que je lève les yeux et que je voie Calvin asséner un uppercut qui envoie la tête de Cayden valser en arrière avec un craquement écœurant.

Je laisse échapper un hoquet horrifié. C'est vraiment en train de se produire ? Calvin s'élance en poussant un cri de guerre, alors, oui, ce cauchemar est réel.

— Arrêtez ! rugis-je en me relevant.

Cayden me bloque pour que je ne me retrouve pas prise entre deux feux, et se met lui-même en danger.

Calvin tente de le frapper à nouveau, mais Cayden se baisse et lui envoie une droite. Calvin a eu un coup de chance la première fois. C'est son nez qui prend, et je vois tout de suite le sang couler.

Ils se tournent autour, les poings levés, les yeux plissés, mais Calvin n'a pas la moindre chance. À chaque fois qu'il se jette en avant, Cayden esquive. C'est lui le vrai champion, ce dont je n'ai jamais douté.

— L'ardoise a été effacée. Elle ne se souvient de rien, déclare Calvin. Alors si tu te battais à la loyale pour une fois ? Sauf si tu as peur qu'elle voie enfin qui tu es vraiment ?

Je ne sais pas ce que ça veut dire, mais Cayden, lui, a compris. Le changement dans son attitude est flagrant, et là, j'ai peur pour la vie de Calvin.

Cayden pousse un grognement grave et rauque. C'est un signal d'alarme, les choses sont sur le point de s'envenimer. Inspirée par ses dernières paroles, j'agis avant d'avoir eu le temps de réfléchir. Je fonce en avant et m'intercale entre eux deux. Je penserai aux conséquences plus tard.

— Ça suffit ! m'écrié-je d'un ton suppliant, les mains en coupe sur ses joues.

Calvin est dans mon dos, et ça ne lui échappe pas. Son agressivité s'étiole.

— Peyton ?

Je ne sais pas à quoi il s'attendait. Est-ce qu'il a cru qu'en débarquant tel le chevalier blanc, il s'attirerait mes faveurs ? J'apprécie son honnêteté, mais quels que soient les sentiments que j'ai eus pour lui, ils ont disparu.

— Va-t'en, Calvin.

— Tu es sérieuse ?

— Oui, très, lui assuré-je, sans quitter Cayden des yeux.

Calvin siffle et je sens la chaleur s'éloigner de mon dos.

— Rien n'a changé. Même amnésique, c'est toujours lui que tu choisis, putain.

Un grondement remonte à la surface, et Cayden est à deux doigts d'exploser. Comme je ne sais pas quoi faire, je fais la seule chose en mon pouvoir.

— Non, Calvin. Tu as tort. C'est moi que je choisis.

Sans peur ni réticence, je plaque mes lèvres sur celles de Cayden, avec précaution, puisqu'il vient de se prendre un coup. Mais Cayden ne fait jamais rien à moitié.

Il passe ses doigts dans mes cheveux, et me tire la tête en arrière. Il me domine avec une force qui me coupe le souffle. On a baissé la garde, et on s'embrasse comme des animaux affamés, avec autant de fougue l'un que l'autre.

On se goûte, nos langues engagées dans une danse qui n'est orchestrée que pour nous. Il aspire ma lèvre inférieure avant de briser la connexion et de descendre le long de mon cou, jusqu'à mon menton. Ses baisers sont brûlants et frénétiques, et j'en ai envie. J'en veux encore plus.

Un gémissement m'échappe, signe qu'on a dépassé le point de non-retour. De qui je me moque ? En fait on a franchi ce seuil à la seconde où on s'est rencontrés. J'attire ses lèvres sur les miennes à nouveau, dans un baiser si passionné que je suis presque sûre que tout mon corps est en feu.

Je ne sais pas quand Calvin est parti. Depuis deux minutes, ou deux heures, parce que quand je suis pendue aux lèvres de Cayden, plus personne d'autre n'existe en dehors de nous.

Ce baiser véhicule un désir brut, mais en dessous, il y a de la tendresse, et du manque aussi. Si ce que Calvin a dit est vrai, alors Cayden Coachman est enraciné en moi depuis la nuit des temps. Je lâche prise d'un coup.

Il y a aussi de la colère, dans ces retrouvailles. Mue par l'instinct, je lui mets une gifle retentissante.

— Ça, c'est pour m'avoir menti.

Il se frotte la joue, acceptant sa punition d'un hochement de tête.

— Je veux la vérité. Toute la vérité.

Il prend une grande inspiration avant d'acquiescer :

— OK.

Il cède plus facilement que prévu. Mais je sais que la suite sera tout sauf facile.

— J'ai vu Hazel.

Il ferme les yeux un bref instant, clairement perturbé par cette information. Il comprend vite que ce n'est qu'un début, car j'enchaîne :

— Qu'est-ce que… qu'est-ce que j'ai fait à Ellie ?

Il prend le temps de mûrir sa réponse, mais les faux-semblants, c'est terminé. Il me tend la main, une invitation qui me fournit la force dont j'ai besoin.

— Viens avec moi, et je te raconterai tout. Tu es prête ?

C'est le moment que j'attends depuis six mois. Je lâche prise sur mes dernières peurs, glisse ma paume dans la sienne. Je ne me suis jamais sentie aussi libérée que maintenant.

— Je suis prête.

CHAPITRE 13

Au moment où je mets un pied dans la maison de Cayden, je sais que je m'apprête à entrer en collision avec la réalité.

En temps normal, Cayden est tellement sur ses gardes ! Même s'il ne montre rien, je perçois son conflit intérieur. Il a peur de ce qu'il est sur le point de me révéler. Il me guide droit vers les escaliers, puis jusqu'à sa chambre. Il ferme la porte, nous sommes enfermés tous les deux. Il n'y a plus de retour en arrière possible.

Je prends un moment pour me rappeler que je me suis toujours sentie en sécurité dans cette pièce, et j'espère que quand tout sera fini, ce sera encore le cas. Je jette un coup d'œil au dessin abstrait au fusain au-dessus de son lit et je vois à présent qu'il s'agit d'une femme nue. Pour un œil non averti, ça pourrait représenter un million de choses différentes. Mais moi, je discerne le dessin sans difficulté. Je suis captivée par le travail des lignes. La simplicité avec laquelle la femme est mise à nu me fait monter les larmes aux yeux. Mais je ne suis pas là pour admirer la décoration.

Je me tiens debout au pied du lit et j'observe Cayden qui fait les cent pas en se passant les mains dans ses cheveux ébouriffés. Quoi qu'il soit sur le point de me dire, ça ne va pas être facile, pour aucun de nous deux.

— Quand je t'ai dit que ta place n'était pas ici, c'était la vérité. Je t'ai rencontrée quand j'avais...

Il prend une grande inspiration et s'immobilise pour me regarder.

— ... neuf ans. Et toi...

— Huit, terminé-je pour lui, presque à court de mots.

Il hoche lentement la tête, presque avec regret.

— Oui. Je me rappelle la première fois que je t'ai vue. Tout le monde savait qui étaient les Lane, mais personne ne les voyait jamais parce que vous n'étiez pas censés venir dans cette partie de la ville. En tout cas, jusqu'à ce que je brise cette règle, un soir.

Je prends une brusque inspiration, parce que j'ai du mal à croire que ses souvenirs soient les miens.

— J'avais besoin de voir ce qu'il y avait de si spécial de l'autre côté du lac. Les rumeurs allaient bon train, et les gosses qui racontaient être allés « de l'autre côté » disaient que c'était magique, comme dans un conte de fées. Que vous aviez tout ce qui nous manquait. J'ai pris mon bateau pour traverser au milieu de la nuit et j'ai décidé d'explorer la maison blanche. Elle se démarquait de toutes les autres aux alentours. La maison qui a toujours été mon phare dans les moments les plus cruels.

Je pâlis. Je ne comprends pas ce que ça veut dire, mais j'ose à peine respirer.

— Vous aviez le plus beau des citronniers dans votre cour de devant. Et d'un seul coup, je me suis dit que les rumeurs étaient fondées. Je n'avais jamais rien vu de tel chez moi, parce que tout ce qui n'était pas fixé au sol était volé. Je ne sais pas pourquoi je l'ai fait. Je n'étais venu que pour satisfaire ma curiosité, mais tout à coup, ce n'était pas assez. J'ai commencé à comprendre ce qu'Adam avait ressenti dans le jardin d'Éden. Ces citrons étaient une tentation irrépressible. Avant que je comprenne ce que je faisais, je sautais par-dessus ta clôture blanche, bien décidé à dénicher le citron parfait. Je n'en voulais qu'un, mais ensuite j'ai pensé à Lacey qui était restée à la maison. Si j'en cueillais quelques-uns, je pourrais les vendre et me faire assez d'argent pour nous nourrir tous les deux pendant plusieurs jours. Je ne me rappelais même pas à quand remontait notre dernier repas digne de ce nom. Avec cet objectif en tête, j'ai retiré mon T-shirt déchiré et je m'en suis servi comme baluchon pour cueillir presque tous les citrons de ton arbre. J'en ai cueilli plus que je ne pouvais en porter, alors j'ai décidé de revenir le lendemain soir pour prendre le reste. Tout fier, j'ai jeté mon butin sur mon épaule. J'avais l'âme d'un guerrier, parce que j'étais allé de l'autre côté et que j'avais survécu. Mais j'ai vite ravalé mon arrogance, parce que dès que je t'ai vue, j'ai su que je ne serais plus jamais le même.

L'histoire de Cayden est triste à pleurer, mais je comprends mieux pourquoi il m'a regardée d'une drôle de façon lorsque j'ai choisi de garnir mes pancakes de citron.

— Tu t'es faufilée dans le jardin et tu m'as pris par surprise. Je n'étais pas sûr que tu étais réelle. Tu ressemblais à une apparition et tu irradiais de vie ! Avec tes cheveux roux flamboyant et ton sourire à fossettes, tu m'as tout de suite captivé. Et je me suis dit que les rumeurs étaient vraies. Que j'étais réellement dans un conte de fées parce que tu étais habillée en…

— En quoi ? chuchoté-je en retenant mon souffle.

— En Blanche-Neige, me révèle-t-il alors que je cligne des yeux et que je tente de digérer ses paroles. Je me souviens de cette nuit comme si c'était hier. Et surtout, je revois distinctement le ruban rouge qui était noué dans tes cheveux.

Mes jambes flageolent, je ne suis pas sûre qu'elles me soutiennent une seconde de plus. Je me laisse choir au bout du lit.

— Tu es restée debout, à me regarder, pas effrayée du tout. Alors que moi, je n'avais jamais eu aussi peur de toute ma vie. Je ne savais pas ce que tu allais faire. Tu m'avais pris la main dans le sac. Si mon père apprenait ce que j'avais fait…

Le père de Cayden semble être un homme mauvais, par conséquent il n'a pas besoin de rentrer dans les détails. Je sais qu'il l'aurait étripé.

— Alors j'ai fait la seule chose qui m'est passée par la tête. Je t'ai offert un citron. En gage de paix. Ensuite, tu m'as prouvé que tu étais différente. On avait beau venir de deux mondes opposés, tu étais juste comme moi. Tu serrais une souris en peluche dans tes mains. Elle avait l'air d'avoir bien vécu, comme si tu la traînais partout, mais quand je t'ai donné le citron, en retour, tu m'as tendu ta souris.

— La souris d'Ellie ? murmuré-je, les larmes aux yeux.

Cayden hoche la tête.

— Je l'ai acceptée, comme tu l'as fait avec le citron. Je me suis dit que c'était fini, mais ce n'était que le début. J'ai couru ventre à terre jusque chez moi, pressé de rentrer à la maison, alors que je détestais cet endroit. Mais à partir de cette nuit-là, tout a changé. Tu m'as changé. Tu as réveillé quelque chose en moi avec ton innocence. Deux jours ont passé. Grâce à la peluche, je savais que je n'avais pas rêvé. Que j'avais, pour de vrai, rencontré un ange avec des cheveux roux flamboyant. Pendant que Lacey et moi on dévorait nos *mac' and cheese* grâce à l'argent que j'avais gagné en vendant tes citrons, je m'interrogeais. Est-ce que je devais y retourner ? J'essayais de me convaincre que c'était pour l'argent, mais au fond, je savais que c'était pour toi. Quand Lacey s'est endormie, je suis sorti en douce de la maison, excité à la perspective de te revoir. Mais je n'avais pas prévu que toi aussi, tu étais impatiente de me revoir. Dans la nuit silencieuse, un éclair rouge a attiré mon attention. Comme un signe. Sur notre balançoire bien-aimée – la seule chose qui nous procurait un peu de joie dans ce quartier désolé –, il y avait ton ruban rouge. Tu ne savais pas qui j'étais, mais moi je te connaissais. Ce ruban rouge était ton seul moyen de communiquer avec un monde dont tu ignorais tout. J'ai couru vers le chêne, celui-là même qui t'a ramenée ici, non seulement il y a quelques semaines, mais à de nombreuses reprises au fil des ans. Sous la balançoire, il y avait un sac de citrons.

Oh, Seigneur. Mon cœur se serre. Je ne suis donc pas si horrible que ça, il y a encore de l'espoir.

— Il y avait un autre sac à côté, avec un T-shirt et un jean roulés à l'intérieur. Ils étaient tout neufs, il y avait encore les étiquettes dessus. Je ne sais pas combien ils avaient coûté, mais avec cet argent, j'aurais pu acheter de quoi nous nourrir, Lacey et moi, pendant plusieurs semaines. Ça a recommencé les quinze jours qui ont suivi. Tu me laissais des cadeaux, et tu me prévenais en accrochant le ruban rouge. Des petites offrandes, pour me prouver que tu te souciais de moi. Une nuit, j'ai décidé de te rendre la pareille. Je n'avais pas grand-chose à te donner, mais j'avais acheté à Lacey un paquet d'étoiles phosphorescentes. C'était une rêveuse, tout comme aujourd'hui, alors je voulais lui offrir un ciel éternellement rempli d'étoiles. Elle pourrait le contempler à volonté et faire des vœux qui se réaliseraient peut-être. J'ai laissé une seule étoile sur la balançoire, excité de pouvoir t'offrir un cadeau à mon tour.

Quand je suis revenu chercher mon dernier butin, un gâteau à la carotte et des cookies, j'ai senti que je n'étais pas seul. J'étais rempli d'un sentiment que je n'éprouvais presque jamais. De l'espoir. Tu es arrivée avec ton costume de Blanche-Neige, sauf que tu n'avais pas les cheveux noirs, mais une tignasse rousse qui a mis le feu à mon monde. Alors à partir de ce jour-là, tu as été ma Neige, celle qui éteint la colère qui brûle en moi.

Cayden me dévoile enfin son âme. Une âme magnifique, comme le prouvent ses révélations. Voilà pourquoi j'ai été envoûtée dès qu'on s'est rencontrés. Quel soulagement de savoir que je n'étais pas folle. Que cet endroit, cet arbre, ce ruban rouge, ont joué un rôle, qu'ils m'ont ramenée ici. Et puis Cayden pousse un soupir, et je devine que notre histoire est loin de se finir bien.

— Tu m'as dit comment tu t'appelais, et moi je t'ai donné mon nom. Tu m'as demandé pourquoi je ne portais pas les habits que tu avais volés à ton frère, et je t'ai raconté mon histoire. Je t'ai tout dit, et tu as écouté. Et une fois que j'ai eu fini, tu m'as raconté la tienne. Ça a continué pendant deux mois et ça a été le plus bel été de ma vie. Je m'étais fait une amie. Le secret qui entourait notre amitié la rendait encore plus excitante. On parlait pendant des heures assis sous cet arbre, ou pendant que je te poussais sur la balançoire. Néanmoins, un soir, quand je t'ai demandé pourquoi tu portais ce costume, ton attitude insouciante a changé. Ta tristesse est devenue la mienne aussi. Tu m'as confié que même si tu vivais dans ce qui ressemblait à un château, avec tout ce que tu voulais, tu étais plus heureuse ici. Tu portais cette tenue en espérant qu'un jour, ton prince charmant te réveillerait de ton sommeil de mort. Inutile de t'expliquer qui était la méchante de l'histoire, ni pourquoi Blanche-Neige était le personnage dont tu te sentais le plus proche.

— Stella, soufflé-je en entendant ce conte d'une tristesse à pleurer. La vilaine belle-mère. Sauf que nous sommes du même sang.

Il fronce les sourcils, affligé de me révéler une partie de mon passé qu'il aurait préféré que je ne me rappelle pas.

— Tu étais comme tous les autres enfants. Tu voulais trouver ta place. Tu avais beau avoir de l'argent et être issue d'une famille connue, tu étais seule. Tellement seule que tu avais créé un monde dans ta tête pour échapper à cette solitude. C'est à ce moment-là que je me suis juré de tout faire pour te protéger. Je me fichais de ce que mon père me faisait ; je me suis promis que tu ne serais plus jamais seule. Mais j'étais naïf et stupide. La vie ne fonctionne pas comme ça, parce qu'une fois que l'été laisse place à l'automne, le soleil disparaît. Et toi aussi, tu es partie. Ta maison, c'était votre résidence secondaire, donc c'était logique qu'à la fin des vacances, tu t'en ailles. On n'a même pas pu se dire au revoir. À mesure que le froid s'installait, la seule chose qui m'aidait à tenir, c'était le souvenir de ton sourire, de ton rire. J'avais pu économiser de l'argent avec tout ce que j'avais vendu, mais ça n'a pas fait long feu non plus, et j'ai à nouveau dû voler pour survivre.

— Et ton père ?

— Quoi, mon père ? lâche-t-il du tac au tac, d'une voix où sourd la colère.

— Il vous laissait vous débrouiller tout seuls avec Lacey ?

L'humeur de Cayden passe de nostalgique à meurtrière en une fraction de seconde.

— Il y a une chose que tu dois savoir à propos de mon père. Il ne s'est jamais soucié que de lui-même. On n'était qu'un fardeau pour lui. Il ne restait que pour les allocations, qu'il dépensait pour assouvir ses vices. C'était un alcoolique. Qui avait l'alcool mauvais en plus. Donc on préférait quand il n'était pas là.

Les cris, les bruits de quelqu'un qui se fait cogner, les reniflements étouffés, je sais que j'ai déjà entendu tout ça auparavant... c'est juste que je ne sais pas à qui ils appartiennent.

Une fois, Lacey m'a dit qu'elle se souvenait que la violence était omniprésente chez elle. Sauf qu'elle ne se rappelait pas qui criait. Je sais à présent que c'étaient les appels à l'aide de Cayden. Je n'avais jamais vraiment haï quelqu'un jusqu'à maintenant.

Cayden devine mes pensées, et il secoue violemment la tête.

— Non. Je ne veux pas de ta pitié. Ce n'est pas pour ça que je te raconte ça.

Je comprends tout à fait et je me dépêche de ravaler ma compassion.

— Les temps étaient durs, mais qui a eu une enfance facile ? J'ai fait ce que j'avais à faire pour survivre. Au bout d'un moment, ton souvenir s'éloignait, c'était de plus en plus flou. Jusqu'à l'été d'après. Un soir, tard, je m'apprêtais à traverser le lac. Nos deux mondes n'étaient pas si différents après tout. J'étais un gamin qui vendait de l'herbe à d'autres gamins qui avaient de l'argent à ne savoir qu'en faire. Ils étaient bien contents de m'en acheter, mais ils n'auraient surtout pas voulu être surpris avec moi dans d'autres circonstances. Ça ne me dérangeait pas. Je n'étais pas là pour me faire des copains, j'étais là pour survivre. On dit que la pomme ne tombe pas loin de l'arbre, et je savais où menait la route que j'avais empruntée. J'étais en colère tout le temps et la seule personne qui me donnait l'impression que je valais quelque chose était partie. Mais quand j'ai vu le ruban rouge attaché à la balançoire, j'ai juste... tout a changé. Tu avais fait ce que personne d'autre n'avait jamais fait pour moi. Tu étais revenue pour moi. Parce que j'en valais la peine.

Sa poitrine monte et descend. Ce souvenir produit beaucoup d'effet sur lui. Et moi aussi, je lui fais de l'effet.

— Je sais que j'aurais dû garder mes distances, mais je n'ai pas pu. Et quand je t'ai vue, j'ai su que je ne te laisserais plus jamais repartir. Je savais que ça ne durerait qu'un été, que c'était une passade, mais je m'en fichais. J'étais prêt à prendre tout ce que tu voudrais bien me donner. Et c'est ce qui s'est passé. Pendant huit ans, tous les étés, je t'attendais. Et tous les étés, tu revenais. Je savais qu'il n'y avait aucun avenir pour nous. Un garçon pauvre comme moi et une fille riche comme toi ; mais ta vie n'était pas toute rose. Il te manquait l'amour dont tu avais tellement besoin, et ce ruban rouge était notre SOS. Je savais que tu avais des ennuis quand il était accroché là. Ta mère savait que tu prenais le bateau en douce, et elle t'a punie un nombre incalculable de fois, mais ça ne t'a jamais arrêtée. On s'échangeait des baisers volés et des caresses en cachette. C'était tout ce qu'on avait. C'était tout ce que je pouvais t'offrir.

Cayden reste immobile comme une statue pendant qu'il me raconte notre histoire avec empressement, dans un murmure. Je sais qu'il y a plus, mais il va lui falloir plus d'une nuit pour tout me révéler. Il me résume l'essentiel, pour que je comprenne à quel point notre amour était important.

— Qu'est-ce qui s'est passé quand j'avais dix-sept ans ? Qu'est-ce qui a changé ?

Cayden m'a dit qu'il m'avait brisé le cœur, et que pendant les dix années suivantes, je lui avais rendu la pareille. Si je fais le calcul, j'en déduis qu'il a dû se produire quelque chose de crucial quand j'avais dix-sept ans.

Cayden pousse un soupir, ce qui m'indique qu'à partir de là, notre histoire prend un tournant.

— Tu as grandi et tu as changé. Moi aussi d'ailleurs. On ne pouvait plus vivre dans le déni. Ça faisait mal. Trop mal. Tu m'as dit que tu allais à l'université étudier le marketing, même si ta véritable passion, c'était l'art. Tu étais… tu es une artiste incroyable. C'est toi qui as dessiné ça.

Il fait un mouvement de tête vers le dessin au-dessus de son lit.

— Tu m'as dit que c'était un autoportrait de la façon dont tu te voyais quand tu étais dans mes bras.

Je me retourne lentement pour regarder par-dessus mon épaule, et je contemple l'œuvre d'art, incapable de croire que ma main ait créé quelque chose d'aussi parfait. J'ai ressenti une connexion immédiate avec ce croquis, et maintenant je sais pourquoi.

Ce dessin vaut mille mots. La vulnérabilité, la confiance. Cette mise à nu révèle l'état de mes sentiments.

— Je t'aimais, chuchoté-je.

Ce n'est pas une question ; plutôt une affirmation. Je n'ai pas besoin de confirmation. Le dessin est plus parlant que des mots.

— Oui, c'est vrai.

Son ton attristé me pousse à me retourner pour lui faire face.

— Qu'est-ce qui s'est passé ?

Il fait de son mieux pour rester fort. Toutefois quand il s'approche de l'endroit où je suis assise et qu'il tombe à genoux devant moi, toutes ses murailles s'écroulent.

— Je t'ai repoussée. Qu'est-ce que j'aurais pu t'offrir ? Je pensais faire ce qu'il fallait. Tu parlais de rester là une fois que tu aurais eu ton diplôme, mais je ne pouvais pas te laisser gâcher ta vie. Ta place n'était pas ici. Tu méritais mieux. Alors je me suis assuré que tu ne reviennes pas.

Je déglutis, j'ai la peur au ventre.

— Tu m'as demandé de te donner une raison de rester… mais je n'en avais pas. Je ne voulais pas que tu abandonnes ta vie pour moi. Tu ne m'as pas cru, alors tu m'as soumis à un ultime test. Tu m'as demandé si je t'aimais… et je… j'ai dit non. Je t'ai brisé le cœur ce jour-là, parce que même si tu étais sublime et que tu avais confiance en toi, tout au fond de toi, tu étais toujours cette petite fille perdue qui s'habillait comme sa princesse préférée.

Je cligne des yeux pour retenir mes larmes. Je sens mon cœur se briser à nouveau, comme il y a dix ans. L'entendre me raconter ma vie de cette façon, c'est au-delà des mots. D'une certaine façon, j'ai échappé aux cauchemars, mais Cayden, lui, il doit les revivre, encore et encore.

— Deux étés ont passé, et juste quand je commençais à me dire que tu m'avais oublié, que tu avais oublié cet endroit, tu es revenue. C'était le plus beau jour de ma vie. Mais tout comme je t'avais brisé le cœur, tu étais bien décidée à briser le mien. Tu entrais et sortais de ma vie, tu disparaissais pendant des mois, parfois des années. Une nuit, j'étais saoul, tout seul, et tu me manquais tellement… c'est la nuit où Ellie a été conçue. Quand tu es revenue, tu as vu qu'Hazel était enceinte et j'ai su que c'était terminé pour de bon. Nos vies ont toujours été comme des portes battantes. On entrait et on sortait à tour de rôle.

Ma relation avec Cayden est tumultueuse depuis si longtemps… Mais c'est plus fort que moi, j'ai l'impression qu'il manque une pièce du puzzle. Entêtée comme je suis, et amoureuse comme je l'étais, je sais que je me serais battue davantage.

Néanmoins, le commentaire de Calvin sur le fait qu'on est restés ensemble par intermittence pendant huit ans prend tout son sens. Ellie a huit ans. On aurait pu avoir une si belle vie… À cette pensée, mon cœur se brise une nouvelle fois.

Il serre doucement mes mollets, comme pour me supplier de l'écouter jusqu'à la fin.

— Mais en dépit du passé, de tout ce qui s'est produit, tu revenais quand même, encore et encore. Je savais que tu sortais avec Calvin, mais je m'en fichais. J'étais sérieux quand j'ai dit que tu étais à moi, Neige. Tu as toujours été mienne. Si les circonstances avaient été différentes, je t'aurais épousé le jour de tes dix-huit ans. Mais la vie ne se passe pas toujours comme on le voudrait.

Il baisse la tête, comme accablé par le poids du destin.

— La nuit de l'accident… tu es venue ici.

— Ah oui ?

Il lève des yeux empreints de tristesse sur moi, et dès que nos regards se croisent, je me mets à haleter.

— Oui. Tu…

Il cligne des yeux et sa lèvre inférieure se met à trembler.

— … tu m'as annoncé que tu étais enceinte.

Les murs commencent à se refermer sur moi, et brusquement, j'ai du mal à respirer.

— Tu ne savais pas qui était le père.

— Oh, mon Dieu.

Une larme coule du coin de mon œil. Je reste assise, figée, incapable de bouger. Je sens une palpitation dans mon ventre, mais ce n'est qu'une cruelle illusion. Une réminiscence de ce que j'ai failli avoir.

— Tu m'as dit que peu importait qui était le père, Calvin allait élever le bébé comme le sien, parce que tu allais l'épouser. Tu m'as déchiré le cœur une ultime fois, et je… j'ai craqué. On a eu une grosse dispute. On s'est dit des choses terribles. Des années de frustration qui se sont déversées d'un seul coup, et j'ai su à ce moment-là que notre amour était toxique. Surtout quand Ellie…

Cayden tourne la tête, l'air éprouvé.

Après tout ce qu'il vient de me raconter, je n'ai pas le droit de demander, mais c'est pour ça que je suis là.

— Dis-moi. Laisse-moi porter ton fardeau, pour une fois.

D'un geste hésitant, je passe mes doigts dans ses cheveux. J'aime tant la voix rauque qui franchit ses lèvres :

— Ellie t'adorait, Neige. Et tu l'aimais aussi. Tu étais plus une mère pour elle qu'Hazel. C'est pour ça qu'elle a eu aussi peur le jour où elle t'a vue. Elle a cru que tu étais un fantôme parce que tu étais partie depuis très longtemps.

Elle trimballait ta souris partout en espérant qu'elle ait des pouvoirs magiques qui te ramèneraient vers nous.

Elle m'aimait, et en retour, je lui ai fait du mal.

— « Souviens-toi, tu es la seule personne qui peut remplir le monde avec du soleil. » C'est ce qu'elle m'a dit. Qu'est-ce que ça signifie ?

Cayden a l'air épuisé, mais c'est presque la fin. Je le sens.

— C'est dans Blanche-Neige. Tu lui disais toujours ça à la place d'au revoir.

Mes émotions débordent et un sanglot me coupe le souffle.

— Quelle sorte de monstre j'étais ? pleuré-je en me cachant le visage dans mes mains, honteuse.

— Tu n'as jamais été la méchante de cette histoire, Neige. Seulement la victime. Ellie détestait nous entendre nous disputer, alors elle est allée dehors. Le ponton était glissant à cause de la neige. Elle voulait juste voir la lune se refléter dans l'eau. C'est ce qu'elle m'a dit. Mais elle s'est trop rapprochée du bord et… elle est tombée dans le lac.

J'arrête de pleurer. Je ne mérite pas de verser une larme de plus.

— Quand je t'ai entendue crier, j'ai su que quelque chose n'allait pas du tout. Je suis sorti en courant et je t'ai vue trempée, en larmes, en train d'essayer de réanimer ma fille inerte. Tu as sauté, et tu l'as sauvée. Les urgentistes ont affirmé que si tu n'avais pas été là…

Il secoue la tête, incapable de terminer sa phrase.

— Mais quand j'ai vu Ellie dans cet état, j'ai su ce que je devais faire. J'ai mis un terme à notre relation, une bonne fois pour toutes. Je t'ai sommée de me laisser tranquille. Je t'ai asséné que je ne voulais…

Il se mord l'intérieur de la joue, les yeux levés au plafond comme pour trouver les bons mots.

— Que je ne voulais plus rien avoir affaire avec toi ou avec le bébé. Je t'ai dit que tu étais le plus grand regret de ma vie… et c'était vrai. J'ai regretté d'avoir été lâche et de ne pas avoir eu le courage de t'empêcher de partir quand tu m'as supplié dix ans plus tôt. Mais nous deux, c'était terminé…

— Et c'est pour ça que tu ne me racontes tout ça que maintenant ? Comme j'étais blessée, je t'ai demandé de m'oublier, c'est ça ?

Il hoche la tête, affligé.

Il est toujours à genoux devant moi, et je n'arrive pas à comprendre comment un amour innocent comme le nôtre a pu si mal tourner. Il y a autre chose, mais je vais être malade. Je ne peux rien encaisser de plus. J'étais enceinte, et je ne savais pas qui était le père ? Je suis dégoûtée par mes agissements.

Néanmoins, je sens au fond de moi un rayon d'espoir illuminer une petite partie de mon âme. Je ne supporte pas de le voir comme ça, alors lentement, avec des gestes las, je me mets à genoux à mon tour.

— Le bébé était de toi.

Il ouvre la bouche, mais je l'empêche de parler en collant un doigt contre ses lèvres.

— Calvin m'a dit qu'on n'avait pas couché ensemble depuis plus de six mois et que la nuit avant mon accident, je lui ai rendu sa bague.

Une lueur d'espoir illumine le regard de Cayden, mais c'est peut-être un effet des larmes que nous versons tous les deux sur ce bébé qui ne verra jamais le jour.

— Pourquoi je t'aurais menti ?

Ça n'a aucun sens. Quelque chose m'échappe. Quelque chose de vital, qui expliquerait tout.

Cayden enroule ses doigts autour de mon poignet et passe le pouce sur mon pouls galopant.

— Parce qu'on fait du mal à ceux qu'on aime.

L'un en face de l'autre, à genoux, on prend tous les deux une minute pour digérer tout ça. Cayden n'a pas besoin de me dire ce qui s'est passé ensuite. Je suis partie de chez lui bouleversée et hystérique, et mon accident s'est soldé par la perte de mon – de notre – enfant.

Comme s'il lisait dans mes pensées, il m'interpelle aussitôt :

— Je t'interdis de te culpabiliser. Tout est de ma faute. Pas de la tienne. Si seulement je t'avais couru après. Si je n'avais pas craché de tels mensonges…

Il serre mes biceps et me secoue comme pour me raisonner.

— Tu seras toujours mon plus grand regret.

Et maintenant, je comprends pourquoi.

— Aux yeux d'Ellie, tu es son ange, parce que tu l'as sauvée... tu nous as sauvés tous les deux.

Je m'écroule, incapable de supporter ça une seconde de plus. Néanmoins, l'univers m'envoie un signe. Un grondement monte dans l'air.

— Tout va toujours mieux après un orage..., chuchote-t-il à mon oreille tandis que je m'affaisse dans ses bras. Tu adorais la pluie, avant...

— Qu'est-ce qui s'est passé ? murmuré-je sur le même ton.

— La vie, répond-il simplement. On restait allongés au lit, main dans la main, en fixant ton étoile phosphorescente, celle que je t'avais donnée. On faisait le vœu d'avoir une vie où personne ne connaîtrait nos noms. Où on pourrait juste vivre heureux tous les deux.

L'image qu'il dépeint a l'air si réelle... si je creuse assez loin, je peux presque la voir, la sentir. Le sentir, lui. Je peux entendre sa voix qui me chante « Brille, brille, petite étoile » pour que je m'endorme. Je sais que ma vie n'était pas un long fleuve tranquille, mais une profonde tristesse menace de m'attirer dans ses profondeurs troubles.

Maintenant, je sais pourquoi.

Hazel avait tous les droits d'être en colère contre moi. Ce que j'ai fait à Ellie, à Cayden, est inexcusable. J'étais une ado naïve et amoureuse, et si je pouvais parler à la Peyton de dix-sept ans, je lui dirais de se battre pour lui. Il a fait ce qu'il pensait être juste, mais tout est tellement tordu.

— Tu connais le type qui a insinué que j'étais une marie-couche-toi-là ?

Il fait claquer sa langue, l'air énervé.

— Oui. C'est Matt. Il te connaît à cause de moi. On dealait tous les deux à l'époque. J'essayais de m'en sortir, alors que tout ce qui l'intéressait, c'était l'argent. Quoi que tu penses de toi, arrête tout de suite. On fumait de l'herbe, mais comme beaucoup d'ados, non ? Le problème c'est que Matt ne supporte pas le rejet, c'est pour ça qu'il t'a raconté toutes ces conneries. Il te draguait tout le temps, mais tu l'envoyais toujours promener.

Je ne devrais pas être aussi soulagée, vu que j'ai commis assez de péchés pour toute une vie, mais au moins je peux me raccrocher à un petit bout de mon âme.

— Tu imagines ma surprise quand je t'ai revue ici ? Je ne savais pas quoi penser. Mais quand tu m'as dit ce qu'il t'était arrivé, j'ai juste… je n'ai pas pu te briser le cœur encore une fois.

Cette minuscule palpitation recommence en bas de mon ventre.

Je me dégage doucement de notre étreinte, et j'examine Cayden sous un autre œil, parce que je suis différente. Je le vois pour la première fois, et ce que j'ai sous les yeux me coupe le souffle.

— C'est pour ça que tu étais aussi froid la première fois qu'on s'est rencontrés. Tu as cru que j'étais revenue pour te tourmenter ?

Il secoue la tête.

— Non. C'était comme si j'avais une seconde chance. Et quand j'ai découvert que tu avais acheté mon ancienne maison, que j'avais enfin eu le cran de mettre en vente… ça m'a juste confirmé que toi et moi…

Il pose la main sur mon cœur tambourinant.

— … on sera toujours une affaire inachevée. Je suis tombé amoureux de toi, Peyton Lane, quand j'avais neuf ans. Et je t'aime encore. Je n'arrêterai jamais de t'aimer.

Il est impossible que Cayden ne sente pas mon cœur cogner dans ma poitrine, mais ça ne fait rien. J'en ai assez de me cacher derrière mes peurs.

— Je suis désolée pour tout…

Il ne me laisse pas terminer ma phrase et pose un doigt sur mes lèvres.

— Tu n'as aucune raison d'être désolée. C'est moi qui m'excuse de ne pas te l'avoir dit plus tôt. Si je pouvais t'épargner de souffrir, je te prendrais volontiers toute ta peine.

Il ne mentionne pas le deuil qui rôde dans l'ombre, pas la peine de me rappeler ce qu'on a perdu tous les deux.

Instinctivement, ma paume se pose sur mon estomac. Une tristesse profonde s'y installe. J'allais être mère, la mère de l'enfant de Cayden, mais la vie avait d'autres plans pour moi. Quand j'ai fait cette sortie de route, je n'ai pas seulement perdu la mémoire ; j'ai perdu une partie de moi aussi. Une partie que je ne retrouverai plus jamais.

Je connais enfin la vérité. J'ai encore tant de questions, mais je vais me contenter de ça pour l'instant. Maintenant, je vais m'autoriser à faire le deuil de la personne que j'étais. Il est temps que je la laisse partir et que j'apprenne des nombreuses erreurs qu'elle a commises dans sa vie.

— À quoi tu penses ? demande Cayden en entrelaçant ses doigts aux miens.

On a tellement perdu, on a gaspillé tellement de temps. Alors je ne me retiens plus et lui serre la main en retour, en choisissant de ne me concentrer que sur ce que demain peut nous apporter.

— À rien. Je ne pense à rien du tout.

Il ouvre la bouche, et je fais la seule chose que je peux faire. Je l'embrasse.

Au début, il se raidit. Est-ce que j'ai eu raison de suivre mon cœur ? Puis il plonge ses doigts dans mes cheveux et me tire la tête en arrière pour mieux me rendre mon baiser. Alors, je lâche prise et je me contente de ressentir.

On a besoin de se toucher. Ce désir s'intensifie au fur et mesure qu'on s'entredévore avec une faim charnelle et sauvage. Nos lèvres comme nos corps bougent en harmonie, et même si les souvenirs qu'il vient de me raconter ne m'évoquent rien, ils parlent à mon corps et à mon âme.

J'ai toujours senti une profonde connexion avec Cayden, mais là, c'est presque comme si on ne faisait plus qu'un. Alors sans peur, je prends cette émotion et j'en fais une réalité. Sans m'écarter de ses lèvres, je commence à défaire les boutons de ma robe. Quand j'en ai fait sauter deux, Cayden immobilise mes doigts tremblants.

— Ne précipitons pas les choses. On vient de se rencontrer, après tout.

Il sourit contre ma bouche, attisant le feu d'un incendie incontrôlable.

Il a raison. Une dame patienterait. Mais je n'ai jamais eu la prétention d'en être une.

Je me dégage de son étreinte, et déclare :

— Je vais enlever cette robe, avec ou sans toi. Je préférerais quand même que tu participes…

Il laisse échapper un grognement alors que ses paupières se referment à moitié. Il est tellement beau. J'ai envie de ça. J'ai envie de lui. Une énergie nerveuse palpite dans mes veines. J'imagine que c'est ça que les gens appellent avoir des papillons dans le ventre. Mais tandis que Cayden me fixe de ses yeux bleu acier, j'ai l'impression que c'est beaucoup plus que ça.

J'aime cet homme depuis le moment où je l'ai rencontré. Pas juste la fois dont je me souviens, celle d'avant aussi. Notre amour n'a jamais été facile. Comme toutes les histoires d'amour épiques, non ? Mais que je sois damnée si je fais la même erreur deux fois.

Quand il ne reste que deux boutons, je m'arrête, concentrée sur la poitrine de Cayden qui monte et descend rapidement.

— Ça va ?

Il secoue la tête.

— Non.

Il m'explique pourquoi dans le même souffle rauque :

— J'ai… peur.

— Peur ?

Il se passe la langue sur les lèvres et baisse les yeux.

— Oui, j'ai peur que tu disparaisses à nouveau. Le plus dur, ce n'est pas de lâcher prise, c'est d'avancer. Je ne peux pas te perdre à nouveau.

— Hé, le consolé-je en posant une main sur sa joue. Je ne vais nulle part.

Il hoche la tête, mais n'a pas l'air convaincu. Il faut qu'il sache qu'en dépit de notre passé, je ne gâcherai pas tout cette fois. Je ne le laisserai jamais s'éloigner. Sa peur révèle l'ampleur de son amour, et je compte bien tout faire pour ne plus jamais lui donner de raison de douter de nous.

— Je suis revenue pour toi. Et ce genre d'amour résiste à l'épreuve du temps. Je me fiche de ce qu'on a fait ou de qui on était. Tout ce qui m'importe, c'est de t'avoir à mes côtés pour toujours. Toujours.

— Ça ne va pas être facile.

Il penche la tête pour appuyer sa joue contre ma paume avec un lourd soupir.

— Je commence à comprendre que rien ne l'est avec toi.

Son petit sourire pourrait illuminer les recoins les plus sombres.

— Mais qui a envie de quelque chose de facile ? Qu'est-ce qu'il y a de drôle là-dedans ?

Je sais qu'on a encore beaucoup de choses à se dire, et qu'il y a encore un secret entre nous, mais ça peut attendre. On a toute la vie pour apprendre à se redécouvrir.

La muraille que Cayden a érigée pour se protéger s'écroule enfin. Ce qu'il y a derrière est magnifique.

Il tourne la tête et dépose un baiser au centre de ma paume, avant de défaire les deux derniers boutons de ma robe, exposant mon soutien-gorge. Cayden se lèche la lèvre inférieure avant de rendre les armes. Il passe une de ses grandes mains le long de ma gorge, de mes seins, et sur la courbe de mon ventre. Quand il arrive à ma culotte, il passe l'index le long de l'élastique, et ma peau se couvre de chair de poule.

— Une peau blanche comme la neige, murmure-t-il. J'ai envie d'être doux avec toi…

Il me dévore des yeux. On se fixe.

— … mais je ne suis pas sûr d'en être capable.

Cela devrait me faire peur, mais ça m'excite encore plus.

— Je n'ai pas envie que ce soit doux.

Je tends la main vers le bas de son T-shirt pour le faire remonter au-dessus de sa tête. Je ronronne presque de plaisir, tant le voir et le sentir me captive.

— J'ai juste envie de toi.

Ça y est, c'est réel. On va le faire. Je ne sais pas qui se jette sur l'autre en premier, mais c'est une tempête de mains et de lèvres. Quand je plaque ma poitrine contre le torse de Cayden, on pousse tous les deux un grondement satisfait. Il m'enlève complètement ma robe, ses lèvres suivant ses doigts à la trace. Chaque caresse de sa langue et de ses lèvres me donne encore plus désespérément envie de lui.

Quand il atteint la jonction entre mes seins, il frotte avec douceur son nez contre ma peau.

— Tu es mon foyer, chuchote-t-il en enveloppant ma peau de chaleur. Tu es la seule femme que j'aie jamais aimée. À la seconde où je t'ai vue, j'étais fini. Notre amour a été chaotique, mais je ne tirerais un trait dessus pour rien au monde, parce que mon monde, c'est toi.

Une larme roule sur ma joue, parce que son aveu est doux-amer. Notre parcours est loin d'avoir été facile, mais je veux que ça change.

— Aime-moi, dis-je, en tendant la main dans mon dos pour dégrafer mon soutien-gorge.

Il tombe par terre.

Ma poitrine est exposée, et ma peau rougit quand Cayden se rassied sur ses talons en frottant sa barbe d'un air songeur. Est-ce que j'ai l'air différente par rapport à ses souvenirs ? Je me sens complexée tout à coup, et j'enroule un bras autour de moi pour cacher ma nudité, mais il m'en empêche.

— On ne se cache plus.

Il me réconforte gentiment pour que je baisse mon bouclier.

— C'est juste que… tu es si belle. Je n'arrive pas à y croire. Chaque fois que je redécouvre ton corps, j'ai toujours l'impression que c'est la première fois.

Il se penche en avant pour frotter son nez le long de mon cou. Sa barbe de trois jours picote de façon exquise ma peau échauffée. Il prend mon sein gauche dans sa main, et passe son pouce sur mon téton érigé. On gémit tous les deux à ce contact. Il se passe la langue sur les lèvres avant de me goûter et je crois que je vais mourir ici, à genoux par terre.

Il lèche le côté de mon sein tout en levant la main pour caresser l'autre. Je bascule la tête en arrière. Il fait des cercles autour de mon aréole et dépose un baiser sur mon grain de beauté en forme de cœur. L'humidité s'accumule entre mes jambes, et je les frotte éhontément l'une contre l'autre. La brûlure est beaucoup trop agréable.

Sa bouche me rend folle. Maintenant, il passe les doigts sur l'extérieur de ma culotte. Je sais qu'il peut sentir mon excitation, alors quand il trace sans se presser un cercle avec deux doigts, j'écarte davantage les jambes pour lui donner la permission de tout prendre. Un grondement monte du fond de sa gorge.

— S'il te plaît…, gémis-je.

Je n'ai aucun problème à le supplier. Cayden me donne ce que je veux. Sa main se faufile sous le tissu et il empaume mon sexe.

— Oh… Seigneur.

Rien ne devrait être aussi bon. Rien. Puis il plonge un doigt en moi, et je suis foutue.

On laisse tous les deux échapper un sifflement, et je me rends. Maintenant et pour toujours.

— Je t'aime.

Son aveu, couplé à ce qu'il est en train de faire à mon corps, m'aide à comprendre que notre amour est du genre de ceux qu'on trouve dans les livres. L'amour qui brûle tout sur son passage, qui fait éclater votre âme en mille morceaux, et qui vous consume à chaque respiration.

— Pas la peine de me répondre. Je voulais juste que tu le saches.

J'ai envie de lui dire que moi aussi. Plutôt que d'exprimer mon amour avec des mots, je le lui montre.

J'attire son visage vers le mien et écrase mes lèvres sur les siennes. Je mets toute ma passion dans ce baiser. Comme s'il avait le pouvoir de changer le monde pour toujours. On se met debout sans se séparer, puis on s'allonge sur le lit. On remonte jusqu'à ce que ma tête touche l'oreiller et que Cayden me surplombe.

J'explore son corps sublime, mes doigts effleurent le tatouage sur son flanc. Je me souviens que la première fois que je l'ai vu, j'ai deviné qu'il n'avait pas révélé tous ses secrets, tout comme Cayden. Il n'a jamais cessé de penser à nous deux. Et ça me réchauffe le corps, mais aussi le cœur.

Je caresse ses abdos, ce qui le fait frissonner. Son plaisir m'incite à m'aventurer plus bas. Je détache le bouton de son jean et me mords la lèvre en baissant doucement sa fermeture. Je suis nerveuse, affreusement nerveuse quand j'arrive à son boxer. Mais quand je sens sa longueur dure et brûlante, la nervosité cède la place au désir.

Il pousse un grondement et cesse de m'embrasser pour mieux savourer mes caresses. Je redécouvre son corps. Timide au début, je ne sais pas trop où poser les mains, mais il pulse dans ma paume et toute ma pudeur passe par la fenêtre. Mon désir explose sous dix milliards de volts, et je suis submergée par les sensations. Je n'ai qu'une envie, qu'il me prenne tout entière.

Je caresse son membre. Il pose son front contre mon épaule, presque comme un cri silencieux, pour exprimer son soulagement. On s'est retrouvés au milieu d'un orage féroce.

— J'ai cru que je ne ressentirais plus jamais ça, murmure-t-il, donnant voix à ses peurs, sans réserve.

Son honnêteté me pousse à baisser la garde et à augmenter le rythme.

Il pose une main sur ma joue, et m'embrasse avec ferveur avant de retirer son jean. C'est à son tour de prendre le contrôle. Quand on est pressés l'un contre l'autre, peau à peau, il met fin à notre baiser, pour glisser ses lèvres sur mon menton et mon pouls affolé. Il passe sa langue dans le creux de ma gorge avant de continuer sa descente. Il dévore mes seins. J'essaie de me souvenir de respirer.

Je tressaille, vaincue. Il progresse plus bas. Ses lèvres brûlent ma peau quand il embrasse mon ventre et fait le tour de mon nombril avec sa langue. Ses yeux allument un brasier en moi quand il les lève vers les miens, niché entre mes cuisses. Sa bouche se rapproche de ma culotte et y dépose un baiser plein de douceur. C'est de la torture, ce qui est exactement son intention.

Je serre la couette dans mes mains et me tortille. J'en veux tellement plus. Son gloussement essoufflé empire mon tourment. Il embrasse l'intérieur de mes cuisses en se concentrant sur les grains de beauté éparpillés sur ma peau. Combien de fois est-ce qu'on s'est retrouvés dans cette position ?

— Est-ce que tu étais mon premier ? demandé-je en passant les doigts dans ses cheveux.

— Oui, confirme-t-il contre ma jambe. J'ai été ton premier tout. Tout comme tu as été la mienne.

Cette pensée est électrisante. J'ai l'impression d'être sur le point de revivre un moment unique. Un moment qui appartient à cet homme qui me couvre de baisers et me vénère.

— Aide-moi à me rappeler.

Cayden dépose un dernier baiser sur mon sous-vêtement, puis s'assied sur ses talons et me dévore des yeux encore une fois. Il retrace mon visage puis se dirige vers le bas, s'assurant qu'aucune partie de mon corps ne se sente lésée.

Quand il arrive à l'élastique de ma culotte, je frissonne. Les choses sont sur le point de devenir sérieuses.

Il tire d'un coup sec pour me l'arracher et elle finit par partir en lambeaux. Mes yeux se posent sur son sexe, qui se dresse, fier. Sa peau hâlée met en valeur son corps musclé. J'aime les poils entre ses pectoraux, qui plongent vers la douceur sombre entre ses jambes. Je le veux. Tout entier. Et je le veux maintenant.

Je remue un peu pour écarter les cuisses. Je meurs d'envie de franchir cette étape de notre relation. C'était écrit dans les étoiles. Cayden halète, puis tend la main vers la table de nuit à la recherche d'un préservatif. Je le regarde, hypnotisée, pendant qu'il l'enfile pour se protéger.

— Tu es sûre ? demande-t-il en passant un doigt sur ma lèvre inférieure.

— Oui. Il est temps de créer de nouveaux souvenirs.

C'est le signal qu'il attendait.

Il nous presse l'un contre l'autre, et la sensation n'est que pure béatitude. On s'embrasse langoureusement, perdus dans la joie de se retrouver enfin. Il est partout. Il me prive de mon souffle et le remplace par sa force de vie qui me donne l'impression de renaître.

Même si je sais ce qui va se passer, je ne suis pas préparée à la secousse qui me parcourt quand il pose sa bouche sur mon sexe. Mon dos s'arque de sa propre volonté, vu que ce n'est plus moi qui ai le contrôle de mon corps. C'est Cayden. Il s'enfouit en moi et me goûte d'un seul coup de langue brûlant. Mes yeux roulent dans leurs orbites quand il gémit contre mon entrejambe.

Il me suce tout en ajoutant un doigt. Il s'assure que je suis prête pour ce qui va suivre. Mon sexe gonflé et humide est à l'agonie, et quand Cayden donne un coup de langue sur mon bourgeon, je suis plus que prête. Un bruit peu distingué s'échappe de mes lèvres, alors que le plaisir me submerge.

Au moment où j'ai l'impression que je vais exploser, il se retire. Je pousse un cri de frustration, qui se transforme très vite en gémissement guttural quand il plaque son extrémité contre mon entrée. Mes yeux se rouvrent brusquement pour plonger dans les siens.

Il est enduit de la preuve luisante de mon excitation, et un sentiment de possessivité animale me submerge, parce que je veux le posséder autant qu'il me possède. Esprit. Corps. Âme. Lâcher prise sur la peur qui hante chacune de vos respirations est une chose merveilleuse, mais j'oublie tout à la seconde où Cayden s'enfonce en moi. Je me tends vers lui en haletant. Il se fige pour me laisser le temps de m'habituer à sa taille, mais les veines qui ressortent sur son cou m'indiquent qu'il se retient à grand-peine. Il passe les mains en haut de mes cuisses, presse et relâche. C'est une sensation unique.

— Ça va ? demande-t-il, sans doute comme il l'a fait pour notre première fois.

— J'aimerais me souvenir.

Il se penche et dépose un baiser sur mes lèvres tremblantes.

— Tout ce qui compte, c'est ici, et maintenant.

Et il me le montre en bougeant lentement avec moi.

J'enroule mes bras autour de sa nuque, perdue dans son rythme fluide. Je ne fais qu'un avec lui. C'est merveilleux. J'ai peut-être oublié les étapes, mais cette danse me revient. Quand il se retire, je pousse, le parfait yin à son yang.

Il dépose des baisers partout sur moi tandis que ses hanches bougent à une cadence languide. Je tire sur ses cheveux parce que j'ai besoin de quelque chose à quoi me raccrocher avant d'éclater.

— Plus vite, chuchoté-je en soulevant le bassin pour aller à sa rencontre.

— Je ne… je ne veux pas te faire mal, halète-t-il entre ses dents serrées.

Il se retient, c'est évident, et fait attention à ne pas aller trop loin, trop fort.

— Tu ne pourrais pas, lui assuré-je, à bout de souffle.

Je ne sais pas pourquoi, mais mon honnêteté pousse Cayden à tourner la tête, l'air honteux.

Tout à coup, c'est comme s'il m'échappait, perdu dans un souvenir qui menace de gâcher quelque chose de pur et de bon. Refusant de céder la place à ses démons, j'enfonce mes talons dans le bas de son dos et l'encourage à prendre ce que je lui donne librement.

Il gronde et bouge une de mes jambes pour m'ouvrir davantage et approfondir l'angle. On pousse tous les deux un gémissement de plaisir. Il plonge en moi, avec une vigueur qui me met les larmes aux yeux, mais c'est exactement ce dont j'ai besoin.

Le bruit brut de la chair contre la chair exacerbe mon excitation, et un ressort commence à se contracter en moi. Cayden jette un coup d'œil à l'endroit où on est connectés. Il perd le contrôle et laisse échapper un grognement primitif. Il n'est pas doux, et plus rien n'existe à part un désir pur entre chaque coup de reins. C'est une véritable bête, un guerrier blessé qui s'enfonce en moi avec une passion si féroce que je vois des étoiles. Mais j'accueille sa férocité, consciente que notre histoire vient à peine de commencer.

— Tout va bien, murmuré-je en me retenant tout juste. Tu peux tout lâcher.

Je dis ça dans le sens le plus littéral qui soit. Quel que soit le secret qu'il retient, je sais que c'est pour me protéger de la souffrance. Comme il l'a toujours fait.

— Je suis là, et je promets de ne plus jamais te quitter.

Mon serment signe notre perte à tous les deux, et un grognement s'échappe de Cayden quand il me pilonne sans merci. Je deviens toute molle, je ne contrôle plus mon corps. Il ne m'appartient plus. Cayden me punit, s'enfonce en moi avec brutalité, et quand il faufile sa main entre nous pour caresser mon clitoris, je pousse un cri.

Il ne ralentit pas pour autant. Il veut que j'explose en premier.

— Ça a toujours été toi, révèle-t-il en s'enfonçant en moi, encore et encore. Quoi que j'aie fait... ça a toujours été pour toi.

Je suis trop loin pour me demander ce que ça veut dire quand j'atteins un nouveau sommet, et cette fois, la descente sera bien pire.

La vue qui s'étend devant moi est le dernier lien qui me retenait encore, et je jouis tellement fort que j'en pleure. Cayden est féroce et brutal parce qu'il est évident que son amour pour moi ne connaît aucune limite. Ce n'est pas juste du sexe ; on appartient l'un à l'autre. Et quels que soient les obstacles qu'on affrontera, on sera prêts. Je suis revenue pour lui. Il a toujours été mon phare dans la nuit.

Il doit lire dans mes pensées. Il me connaît. Je lui appartiens. Je lui ai toujours appartenu.

— Oh, putain, gronde-t-il en laissant des empreintes dans ma chair quand il agrippe ma taille, me pilonnant fougueusement. Je t'aime.

Puis il lâche prise.

Le voir comme ça, exposé et vulnérable, me fait comprendre pourquoi j'ai chéri cet homme de toutes les fibres de mon âme. Je passe mes doigts sur son tatouage, en espérant qu'un jour, je me souvienne de cet amour, parce qu'être aimée par Cayden, c'est quelque chose que je ne veux jamais oublier.

Il me serre contre lui, m'embrasse sur les lèvres. Sa peau me picote alors que je continue à lui caresser les flancs. On garde le silence. Seule notre respiration haletante emplit l'espace, mais aucun de nous n'a besoin de parler. On sait tous les deux que ce qui vient de se passer change tout.

Je suis enfin à la maison.

CHAPITRE 14

Je n'ai pas eu le cœur de réveiller Cayden. C'est la première fois depuis que je le connais qu'il a vraiment l'air en paix.

Mes muscles endoloris ont protesté quand j'ai crapahuté dans sa chambre, à la recherche de mes vêtements. Mes sous-vêtements se trouvaient en tas sur le sol, ruinés, alors j'ai décidé de rentrer à la maison et de me changer. Je me suis faufilée hors de chez lui avec l'intention de revenir après une douche chaude et un bon café.

L'eau fait des merveilles sur ma chair échauffée. Elle réveille des souvenirs de ce que je viens de faire. Je réprime un gémissement. Je ne sais pas ce qui va se passer maintenant. Cayden m'a peut-être dit la vérité, mais je sais qu'il y a encore beaucoup à découvrir.

Avec cette pensée à l'esprit, je décide de me sécher et de réveiller Cayden avec un baiser. J'adorais peut-être Blanche-Neige, mais je n'ai plus besoin de prince charmant pour me sauver. Je me suis sauvée moi-même. Quand je repense à tout ce que Cayden m'a révélé, j'ai toujours du mal à croire à ce qui s'est passé. Toutefois je ne doute pas un instant qu'il m'ait dit la vérité.

Ça me fait mal de savoir que notre relation était aussi tendue. Qu'est-ce qui a bien pu nous conduire à nous blesser à ce point ? Cayden a affirmé que la nuit de mon accident, je suis venue ici, pour lui apprendre que j'étais enceinte. Cette idée est toujours trop douloureuse à appréhender. Mais pourquoi j'ai menti alors que je savais clairement que le bébé était de lui ?

Il a dit qu'on s'était disputés, qu'on avait eu des mots durs. Mais qu'est-ce qui a pu être aussi terrible pour que je parte, ce qui m'a presque conduite à mettre un terme à deux vies ? Comme j'aimerais que la réalité ait été différente… Je me frotte le ventre, accablée de tristesse. Néanmoins, je me dépêche de me débarrasser de ces pensées. Il faut que j'aille au fond des choses avant de pouvoir faire mon deuil.

Quand je rentre dans ma chambre, les petits cheveux sur ma nuque se hérissent. Je me retourne, certaine que quelqu'un se tient derrière moi. Personne. Je resserre la serviette autour de mon corps. J'ai les nerfs à fleur de peau après l'agitation de ces dernières semaines.

Je ne veux pas être alarmiste, mais mieux vaut prévenir que guérir. Je fouille dans mon tiroir de sous-vêtements à la recherche du boxer en dentelle noire que j'ai acheté pendant ma thérapie par le shopping. Il est tout neuf, alors je sais qu'il n'est pas à la machine, mais je ne le trouve pas. Repousser mes autres culottes sur le côté ne sert à rien, parce qu'il n'est pas là.

Bizarre.

Je laisse tomber la serviette et enfile un boxer rouge à la place.

Pendant que j'accroche le soutien-gorge assorti, un craquement résonne doucement derrière moi. Sans mon état d'hypervigilance, je l'aurais raté, mais je commence à bien connaître les craquements de cette maison. Ça vient d'une lame de parquet mal fixée dans mon salon.

Un frisson me traverse.

— Y a quelqu'un ? appelé-je.

Peut-être que Cayden est venu me chercher ?

Seul l'écho de ma voix me revient.

Mon instinct me crie de me battre ou de fuir.

Je décroche une robe d'été d'un cintre et l'enfile en vitesse. Je ne m'embête pas à me maquiller, et chausse une paire de tongs avant de me précipiter hors de la pièce. Un couloir ne m'a jamais paru aussi intimidant. Je le scrute, cherchant à estimer combien de pas me séparent de la porte d'entrée.

Je ne peux me défaire de la sensation que je ne suis pas seule.

Une vague d'adrénaline se déverse dans mes veines alors que je reste debout, figée, les yeux rivés sur le couloir. Le crépuscule s'est installé. Les ombres recouvrent l'horizon, et mon imagination se déchaîne. Je tâtonne à la recherche de l'interrupteur, et j'allume le plafonnier, espérant calmer ma nervosité.

Le sang rugit à mes oreilles et tout devient silencieux alors que je suis brusquement frappée par un souvenir qui s'est produit entre ces murs, je le sais. Du sang, tellement de sang. Une bagarre. Quelqu'un qui se cogne la tête. Je pose une main sur mon front, un cri déchire ma gorge, mais impossible d'échapper aux ténèbres. Je plonge encore une fois.

Je coule au fond du lac et vois le monde devenir de plus en plus petit. Je n'ai plus d'air. J'essaie de remonter à la surface et je sens l'océan. La lueur de l'étoile accrochée à mon plafond clignote fort. Je vois le ruban rouge… *Tout va toujours mieux après un orage…* Mais qu'est-ce qui se passe, bon sang ?

Le souffle haletant, je titube dans le couloir, me servant des murs comme guides pour traverser la maison et gagner la sortie. Je ne prends pas la peine de verrouiller la porte d'entrée parce que l'air frais me calme un peu, mais quand un sifflement vicieux vibre autour de moi, je manque de trébucher et cours comme une dératée.

Je fonce sur la route, focalisée uniquement sur le sanctuaire que représente la maison de Cayden.

Le cœur dans la gorge, je monte les marches à toute vitesse, et frappe avec violence sur le panneau de bois. Qui que soit la personne qui me poursuit, elle se rapproche… de plus en plus.

Je toque plus fort, suppliant Cayden de me laisser entrer.

Dès que la porte s'ouvre, je me jette dans les bras de Cayden, hystérique.

— Peyton ? Hé, hé, qu'est-ce qui se passe ? Chut, tout va bien.

Il me frotte le dos pendant que je sanglote de manière incontrôlée.

— Parle-moi. Qu'est-ce qui s'est passé ?

Il referme le battant d'une main, s'assurant que l'autre est toujours étroitement enroulée autour de moi, et je prends ce qui me semble être ma première inspiration depuis plusieurs minutes.

— C'est ça, respire. Ça va aller. Personne ne va te faire de mal.

La façon dont il me réconforte est attendrissante, mais une alarme résonne dans mon esprit. Je me suis sortie toute seule de situations bien pires que celle-là, alors je calme ma respiration haletante et refuse d'alimenter mes démons.

— Pou-pourquoi tu as di-dit ça ? demandé-je, toujours nichée dans ses bras.

Il se fige, ce qui ne fait que renforcer ma sombre prémonition.

Je me dégage et ne me soucie pas de sécher mes larmes, parce que j'ai l'intuition que beaucoup d'autres vont suivre.

— Cayden ?

Il a l'air de sortir de la douche. Il serre les clés de son pick-up dans sa main. Où est-ce qu'il avait l'intention d'aller avant que je ne débarque comme une furie ?

— Qu'est-ce qui s'est passé ? élude-t-il.

Mais je ne compte pas laisser tomber aussi facilement.

— Non, réponds-moi. Pourquoi tu as tout de suite pensé que quelqu'un allait me faire du mal ?

Ma voix est toujours hachée, mais j'insiste, parce que j'ai besoin d'aller au fond des choses.

Quand il soupire et passe les doigts dans ses cheveux mouillés, j'en perds le souffle.

— Peyton, il faut que je te dise quelque chose...

Je déglutis malgré la nausée qui monte et je hoche la tête pour lui signifier que je l'écoute. Ses joues se gonflent quand il souffle un grand coup. Quoi qu'il soit sur le point de me révéler, il me le cache depuis très longtemps. Ça pourrait changer nos vies à tout jamais.

— Cayden... qu'est-ce que tu as...

Je ferme les yeux une fraction de seconde, espérant me protéger de la vérité, mais ça ne sert à rien.

— Qu'est-ce que j'ai fait ? siffle-t-il ; et tous mes doutes se confirment.

— Il manque dix ans. Pourquoi ?

Je ne me rappelle peut-être pas mon passé, mais ce moment, je ne pourrai jamais l'oublier.

— Parce que...

Il ne termine pas sa phrase. Lacey entre en serrant un dossier contre sa poitrine. Vu comme le papier est jauni, il est resté rangé un bon moment.

Elle n'a pas l'air aussi pétillante que d'habitude. En fait, on dirait qu'elle a vu un fantôme. Elle nous dévisage tour à tour, Cayden et moi, l'air confuse.

— Peut-être que tu pourrais lui expliquer pourquoi sa mère t'a proposé vingt mille dollars pour rester loin d'elle.

Je cligne des yeux, parce que je n'arrive pas à croire ce que je viens d'entendre.

— Quoi ?

La comédie de Cayden est terminée. Il tend les bras pour me consoler, mais je recule aussitôt, en opposant une main devant lui.

— Non, ne t'avise pas de me toucher !

Je ne comprends pas ce qui se passe.

— Est-ce que c'est vrai ? Est-ce que ma-ma mère t'a fait du chantage ?

Il doit y avoir une erreur.

Et pourtant non.

— Oui.

Sa voix se brise. Mon monde explose devant moi.

Mais ma prochaine question cimentera notre avenir pour de bon :

— Et tu as pris son argent ?

Il a au moins la décence de me regarder quand il brise mon cœur en deux.

— Oui.

Il baisse les yeux sur le dossier que tient Lacey et se pince l'arête du nez.

— C'était archivé pour une bonne raison.

— Je vois laquelle, réplique-t-elle.

Je ne l'ai jamais vue aussi en colère contre son frère auparavant.

— Je savais qu'il y avait une raison pour que tu me demandes de rester à Myrtle Beach. Maintenant…

Elle agite le dossier en l'air.

— Je sais pourquoi.

Elle croise mon regard abasourdi pendant que je les dévisage tour à tour. J'essaie de comprendre ce qui se passe tout en retenant mes larmes.

Elle était à Myrtle Beach ? Je croyais qu'elle se faisait discrète.

— Et maintenant, il faut qu'elle sache, Cayden. Elle doit tout savoir.

Nos regards finissent par se trouver. Elle a l'air épuisée et complètement brisée.

— Qu'est… qu'est-ce qui se passe ?

Mon balbutiement trahit ma peur panique.

Cayden est déchiré par ce qu'il est sur le point de me révéler. Il s'essuie le coin de la bouche avec son pouce. Il cherche ses mots. Tête baissée, épaules basses, il me livre enfin la dernière pièce du puzzle. Celle qui nous relie tous les uns aux autres.

— Tout ce que je t'ai dit hier soir était vrai. Mais il y a un dénominateur commun.

Je déglutis tandis que les murs se referment sur moi.

— Mon père.

Le gémissement de Lacey me donne la chair de poule, et je me frotte les bras.

— Ce n'est pas par hasard qu'on s'est rencontrés quand on était gosses. Ce n'était pas juste parce que ta famille était connue, mais parce que mon père m'a parlé de la maison blanche et de la femme qui l'habitait.

— La femme ?

Je me passe la langue sur les lèvres deux fois.

— Ta mère. Comme toi et moi, mon père et ta mère se sont rencontrés ici quand ils étaient enfants. Mais contrairement à nous, leur relation était à sens unique. Mon père était épris de ta mère, alors qu'elle le voyait comme le parasite qu'il était, même s'il n'a jamais accepté qu'elle lui dise non. De son point de vue, elle jouait les filles difficiles. Mais jamais quelqu'un comme Stella ne se serait fourvoyé avec un type comme mon père. Il a tout essayé, mais ça n'a fait aucune différence… jusqu'à cette nuit. Ta mère savait qu'il avait de mauvaises fréquentations, même si en fait, c'était lui la mauvaise fréquentation… mais elle lui a demandé s'il pouvait lui trouver de l'herbe.

J'écarquille les yeux et recule, stupéfaite.

— Tu es sûr qu'on parle de la même personne ?

L'idée que ma mère ait pu fumer des joints est inconcevable.

Cependant Cayden hoche la tête.

— Oui, et c'est ce qui a déclenché une réaction en chaîne qui nous a tous affectés pour le restant de nos vies. Mon père, à sa façon tordue, a aimé ta mère, même s'il savait qu'il ne pourrait jamais l'avoir.

Je me mords la lèvre, parce que cette histoire me semble trop familière.

— Quand elle l'a contacté en lui demandant de la retrouver près du chêne avec de l'herbe, il a cru qu'elle avait changé d'avis et écouté son cœur.

— Elle n'en a pas, répliqué-je vertement.

Je déteste l'idée qu'elle ait un impact sur chaque aspect de ma vie.

— Et mon père était sur le point de le découvrir. Il a mis sa plus belle chemise, qui a dû paraître ridicule à quelqu'un comme ta mère. Il a choisi un bouquet de fleurs, en espérant que cette nuit serait celle où la fille de ses rêves admettrait enfin qu'elle ressentait la même chose que lui. Je me suis presque senti désolé pour lui, parce qu'à l'époque, je voulais croire qu'il n'était pas l'enfoiré qu'il était devenu.

Le ressentiment de Cayden envers son père a toujours été évident, mais cette haine est un cran au-dessus.

— Il a attendu, prêt à poser toutes les cartes sur la table, mais ce qui l'attendait n'a fait que lui confirmer sa place dans le monde. C'était et ça serait toujours nous contre eux. Un groupe de mecs avec qui ta mère était amie l'a agressé et lui a volé sa beuh. Ils l'ont passé à tabac pour que le message soit clair : qu'il reste loin de ta mère. Quelqu'un comme lui ne pourrait jamais avoir quelqu'un comme elle.

— Elle lui a tendu un piège ?

Je ne sais pas pourquoi je suis choquée. J'imagine que je veux toujours voir le meilleur chez tout le monde. Sauf que Stella Lane est de toute évidence l'exception à la règle.

— Oui. Après ça, son amour s'est transformé en haine. Il lui en a voulu, mais surtout, je crois qu'il s'en est voulu à lui-même. Ça a été la goutte d'eau. Il en est venu à haïr ta mère et tout ce qu'elle représentait. Elle était un rappel de tout ce qu'il voulait et ne pourrait jamais avoir. Dans la petite bande qu'il fréquentait, c'était lui le gros dur. Personne ne disait non à mon père, à l'exception de ta mère, et il ne l'a jamais oublié. Toute sa vie, il a promis de lui faire payer ce qu'elle lui avait fait.

Lacey et moi gardons le silence, parce qu'il n'y a pas de mots pour décrire ce qu'on vient d'entendre.

Cayden entrelace ses doigts sur sa nuque, les yeux levés vers le plafond.

— J'étais curieux à propos de ta mère. Je voulais rencontrer la femme qui avait rendu mon père alcoolique. Celle dont il marmonnait le nom tard le soir quand il était à deux doigts de perdre connaissance après s'être enfilé une bouteille de whisky. J'étais curieux, mais j'aurais dû laisser tomber. Dès que j'ai vu ce citronnier… tu connais la suite. Et ça, parmi tout ce qui s'est passé, reste le plus grand regret de ma vie. Si seulement j'étais resté loin de tout ça, rien ne serait arrivé.

Je passe en revue tout ce qu'il a raconté. Je savais qu'il me manquait une information cruciale. Et je suis sur le point de découvrir quoi.

— J'ai essayé de garder notre relation secrète parce que comme tu le sais, tu es le portrait craché de ta mère. Mais quand mon père t'a vue, son obsession de toujours pour Stella a pris un tournant. Il ne la voulait plus elle. Ce qu'il voulait, c'était… toi.

Il crispe la mâchoire, les poings serrés le long du corps.

— Si j'avais su ça, j'aurais tout fait pour te tenir éloignée. Mais tu étais un oiseau en cage dans cette maison. Tu t'es rebellée. Tu m'as rencontré, et toute ta vie a changé. J'ai essayé de te repousser, mais au fond de moi, égoïstement, j'étais content que tu insistes. Une nuit, tu t'es faufilée dans ma chambre, et mon père nous a surpris. Je ne l'avais jamais vu comme ça. En temps normal, il était en colère, mais là, il y avait une drôle de lueur dans son regard. Le désir de retrouver ce qu'il avait perdu ? Je ne le saurai jamais. Tu t'es présentée, sans avoir conscience de ce que tu venais de faire. Je me suis précipité pour te défendre. Je ne voulais pas que tu t'approches de lui. Je t'ai dit de partir, et pour une fois, tu m'as écouté. Mais c'était trop tard.

— C'est pour ça qu'il te frappait ?

La petite voix de Lacey nous ramène à l'instant présent :

— Il ne comprenait pas pourquoi Peyton voulait de toi alors que sa mère n'avait jamais voulu de lui, ajoute-t-elle.

Elle vient juste d'assembler toutes les pièces, mais on préférerait tous les deux qu'elle se trompe.

Cayden hoche la tête et redresse les épaules. Il ne veut pas de pitié. Il ne veut pas être une victime. Aucun risque, cet homme est un guerrier.

Je plaque une main tremblante sur ma bouche alors que les yeux des Lacey brillent de larmes.

— Il te battait tout le temps. Je croyais que c'était juste un rêve, mais non. Oh, Seigneur, Cayden. Je suis désolée. J'aurais dû…

— Non, ne t'avise pas de terminer cette phrase.

Il se précipite vers elle et pose ses mains sur ses joues, la contemplant avec un air empreint de sincérité.

— Je préférais que ce soit moi plutôt que toi. Je suis ton grand frère. C'est mon boulot de te protéger. De vous protéger toutes les deux.

Entendre ça me donne envie de me rouler en boule. Il y a tellement de choses derrière ces mots. Mais Cayden a déjà tant souffert… c'est mon tour maintenant.

— Chaque fois que Peyton était là… il te battait ? C'est ça ? Comme punition, ou par jalousie ? Ou peut-être les deux ?

— Peu importe, répond-il en essuyant doucement les larmes de Lacey avant de déposer un baiser sur son front.

— Non, c'est important, répliqué-je à voix basse, peinant à garder le contrôle. Le fait que tu aies été frappé à cause de moi, c'est important.

Cayden pousse un soupir en croisant mon regard.

— Être avec toi, te toucher… ça valait tous les coups.

Encore aujourd'hui, il me protège, comme il l'a fait toutes ces années. Il m'a tenue éloignée d'une réalité pavée de chagrin.

— Les mois pendant lesquels mon père a disparu ont été les plus beaux de toute ma vie. C'était dur, mais on a survécu. Tous les trois. Comme une famille.

Lacey renifle pour ravaler ses larmes tandis que j'ai du mal à retenir les miennes.

— Qu'est-ce qui s'est passé quand j'avais dix-sept ans ?

Je lui ai déjà demandé quand il remplissait les blancs.

Jusque-là, même si on se contentait de baisers cachés et de nuits volées, on avait survécu aux circonstances désastreuses. Cayden a essayé de me repousser pour me protéger, sauf que je n'ai pas écouté. Mais quelque chose de haineux a tout changé.

Le visage de Cayden se vide de ses couleurs. Ce souvenir, il le revit chaque jour, et c'est pour ça qu'on est là.

— C'était le genre de nuit où la terre tout entière crépite d'électricité. C'était la pleine lune. Je venais de faire une livraison de l'autre côté du lac et j'étais en retard, à cause de trous du cul d'étudiants qui s'étaient disputés pour savoir qui devait payer les vingt grammes d'herbe que je leur avais apportés. Je savais que tu m'attendais. Comme presque toutes les nuits. J'ai attaché le bateau au ponton, en espérant arriver à la maison avant toi. Mais ce que j'ai entendu ensuite…

Sa pomme d'Adam descend quand il déglutit.

— … tu hurlais. C'était un son horrible. Ça me hante encore aujourd'hui. J'ai couru en ne sachant pas ce que j'allais trouver. Mais jamais je n'aurais pu imaginer une chose pareille.

Mon cœur bat la chamade, et des éclairs de lumière blanche clignotent derrière mes yeux.

— Comme toujours, tu avais dû te faufiler par la porte du balcon. Ce n'est pas moi que tu as trouvé ce soir-là, mais mon père. Le temps que tu t'en rendes compte, il était trop tard et il te tenait à sa merci. Quand je t'ai trouvée, il t'avait allongée de force et avait déchiré le devant de ta robe.

D'instinct, mes doigts tremblants essaient de préserver ma pudeur, mais ça ne sert à rien.

— Il te touchait, et toi, tu criais encore et encore. Tu m'appelais.

Il détourne les yeux.

— Je n'avais jamais été aussi furieux. Jamais. Je n'ai pas réfléchi. Je lui ai foncé dessus pour qu'il te lâche. Il était sonné. Son haleine puait le whisky, alors ça n'aurait servi à rien de le raisonner. La seule façon de lui faire entendre raison, c'était de faire ce qu'il aurait fait. Je n'avais jamais levé la main sur mon père avant cette nuit-là. Je l'ai frappé encore et encore. Je ne sais même pas combien de fois. Il a essayé de se défendre, mais il n'avait pas la moindre chance. Je voulais qu'il souffre autant que toi. Et Lacey. Et moi. Ce n'est que quand il est resté allongé par terre, en sang, inconscient, que j'ai compris que mettre un terme à sa vie sans valeur me rabaisserait à son niveau. C'est la seule raison pour laquelle je l'ai épargné.

Je tends la main vers le mur parce que je ne tiens plus debout et j'ai peur de m'écrouler. Du sang, tellement de sang. Je peux le sentir sur ma langue. Je ne me rappelle peut-être pas de façon nette ce qui s'est passé. Vu la nature de mes flash-back, je me demande si je n'ai pas volontairement oblitéré ce souvenir.

— Tu étais pétrifiée. Il avait volé ton innocence, ta capacité à voir le monde en rose, et tout à coup, le tuer ne m'a plus semblé une si mauvaise chose. Je t'ai réconfortée, soulagé que tu ne m'envoies pas promener. Tu savais que mon père en pinçait pour toi, mais je ne t'avais jamais dit pourquoi. J'avais honte. Tu as pleuré dans mes bras et je t'ai promis que tout irait bien. Que je ne le laisserais plus jamais poser un doigt sur toi. Mon père n'a jamais été un grand sentimental. Quand il a repris soudain connaissance, il m'a pris par surprise en se jetant sur moi. Il m'a donné un coup de poing dans les reins, et je me suis écroulé par terre. Ensuite, il m'a roué de coups et m'a piétiné. Tout ce que je voulais, c'était te protéger, mais il s'est assuré que je ne puisse pas le faire en me brisant le poignet avec le talon de sa botte.

J'ai un mouvement de recul, aveuglée par mes larmes.

— Je savais qu'il ne me témoignerait aucune pitié, alors je me suis battu de toutes mes forces. Je te le jure.

Il me supplie de le croire, mais pas une seule seconde je n'ai douté de sa parole.

— Mais ça n'a pas suffi. Il avait l'intention de me tuer, Peyton. Tu dois me croire… ce n'était pas ta faute.

Haletante, j'essaie de briser la surface, mais tout à coup, je ne peux plus nager. Plus je pousse, plus je coule. Des menottes invisibles enserrent mes chevilles et me tirent vers le bas. De l'eau boueuse remplit mes poumons et bientôt, je ne sens plus que ça. J'arrête de me battre et je me rends… je laisse venir la mort.

Ce souvenir m'a perturbée pendant des mois interminables. Je suis enfin sur le point de découvrir pourquoi.

— Tu as pris ma batte de base-ball, celle que je gardais près de la porte, et tu m'as prouvé que pendant tout ce temps, alors que je pensais te protéger… c'était toi qui me protégeais. Tu l'as frappé, et il s'est effondré… et il ne s'est jamais relevé.

Lacey lâche un hoquet et moi, je me demande si je retrouverai l'usage de la parole.

Cayden avance vers moi lentement, les mains levées. Il m'approche comme si j'étais un animal enragé. Peut-être que c'est ce que je suis. Une fois, je me suis dit que j'étais un monstre. C'est sans doute vrai, mais, surtout, je suis une meurtrière.

Avec une grande tendresse, Cayden enroule ses doigts autour de mon biceps. J'ai besoin qu'il me touche.

— Tu as paniqué. Comme maintenant. Il avait failli me tuer, pourtant, tu pensais que c'était toi la méchante. J'ai vérifié son pouls, je ne l'ai pas trouvé. Je savais ce qui t'attendait si on appelait la police. Je savais ce qui se passerait si ta mère le découvrait. Si quelqu'un l'apprenait, ils viendraient chercher Lacey et la mettraient en famille d'accueil. Au bout du compte, c'était un accident. Il n'y avait pas d'autre choix.

Lacey trébuche en avant, pressée de connaître toute la vérité.

— Je suis désolé, Ace. Je voulais te le dire, mais comment expliquer à une petite fille de onze ans que j'avais enterré son père… au fond du lac.

Elle sanglote, et moi, je suis comme engourdie.

J'ai toujours su que le lac était au centre de mon histoire. Mais jamais je n'aurais imaginé un drame pareil.

— Je t'ai aidé, non ?

Je connais la réponse, à cause des visions, les visions ambiguës qui n'avaient aucun sens. C'étaient des souvenirs tout droit sortis des abysses sous-marines.

— Oui. J'ai essayé de t'en dissuader, mais tu refusais de me laisser faire ça tout seul. Tu disais qu'on était dans le même bateau. J'aurais tant aimé que ce ne soit pas le cas ! Cette nuit-là nous a changés. Les jours ont passé, et je voyais bien ce que ça te faisait. Ça te bouffait de l'intérieur. Tu ne pouvais plus regarder le lac, ma maison, ni même moi, de la même façon. J'ai fait ce que j'avais à faire.

— Mais je...

Je marque une pause.

—... mais j'ai acheté ta maison. Comment j'aurais pu avoir envie de revenir ici après tout ce qui s'était passé ?

— Cette maison représente peut-être le chagrin, mais aussi la force. Et c'est cette force qui m'a donné envie de la transformer en refuge pour les enfants. On en a parlé peu de temps avant ton accident. Tu ne t'en souviens peut-être pas, mais une petite partie de toi n'a jamais oublié.

— Quand tu dis : « j'ai fait ce que j'avais à faire », tu veux dire quoi, au juste ? demandé-je.

Je crois deviner, mais j'espère me tromper.

— Tu as été acceptée à l'université, et comme tu le sais, tu parlais de rester ici après le lycée. Je ne pouvais pas te laisser faire ça. Cet endroit était rempli de souvenirs horribles. Je savais que tu voulais rester pour moi. Hors de question de te laisser te sacrifier. Si tu étais restée, tu aurais revécu ce drame, jour après jour. Alors je me suis assuré que tu ne reviennes pas.

— C'est pour ça que tu as dit que tu ne m'aimais pas ?

Il hoche la tête et passe ses doigts dans mon cou d'un geste mal assuré.

— Oui, mais... ce n'est pas la seule raison pour laquelle tu es partie.

Je prends une profonde inspiration et me prépare à entendre la suite.

— Ta mère a appris que tu comptais rester ici. Il ne lui a pas fallu longtemps pour comprendre qui j'étais. Je savais que si elle faisait des recherches, elle finirait par découvrir ce qu'on avait fait. Elle t'a interdit de me voir, mais tu ne l'écoutais jamais. Plus elle s'opposait à toi, plus tu étais déterminée à rester. On s'est disputés à cause de ton avenir, ce qui a encore mis de l'huile sur le feu. Notre relation était déjà houleuse. Tu croyais que je te repoussais parce que je ne t'aimais plus. Que quand je te regardais, tout ce que je voyais, c'était ce que tu avais fait. Une nuit, je t'ai trouvée assise sur le ponton, en train de fixer le fond du lac, effrayée. Dévastée. Tu m'as dit que tu n'arrêtais pas de penser à cette nuit. Je n'ai jamais eu aussi peur qu'à ce moment-là, parce que tu avais abandonné. Et en voyant la façon dont tu regardais l'eau comme si te noyer était une option envisageable, j'ai su ce que j'avais à faire.

Ne t'avise pas de me refaire ça ! Plus jamais ! m'a-t-il hurlé dessus quand j'ai couru vers le bord de l'eau. Je ne savais pas ce qu'il voulait dire par là, mais maintenant oui.

Même si le père de Cayden était une ordure de première, il ne méritait pas de finir assassiné. Cependant on était des gosses. On a commis une erreur. Les circonstances étaient exceptionnelles, on a agi dans le feu de l'action. Ce sont des actes pardonnables.

J'avais été à deux doigts de me faire violer et Cayden était aux portes de la mort. C'était un accident. Mais quoi qu'il en soit, on a commis un crime, et ça a tout changé.

— Qu'est-ce qui s'est passé ?

Même accablé de chagrin, Cayden semble soulagé. Il a porté ce secret sur ses épaules pendant dix ans. Ça doit être cathartique de pouvoir enfin décharger son âme de ce fardeau.

— Rester avec moi te mettait en danger. Mon père était de mèche avec des gens pas très nets, et quand il ne s'est pas pointé au « travail », ils ont commencé à poser des questions à droite et à gauche. Je ne pouvais pas t'impliquer là-dedans. Je t'avais déjà fait assez de mal. Tu étais mon talon d'Achille. Je ne pouvais pas prendre le risque qu'ils découvrent à quel point tu étais importante pour moi. Tu serais devenue un dommage collatéral. Je suis allé chez toi, pour dire à ta mère ce que je ressentais. Que même si je t'aimais, il valait mieux pour toi que tu restes loin de moi. Et que je voulais élaborer une stratégie avec elle pour t'éloigner. Malgré tout, je ne m'attendais pas à ce qu'elle tombe si bas. Elle m'a proposé vingt mille dollars pour qu'on ne se voie plus. Je me suis senti insulté qu'elle ait une si piètre opinion de moi et de mes sentiments. J'étais prêt à lui dire où elle pouvait se fourrer son argent, que je trouverais un autre moyen, mais à ce moment-là, je t'ai vue en train de nous espionner depuis le haut des escaliers. Tu attendais que je lui dise d'aller se faire voir, qu'aucune somme d'argent ne serait suffisante parce que tu étais inestimable… mais je n'ai pas protesté. J'avais épuisé tous les autres moyens. J'ai fait ce que j'ai pensé être le mieux pour toi. Et c'est le plus grand regret de ma vie. J'ai accepté, en sachant ce que ça te ferait. Je t'ai brisé le cœur. Mais je t'offrais une chance de faire quelque chose de ta vie, de partir d'ici, alors j'étais prêt à en supporter les conséquences. Tu te sentais déjà délaissée par ta mère, et je t'ai fait la même chose. Je t'ai vendue pour vingt mille dollars.

Je cligne des yeux pour ne pas pleurer. Je ne me suis jamais sentie aussi trahie. Ma mère a déclaré que tout ce qu'elle faisait, c'était pour me protéger. Ça prend tout son sens à présent. D'une certaine façon, c'est ce qu'elle a fait.

— C'est pour ça que je ne me suis pas battu. Tu… tu m'as brisé le cœur.

Ma lèvre inférieure tremble, mais j'arrive à me retenir pour le moment.

— Pourquoi tu as accepté ? Tu as pris le risque que je raconte à tout le monde ce qu'on avait fait. J'ose espérer que je ne serais pas tombée aussi bas. Mais j'avais dix-sept ans, à cet âge-là, on se sent facilement trahi.

— Je m'en fichais, lâche Cayden, prouvant à quel point il est téméraire.

— Mais tu n'as jamais encaissé l'argent, commente Lacey, confuse.

Elle ouvre le dossier et en sort le chèque. Cayden est bien l'homme que je pensais.

— Bien sûr que non, crache-t-il, comme s'il me suppliait de comprendre pourquoi il a décidé ça. Tu vaux plus pour moi que tout l'or du monde.

Je pousse un soupir de soulagement. Je comprends mieux ses agissements. Il essayait de me protéger, d'une manière détournée, mais quand je suis revenue le voir, une fois adulte, il aurait pu me dire la vérité.

— Je sais ce que tu es en train de te dire, mais tu étais heureuse, continue-t-il comme s'il avait lu dans mes pensées. Quand tu es revenue, ni toi ni moi n'étions les mêmes qu'avant. On avait grandi. Tu es revenue pour mettre une partie de ton passé derrière toi. Mais on était toujours autant attirés l'un par l'autre. Ça n'a jamais changé. Ces dix dernières années, tu es entrée et sortie de ma vie plusieurs fois. La première, comme tu le sais maintenant, pour me dire une bonne fois pour toutes d'aller au diable. Pour reprendre ton indépendance. Malgré tout, notre attirance était trop forte. Sauf qu'on avait peur. Comme quand on était plus jeunes, je me réveillais en pleine nuit et tu étais endormie contre moi. Et le matin, tu étais partie. Tu restais des heures, parfois des jours, mais tu finissais toujours par t'en aller. Tu étais déchirée entre le devoir et le désir. Je t'avais brisé le cœur, alors tu ne baissais jamais la garde, mais on faisait partie l'un de l'autre depuis qu'on était des gosses, et c'est dur de mettre un terme à ce genre d'engagement.

J'avais eu une envie irrésistible de dormir à ses côtés, et je comprends mieux pourquoi. Je le faisais depuis que j'étais toute petite.

— J'ai voulu te dire tellement de fois que je n'avais pas dépensé cet argent, mais c'était trop tard. J'étais heureux de vivre dans l'ombre. On s'échangeait des baisers volés et des regards comme quand on était enfants. Tu étais heureuse. Tu disais que Calvin était gentil avec toi et que ta mère l'appréciait. Tu as toujours cherché son approbation. Mais une des dernières fois où tu es venue, je n'en pouvais plus. Je devais te dire la vérité. Sans surprise, tu étais en colère. J'avais gâché toutes ces années. Tu es partie en disant que tu avais besoin de temps. Et je ne t'ai pas revue avant la nuit de l'accident. Tu connais la suite.

Sa culpabilité est presque palpable. Il s'est toujours efforcé de me protéger.

Qu'est-ce qu'on avait bien pu se dire la nuit de notre dispute pour que je lui mente à propos de notre bébé ? Il faut que je sache.

— Qu'est-ce qui s'est passé ? Pourquoi tu m'as repoussée ? Je sais que tu as dit qu'on avait eu des mots, mais quels mots ? Et pourquoi ? Après toutes ces années gâchées, et vu ce que je ressens pour toi, je n'arrive pas à croire que j'aie battu en retraite si facilement. Je n'ai plus dix-sept ans. Et je n'ai pas besoin que tu me protèges. Je n'en ai jamais eu besoin.

— Tu as raison. Je t'ai balancé des choses horribles. Tu m'as répondu que tu voulais tout oublier et recommencer à zéro. Ensemble. Que c'était enfin notre moment.

— Et en retour, tu as dit que tu ne voulais plus rien avoir affaire avec moi… ou avec notre bébé, murmuré-je en assemblant les pièces du puzzle.

Lacey laisse échapper un hoquet, les yeux brillants de larmes. Cayden ferme les paupières comme pour échapper à la douleur.

Pourquoi ? Pourquoi a-t-il fait ça ?

Je suis partie d'ici brisée au plus haut point. On s'aimait, mais on s'est fait du mal, encore et encore. Ce qu'il m'a dit me revient alors en tête.

On fait du mal à ceux qu'on aime.

— Si je pouvais tout effacer, je le ferais. En essayant de te protéger, j'ai fait tout l'inverse. J'aurais dû t'avouer la vérité, tu aurais encaissé. De nous deux, c'est toi la plus forte, j'aurais dû m'en souvenir.

Il a essayé de me protéger, mais on ne peut pas protéger quelqu'un de la vie. Et avec Cayden, je me sentais vivante. C'est pour ça que je revenais toujours vers lui. Vu de l'extérieur, j'avais peut-être l'air de tout avoir, mais à l'intérieur, j'étais toujours la petite fille de huit ans, éprise du garçon qui lui avait brisé le cœur.

Lacey semble être la seule à comprendre ce qui se passe.

— Peyton.

Elle fait un pas en avant. Je reste les deux pieds fermement plantés dans le sol.

— La première fois que je t'ai rencontrée, je m'apprêtais à te dire quelque chose, tu te souviens ?

Je passe en revue tout ce qu'on a partagé, et je sais qu'elle parle de la conversation au cours de laquelle elle allait me révéler quelque chose sur Cayden. Mais elle n'en a jamais eu l'occasion. *Le truc, avec Cayden, c'est qu'il a perdu…* Je hoche lentement la tête.

Elle se passe la langue sur les lèvres, nerveuse, avant de regarder son frère et de passer aux aveux.

— C'est toi qu'il a perdue. Je ne me souviens pas trop de toi parce que j'étais trop petite, mais je me rappelle que tu rendais Cayden heureux. Ça ne durait peut-être qu'une journée, mais c'était suffisant pour lui. Il était heureux que tu sois libérée de cet endroit. Des souvenirs. Que tu aies bossé pour obtenir un poste important. Je lui ai suggéré de te dire de rester loin d'ici, mais il n'a pas pu. Et maintenant… je sais pourquoi.

Cayden pousse un sifflement et fait un pas en arrière.

— Lacey, pourquoi tu es restée à Myrtle Beach ? demandé-je en me rappelant son commentaire tout à l'heure.

Elle déglutit.

— Parce que ces dernières semaines... j'ai eu l'impression que quelqu'un me surveillait. Tout le temps. Et quand Cayden m'a demandé de partir et d'emmener Ellie avec moi, j'ai su que quelque chose n'allait pas.

Elle lève le dossier en l'air pour qu'il confirme ses propos.

— Est-ce que c'est vrai ?

Mon sang se glace dans mes veines quand il baisse les yeux.

— Oui.

Lacey pousse un cri de terreur.

— Qu'est-ce que ça veut dire ? demandé-je en oubliant mes peurs.

Je m'accroche au biceps de Cayden. Que c'est bon de le toucher.

— Ça veut dire que je suis responsable de ton accident. Tu es partie d'ici complètement hystérique, mais je devais te repousser. S'il te plaît, tu dois me croire.

Il a cinq secondes pour me dire la vérité une fois pour toutes. C'est la dernière pièce, celle qui me manque depuis le début.

— Pourquoi tu devais me renvoyer ? Pour quelle raison ?

Quand il se dégage de ma poigne et qu'il se passe une main dans les cheveux, j'attrape son poignet. Il ne m'échappera pas. Pas cette fois.

— Dis-le-moi ! Je n'ai plus dix-sept ans. Je n'ai pas besoin que tu me sauves !

Il laisse échapper un rire frustré et amusé. Je n'ai plus du tout envie de fanfaronner.

— Qu'est-ce que j'aimerais que ce soit vrai.

Ce regard. Je l'ai déjà vu auparavant.

Mon cœur commence à accélérer. Je compte mes respirations.

Je vais donner une bonne leçon à ta mère. Tu es comme elle. Une putain de chienne. À rentrer en douce. Je sais ce que tu veux.

Je me débats de toutes mes forces, mais il est trop fort. Il m'embrasse dans le cou et me mord très fort. Je pousse un cri. J'ai peur.

Laissez-moi ! Non, s'il vous plaît, non ! Cayden, à l'aide ! S'il te plaît... aide-moi.

Je sens l'odeur du whisky. Son érection est plaquée contre moi. Oh mon Dieu... ses mains sont partout... sur moi... en moi. Je ne peux pas respirer. Mais à travers le chaos, Cayden est mon ancre, il refuse de laisser les démons m'entraîner dans les eaux tumultueuses.

— Je ne le laisserai jamais te faire de mal à nouveau.

La promesse de Cayden, même très noble, n'a aucun sens. Les morts ne blessent personne. Leur souvenir, oui, mais au sens physique... une lumière forte clignote, une bougie dans une pièce sombre, et tout à coup, je dépouille le passé, et me concentre sur ce moment, sur cette seconde précise.

— Il est mort. Il ne peut pas me faire de mal.

C'est le moment où Cayden est censé acquiescer et me dire qu'on ne risque plus rien, mais il fait tout le contraire. D'un geste hésitant, il pose une main sur ma joue comme pour m'insuffler de la force.

— Non... je ne crois pas.

Il doit y avoir une erreur. C'est une blague cruelle. Mais quand je plonge dans les yeux de Cayden, je la vois. La peur. Mon guerrier courageux est effrayé.

— C'est forcément une erreur.

Je regarde Lacey pour qu'elle acquiesce, mais ses larmes ne font que confirmer mon pire cauchemar.

— Comment ? Comment tu peux en être sûr ?

Cayden déglutit et essuie les larmes que je n'ai même pas senties couler.

— La raison pour laquelle tu es revenue ici. La vision récurrente qui t'obsède.

Il caresse mes cheveux, et j'arrête de respirer.

— Le ruban ?

Cayden hoche la tête. On dirait qu'il porte le monde sur ses épaules.

— Oui. Il est apparu des semaines avant ton accident. Je savais que ce n'était pas toi... et ça ne laissait qu'une seule autre possibilité. La seule personne qui voulait me provoquer, me prouver que même après toutes ces années, il a toujours le contrôle.

Le monde tourne si vite que j'arrive à peine à suivre.

— C'est pour ça que tu as dit ça le soir de mon accident ? Tu savais que j'étais en danger ?

— Oui. Mais ça n'a pas suffi, de toute évidence.

La coupe est pleine, mais je reste forte.

— Qu'est-ce que tu sais à propos de la personne qui a causé ton accident ?

— Je…

J'ai du mal à parler.

— Pas grand-chose. Ma mère m'a dit que c'était un chauffard ivre et qu'il n'avait pas été retrouvé.

Quand Cayden contracte la mâchoire, je secoue violemment la tête.

— Non, ce n'est pas… c'est impossible.

— Je n'ai pas de preuve, mais le dossier que Lacey tient entre les mains, c'est le fruit de mon travail de ces dernières semaines. Ton accident a eu lieu à trois kilomètres d'ici. Le chauffeur de l'autre voiture impliquée s'est enfui.

Ma lèvre inférieure tremblote.

— Je suis comme toi, Lacey, depuis que je suis arrivée, je n'arrive pas à me débarrasser de l'impression qu'on me suit. J'ai cru que c'étaient les espions de ma mère, mais… oh mon Dieu…

C'est trop horrible, je ne peux pas finir ma phrase.

Pendant tout ce temps, on m'a poussée à croire que j'avais été victime d'un accident, rien d'autre… mais une petite voix me dit que Cayden a raison. Je repense à tout à l'heure, quand j'ai remarqué qu'un de mes sous-vêtements avait disparu. Le souffle coupé, je plaque une main sur ma bouche. Je crois que je vais être malade.

— Il faut que j'y aille.

— Peyton !

Je secoue la tête et cours vers la porte d'entrée.

L'air frais apaise ma peau brûlante, mais ce n'est que temporaire, parce que la nausée continue à monter. Je fonce vomir au pied d'un arbre, submergée par l'écœurement. Mais rien ne sera plus jamais comme avant.

— Peyton ?

En entendant la voix de Cayden, j'agrippe le tronc, de peur de m'écrouler.

— Comment est-ce possible ? J'ai… tué un homme. Et ensuite pendant les dix années suivantes, j'ai passé mon temps à entrer et sortir de ta vie, à cheval entre le passé et l'avenir. Notre amour était toxique, Cayden.

— Je sais, admet-il tristement.

— Et maintenant, tu me dis que l'homme à cause duquel je suis partie est de retour et a bien l'intention de… quoi ? Terminer ce qu'il a commencé ? C'est ça ? lâché-je d'un ton sec en me retournant pour lui faire face.

Il a l'air brisé et abattu, mais j'avance vers lui, enragée. Mais par-dessus tout, j'ai peur.

— S'il est de retour, alors je mérite probablement sa vengeance. On… l'a tué, chuchoté-je, toujours incrédule.

— Non, de toute évidence, me corrige-t-il.

— C'est tout comme ! On l'a laissé pour mort ! Quoi qu'on en dise, on est coupables.

Ce n'est pas la faute de Cayden, mais je n'arrive pas à traiter l'information sans avoir envie de hurler.

— Reviens à l'intérieur, s'il te plaît.

Mais je ne peux pas.

Il faut que je m'éloigne d'ici, de cet endroit vers lequel je suis attirée par une force gravitationnelle. Je regarde Cayden dans les yeux. Je ne suis pas attirée par ce lieu, mais par lui. Je n'ai pas arrêté de revenir vers lui parce que je l'aimais, mais regardez ce que l'amour a fait.

Je me lève lentement, en priant pour que mes genoux arrêtent de s'entrechoquer.

— On se détruit l'un l'autre. Tu le sais.

Il pousse un soupir de défaite.

— Je sais, Peyton. Je sais, mais je ne peux pas arrêter. J'ai essayé, et toi aussi.

Il ne s'agit plus uniquement de nous. Je dois m'éloigner le temps de digérer tout ça.

— Dans ce cas, il va falloir redoubler d'efforts.

Mon cœur se rebelle à cette idée, parce qu'il ne veut pas quitter Cayden, mais je ne peux pas continuer de faire ça… de lui faire ça.

J'ai été égoïste. Ces dix dernières années, je suis passée en coup de vent dans la vie de Cayden, détruisant toutes ses chances d'avoir une vie normale. Ça doit cesser. Il faut qu'on se libère l'un l'autre.

— Ne fais pas ça, supplie-t-il.

Il fonce sur moi et m'agrippe les bras.

— Tu n'es pas en sécurité, tant que… tant qu'il est quelque part dehors. Cette nuit-là, quand tu as été droguée… j'ai cru que c'était lui.

Je halète, des larmes plein les yeux.

— C'est pour ça que tu m'as surveillée, hein ?

— Oui, confesse-t-il sans s'excuser. Il nous tourmente et joue avec nous jusqu'à ce qu'on soit à deux doigts de craquer. Ce n'est qu'à ce moment-là qu'il va frapper. Regarde ce qu'il t'a fait ! Il a essayé de te tuer et il a faillir réussir. Mais c'était un signal, un avertissement. Tu sais que j'ai raison.

Mon silence parle pour moi. Il a raison. Néanmoins je refuse de continuer à me cacher. Il est temps que je redevienne qui je suis.

— Je-je dois y aller.

— Où ?

Cayden est désespéré, il a un besoin viscéral de me protéger. Mais il ne peut pas me sauver de moi-même. Je suis la seule à pouvoir faire ça.

— Tu sais où.

Inutile de le lui préciser.

Je dois retourner là où tout a commencé.

CHAPITRE 15

Revenir ici, à Myrtle Beach, a un goût doux-amer. Même si c'est un des premiers endroits dont je me souviens, je n'y retourne pas de mon plein gré. Je veux des réponses, et je les veux tout de suite.

Je frappe à la porte de chez mes parents, et je prends une grande inspiration, parce que ça va chauffer. Stella me doit des explications, et je ne partirai pas avant de les avoir obtenues. Elle m'ouvre, et vu sa tête, je ne suis même pas sûre qu'elle va me laisser entrer.

— Tu as donné sa journée au petit personnel ?

En temps normal, elle ne s'abaisserait jamais à ouvrir la porte elle-même.

Elle croise les bras et pince les lèvres.

— Je vois que tu n'as pas perdu ton arrogance. Je refuse de te parler quand tu es comme ça.

Je me mords l'intérieur de la joue et secoue la tête, énervée.

— Comme ça ? Est-ce que tu t'es déjà dit que j'étais « comme ça » parce que tu m'as menti pendant toutes ces années ? Pas étonnant que je ne me souvienne pas de toi. Mon cerveau est passé en mode autoconservation parce que j'en avais assez.

Quand elle ouvre la bouche, prête à me sortir d'autres mensonges, je passe à l'attaque, incapable d'attendre une seconde de plus.

— Je sais ce que tu as fait.

— Ce que j'ai fait ?

Elle tripote nerveusement sa boucle d'oreille en perle.

— Oui, *mère*.

Ce mot me donne envie de vomir.

— Je sais que tu m'as achetée pour vingt mille dollars. Comment as-tu pu ?

Elle cligne des yeux, prise au dépourvu.

— Je l'ai fait pour te protéger.

Son excuse ne m'avait déjà pas convaincue la dernière fois, alors ce n'est pas maintenant que ça va marcher.

— Oh, arrête tes conneries. Tu l'as fait pour te protéger toi-même, et pour ta précieuse réputation, parce qu'il ne fallait surtout pas qu'on me voie fréquenter un Coachman. Cayden m'a dit ce que tu as fait à son… père.

Je déglutis parce que je suis toujours en train de digérer ce que, moi, je lui ai fait. Je suis mal placée pour la juger, mais il faut qu'elle sache que sa cruauté a affecté beaucoup de monde.

— Entre.

Elle recule pour me laisser passer. Je n'ai pas le choix. Je veux la vérité à tout prix.

Je la frôle en franchissant le seuil. Pénétrer dans la fosse aux lions volontairement ne me plaît pas du tout. Elle referme derrière moi, scellant mon sort pour de bon.

— Allons dans le bureau. Ton père ne sait rien de tout ça, et je préférerais que ça reste ainsi.

Je la suis. Ses talons qui claquent sur le carrelage sont autant de coups de poignard qui font faiblir ma résolution.

Je suis en colère, furieuse, vraiment, que tout le monde, y compris Cayden, m'ait menti. Je comprends pourquoi il a agi ainsi, mais tout ce temps gâché… Et j'ai perdu mon bébé… notre bébé. Je ne me pardonnerai jamais d'avoir été aussi égoïste. Et je ne pardonnerai jamais à Stella d'avoir joué un rôle là-dedans.

On entre dans le bureau. L'atmosphère est chargée d'hostilité. Stella va droit vers le bar, ce qui me surprend. Elle sert deux verres de scotch grande réserve.

— Tiens.

J'accepte son offrande de paix, parce que Dieu sait que ce sera plus simple d'affronter ce qui va suivre avec de l'alcool dans les veines. À voir Stella boire cul sec et grimacer de douleur quand sa gorge la brûle, j'en conclus qu'elle ressent la même chose.

— C'est vrai, commence-t-elle en s'asseyant derrière le grand bureau en acajou.

Je décide de rester debout.

— Je lui ai donné cet argent, mais parce que je voulais que tu aies une chance dans la vie. Tu étais si… éprise de Cayden Coachman. C'était la seule façon de t'empêcher de jeter ton existence par la fenêtre.

— Tu n'avais aucun droit de faire ça. Aucun. C'était ma vie ! m'écrié-je en me désignant avec le pouce.

— Tu peux penser ce que tu veux de moi, mais Cayden n'a eu aucun problème à accepter l'argent.

J'inhale profondément par le nez, et essaie de me concentrer sur la raison pour laquelle il l'a fait, et pas sur le sentiment de trahison que j'éprouve.

— Oui, il a eu tort d'accepter, mais tu as bien vu qu'il n'avait jamais encaissé le chèque. Et malgré ça, tu es restée là, à me regarder me transformer en toi.

Elle pince les lèvres, les épaules rejetées en arrière.

— Je t'ai regardée faire quelque chose de ta vie ! Cayden était un poids mort, et que tu me croies ou non, je t'ai rendu service.

— Je suis quand même retournée vers lui ! répliqué-je, les veines inondées d'adrénaline.

— Quoi ? lâche-t-elle avec un hoquet, le visage défait.

— Pendant dix ans. Tu t'es peut-être mise entre nous, mais je retrouvais toujours mon chemin jusqu'à lui. Et il m'accueillait à bras ouverts, parce que…

Un sanglot m'échappe.

— … l'amour qu'on partage, ce n'est pas quelque chose qu'on peut oublier. Je suis sûre que j'ai essayé, mais au bout du compte, c'est mon cœur qui remportait la bataille. Mais à cause de ce que tu as fait, je lui ai fait du mal. Je suis entrée et sortie de sa vie, je l'ai fait souffrir comme il m'a fait souffrir. Mais tout ce qu'il a fait, absolument tout, c'était pour me protéger.

Quand j'ai terminé, mes joues sont inondées de larmes.

Stella a l'air déstabilisée, sans doute parce qu'elle n'est pas habituée à autant d'émotions. Elle doit voir ça comme un signe de faiblesse, mais pas moi. Moi, j'appelle ça être humain. Et elle ne l'est pas.

— Je sais que tu as ridiculisé le père de Cayden quand vous étiez jeunes.

Elle se racle la gorge, ses yeux froids se décalent sur la gauche. Elle est incapable de me regarder.

— Comment tu as pu agir de la sorte ? Tu n'as aucune idée de ce que ça lui a fait... et des répercussions sur Cayden, ajouté-je.

Je fronce les sourcils quand je repense à ce qu'il a enduré quand il était enfant.

Je n'ose pas lui parler de ce qui s'est produit entre le père de Cayden et moi. Elle n'a pas besoin de savoir. Jusqu'à ce que je découvre le fin mot de l'histoire, je ne le dirai à personne.

— Il n'était rien de plus qu'un cas social, déclare-t-elle d'un ton factuel. Et son fils aussi. Tu ne te souviens pas de tes larmes, de ton cœur brisé, mais moi si !

J'ai un mouvement de recul, parce que je ne l'ai jamais vue exprimer ses émotions de cette manière.

— Les gens comme nous ne tombent pas amoureux des Cayden Coachman de ce monde.

J'avais raison. C'est sa réputation qui l'a motivée pendant toutes ces années. Pour faire simple, j'étais riche, Cayden était pauvre, et rien de ce qu'il aurait pu faire ne l'aurait convaincue qu'il n'était pas un bon à rien.

— J'étais enceinte, chuchoté-je, les larmes roulant entre mes lèvres entrouvertes.

La température de la pièce chute d'au moins trente degrés.

Elle se couvre la bouche d'une main tremblante.

— Je sais, l'hôpital me l'a appris. Je n'ai jamais rien dit parce que c'était mieux que tu ne te rappelles pas ce détail.

Est-ce qu'elle essaie de faire passer ses mensonges pour de la compassion ?

— C'est Calvin qui te l'a dit ?

Je prends une grande inspiration et confesse à voix basse :

— Non. Parce que ce n'était pas son bébé.

— De-de quoi est-ce que tu parles ? bégaie-t-elle, clairement perdue.

— Le bébé n'était pas de Calvin. C'était celui de Cayden. Apparemment, tu aurais été la grand-mère d'un Coachman. Ton pire cauchemar devenu réalité.

Elle tourne la tête dans un mouvement brusque, comme si je l'avais giflée.

— Comment as-tu pu ? Nous t'avons élevée mieux que ça !

— Non, pas du tout. Vous m'avez élevée comme une sale gosse pourrie gâtée qui devait regarder de haut quelqu'un que vous avez jugé en dessous de moi. Mais je suis contente de ne pas l'avoir fait, conclus-je, vidée de toute volonté de me battre.

Elle plisse les yeux, déçue, mais aussi livide à l'idée que j'aie pu ternir le nom de notre famille.

— Peut-être qu'il valait mieux que ça se termine comme ça, alors.

Je fais un pas en arrière, horrifiée.

— Comment tu peux dire un truc pareil ?

Est-ce qu'elle est contente que je me sois fait percuter en voiture et que j'aie perdu mon bébé ?!

Elle reste assise sans bouger, les lèvres pincées et le dos bien droit. Je sais à cet instant que je ne lui pardonnerai jamais d'avoir été aussi froide et insensible. Comme je ne vois pas l'intérêt de retourner le couteau dans la plaie, ni pour l'une ni pour l'autre, je nous épargne la torture d'avoir à se parler et je m'en vais.

Une larme coule sur ma joue, mais je l'essuie d'un revers de la main. Je refuse de pleurer davantage pour quelqu'un qui ne le mérite pas. J'ouvre la porte d'entrée, et je tombe sur Isla, ma sœur. Elle est toujours en blouse médicale, alors j'imagine qu'elle rentre de son service à l'hôpital.

— Peyton ? Tout va bien ? demande-t-elle en me serrant doucement le biceps.

Elle connaît la réponse. Elle n'a qu'à regarder mon visage pour voir que non, ça ne va pas.

— Tu veux qu'on aille marcher un peu ?

J'acquiesce. J'ai besoin de parler à quelqu'un qui me connaissait avant que tout ça ne se produise.

Elle ne prononce pas un mot et me fait descendre les escaliers pour aller sur le côté de la maison où il y a un petit jardin d'hiver. Je ne sais pas du tout à quoi il sert, parce que le mobilier en rotin a l'air tout neuf. J'imagine que c'est la norme pour cet endroit, qui ressemble plus à un musée qu'à une maison.

— Qu'est-ce qui s'est passé ? demande Isla.

Elle s'assied sur le canapé couleur crème et me fait signe de m'installer à côté d'elle.

— Stella, voilà ce qui s'est passé, indiqué-je, alors que je sens des larmes de colère monter. Je ne peux pas croire qu'on soit de la même famille. Certains jours, je me dis que si je suis amnésique, c'est parce que je ne veux pas me souvenir. Je ne veux pas me rappeler la personne que j'étais avant.

Isla baisse ses yeux, qui sont si semblables aux miens.

C'est la première fois depuis de nombreux mois qu'on n'est que toutes les deux. D'habitude, Stella fait en sorte que ça n'arrive pas. Isla sait quelque chose, et j'ai bien l'intention d'aller au fond des choses.

— Est-ce que j'étais heureuse ?

Elle se mord la lèvre inférieure, comme pour décider quoi dire.

— Peyton… tu étais… tu vivais toujours deux vies. Ici, avec nous, à te comporter comme un membre de la famille Lane est censé le faire, et une autre à la maison du lac, avec… Cayden.

Je laisse échapper un hoquet.

— Tu es au courant pour Cayden ?

Elle acquiesce, quelques mèches couleur cuivre s'échappent de son chignon.

— Oui. Il était ta faiblesse, mais aussi ta plus grande force. Tu l'as toujours aimé, aussi loin que je m'en souvienne. Et il t'aimait. Il te suivait comme ton ombre.

Je reste assise, figée. Je comprends enfin pourquoi Stella voulait éviter qu'on se parle, ma sœur et moi.

— Je me disais qu'en grandissant, ça te passerait, mais... ça n'a pas été le cas. Sauf que maman n'était pas d'accord. Alors pour éviter les conflits, tu faisais le mur pour aller le voir. Parfois toute une journée. Et d'autres, une semaine entière. Mais tu finissais toujours par revenir, parce que tu étais déchirée entre ton cœur et ta tête. Donc pour répondre à ta question : oui, tu étais heureuse... mais seulement quand tu partais retrouver Cayden. Quand tu rentrais à la maison, c'était comme si tu étais une personne différente, et j'imagine que d'une certaine manière, c'était le cas.

— Pourquoi tu ne me l'as jamais dit ?

Elle hausse les épaules avec un air coupable.

— Ça n'aurait pas servi à grand-chose. J'espérais que ton amnésie te permettrait de tout recommencer à zéro, mais il faut croire que certaines choses sont inoubliables.

Elle a raison. Je comprends son raisonnement. C'est exactement pour ça que Cayden ne m'a rien dit non plus, mais maintenant que je suis au courant, la question est : que faire ?

— Maman n'a jamais approuvé Cayden, mais il a fait en sorte de te tenir éloignée, pas vrai ?

Je hoche lentement la tête.

— Tu es trop têtue, la simple désapprobation de Stella n'aurait pas suffi à te convaincre de ne plus le revoir. Je ne sais pas ce qu'il y a eu, mais quoi que ce soit, ça t'a changée. Tu es devenue... distante.

J'aimerais pouvoir lui dire, mais je ne peux pas.

— Je crois qu'il y a quelque chose qui ne tourne pas rond chez moi.

Elle penche la tête, confuse.

— Pourquoi ?

— Parce que pendant dix ans j'ai torturé et puni l'homme que j'aimais.

J'ai honte. Maintenant que je sais qui je suis en réalité, je comprends pourquoi mon cerveau préfère bloquer mes souvenirs.

Isla pose sa main chaude sur mon poing serré.

— C'est là que tu te trompes. C'est toi que tu as torturée et que tu as punie, Peyton. Pendant dix ans, tu es retournée voir Cayden, sachant que tu ne pouvais pas rester. Et chaque fois que tu le quittais… tu laissais un petit morceau de ton cœur avec lui.

Un sanglot me déchire la poitrine, parce que depuis que j'ai appris la vérité, je n'arrête pas de me demander quel genre de personne j'étais. Toutefois j'aime cette version des événements, parce que ce que je ressens pour Cayden maintenant correspond au passé.

— Je l'aime…, murmuré-je, alors que je n'ai pas été capable de le lui dire à lui.

Mais après tout ce que je viens d'entendre, j'ai l'impression que je n'ai jamais vraiment eu le choix.

— Je sais, Peyton, et c'est très bien.

— Est-ce que j'étais amoureuse de Calvin ?

J'ai un peu la sensation qu'il est la victime, dans tout ça. Mais je suppose qu'on l'est tous.

— Je crois que tu l'as aimé, oui… mais amoureuse ? Non. Tu t'es contentée de lui parce que tu ne pouvais pas avoir Cayden.

À ce stade, je suis de nouveau en larmes.

— Merci d'avoir été honnête avec moi.

Je voulais de l'honnêteté, je n'ai pas été déçue.

— Pas de souci. Je suis désolée de ne pas l'avoir fait plus tôt.

Elle me serre la main avec un sourire.

— Tu veux que je te dépose quelque part ?

Je suis venue en taxi, alors oui. Je pousse un soupir, parce qu'on sait toutes les deux qu'il n'y a qu'un seul endroit où j'ai envie d'être.

— Viens. Je te ramène chez toi.

C'est la première conversation à cœur ouvert que j'ai avec Isla, mais je compte bien m'assurer qu'il y en ait beaucoup d'autres à l'avenir.

— J'espère que j'étais gentille avec toi, dis-je, même si je ne suis pas sûre de vouloir le savoir.

Isla me sourit.

— Toujours. Tu avais peut-être une apparence dure, mais c'est notre cas à tous… en même temps, tu as vu notre mère ?

Touché.

On se lève toutes les deux, et, suivant mon instinct, je la prends dans mes bras. Elle se fige, alors je me demande si c'est le genre de choses qu'on fait. Néanmoins elle me rend tout de suite la pareille.

— Même si tu as toujours été gentille… je préfère cette Peyton, souffle-t-elle en me serrant plus fort.

Je souris, parce que je suis bien d'accord avec elle.

***

Sur le chemin du retour, Isla et moi rattrapons le temps perdu. Apparemment, maintenant qu'elle a craché le morceau, elle peut parler en toute liberté, sans peur de faire une gaffe.

Discuter avec elle m'a fait comprendre que je n'étais pas une personne aussi horrible que ça.

Oui, j'ai l'impression que j'étais une dure à cuire et que je traînais de sacrées casseroles derrière moi. Mais je n'ai pas vraiment le passé typique d'une personne de mon statut social. Je me suis éloignée de cette vie de luxe parce que ça a toujours été ici, mon foyer.

Néanmoins, quand Isla s'arrête dans mon allée, et que je vois Cayden assis sur les marches de devant, je sais que c'est lui – et pas cet endroit – qui m'a poussée à revenir.

— Merci. Il faudra qu'on prenne un café toutes les deux quand je ne serai pas en train de pleurer comme une hystérique.

Isla éclate de rire, mais elle aussi a les larmes aux yeux. On a créé un lien, et j'ai l'impression qu'elle est soulagée d'un poids. J'espère qu'on pourra aller de l'avant, maintenant. On se serre dans les bras pour se dire au revoir, puis j'ouvre la portière et prends une grande inspiration.

Il est temps d'affronter les conséquences de mes actes.

Cayden se met debout, sans me quitter des yeux, alors que je garde la tête baissée. Je ne sais pas quoi dire. J'ai la tête pleine, je n'ai qu'une envie, me mettre en position fœtale et dormir. Mais je dois à Cayden une explication sur mes sentiments. Il est perdu et effrayé, et il faut qu'il sache qu'on est dans le même bateau.

— Neige… Je suis…

Je ne le laisse pas continuer. Je fonce sur lui et me jette dans ses bras. Sa surprise est évidente, mais il me rattrape quand même.

— Je suis désolée d'être partie.

J'ai envie d'ajouter « encore », mais je m'abstiens.

— Peu importe. Tu es de retour maintenant, dit-il dans le creux de mon cou alors qu'il m'étreint. Je sais que ça fait beaucoup à digérer. J'aurais aimé avoir quelque chose de moins compliqué à t'offrir, mais c'est ce qu'on est. Un magnifique bordel.

Je trouve que ça nous résume parfaitement.

On reste dans les bras l'un de l'autre pendant quelques minutes. Je ne pourrai plus jamais le laisser partir maintenant que je connais notre passé. Je n'ose imaginer à quel point ça a dû être dur pour Cayden pendant tout ce temps, sachant ce qu'on a partagé. J'espère que mes souvenirs reviendront un jour, mais si ce n'est pas le cas, je suis plus que prête à en créer de nouveaux.

— Qu'est-ce qu'on va faire ? murmuré-je en savourant son odeur, sa peau.

— Je ne sais pas encore, mais je ne laisserai plus jamais rien t'arriver, je te le promets.

— On ne peut pas aller à la police, hein ?

Je connais la réponse, mais j'ai quand même besoin de l'entendre.

— Non. Je n'ai aucune preuve, et si on va les voir, il faudra leur dire aussi ce qu'on a fait.

Il a raison.

— Donc on attend ?

Ça semble tellement lugubre, d'attendre que le grand méchant loup vienne souffler sur notre maison. Mais Cayden secoue la tête.

— On n'attend pas. On vit. On reste vigilants, mais je refuse de laisser ce salaud t'enlever à moi encore une fois.

On se sépare, et, avec douceur, il passe le doigt sur l'arête de mon nez, avant de le passer sur mes lèvres. Je ne peux retenir un gémissement.

— Est-ce que je peux t'embrasser ?

Il me demande la permission parce qu'il ne sait pas où on en est, ce qui est récurrent entre nous.

Mais je ne succomberai pas aux fantômes ; je vivrai à fond l'instant présent.

— Oui.

Il fait un pas en avant et écrase sa bouche contre la mienne, comme si on ne formait plus qu'un. Je lui rends son baiser de toutes mes forces, serrant ses cheveux dans mes poings. Je ne serai jamais assez près. Nos langues s'affrontent, se battent pour le contrôle, mais je finis par abandonner, parce que c'est trop bon. Cayden ne se contente pas de m'embrasser. Il me dévore et je me liquéfie contre lui.

Il y a quelque chose de différent dans ce baiser, et j'imagine que c'est parce qu'on n'a plus de secrets l'un pour l'autre. Je sais tout, et même si ça me perturbe, je me sens plus proche de lui, l'homme que j'aime depuis que je suis enfant.

Cette pensée me donne le tournis et je m'accroche à lui, à sa force.

— Laisse-moi t'emmener quelque part, dit-il contre mes lèvres en haletant.

Son souffle est chaud.

— Où ?

— N'importe où, répond-il en aspirant ma lèvre inférieure. Je veux te montrer comme on est bien tous les deux.

Je pousse un gémissement et frémis, manquant de glisser le long de son corps.

— OK.

Impossible de rater son air heureux.

— Voilà ce qu'on est, Neige. On appartient l'un à l'autre, et j'ai bien l'intention de te le rappeler.

Quand il enroule sa main sur ma nuque, me volant mon souffle, j'ai hâte de découvrir de quelles façons.

***

Nerveuse, je contemple mon reflet dans le miroir.

Je ne savais pas quoi porter pour notre « rencard ». Le terme a l'air absurde, vu que je connais Cayden depuis toujours, mais avec mon amnésie, c'est comme si je le voyais pour la première fois.

Je ne sais pas ce qui va se passer maintenant. Dans la majorité des cas, la vérité est censée vous libérer. Mais moi, j'ai l'impression d'avoir une ombre menaçante au-dessus de la tête.

Néanmoins, j'éloigne ces pensées de mon esprit et me concentre sur la fin de mes préparatifs, parce que Cayden sera là dans quinze minutes. J'ai attaché mes cheveux dans un chignon négligé et me suis décidée pour une robe d'été rouge avec des sandales marron.

Je me demande si Cayden est aussi nerveux que moi.

Maintenant que je connais la vérité, qu'est-ce qui va se passer ? Est-ce que cette nouvelle version de moi aime autant Cayden que l'ancienne ? Une sorte d'appréhension me saisit lorsque la prochaine question me vient en tête : est-ce que Cayden va aimer cette nouvelle Peyton ? Ou est-ce qu'il aime la fille que j'étais autrefois ?

Cette fille n'avait pas l'air d'être très gentille ni joyeuse, mais il l'aimait quand même. Et si cette version était trop différente de celle dont il est tombé amoureux ?

Avec un grognement, je me masse les tempes parce que les « et si ? » ne vont pas me calmer.

On frappe à la porte. Il est temps de faire face à mes insécurités, car même si je doute de moi, Cayden m'a toujours aimée, et je dois croire en cet amour.

Je prends mon gloss et mon portable pour les ranger dans mon sac, et j'inspire un grand coup. *Tout ira bien*, répété-je encore et encore. C'est Cayden. Il est temps que je donne une vraie chance à cet amour.

Sur cette bonne résolution, je traverse la maison et ouvre la porte avec confiance. Cependant, quand je vois Cayden, debout devant moi en jean et chemise noire, avec les manches retroussées sur ses avant-bras musclés, je dois me tenir au chambranle pour ne pas tomber à la renverse.

— Salut, dit-il avec un sourire en coin.

— Bonjour, couiné-je en retour.

Il est carrément incroyable, et connaissant notre passé, ça ne le rend que plus désirable. Mais je ravale mon envie de le plaquer au sol parce que je ne suis pas le genre de fille qui couche au premier rendez-vous. Enfin, je ne crois pas.

— Où on va ? demandé-je quand je pense pouvoir parler sans haleter.

Il fait un pas en avant et je resserre ma prise sur l'encadrement de la porte.

— On va là où j'aurais dû t'emmener quand tu es arrivée.

Je déglutis.

— OK. Ce n'est pas flippant du tout, plaisanté-je.

Je me reprends et verrouille la porte derrière moi. Sa franchise a anesthésié ma nervosité, ce qui n'est pas une mauvaise chose, j'imagine.

En me retournant, je me cogne dans un mur solide à l'odeur alléchante, et mes nerfs vrillent à nouveau. Je lève les yeux en me mordant l'intérieur de la joue, parce qu'à chaque fois que je croise son regard, tout reprend sa place. Je ne peux pas l'expliquer, mais j'imagine que ce qu'on vit est inexplicable.

— Tu es magnifique, murmure-t-il en coinçant une mèche de mes cheveux derrière mon oreille.

Je frissonne. Le simple fait qu'il me touche me coupe le souffle.

— Merci.

S'il continue à me fixer comme ça, je vais finir par m'accrocher à lui pour ne plus jamais le lâcher. Vu son sourire, il sait très bien à quoi je pense.

— Allons-y.

Il prend ma main et m'emmène vers son pick-up.

En silence, il m'ouvre la portière ; on est tous les deux perdus dans nos pensées. Quand le moteur rugit, je sursaute sur mon siège. Je me tourne pour regarder par la fenêtre, mais une vague de chaleur me parcourt de la tête aux pieds quand Cayden pose doucement sa main sur ma jambe.

J'observe le paysage qui défile, comme quand je suis arrivée. Sauf que tout me semble différent à présent. Je sais que cet endroit m'a appelée parce que ça a toujours été ma maison, tout comme Cayden l'a été. Ne pas m'en souvenir me paraît injuste, car ce que je ressens pour lui me fait comprendre que notre amour est extraordinaire.

— On est arrivés, déclare Cayden, me tirant de ma rêverie.

Je me tourne lentement et observe l'énorme maison blanche à travers le pare-brise. Un sentiment de nostalgie m'envahit, pas parce que je la reconnais, mais parce que le citronnier en fleurs dans la cour m'apprend où on est. Mon souffle se bloque dans ma gorge pendant que je fixe, hypnotisée, l'endroit où tout a commencé.

Sans réfléchir, j'ouvre la portière et je saute du pick-up. Il faut que j'examine de plus près mon ancienne deuxième maison. Plus je m'approche, plus j'ai du mal à respirer. J'attends que mes souvenirs reviennent. Mais rien ne se passe.

Je m'arrête devant la palissade blanche et regarde autour de moi. Je déteste encore plus mon nom de famille. Je comprends pourquoi Cayden disait que ce côté du lac était le côté « riche », parce que cette maison pue le fric. Rien à avoir avec ma modeste demeure actuelle. C'est facile de comprendre pourquoi une ligne a été tracée dans le sable entre Cayden et moi.

Il se tient à mes côtés, me laissant le temps de tout absorber. Je ferme les yeux et essaie d'évoquer des souvenirs, mais rien ne vient. Je me souviens uniquement de ce que Cayden m'a raconté.

— J'aimerais tellement me rappeler, dis-je d'une voix tremblante.

— Moi aussi j'aimerais, répond Cayden avec regret. Mais une partie de moi est contente.

Je pousse un soupir et je laisse le soleil m'envelopper en ouvrant les yeux. Je comprends ses réserves, mais je n'ai pas envie d'être surprotégée. Je l'ai déjà été bien trop.

— C'est bizarre pour toi ?

— Bizarre ? répète-t-il.

Mon attention toujours rivée sur la maison, j'explique :

— Oui. Le fait d'être là avec moi, ça doit te rappeler des souvenirs, pas tous agréables, j'imagine. Ils ont été effacés dans mon cas, mais en ce qui te concerne…

Je ravale mes larmes.

— … ils te pèsent toujours chaque jour.

— Je ferais n'importe quoi pour te protéger de cette douleur. Alors j'accepte ce fardeau avec joie. Tout ce que j'ai toujours voulu, c'est que tu sois heureuse et libre. C'est pour ça que je t'ai amenée ici. Il est temps qu'on laisse le passé derrière nous. Plus de secrets.

Une larme m'échappe.

— Qu'est-ce qu'on va faire ? demandé-je encore une fois, même si je parle de tout ce merdier dans lequel on se retrouve embringués.

— Je ne sais pas, Neige.

Je suis terrifiée, mais quand il me prend la main, ça me réconforte de savoir qu'on est deux à être dans le flou.

— Mais on va trouver. Ensemble.

Je tourne la tête pour le regarder alors qu'une vague inattendue d'émotion me submerge.

— Je suis désolée pour tout ce que je t'ai fait.

— Chut.

Il secoue la tête et me serre la main.

— On s'en fiche. Tout ce qui compte, c'est maintenant. Ça.

— Je te promets de ne plus commettre les mêmes erreurs. J'aimerais pouvoir…

Je ne peux pas terminer ma phrase, parce que Cayden s'avance brusquement vers moi et m'embrasse, me privant de mon oxygène. Instinctivement, je me tourne vers lui et enroule mes bras autour de son cou. Je me perds dans son étreinte. Il connaît mieux mon corps que moi.

— J'ai toujours voulu t'embrasser ici, murmure-t-il, son haleine chaude contre mes lèvres.

Son aveu me pousse à me hisser sur la pointe des pieds pour approfondir la connexion. Il gémit dans ma bouche.

Je sais que je devrais prendre le temps de digérer tout ce qu'il m'a révélé, mais rester loin de lui est impossible. La majorité des gens n'aurait sans doute pas compris qu'il a agi ainsi pour me protéger, mais moi je comprends.

Cayden a toujours fait passer mon bonheur avant le sien. Il croyait que m'éviter une peine de cœur était une bonne idée. C'est ce qu'on fait pour les personnes qu'on aime, on sacrifie notre âme pour sauver la leur.

Comment je pourrais être en colère contre lui pour avoir eu mes intérêts à cœur ? Notre histoire est incroyablement tordue, mais c'est la nôtre.

— Allons-y, haleté-je en mettant fin au baiser. Cet endroit est un souvenir que je n'ai pas envie de me rappeler.

Il frotte son nez contre le mien et hoche la tête.

On retourne vers son pick-up, main dans la main.

— Tu as faim ?

— Je mangerais bien quelque chose, réponds-je, même si je n'ai aucun appétit.

Cayden sent mon inquiétude et me retient avant que je ne monte dans son véhicule.

— Peut-être que t'amener ici était une erreur ?

— Non, dis-je en secouant vivement la tête. Je suis contente que tu l'aies fait. Merci. Ça m'a aidée à comprendre notre passé. C'est juste que je déteste qu'on ait perdu autant de temps. Que nos vies aient été façonnées par les autres.

Ses épaules se soulèvent quand il soupire.

— Je sais. Moi aussi.

Est-ce que ce sentiment de remords disparaîtra un jour ? Quand je pense à ce qu'on a fait au père de Cayden, je sais que la réponse est non. Comment serait-ce possible ?

— Arrête, lance Cayden en prenant mon menton pour me fixer d'un regard passionné. Il n'en vaut pas la peine. Crois-moi. Il m'a fallu toute ma vie pour m'en rendre compte.

Je vais devoir le croire sur parole.

— OK.

Fatiguée de ruminer de sombres pensées, je dépose un baiser sur ses lèvres avant de m'installer dans le pick-up.

— Chinois, ça te tente ?

— Oui ! m'exclamé-je en bondissant sur mon siège. J'adore la cuisine chinoise. Mais tu le savais déjà, pas vrai ?

Son sourire en coin parle de lui-même.

Quand il démarre le moteur et s'éloigne de la maison, je sens un poids quitter mes épaules. Je suis heureuse d'avoir tout oublié.

Comme j'ai besoin de me concentrer sur autre chose, je décide de parler de ma maison.

— Il faudra que tu passes et que tu voies la maison. Elle est vraiment bien.

Maintenant que je sais que c'était celle de Cayden, ça me fait bizarre de dire que c'est la mienne.

— Peut-être quand on aura mangé ? suggère-t-il. Tu pourrais me faire visiter.

Mes joues s'enflamment aussitôt, parce que dès qu'on entrera dans la chambre, je compte bien remplacer les mauvais souvenirs par des bons. Mais je tente de rester impassible.

— Bien sûr.

Il se racle la gorge, et je devine ce qu'il va me demander.

— Comment ça s'est passé avec ta mère ?

Je ne peux retenir le reniflement sarcastique qui m'échappe.

— Exactement comme tu le pensais. Je lui ai dit que je savais tout.

— Et ? m'encourage-t-il doucement.

— Et il est clair que ma mère est une garce sans cœur, indiqué-je du tac au tac. Je lui ai parlé…

Je baisse les yeux.

— … du bébé.

Cayden siffle tout bas. La peine se lit sur son visage. Rien n'enlèvera jamais cette souffrance, mais j'essaie d'être forte. Même si je ne m'en souviens pas, ça reste difficile d'en parler.

— Je suis contente qu'elle soit au courant, parce que maintenant, elle est reléguée dans le passé. Elle est morte pour moi.

Je fais la grimace, regrettant mon choix de mots.

Le silence s'installe dans la cabine.

— J'ai réfléchi à ce qu'on devrait faire ensuite, déclare-t-il.

— Je suis tout ouïe.

Je me tourne sur mon siège pour lui faire face.

Ses mains sont serrées autour du volant. Il a l'air tendu. J'ai tout à coup la sensation que je ne vais pas aimer ce qu'il a à dire.

— Il y avait un type que mon père connaissait, Benny…

Mais j'en ai déjà assez entendu.

— OK, stop. Si ton père le connaissait, on ne veut rien avoir affaire avec lui.

Cependant Cayden secoue la tête.

— Il n'était pas comme les autres. Quand il passait, il nous ramenait des bonbons, à Lacey et moi, ou un jouet bon marché. Quand j'étais plus grand, c'est lui qui m'a refilé mon premier magazine cochon.

— Je reste sur ma première idée, le coupé-je, en secouant la tête de dégoût.

Mais Cayden m'ignore.

— Je sais que ça n'en a pas l'air, mais c'était un type bien, dans son genre.

J'arque un sourcil incrédule, mais je le laisse continuer.

— Enfin bref. Juste après l'incident avec mon père, reprend-il en déglutissant alors que je calme ma respiration, Benny est passé, parce qu'il le cherchait. Bien sûr, je lui ai dit que je ne l'avais pas vu, et que j'étais certain qu'il s'était barré. Mais Benny a deviné que je mentais. Tu ne peux pas raconter des conneries à un raconteur de conneries, pas vrai ?

— Qu'est-ce qui s'est passé ? demandé-je en frottant mes paumes moites l'une contre l'autre.

— Il m'a dit que mon père lui devait beaucoup d'argent, et m'a demandé de l'appeler quand il reviendrait. Je n'ai jamais su comment mon père le connaissait, mais il était évident que Benny n'était pas le genre de type à se mettre à dos. J'ai découvert ça en effectuant une recherche sur Google. Je savais qu'il se faisait appeler Le Hibou, alors j'ai appris qu'il était le boss de mon père, si on peut dire ça comme ça. Il s'est fait arrêter et est allé en prison pour extorsion, ainsi que pour trafic de drogue.

J'écarquille les yeux. Je ne comprends pas où il veut en venir.

— Il est sorti, explique Cayden, en remplissant les blancs. Il y a un an, environ. Je suis sûr qu'il a une revanche à prendre. Si je l'appelais et que je lui disais pour mon père…

— Non, c'est hors de question ! m'exclamé-je en me redressant sur mon siège. Ça n'arrivera pas. Tu ne vas pas t'impliquer avec quelqu'un dont le surnom est Le Hibou.

— Je sais que c'est risqué, mais comme je te l'ai dit, il ne nous a jamais fait de mal à Lacey et à moi, alors qu'il aurait pu.

— Cayden, non. Je ne couvrirai pas un crime avec un autre. On ne guérit pas le mal par le mal.

— Parfois si, proteste-t-il, la mâchoire crispée.

— Non, m'entêté-je. On trouvera un autre moyen, d'accord ?

Il regarde fixement devant lui, mais même sans plonger dans ses yeux, je perçois sa rage intérieure.

— Eh bien, je t'écoute, parce que je ne sais pas quoi faire d'autre.

— On peut sûrement expliquer à la police ce qui s'est passé. C'est vrai, on était des gosses, et après ce qu'il nous a fait, ils comprendront.

Je sais ce que ça implique. Ça fera remonter de vieux souvenirs pour Lacey et Cayden, mais je ne veux pas avoir recours au crime pour en couvrir un autre.

— On pourrait, répond Cayden.

Une pointe d'espoir monte en moi. Mais il disparaît aussitôt.

— Ça voudrait dire alors que les anciens amis de mon père sauront ce qu'on a commis. Et crois-moi, ils le vengeront. Personne n'aime les balances. On aurait une cible dans le dos. Je ne peux pas vous faire ça. Ni à toi, ni à Lacey. Et encore moins à Ellie.

Je ne prétends pas connaître le monde des criminels, mais ce qu'il dit est sensé. Et ça me rend malade.

— D'accord, mais s'il te plaît, ne fais rien pour l'instant. Réfléchissons à un autre moyen. Il doit y avoir un autre moyen, ajouté-je, le suppliant d'entendre raison.

Je ne sais pas quoi, mais on trouvera bien quelque chose. Il le faut.

Le silence s'installe une fois de plus.

Mon cœur se serre, et je porte la main à ma poitrine. Je comprends maintenant pourquoi Cayden voulait m'épargner cette douleur. Si je n'avais pas le choix, est-ce que je pourrais vraiment mettre un terme à la vie du père de Cayden encore une fois ? Pour de bon ?

La sonnerie du portable de Cayden rompt ce silence qui me donnait la chair de poule. Il appuie sur un bouton au niveau du volant pour répondre sur Bluetooth. Cependant, quand la voix paniquée de Lacey résonne dans l'habitacle, le soulagement cède la place à l'appréhension.

— Cayden ! Elle est en feu !

En feu ? Je pivote vers Cayden, qui me regarde en haussant les épaules.

— Qu'est-ce qui est en feu ? Ace ?

— Rentre à la maison ! crie-t-elle ; et quand j'entends le son des sirènes, je comprends.

La maison.

— La maison de Peyton est en feu !

Je cligne des yeux. Je n'arrive pas à y croire. Il doit y avoir une erreur.

— J'ai appelé les pompiers, mais ça s'annonce mal. S'il te plaît, rentre à la maison.

De toute évidence, c'est vraiment en train de se produire.

— On arrive, Ace. Va te mettre en sécurité, et dis à Ellie que je serai là dans quelques minutes.

Il raccroche et fait demi-tour en trombe.

Je regarde le paysage flou défiler par ma vitre, mais même si Cayden ne roulait pas comme un fou, je n'arriverais pas à me concentrer sur ce qui m'entoure. Ma maison est en feu ? Comment est-ce possible ? J'ai tout éteint. Je n'ai pas laissé de bougies allumées, et je ne pense pas que mon nouvel électroménager aurait provoqué un court-circuit.

Cette ombre menaçante est de retour, et quand je vois Cayden, la mâchoire contractée et les articulations blanchies à force de serrer le volant, je sais qu'il la sent aussi.

— Comment c'est arrivé ? haleté-je en secouant la tête, incrédule. Cayden ?

— Cette petite merde, grogne-t-il dans sa barbe.

— Ce n'est pas possible.

Mon esprit s'est réfugié dans le déni, parce que je ne peux pas accepter la possibilité que quelque chose de sinistre soit à l'œuvre.

Cayden frappe le volant en poussant un juron.

— C'est tout à fait possible.

Il appuie encore plus fort sur la pédale d'accélérateur.

— J'avais justement peur de ça, Peyton. Il ne s'arrêtera pas, et c'est pour ça que Benny…

— Non ! m'écrié-je.

Ce n'est pas une solution. C'est une tragédie.

— Il faut qu'on découvre ce qui s'est vraiment passé avant de mettre un terme à la vie d'un homme !

— Il est déjà mort, crache Cayden.

Mon estomac s'effondre parce qu'au fond de moi, je sais qu'il ne changera pas d'avis. Quelles que soient mes inquiétudes, il fera ce qu'il veut, car c'est la seule façon pour qu'il chasse son père de nos vies une bonne fois pour toutes.

Le reste du trajet se passe en silence, mais parfois, le silence est plus assourdissant que le bruit.

On arrive dans notre quartier quelques minutes plus tard, mais quand on essaie de tourner dans notre rue, elle est bloquée par les forces de l'ordre. Cayden baisse sa vitre.

— Notre maison est là-bas, dit-il ; mais le jeune officier secoue la tête.

— Ce n'est pas sûr, monsieur. Une des habitations est en feu. On a évacué tout le quartier.

Le ciel est illuminé par des traînées rouge sang et orange brûlant.

Je me penche par-dessus la console centrale et essaie de négocier avec le policier.

— Je sais. C'est ma maison. S'il vous plaît !

J'espère qu'il va bouger, mais non.

— Je suis désolé. Je ne peux pas vous laisser approcher. Pas avant que l'incendie ne soit maîtrisé.

— Ma sœur et ma fille habitent un peu plus loin dans cette rue. Laissez-moi au moins aller voir si elles vont bien !

Cayden est à deux doigts d'arracher la langue du policier quand ce dernier secoue la tête.

— Il faut que vous déplaciez votre véhicule, monsieur. Cette route doit rester libre d'accès pour les véhicules d'urgence.

Cayden ouvre la bouche, prêt à lui dire ce qu'il pense de sa suggestion, mais je lui saisis le poignet avec douceur.

— Allons nous garer plus loin et appeler Lacey, OK ?

Je vois bien qu'il essaie de se maîtriser pour ne pas défoncer le barrage, mais il finit par acquiescer :

— OK.

Néanmoins, l'agent ne prend aucun risque et campe sur ses positions, en nous observant avec attention pendant que Cayden fait marche arrière. La rue grouille de voisins et de curieux, et quand ils nous voient, ils écarquillent les yeux et chuchotent derrière leurs mains.

J'imagine sans problème ce qu'ils pensent. *Il était temps que cette ruine brûle.*

Tout ce pour quoi j'ai travaillé si dur est en train de partir en fumée, et je ne peux rien y faire du tout. Des souvenirs, ceux que je peux me rappeler, m'ont été enlevés, mais si ça se trouve, c'est le karma qui me rattrape. Ces murs ont abrité de terribles secrets, et même si mes intentions étaient bonnes, peut-être que c'était ce qui était censé arriver depuis le début ; que mes souvenirs et cette maison qui a changé ma vie pour toujours partent en fumée.

— Ace ! Je suis là. Où es-tu ?

Cayden a garé le pick-up, et en saute avant même que je n'aie le temps de détacher ma ceinture.

Pendant qu'il scanne frénétiquement la foule, je m'arrête un moment pour réfléchir. Qu'est-ce qui est en train de se passer, bordel ? Plus je pense à ma maison, plus j'ai du mal à respirer.

Non.

Une sensation familière s'empare de moi : j'ai l'impression de me noyer. Cela me prend au dépourvu, parce que ça fait des semaines que je n'ai pas été happée par ces abysses. Mais plus je pense à ce qui vient d'arriver, plus l'obscurité menace de m'avaler en entier.

Je cache mon visage dans mes mains, et me concentre sur ma respiration comme j'ai appris à le faire au yoga, mais ça ne m'aide pas. Chaque souffle me donne l'impression que c'est le dernier. À deux doigts de l'hyperventilation, je ferme les yeux et abandonne le combat, au moment où la portière s'ouvre à la volée. Je suis attirée dans une étreinte chaude, et le monde s'arrête lentement de tourbillonner.

— Je suis là, Neige. Respire. Respire avec moi.

La voix apaisante de Cayden transperce le chaos, et quand il me serre contre son torse, je m'accroche à lui et me concentre sur les battements réguliers de son cœur.

— Voilà, c'est ça.

J'enfouis mon nez dans le creux de son cou, focalisée sur lui et pas sur le foutoir qui nous entoure. Petit à petit, à travers le vacarme, je trouve le silence et je me connecte avec le corps et le cœur de Cayden. Nous sommes en harmonie.

Je noue mes bras autour de son cou. Je n'ai besoin de rien d'autre que de lui. Je suis de retour dans l'instant présent, et je respire à fond.

— Merci, chuchoté-je en ouvrant les yeux.

— Tu pourras toujours compter sur moi, répond-il en me caressant les cheveux.

Je le lâche à contrecœur parce qu'on a bien plus important à gérer. Alors que je suis sur le point de lui demander s'il a trouvé Ellie et Lacey, les deux se jettent sur moi, me serrant fort. Il semble qu'on ait tous besoin de cette connexion qui va au-delà des mots.

— Vous allez bien ? leur demandé-je en passant mes bras autour d'elles.

— Nous, ça va. Mais ta maison, Peyton…

— Ce n'est qu'une maison, la coupé-je alors que Lacey m'étreint plus fort. Vous êtes saines et sauves, c'est tout ce qui compte.

Ellie renifle contre moi, et je me rends compte que c'est la première fois que je la vois depuis que j'ai découvert la vérité. Mon cœur se serre douloureusement.

— Tu vas bien, petite souris ?

Je passe mes doigts dans ses cheveux, retenant mes larmes.

Elle hoche la tête et me serre plus fort.

Je croise le regard de Cayden. Inutile de parler, il sait ce que je ressens parce qu'il éprouve la même chose.

— Désolé de vous interrompre, lance une voix qui nous pousse à nous séparer à la hâte.

Quand je vois le grand homme imposant en pantalon de costume impeccablement repassé, je sais sans l'ombre d'un doute que c'est un inspecteur. Et vu ses lèvres pincées, il n'est pas là pour rigoler.

— Mes collègues m'ont dit que c'est votre maison qui a pris feu.

— Oui, confirmé-je en gardant un bras autour d'Ellie. Lacey nous a appelés pour nous dire ce qui s'était passé.

Il hoche la tête et nous examine tous attentivement.

— Qui est Lacey ?

— C'est moi.

Elle fait un pas en avant en levant une main.

— Je vis quelques maisons plus loin. Cayden est mon frère. Il était en rendez-vous avec Peyton.

L'inspecteur reporte son attention sur Cayden, qui se rapproche de moi.

— OK. Je suis l'enquêteur en chef. Inspecteur Kyle Parks. Quand vous aurez un moment, je vous demanderai à tous les trois de venir au poste pour que je puisse prendre vos dépositions.

— Dépositions ? répété-je, alors qu'un frisson me traverse. Nous n'étions pas là. Vous avez sûrement plus d'informations que nous.

— C'est la procédure standard, explique-t-il ; mais il n'y a rien de standard dans la façon dont ses yeux gris acier se plissent. De plus, d'après ce que j'ai compris, l'origine semble être criminelle. Je suis sûr que vous aurez à cœur qu'on arrête le coupable. Alors plus d'informations nous aurons, plus tôt on pourra le démasquer.

— Criminelle ?

Je retiens un haut-le-cœur en entendant ce mot, tandis que Cayden se crispe à côté de moi, ce que l'inspecteur ne manque pas de remarquer.

— Oui, madame Lane.

Il fouille dans sa poche et en sort une carte de visite.

— Appelez-moi, je vous prie. Je vous revois tous très bientôt.

Il tapote la tête d'Ellie avant de passer le barrage et de descendre la rue en direction des flammes qui dévorent ma maison.

Ce n'est que lorsque je regarde son dos s'éloigner que je me rends compte qu'il m'a appelée par mon nom. De toute évidence, il a déjà fait des recherches.

Je lève la tête vers Cayden, qui pousse un soupir, la mâchoire contractée. Il effleure mon cou avec son nez, et n'importe quel spectateur pourrait croire qu'il me réconforte, mais je ne suis pas dupe.

— Ne dis rien. Ce flic va nous surveiller. Il faut qu'on soit prudents.

Et il a raison.

En même temps, est-ce que ce n'est pas l'occasion idéale de dire la vérité ? On pourrait lui parler du père de Cayden, et du fait que c'est sans doute lui qui est derrière l'incendie. Mais ce serait notre parole contre celle d'un homme mort. On n'a aucune preuve pour confirmer notre récit, et si on avoue ce qu'on a fait, ils dragueront le lac pour s'assurer qu'on dit la vérité. Et vu le jeu du chat et de la souris auquel se livrent Cayden et son père, je me doute qu'il préfère rester caché.

Je ne peux qu'imaginer les conséquences pour Ellie. On se moquerait d'elle à l'école. Les enfants peuvent être cruels entre eux. Tout comme leurs parents. Oh, Seigneur. Quel bordel.

Puisqu'on ne nous laisse pas le choix, on reste à l'écart, en attendant qu'on nous autorise à rentrer à la maison. Dans mon cas, pour voir ce qu'il en reste. On est suffisamment loin pour que je ne voie pas ce qui se passe, mais les bruits de craquements m'indiquent que le feu a sans doute décimé toute ma maison. L'endroit qui était notre sanctuaire autrefois est à présent dévoré par les flammes, et je suis sûre que je suis en enfer, parce que j'ai l'impression que la chaleur va faire fondre la chair sur nos os.

Les flammes sont cruelles. Elles brillent d'un rouge écarlate, mettant le feu au ciel et à tout ce qui se trouve sur leur chemin.

Après ce qui me semble être des heures, la foule commence à se disperser, et bientôt il ne reste plus que mes voisins, qui veulent juste rentrer chez eux. Ils sont abasourdis par ce qu'ils ont devant les yeux. Ce genre d'incident ne se produit pas dans les beaux quartiers. Enfin, plus maintenant. Mais il semblerait que depuis mon arrivée, j'ai réussi à réveiller les fantômes de mon passé.

Quand la police retire les barricades, et que les camions de pompiers quittent les lieux, je sais que c'est terminé.

Par chance, l'inspecteur Parks n'est nulle part en vue, mais je sais que si je ne l'appelle pas demain matin, il viendra frapper à ma porte, et qu'il me trouvera où que j'aille.

— OK, messieurs dames. Vous pouvez rentrer chez vous. Appelez-nous sur-le-champ si jamais il y a d'autres problèmes.

Sans attendre une seule seconde, je me précipite pour aller constater les dégâts. Quelques mètres avant d'arriver, je m'arrête net, clignant des yeux, incrédule. Je pensais naïvement être préparée. Grave erreur. Une pile de cendres ; c'est tout ce qu'il reste de ma maison. Ce qui constituait la charpente et le bardage est à peine reconnaissable, tas de bois noirs tordus. Est-ce que cet espace a toujours été aussi grand ? Sans bâtiment, tout semble si… vide.

— Il n'y a plus rien, pleure Lacey, faisant écho à mes pensées.

Non seulement j'ai perdu ma maison, mais Lacey et Cayden l'ont perdue aussi.

On reste en retrait, les yeux rivés sur ce triste spectacle. D'un seul coup, Cayden explose :

— Espèce de fils de pute ! rugit-il en balayant l'air avec ses bras. Je suis juste là ! Arrête de te planquer comme le lâche que tu es !

— Cayden, arrête !

Je lui saisis le bras, mais il est furieux, et j'ai peur que sa colère s'embrase et flambe plus fort que le feu qui a englouti ma maison.

Il n'y a rien qu'on puisse faire. Est-ce que le fait que nos souvenirs soient partis en fumée est un présage de ce qui nous attend ? La chaleur du feu est toujours présente, mais elle ne fait rien pour contrer le froid qui me gèle jusqu'aux os. Je me frotte les bras, et je contemple, hypnotisée, tout ce que j'ai construit réduit en cendres devant mes yeux.

Cayden finit par se calmer et vient se poster à côté de moi. Il observe le carnage, impuissant. Sa posture féroce ne peut vouloir dire qu'une seule chose. C'est la guerre.

Avec les cendres fumantes en toile de fond, Cayden entremêle ses doigts aux miens.

— Qu'est-ce que ça veut dire ? murmuré-je, engourdie.

Il ne bouge pas, mais cette immobilité est bien plus effrayante que toute la violence qu'il pourrait déchaîner.

— Ça veut dire qu'il est de retour pour finir ce qu'il a commencé. Mais cette fois… je suis prêt.

Si c'est un combat que veulent mes démons… alors je leur apporterai la guerre. Plus question de me cacher. Il est temps de réclamer ce qui est à moi.

CHAPITRE 16

Cayden m'héberge juste le temps que je me retourne. Je n'ai plus rien, à part ce que j'ai sur le dos.

Les pertes matérielles ne me dérangent pas. Voir tous les souvenirs que je me suis construits dans cette maison s'envoler m'attriste bien plus. Je ne sais pas où aller maintenant, parce que même si je connais la vérité, je ne m'attends pas à ce que Cayden m'ouvre sa porte, et pour être honnête, je n'ai pas envie qu'il le fasse. J'ai besoin d'espace pour tout digérer, et emménager avec lui aussi vite n'est pas une bonne idée.

Retourner chez ma mère est proscrit, alors je suis dans le flou. Néanmoins, les prochaines étapes sont claires : il est temps d'aller au poste de police.

— On ira faire du shopping après avoir donné nos dépositions, déclare Cayden en interrompant mes pensées.

Lacey a été assez gentille pour me prêter des vêtements, mais le fait que j'ai besoin de toute une nouvelle garde-robe me pousse à hocher la tête.

Cayden confond mon agitation avec de la nervosité.

— Ne t'inquiète pas pour l'inspecteur. Tu n'as rien fait de mal.

Il frotte ma jambe dans un geste doux. J'ai peur qu'il lise en moi.

D'accord, techniquement, je n'ai rien fait de mal, mais s'il commence à creuser, je suis terrifiée à l'idée de craquer sous la pression et de lui dire la vérité. Ce ne serait peut-être pas une mauvaise chose, mais avoir à tout divulguer... Je déglutis. Comment raconter en détail quelque chose que je ne sais même pas comment expliquer ?

Cayden arrête le pick-up sur une place de stationnement et éteint le moteur. Il se tourne pour me faire face pendant que je prends trois profondes inspirations pour me calmer.

— Ça va ?

— Honnêtement, non, avoué-je en essuyant la sueur entre mes sourcils. Je crois qu'il sait que quelque chose ne tourne pas rond.

— C'est un flic. Son boulot, c'est d'être suspicieux. Ça va aller. Promis.

Son assurance me rassure, mais je ne peux m'empêcher de penser qu'on a ouvert une brèche.

On sort du pick-up et on avance en direction du poste, main dans la main. Quand on entre, je serre ses doigts. Tout le monde tourne la tête pour nous regarder, ou alors c'est mon imagination. Quoi qu'il en soit, mon estomac se retourne et je crois que je vais être malade.

Au moment où Cayden est sur le point d'annoncer notre arrivée à l'agent de la réception, l'inspecteur Parks tourne à l'angle et s'arrête en nous apercevant.

— Justement les deux personnes que je voulais voir. Où est mademoiselle Coachman ?

— Lacey est à la maison avec ma fille. Elle passera plus tard. Je ne voulais pas amener Ellie au poste, explique froidement Cayden.

Je me colle contre lui. J'aimerais tant avoir son assurance.

L'inspecteur Parks hoche la tête.

— Allons-y, dans ce cas. Mademoiselle Lane…

Il concentre son regard laser sur moi.

— … je vais prendre votre déposition. Monsieur Coachman, l'agent Murphy va prendre la vôtre.

Il nous fait un signe de tête pour qu'on le suive.

Cayden passe devant, sans me lâcher, mais l'inspecteur part à gauche. Je vais me retrouver toute seule. Cayden croise mon regard, son expression en dit long. Il lâche ma main et hoche la tête.

Un agent indique à Cayden de le suivre. Plus le choix, on doit se séparer.

Je ne me retourne pas et suis l'inspecteur Parks, qui attend devant une porte. J'imagine que c'est là que se tiendra l'interrogatoire. Je passe à côté de lui, frissonnante parce que quelque chose chez cet homme me rend nerveuse.

— Asseyez-vous, dit-il en pointant du doigt une chaise métallique.

Rien n'est accueillant dans cette pièce, mais j'imagine que c'est le but. Ne mentez pas, ne trichez pas, ne volez pas. Sinon, vous vous retrouverez dans un endroit comme celui-là.

— Quel est le problème, mademoiselle Lane ? Vous avez l'air nerveuse, déclare l'inspecteur Parks en fermant la porte, scellant mon sort.

Je me dépêche de m'asseoir et cale mes mains sous mes cuisses pour m'empêcher de les tordre.

— Je ne suis pas nerveuse, affirmé-je, espérant qu'il ne devine pas mon mensonge. J'ai juste un millier de choses à faire aujourd'hui.

— Je ne vous retiendrai pas longtemps.

Il n'a aucune compassion pour le fait que je sois sans domicile fixe et que je n'aie rien à me mettre sur le dos.

— Où étiez-vous entre 18 et 19 heures hier soir ?

Il s'installe en face de moi, et sort un petit enregistreur de sa poche.

Là, ça ne rigole plus.

Je compte jusqu'à cinq dans ma tête et hausse calmement les épaules.

— Je passais la soirée avec Cayden. Il est venu me chercher vers 19 heures, 19 h 30. On a roulé jusqu'à mon ancienne maison de vacances.

— Celle sur Maple Avenue ? demande-t-il alors que je penche la tête sur le côté.

Il a fait ses devoirs.

— Oui, c'est ça.

— C'est un endroit étrange pour un rencard.

Il se recule dans sa chaise. Il caresse sa moustache en attendant ma réponse.

Je me racle la gorge, parce que j'ai l'impression que je viens d'avaler du plomb.

— Je souffre d'amnésie, expliqué-je, mais vu l'expression impassible de l'inspecteur Parks, il doit déjà être au courant. Cayden voulait m'emmener là-bas, parce que c'est là qu'on s'est rencontrés quand on était enfants. Il espérait que ça réveille un souvenir.

— Et qu'est-ce qui s'est passé ensuite ?

— On est remontés dans son pick-up et on était en chemin pour aller dîner.

— Qu'est-ce que vous aviez prévu de manger ?

— Chinois.

Je sais ce qu'il fait. Il veut que je laisse échapper quelque chose, mais ça, c'est une vérité que je peux révéler.

— À quelle heure avez-vous appris pour l'incendie ?

— Je ne sais pas. J'avais d'autres sujets de préoccupation que de regarder l'heure.

Impossible de réprimer le sarcasme dans ma voix, ce type m'agace. Il agit comme si c'était moi qui avais mis le feu.

— Lacey nous a appelés, et on est rentrés directement à la maison.

Il hoche la tête, comme s'il digérait tout ce que je viens de lui dire.

— Est-ce que vous avez remarqué quelque chose d'étrange ces dernières semaines ?

— Étrange ? Vous allez devoir être un peu plus spécifique.

Je reste assise sans bouger, le dévisageant d'un air impassible.

— Quelqu'un qui aurait traîné autour de chez vous, ou au travail ? précise-t-il, sans me quitter des yeux.

— Non.

Mentir fait cogner mon cœur dans ma poitrine.

Il pince les lèvres, en quête du moindre signe de mensonge, mais je reste parfaitement immobile.

— C'était un incendie volontaire.

— Comment vous le savez ?

— L'odeur d'essence était inratable. Et notre équipe l'a confirmé. C'était comme si l'incendiaire voulait qu'on sache que c'était un acte délibéré.

Inspire, expire. Je calme ma respiration, le dos bien droit.

— Qui ferait un truc pareil ?

— J'espérais que vous pourriez me le dire, réplique-t-il.

Je hausse les épaules et réponds d'une voix calme :

— Je n'en ai aucune idée.

— Vous ne connaissez personne qui pourrait en avoir après vous ?

— Non, Inspecteur.

La sueur s'accumule dans le bas de mon dos, mais je ne montre rien.

Je suis sûre qu'il ne me croit pas, et quand je suis sur le point de craquer, il se lève.

— Vous pouvez partir. J'ai tout ce qu'il me faut pour l'instant.

J'ai envie de sortir en trombe de la pièce, mais je me lève lentement.

— Merci.

Je m'attends à ce qu'il y ait un piège, mais quand il ouvre la porte, je n'arrive pas à croire que je m'en sois sortie à si bon compte… Je chasse cette pensée, surtout quand l'inspecteur Parks m'arrête net.

— Vous savez, mademoiselle Lane, vous n'avez pas eu l'air si surprise que ça quand je vous ai dit que l'incendie était criminel.

Et voilà. La preuve qu'il ne croit pas un mot de ce que je viens de lui dire.

— C'est juste que j'ai un peu de mal à tout encaisser pour l'instant, Inspecteur Parks.

On est à quelques centimètres l'un de l'autre, et je suis sûre qu'il lit en moi comme dans un livre.

— Bien sûr.

Il se décale pour me laisser passer. Au moment où je le frôle, il ajoute :

— Je vais découvrir le fin mot de l'histoire. Je vais trouver qui a mis le feu, mais plus important encore, pourquoi.

Il plonge son regard dans le mien, et je déglutis, mais parviens à rester calme.

— Je suis ravie de l'entendre. Au revoir, Inspecteur.

Avant qu'il n'ait le temps de me balancer autre chose, je sors rapidement de la pièce, et pousse un soupir de soulagement quand je traverse le couloir. Mais je sens les yeux de l'inspecteur dans mon dos. Je sais que je vais le revoir.

Je suis escortée dans une salle pour attendre Cayden. Par chance, ça ne dure pas longtemps.

Quand il entre dans la pièce, je me retiens de lui sauter dans les bras.

— C'est bon ?

— Oui.

On sort du bâtiment, nous assurant d'avoir l'air détaché parce qu'on sait que l'inspecteur nous observe. Quand je monte dans le pick-up, je bataille avec la ceinture de sécurité, les larmes aux yeux. Cayden n'attend pas une seconde pour démarrer et s'éloigner du poste de police.

Après quelques minutes, je laisse échapper un soupir tremblant et me frotte le visage d'une main, épuisée.

— Il sait que je mens, déclaré-je derrière ma paume.

Cayden ne dit rien.

Néanmoins j'ai besoin de remplir le silence.

— Il va creuser jusqu'à ce qu'il découvre la vérité. Il saura ce qu'on a fait. On devrait tout lui avouer.

Cayden serre les doigts autour du volant.

Je sais ce qu'il en pense, toutefois je préférerais raconter à l'inspecteur Parks ce qui s'est passé plutôt qu'il fouine et finisse par trouver par lui-même.

— On pourrait lui dire, mais il n'y a pas de corps. Ça ne sera pas bon pour nous. On n'a aucune preuve que mon père est de retour ; et d'un autre côté, si on avoue notre crime, il y aura de graves conséquences.

Il regarde droit devant lui.

— Mais si tu veux lui dire, j'ai une condition.

Une vague de terreur me parcourt.

— Qu'est-ce que c'est ?

— Tu me laisses endosser la responsabilité.

Je cligne des yeux.

— *Quoi ?*

— Je refuse que mon père ruine nos vies à tous les deux. Je prendrai tout à mon compte. Tout. On ne dit à personne que tu étais là.

— Cayden, non, protesté-je d'une voix tendue.

Mais il n'écoute pas.

— Si, c'est comme ça que ça doit se passer. Lacey ne peut pas s'occuper d'Ellie toute seule. Elle aura besoin d'aide. Je ne veux pas qu'Hazel soit la seule à qui Lacey puisse parler de ma fille.

Plus il parle, plus les choses deviennent lugubres.

— Comment peux-tu me demander ça ? C'est plus ma faute que la tienne. Tu vas gâcher ta vie. Je ne peux pas faire ça. C'est hors de question.

Le pick-up tangue violemment quand il s'arrête sur le bord de la route et m'attire par-dessus la console centrale pour m'installer sur ses genoux.

— Il le faut, insiste-t-il entre deux profonds soupirs. S'il te plaît, ne me refuse pas ça. Je ne le laisserai pas te faire du mal à nouveau.

— Je refuse de rester les bras croisés pendant que tu es poursuivi pour un crime que j'ai commis.

Son corps tremble contre le mien tandis qu'il passe ses doigts dans mes cheveux.

— Ce sont mes conditions, s'entête-t-il d'un ton ferme en me fixant d'un regard sévère. Tu as raison. C'est mieux si on dit la vérité. Enfin, une vérité déformée. Mais je refuse de ruiner ta vie.

— Mais tu t'attends à ce que je ruine la tienne ? chuchoté-je, abattue.

— Sans corps, ils n'auront pas grand-chose. Mais mes aveux vont me valoir de la prison, c'est sûr. L'avantage, c'est qu'il aura plus de mal à sortir de sa cachette si je suis derrière les barreaux pour son meurtre. Ce qui veut dire que tu seras en sécurité. C'est un sacrifice auquel je suis heureux de me soumettre.

Une larme glisse sur ma joue, mais je n'ai pas le droit de pleurer. Ce n'est pas moi qui sacrifie ma liberté.

— Je ne veux pas te perdre encore une fois.

— Alors qu'est-ce qu'on doit décider, d'après toi ?

Je pousse un soupir et presse mon front contre le sien, me délectant de son odeur.

— OK… on le fait à ta façon.

Il laisse échapper un sifflement.

— Ma façon ?

Il sait ce que je propose, mais il a besoin que je le dise, juste au cas où.

— On…

Je marque une pause, parce que ce que je m'apprête à dire est immoral.

— … on parle à Benny. Mais… on évite toute violence si on peut. Il doit y avoir un autre moyen.

Je sais que non, mais comment peut-on sacrifier la vie d'un homme pour en sauver un autre ? Malgré ce que le père de Cayden a fait, l'idée me pèse. Et Cayden sent mon dilemme.

— Je vais tout organiser. Tu n'auras pas à t'impliquer. Tu ne sauras pas ce que je fais.

— Cayden…

— Non. Laisse-moi faire, m'interrompt-il, son souffle frôlant ma joue. C'est mon boulot de te protéger. Je veux que tu aies enfin la vie que tu mérites.

Je n'ai pas le temps de protester parce qu'il plaque ses lèvres contre les miennes, me volant mon souffle. J'enroule mes bras autour de son cou et presse tout mon corps contre le sien, l'embrassant avec férocité. Je ne sais pas pourquoi, mais ce baiser est chargé de désespoir.

Avec mes lèvres salées de larmes, j'embrasse Cayden sans m'excuser, parce qu'à ce moment, je sais que je l'aime. Je l'ai toujours aimé. Ça semble tellement étrange qu'une émotion aussi forte puisse exister alors que je ne le connais que depuis peu de temps, mais je suis mon cœur, et ça fait du bien.

On s'embrasse pendant de longues minutes, conscients que quand on s'arrêtera, tout changera pour toujours. Mais si Cayden pense que je vais le laisser agir tout seul, il se trompe. Cette Peyton Lane va se battre pour ce qui lui appartient, et Cayden Coachman m'appartient… il m'a toujours appartenu, et je protège ce qui est à moi.

***

J'ai juste acheté l'essentiel parce que je ne sais toujours pas où je vais vivre. Cayden dit que je peux rester aussi longtemps que je veux. Même si je ne doute pas de mes sentiments pour lui, je préfère y aller doucement. Emménager ensemble, ce serait tout l'inverse.

— Tu veux que je te fasse un peu plus de place ? demande Cayden pendant que je range mes affaires dans un tiroir.

— Non, ça va. Je m'impose déjà bien assez.

— Tu ne t'imposes pas du tout, proteste-t-il en venant se placer dans mon dos pour enrouler ses bras autour de ma taille. J'aime t'avoir avec moi.

— Et j'aime être ici.

Je me fonds contre lui, oubliant bientôt que j'étais en train de rouler mes chaussettes en boule.

— Mais à un moment ou à un autre, il va bien falloir que je trouve un endroit à moi.

Il pousse un soupir.

— Je sais. Où vas-tu aller ?

— Aucune idée.

— Est-ce que tu vas revenir au boulot ? demande-t-il en déposant un baiser dans mon cou.

— J'aime bien le *diner*, indiqué-je. En plus, que vont dire les gens en découvrant que je couche avec le patron ?

Je ferme les yeux et tourne la tête pour qu'il continue. Je lâche un petit gémissement quand il mordille l'endroit où palpite mon pouls.

— Eh bien, tu as de la chance. Je suis le boss, et je m'en fiche.

Son souffle réchauffe ma peau, et je me laisse aller contre lui, appréciant qu'on puisse se parler en toute franchise. Malgré tout, les sous-entendus demeurent.

Quand passera-t-il l'appel tant redouté ?

En parlant de ça…

Mon téléphone sonne, me forçant à me dégager de ses bras. Je sors mon portable de ma poche arrière, regrettant de ne pas avoir laissé l'appel atterrir sur la boîte vocale.

— Qu'est-ce que tu veux, Stella ?

Je n'ai pas de temps pour ses conneries, parce qu'elle fait partie des raisons pour lesquelles je suis là, pour commencer.

— Tu n'as pas pensé à appeler ta mère pour lui annoncer que tu n'étais pas morte brûlée ?

La majorité des gens s'attendrait à ce que leur mère montre un minimum de compassion dans un cas comme le mien. Mais je ne suis pas la majorité des gens.

— Je ne pensais pas que ça t'intéresserait, répliqué-je en me retournant face à Cayden.

— Ne t'avise de me mettre ça sur le dos. C'est toi qui es partie d'ici complètement hystérique.

— Parce que tu es une garce sans cœur, lâché-je du tac au tac.

Quand je repense à la façon dont notre dernière conversation s'est terminée, à la façon dont elle a insinué que perdre mon bébé était un mal pour un bien, je sais que je suis encore trop gentille.

Cayden écarquille les yeux, clairement surpris par ma brusquerie, mais j'en ai terminé avec elle.

— Tu peux pardonner à tout le monde sauf à moi.

— Qu'est-ce que c'est censé vouloir dire ? craché-je.

Tout à coup, j'étouffe, alors je passe devant Cayden pour ouvrir les portes du balcon. J'ai besoin d'air frais. Dès que je vois le terrain vide en face de moi, là où se trouvait ma maison, je regrette de ne pas être restée à l'intérieur.

— J'imagine que tu loges chez Cayden Coachman.

Elle prononce son nom comme si c'était un moins que rien.

— Tu oublies qu'il t'a menti, et tu arrives même à lui pardonner, mais pas à moi. Alors que j'ai toujours voulu te protéger.

— Cette excuse n'a pas marché la première fois, alors pas la peine d'insister.

Je devrais raccrocher, rien de bon ne sortira de cette conversation. Mais je me demande pourquoi elle m'appelle.

— Tu devrais revenir à Myrtle Beach. Ce n'est pas sûr là-bas.

Ma colère se met à bouillonner, et je calme ma respiration. Est-ce qu'elle sait quelque chose ?

— C'est revenir à Myrtle Beach qui n'est pas sûr, la corrigé-je. J'apprécie que tu te fasses du souci, mais c'est un peu tard.

Cayden vient se placer à côté de moi, observant l'autre côté de la rambarde. Il est aussi perturbé par ce vide que moi.

— Comment tu as su que ma maison avait brûlé ? C'est un de tes espions qui te l'a rapporté ?

Sa réponse me fait vite déchanter.

— Un inspecteur est passé à la maison. Il avait beaucoup de questions à poser sur toi, révèle-t-elle avec suffisance, comme si ça prouvait que je devais rentrer à la maison. Je lui ai dit que tu souffrais d'amnésie et que tu n'étais plus toi-même.

— Quoi ? soufflé-je en agrippant la rambarde et en secouant la tête. Pourquoi tu as dit ça ?

— Parce que c'est la vérité. Tu as découvert tellement de choses. Je sais ce que tu penses de moi, mais je te connais, Peyton. Mieux que tu ne te connais toi-même. Tôt ou tard, tu te rendras compte que je veux ce qu'il y a de mieux pour toi.

— Ouais, eh bien, ne compte pas trop là-dessus, répliqué-je.

J'en ai ma claque de cette conversation.

— Je te le prouverai, un jour.

— En tout cas pas aujourd'hui.

Avant qu'elle n'ait l'occasion de répondre, je raccroche. J'ai eu assez de négativité.

Je pousse un grognement et serre le téléphone dans ma main, imaginant que c'est la tête de Stella. Comment ose-t-elle m'appeler comme s'il ne s'était rien passé, pour faire comme si elle s'inquiétait ? C'est trop tard pour ça, et quoi qu'elle dise, je ne lui pardonnerai jamais.

— Tout va bien ?

Cayden me laisse de l'espace, mais je sais que si je le lui demandais, il me prendrait dans ses bras et me protégerait de ce bazar.

— Maintenant, je sais pourquoi l'inspecteur Parks en savait autant sur moi. Il a parlé à Stella, expliqué-je en secouant la tête, incrédule. Elle lui a dit que je n'étais pas moi-même parce que je souffre d'amnésie.

Cayden pousse un soupir, aussi horrifié que moi.

— Cet inspecteur va poser problème. Tu avais raison. Il va continuer à creuser jusqu'à ce qu'il obtienne des réponses.

Les non-dits, encore.

Admettant ma défaite, je me laisse aller dans ses bras et pose ma tête contre sa poitrine.

— J'aimerais qu'il y ait un autre moyen. Je sais qu'on ne peut pas aller voir la police, mais on ne soigne pas le mal par le mal.

Il garde le silence.

— Je ne sais pas si je pourrai vivre en sachant ça.

— Chut, m'apaise Cayden. Tu n'auras pas à vivre avec quoi que ce soit sur la conscience. Je te le promets.

Juste au moment où je suis sur le point de protester parce qu'il est hors de question que je le laisse faire ça tout seul, Ellie apparaît.

— Salut.

D'instinct, je fais mine de reculer, mais Cayden me serre plus fort de façon à ce qu'on se retrouve face à Ellie tous les deux. Son bras est lâchement posé autour de ma taille alors qu'il m'attire contre son flanc. Ça me réchauffe le cœur de savoir qu'il veut qu'Ellie nous voie comme ça.

Après tout ce que j'ai découvert, j'ai envie de dire quelque chose, mais je ne veux pas lui faire peur. Elle tient une feuille de papier dans sa petite main.

— Qu'est-ce que c'est ? demandé-je avec un sourire.

Elle se mord la lèvre inférieure.

— Je t'ai fait un dessin.

— Non, c'est vrai ? m'émeus-je, mon cœur fondant un peu.

Ellie hoche la tête et me tend la feuille.

Quand je la retourne et que je vois ce qu'elle a dessiné, je me dégage doucement de Cayden et m'accroupis pour être à sa hauteur. Elle a l'air nerveuse. Mais j'apaise aussitôt son inquiétude.

— Je l'adore. Merci beaucoup.

— C'est un plan de ma maison, explique-t-elle. Pour que tu ne te perdes pas.

Cayden étouffe un rire, mais je garde mon sérieux.

— Ça me sera très utile.

— Ça, c'est ma chambre, dit-elle en montrant la pièce la plus grande et la plus rose de tout son plan. Papa ronfle parfois. Alors on pourra faire une soirée pyjama.

Cette fois, c'est moi qui n'arrive pas à contenir mon hilarité.

— Ça me semble être une très bonne idée. Merci, petite souris.

Je lui caresse la joue avec tendresse.

Espérant ne pas dépasser les bornes, je coince une mèche de ses cheveux derrière son oreille.

— Je te promets de ne plus jamais partir, OK ?

Je n'ai pas juste fait des allers-retours dans la vie de Cayden ; dans celle d'Ellie aussi. Pas étonnant qu'elle ait été aussi effrayée quand on s'est rencontrées.

— OK, répond-elle.

Néanmoins je sens son appréhension.

— Je suis vraiment désolée de t'avoir fait du mal, confessé-je.

Je suis au bord des larmes, mais je les retiens.

— Je ne recommencerai plus jamais.

Ellie hoche la tête, ses yeux intelligents n'en ratent pas une miette. Je ne m'attends pas à ce qu'elle dise quoi que ce soit, mais je veux qu'elle sache que je suis revenue pour rester.

— Donc ça ne te dérange pas que je reste un peu ici ?

Son approbation est aussi importante pour moi que pour Cayden.

— Non.

Qui aurait cru qu'un simple mot pouvait faire autant de bien ?

Elle se jette dans mes bras et me serre fort. Je lui rends son étreinte.

Un sentiment de nostalgie me traverse. Nous sommes une petite famille. Je lève la tête vers Cayden, et je le vois dans ses yeux. Il ferait n'importe quoi pour protéger notre tribu, ce qui ne nous laisse pas le choix. Parfois, il faut sacrifier quelque chose pour en sauver une autre. Et dans le cas présent, sacrifier nos âmes semble être un faible prix à payer pour sauver ceux qu'on aime.

Quand je hoche lentement la tête à l'attention de Cayden, il sait ce qu'il a à accomplir.

Il me laisse en train de faire un câlin à Ellie, et fouille dans sa poche pour sortir son téléphone et passer un appel qui changera tout pour toujours. Mais je suis prête.

CHAPITRE 17

Trois jours plus tard

J'ai réussi à ne rien casser aujourd'hui, mais il est encore tôt. Je nettoie la table cinq, les yeux rivés sur la porte au cas où Cayden entrerait, pour m'annoncer que c'est le grand jour. Cette simple pensée suffit à faire trembler mes mains, qui balancent une fourchette par terre.

Je me dépêche de la ramasser et me remets au travail parce que je ne veux pas que quelqu'un devine que je suis au supplice.

Il y a trois nuits, Cayden a passé l'appel redouté. Même si je ne voulais pas connaître les détails, je tenais à savoir l'essentiel, c'est-à-dire quand on était censés se retrouver. Cayden tenait à faire ça tout seul, mais c'est hors de question.

Il a réussi à joindre Benny, qui a dit qu'il le recontacterait bientôt. Je n'ai pas demandé si Benny était clean. Il a dit qu'il nous appellerait, je suppose que malgré son séjour en prison, il trempe toujours dans des activités illégales.

Alors maintenant, on attend.

Mon boss n'est pas là aujourd'hui, donc je peux cacher mon portable dans la poche de mon tablier. Si Cayden appelle, il faut que je sois prête. J'ai prévenu Julia que je risquais de partir précipitamment pour une urgence familiale. C'est nul comme excuse, mais elle n'a pas posé de questions.

— Je suis sûr que tu peux voir ton reflet dans la table, lance Walt, l'aide-serveur, en passant devant moi avec un grand sourire.

Je lui donne un coup de coude taquin dans les côtes en levant les yeux au ciel. C'est le coup de pied aux fesses dont j'avais besoin pour rejoindre le monde des vivants et tenter de me comporter normalement.

C'est l'heure du déjeuner, alors le *diner* est bondé, ce qui m'aide à me changer les idées pendant quelque temps. Je peux presque prétendre ne pas regarder par-dessus mon épaule toutes les cinq minutes. Néanmoins, quand mon tablier se met à vibrer, je ne peux plus faire semblant.

Je sors mon portable, et constate que c'est Cayden qui appelle.

— Julia, tu peux prendre la suite ?

Elle est en train de noter une commande, mais je n'attends pas sa réponse. Je fonce vers la porte de derrière.

Je m'assure que la voie est libre et décroche, hors d'haleine.

— Allô ? Tout va bien ?

Je déteste que ce soit devenu la norme ces derniers temps quand je réponds au téléphone, mais je ne peux pas faire comme si de rien n'était. Il faut qu'on en finisse.

Cayden prend une grande inspiration avant de répondre :

— Oui, oui.

Mais j'entends bien que non.

— Il a appelé, c'est ça ?

Long silence.

— Oui. Je suis en chemin pour aller le retrouver, là.

— Quoi ?

Je fais un pas en arrière et secoue la tête.

— Maintenant ? Tu passes me prendre en chemin ?

— Peyton…

Mais je l'interromps, irritée.

— Tu es sérieux ? On était d'accord pour le faire tous les deux.

— Je sais, mais c'est plus simple comme ça, raisonne-t-il.

Moi, tout ce que j'entends, ce sont des excuses.

— Plus simple ? Comment ? Tu ne sais pas dans quoi tu t'embarques.

— C'est un risque que je prends volontiers. Tout seul. Je ne peux pas avoir l'esprit clair si je m'inquiète pour toi.

Ça m'énerve encore plus.

— Donc on en revient à ça ? Toi, en train d'essayer de me protéger ? Tu te souviens comment ça s'est fini, pas vrai ?

Il pousse un soupir, clairement frustré, mais il est hors de question que je laisse tomber.

— Tu peux me détester tant que tu restes en sécurité.

— Cayden ! m'exclamé-je, furieuse.

Mais il refuse de m'écouter.

— Il faut que j'y aille. Je t'appelle une fois que c'est fini.

— Une fois que *quoi* est fini ? le pressé-je, en arrachant mon tablier avant d'ouvrir la porte de mon casier.

Hors de question que je reste ici.

— Il est temps que je fasse amende honorable pour tout le mal que je t'ai fait, et que je mérite ton pardon.

J'arrête de fouiller dans mes affaires, bouche bée. C'est pour ça qu'il le fait ? Je lis entre les lignes et mon cœur se brise.

— Je te pardonne, Cayden, assuré-je. Mais tu n'arrives pas à te pardonner, n'est-ce pas ?

— Je ne me le pardonnerai jamais, et c'est la raison pour laquelle je dois le faire. En plus, Benny se souvient de moi. Il ne me fera rien.

Il se base sur une foi aveugle.

— Je dois y aller.

Je n'ai pas le temps d'en placer une parce qu'il lâche un « Je t'aime » et raccroche.

Je fixe le vide en clignant des yeux, incrédule. Qu'est-ce qui vient de se passer ?

La culpabilité de Cayden pourrait bien lui être fatale, dans le sens le plus littéral qui soit. Il s'est passé beaucoup de temps depuis la dernière fois qu'il a vu Benny. Sans oublier que ce dernier a fait de la prison. Ça change un homme, surtout quand c'est déjà une mauvaise graine.

Je réfléchis à toute vitesse et appelle la seule personne qui puisse m'aider.

— Lacey ! Est-ce que tu sais où Cayden est parti ?

— Peyton ? s'étonne-t-elle parce que je dois donner l'impression d'être une banshee hystérique. Qu'est-ce qui ne va pas ?

Cayden a essayé de ne pas mêler Lacey à toute cette affaire, mais je suis désespérée.

— C'est Cayden, expliqué-je en récupérant mes affaires à la va-vite. Il est parti voir une connaissance de votre père. Il croit qu'il peut nous aider.

Je n'ai pas besoin d'élaborer davantage.

— De l'aide ? Avec quoi ?

Je lui laisse le temps de trouver toute seule.

— Oh, mon Dieu, non ! s'exclame-t-elle une seconde plus tard.

— Je suis désolée qu'on ne te l'ait pas dit. On voulait juste… te protéger.

En le disant à haute voix, je comprends mieux Cayden. On veut juste protéger les gens qu'on aime.

— Je savais qu'il se passait quelque chose.

Je l'imagine en train de secouer la tête face à notre stupidité. Avant que je ne puisse la supplier de nous pardonner, elle me montre qui est le cerveau de la famille.

— Alors c'est pour cette raison que j'ai mis un traceur sur le téléphone de Cayden.

Je marque une pause parce que je ne suis même pas sûre de ce que ça veut dire.

— C'est une appli, m'indique-t-elle. Qui le suit à la trace. Tant que son téléphone est allumé, je vois où il est.

Je m'adosse contre mon casier, avec un soupir de soulagement.

— Tu es un génie, Lacey.

— Tu me remercieras plus tard. Je pars du travail et je t'envoie sa localisation par SMS. Ellie est avec sa mère aujourd'hui, alors elle est hors de danger.

— Je trouve une voiture et je te rejoins. Ne perds pas de temps à passer me prendre. Tant que l'une d'entre nous le rattrape, l'autre pourra suivre.

— OK, on fait comme ça. Je te contacte dès que je pars.

On raccroche. J'espérais que par miracle, un taxi serait en train d'attendre devant le trottoir, mais pas de chance. Lorsque j'appelle un Uber et qu'on me dit que le temps d'attente est de dix-huit minutes, je lâche un juron tout fort. C'est une éternité, surtout quand on est pressé.

Comme je n'ai pas d'autre option, je fixe l'écran en attendant un texto ou un appel de Lacey.

Je vois double, alors quand j'entends qu'on m'appelle, je lève brusquement la tête et cligne des yeux deux fois pour reconnaître qui c'est.

— Will ?

Je place une main en visière au-dessus de mes yeux. Il est au volant de son pick-up.

— Bonjour, ma jolie, dit-il en confirmant que je ne suis pas victime d'hallucination.

Il baisse entièrement sa vitre.

— Qu'est-ce que vous faites là, dehors ?

Will est un client régulier qui a toujours été gentil avec moi. Toutes les femmes au boulot se pâment devant son physique, et même s'il a l'âge d'être mon père, je comprends qu'elles le trouvent attirant.

— J'attends mon chauffeur, mais mon Uber est à des milliers de kilomètres, j'ai l'impression, expliqué-je, incapable de dissimuler mon agacement.

— Vous allez où ?

— Euh… je ne sais pas.

Il arque un sourcil.

— J'attends juste qu'une amie m'envoie l'adresse par texto.

Je pousse alors un cri perçant parce que pile à ce moment-là, mon téléphone émet une sonnerie. C'est Lacey. Elle dit que Cayden se dirige vers une adresse qui est à une heure d'ici. Cette appli doit être capable de pirater son GPS, ou quelque chose comme ça.

Bon, OK, j'ai une adresse. C'est juste que je n'ai pas les moyens de m'y rendre là, tout de suite. Ou peut-être que si ?

— Vous avez besoin qu'on vous dépose ? demande Will.

N'importe quel autre jour, j'aurais dit non, mais c'est une urgence.

— Je vous offre le café. Pour toute la vie.

Il glousse, et me fait un signe de tête pour m'inviter à monter.

Je ne me fais pas prier.

Je cours vers la portière passager et me dépêche de l'ouvrir. Sauf que j'ai tout à coup la sensation d'être épiée. Je déglutis et me jette dans le pick-up, avant de souffler un grand coup. Je lui donne l'adresse et Will la rentre dans son GPS.

— Merci, dis-je en attachant ma ceinture. Et si jamais vous roulez un peu plus vite que la limite, je ne le répéterai à personne.

— Oui, m'dame.

Will prend ma suggestion au mot et le moteur rugit quand il descend la rue.

Le message de Lacey m'apprend qu'elle est sur la route. Elle est plus près, donc elle y sera avant moi. Je lui renvoie un texto pour lui dire d'être prudente. Aucune de nous ne mentionne la police, parce que c'est plus facile comme ça, jusqu'à ce qu'on sache dans quoi on met les pieds.

— Alors, vous allez où ? demande Will, me tirant de mes pensées.

Moins il en sait, moins ce sera risqué pour lui.

— Juste aider un ami, indiqué-je vaguement.

Will me jette un bref coup d'œil et sourit.

— Est-ce que c'est un code pour dire que ce ne sont pas mes affaires ?

Je ne peux m'empêcher de rire.

— Je reconnais le regard de quelqu'un qui garde des secrets, croyez-moi, dit-il, éveillant mon intérêt.

Je me tourne sur mon siège pour l'observer, me demandant ce que ça signifie.

— En général, on garde des secrets par amour, ajoute-t-il.

En effet.

— L'amour nous fait faire des choses déraisonnables.

— On dirait que vous savez de quoi vous parlez.

— C'est vrai, confirme-t-il sans quitter la route des yeux. Mais l'amour peut prendre différentes formes.

J'en ai la chair de poule, mais je ne sais pas pourquoi.

— Ce qu'une personne considère comme de l'amour, une autre peut appeler ça de l'obsession, et transformer quelque chose de beau en quelque chose d'horrible. L'amour a le pouvoir de faire faire des choses qu'on ne ferait pas en temps normal.

Mon cœur commence à battre la chamade et mon sang ne fait qu'un tour.

— Est-ce que l'amour vous a déjà fait faire des choses que vous regrettez ?

C'est une question innocente, mais tout à coup, je n'arrive plus à respirer. Je tends la main vers la poignée pour ouvrir la fenêtre, parce que j'ai besoin d'air, mais il n'y en a plus. C'est un vieux pick-up, d'accord, mais quelque chose cloche.

— Tout va bien, ma jolie ?

Agrippée au siège, je calme ma respiration, inhalant lentement par le nez.

— Je vais bien. Désolée. Ça m'arrive, parfois.

Ça ne s'est pas produit depuis un bail, mais là, l'obscurité s'attarde sous la surface, menaçant de m'emporter vers le fond.

Le GPS indique à Will de tourner à gauche, mais il prend à droite.

— Je connais un raccourci, dit-il quand il me voit examiner le GPS.

Lorsque je le regarde dans les yeux, je me prends un coup de pied en plein plexus solaire, et j'expulse tout l'air de mes poumons dans un sifflement. Je plaque une main contre mon estomac et essaie de reprendre ma respiration. Qu'est-ce qui se passe ?

— Je… ne peux pas… respirer…, haleté-je, à deux doigts de l'hyperventilation. Vous pourriez vous arrêter ? J'ai besoin d'air.

Mais il ne m'écoute pas. Il se contente d'accélérer.

— Ce n'est pas agréable, hein ? De ne pas arriver à respirer. Tu te sens désolée pour les poissons hors de l'eau, qui suffoquent par manque d'air. Le bonheur des uns fait le malheur des autres.

De l'eau boueuse remplit ma bouche, et bientôt, je ne sens plus que ça. J'arrête de me battre et j'abandonne… je m'abandonne à la mort.

Les visions m'aveuglent et je ferme les yeux. Toutefois Will ne semble pas remarquer ma crise imminente.

— Alors, cet ami ? Tu l'aimes ?

— Oui, beaucoup, chuchoté-je.

C'est la première fois que je l'avoue à haute voix. Je ne sais pas pourquoi j'éprouve le besoin de défendre mes sentiments pour Cayden, mais le scepticisme de Will me sort des abysses pour revenir à l'instant présent.

Je rouvre peu à peu les yeux, et tourne la tête pour me concentrer sur Will. Comme c'est déjà arrivé auparavant, un fragment de mémoire me revient... Je l'ai déjà rencontré. Cependant mon esprit semble l'avoir oublié pour une bonne raison, parce que quand j'essaie de creuser pour savoir comment je le connais, une barrière se lève et une douleur aiguë me poignarde la tempe.

C'est comme si mon mode autoconservation s'était enclenché. Encore.

— Et tu ferais n'importe quoi pour lui ? Disons... même tuer ?

Je cligne des yeux, confuse qu'il me pose cette question. Mais je lui réponds que oui, sans hésitation, alors que je tente désespérément de me souvenir de lui.

Il lâche un sifflement.

— Un petit veinard. Je ne m'attendais pas à cette réponse... pas de la part d'une petite salope.

J'en reste bouche bée.

— Que-quoi ? bégayé-je, parce que j'ai dû mal à comprendre.

Puis il pivote vers moi lentement. C'est sinistre. Un sourire vicieux étire ses lèvres d'une joue à l'autre.

— Laissez-moi sortir ! m'exclamé-je en tirant sur la poignée.

La portière est verrouillée. Quand j'essaie de chercher un bouton pour ouvrir, je constate qu'il n'y en a pas. Je suis piégée.

— Je ne comprends pas ce qui se passe.

L'écran de mon portable s'allume et quand je baisse la tête, mon monde fait un tour complet sur lui-même. C'était écrit depuis le début.

[Je ne suis pas loin. Tout ça, c'est à cause de lui. Je préférerais qu'il soit au fond du lac, parce que mon père est mort pour moi. Que William Coachman pourrisse en enfer.]

Je n'ai jamais demandé le prénom de son père à Cayden, mais j'aurais dû. Si je l'avais fait, je ne serais pas dans cette galère.

Frénétique, je tape une réponse à Lacey en lui expliquant que je suis en train de vivre l'enfer sur terre, ou plus exactement, dans le pick-up de son père. Mais mon doigt reste suspendu au-dessus de la touche « répondre » alors que les larmes me piquent les yeux.

— Ellie est si mignonne. J'ai l'impression que mon fils a les mêmes goûts que son vieux père en matière de femme.

Qu'est-ce que ça veut dire ? Ellie est…

Le monde commence à tourner et la bile à monter dans ma gorge. Si j'envoie ce message, je sais qu'Ellie sera en danger, ce qui est justement la raison pour laquelle on a fait ce qu'on a fait, sauf que ça s'est retourné contre nous de façon épique.

— Non, haleté-je en secouant la tête.

C'est impossible, mais à l'évidence le diable était beaucoup plus proche que je ne le pensais, parce qu'assis à côté de moi, il y a Will… William Coachman. Le père de Cayden.

— Qu'est-ce que vous voulez ? craché-je en essayant de garder mon calme.

Mais Will n'est pas dupe et continue à conduire.

Les pensées se bousculent dans ma tête alors que l'adrénaline se déverse dans mes veines. Chaque fibre de mon corps exige que j'envoie ce texto à Lacey, puis que j'appelle la police. Néanmoins si je fais ça, je sais que je mets Ellie en danger, parce que Will planifie sa vengeance depuis dix ans. Elle est son moyen de chantage, et je sais qu'il n'hésitera pas à s'en servir.

Je suis toute seule.

Et dire que j'ai trouvé cet homme gentil, que j'ai admiré son physique. Mais en l'examinant de plus près, je vois pourquoi j'ai trouvé qu'il était séduisant. C'est parce qu'il ressemble à Cayden… son fils.

— Je ne me souviens pas de vous ! m'écrié-je en espérant que ça le fera changer d'avis.

— Alors il va falloir que je te rafraîchisse la mémoire, lâche-t-il.

— Est-ce que c'est vous qui m'avez fait quitter la route ? C'est à cause de vous que je ne me souviens pas ?

Il prend une inspiration victorieuse.

— Pourquoi ? plaidé-je. Pourquoi avoir fait ça après tout ce temps ? Oui, ce qu'on a fait était mal, mais on était des gosses. Et vous n'étiez pas vraiment un saint.

— Parce que, ma jolie, la vengeance est un plat qui se mange froid.

Et c'est tout.

Pas d'autre explication. C'est un psychopathe dérangé, bien décidé à faire souffrir tous ceux qui lui ont causé du tort.

On prend un virage et un quartier familier apparaît. Il m'amène là où tout a commencé. Il arrête le pick-up devant mon ancienne maison de vacances. Foutu pervers.

Il éteint le moteur et se tourne lentement vers moi. Je me recule aussitôt. Même si je ne me souviens pas de lui, je n'oublierai jamais le récit des choses affreuses qu'il a commises.

— Maintenant, si tu m'obéis, personne ne sera blessé.

Je trouve ça très dur à croire.

— Compris ?

N'ayant pas d'autre choix, je hoche la tête.

— Ellie va bien ?

— Pour l'instant.

Il affiche un rictus qui manque de chaleur. Il ouvre la porte et contourne le capot. J'attends qu'il ouvre ma portière, vu qu'elle est verrouillée. Quand il le fait, le mépris émane de moi par vagues. Il rit, et me tend la main.

Je baisse les yeux dessus et la compare à une grenade vivante. Mais ce n'est pas une option.

Je glisse ma main dans la sienne. Elle est froide, dure. J'ai un mouvement de recul et je ravale un haut-le-cœur. On passe la grille et on entre sur le terrain de mon ancienne maison. D'après ce que j'ai compris, mes parents sont toujours propriétaires de la maison, mais vu son apparence négligée, je suppose qu'ils ne sont pas venus depuis un bon moment.

Will me fait contourner la bâtisse. Comment se fait-il qu'il connaisse si bien les lieux ? Il me traîne jusqu'à la porte avant de l'ouvrir. Qu'est-ce qui se passe ? Même si mes parents ne sont pas venus dans cette maison depuis longtemps, jamais ils ne l'auraient laissée ouverte et sans alarme.

Il me pousse à l'intérieur, et je constate qu'on se trouve dans ce qui ressemble à une véranda. Les meubles sont couverts de draps blancs poussiéreux, mais plus on avance, plus je vois que ce n'est pas le cas dans le reste de la maison. En entrant dans l'énorme cuisine, la pile de vaisselle sale et d'emballages de nourriture à emporter éparpillés indique que quelqu'un vit ici depuis un moment.

Je devine de qui il s'agit.

— Qu'est-ce qu'on fait là ? demandé-je, lassée de ses petits jeux.

Je libère ma main d'un coup sec.

— Si vous espérez que je vais retrouver la mémoire parce que vous m'avez amenée ici, alors je suis désolée de vous décevoir, mais ça ne marchera pas.

Je sais que je devrais avoir peur de lui, mais c'est ça le truc avec l'amnésie – je ne sais plus pourquoi. Oui, Cayden m'a raconté les exactions commises par son père, mais l'entendre et le vivre sont deux choses complètement différentes.

Will s'appuie contre le comptoir, les bras et les chevilles croisés, pendant que je cherche une arme. Il doit bien y avoir quelque chose sous tout ce bazar.

— On est là parce qu'il est temps qu'on me donne ce qu'on me doit.

Je déglutis.

— Je ne sais pas ce que ça veut dire.

Il fouille dans sa poche et me tend son portable. Je baisse les yeux, puis les relève vers son visage, perdue. Il se hâte d'éclairer ma lanterne.

— Appelle ta mère.

— Ma mère ? répété-je d'une voix plus aiguë que d'habitude.

Je lâche un reniflement sarcastique.

— Si vous comptez me retenir contre une rançon, que vous vous attendez à une somme rondelette en échange de ma libération, vous allez être déçu. Ma mère ne vous donnera pas un centime.

Mais il me révèle aussitôt que je me suis trompée.

— Ta mère sait que je suis là. Qui m'a donné la clé, à ton avis ?

Je titube en arrière, les yeux écarquillés. Non, ce n'est pas possible... Pourtant, si.

— Alors, appelle-la. Je sais que tu *meurs* d'envie de savoir comment ça se termine.

Son emphase sur le mot « meurs » me pousse à accepter le portable, les doigts tremblants.

Je déteste qu'il ait raison, mais je ne comprends rien à ce qui se passe, et le fait que Stella soit impliquée d'une façon ou d'une autre me convainc de composer le numéro.

— Je t'ai dit de ne pas m'appeler sur ce numéro, espèce...

— Stella, c'est moi.

Silence.

— Peyton ? Oh, mon Dieu.

Pour la première fois, j'entends de la peur dans sa voix et ça la rend... humaine, ce qui me terrifie.

— Où es-tu ?

Les yeux fixés sur Will, je réponds :

— Dans notre maison de vacances... avec Will.

J'attends une exclamation de surprise. Qu'elle proteste contre ses revendications. En vain.

— J'arrive aussi vite que possible.

— Tu savais qu'il était là ? lâché-je.

Mon estomac se noue.

— Je...

— Réponds ! crié-je.

Je ne suis pas d'humeur pour des excuses.

Will arbore un sourire ravi. Ma douleur a l'air de lui faire plaisir.

— Oui.

Des larmes de colère me piquent les yeux tandis que je secoue la tête, dégoûtée. Ma mère est assise sur un trône de mensonges. Je raccroche, refusant d'écouter un mot de plus, parce que le dernier en disait autant que dix.

Je rends le portable à Will. Toute mon agressivité s'étiole. Qui croire ? Stella a dit qu'elle avait tout fait pour me protéger, mais me protéger de qui ?

— Est-ce que Cayden sait que vous êtes là ?

Will sourit toujours en s'écartant du comptoir, et avance vers moi.

— C'est ça le problème avec l'amnésie. Tu n'as pas d'autre choix que de croire ce que les gens te racontent. C'est vrai, tu ne te rappelles pas, alors tu es obligée de tout prendre pour argent comptant.

— Non, protesté-je en secouant violemment la tête. Je ne vous crois pas. Cayden ne me mentirait pas.

— Il l'a fait, et il recommencera, réplique-t-il. Je me demande comment s'est passée sa rencontre avec Benny ?

Oh, Seigneur. Les murs se referment sur moi, et j'enroule les bras autour de mon ventre. Comment est-il au courant pour Benny ? Et qu'est-ce que ça signifie pour Cayden ? Il semblerait que Benny et Will sont du même côté.

— Arrêtez ça ! m'écrié-je.

Ma lèvre inférieure tremble.

— Tu lui courais toujours après comme un petit chiot pathétique. Tu n'étais qu'un jouet. Quand il en a eu marre, il t'a repoussée, mais tu n'arrêtais pas de revenir parce que tu es faible, crache-t-il en approchant son visage à quelques centimètres du mien.

Je campe sur mes positions, reniant ses affirmations.

— Il a mis Hazel enceinte parce qu'il n'en pouvait plus de toi. Il n'a pas eu à faire beaucoup d'efforts parce qu'Hazel aime ça, les queues des Coachman.

Il attrape son entrejambe dans un geste obscène, et je ravale un haut-le-cœur dégoûté.

— La vérité, c'est qu'Ellie pourrait être notre fille à tous les deux. Ou celle de n'importe qui, en fait. Mais j'imagine que Cayden est un meilleur homme que moi, parce qu'il a pris soin d'elle.

— Non ! Vous mentez.

Je plaque mes mains sur mes oreilles parce que ces horreurs ne sont pas vraies. C'est impossible.

Mais une voix pernicieuse gratte à la surface. On m'a raconté deux histoires contradictoires et même si ça me fait mal de l'admettre, Will a raison. À cause de mon amnésie, je suis obligée de croire ce qu'on me raconte. Je ne me rappelle pas qui j'étais. Ou si j'étais la personne que j'aimerais être.

Une larme me brûle la joue, et Will l'essuie avec un doigt. Il goûte ma tristesse et s'en délecte.

— Tu as toujours eu un goût sucré.

Je blêmis, horrifiée. Comment pourrait-il savoir quel goût j'ai ?

Il essaie de m'embrouiller. Je ne peux pas le laisser voir ma faiblesse.

— Est-ce que j'ai vraiment jeté votre corps dans le lac ?

Ses narines s'évasent, m'indiquant que j'ai touché une corde sensible.

— Oui.

Je me couvre la bouche, dégoûtée. J'ai tant de questions, mais la vérité, c'est que je ne peux croire personne.

— Où est Cayden ?

Une porte claque dehors, et Will et moi reportons tous les deux notre attention sur la porte d'entrée. Comme il sourit, il est évident qu'il pense que c'est un ami, et non un ennemi. Je me sers de cette opportunité pour chercher désespérément une arme autour de moi.

Je me contenterai de n'importe quoi, mais quand je vois un couteau de boucher coincé sous un carton de nourriture chinoise, je ne réfléchis pas à deux fois et me jette dessus. J'ai pris Will au dépourvu, mais je ne suis pas assez rapide. Avant que je n'aie le temps de m'en servir, il me donne un coup de poing en plein visage. Des étoiles dansent devant mes yeux.

Je recule, sonnée et le souffle coupé. Alors que je pose la main sur mon nez en sang, le couteau tombe par terre avec un bruit misérable.

— Ne me force pas à te faire du mal, me prévient-il, les yeux fous.

Il agrippe mon bras et me traîne à travers la cuisine et le salon. J'essaie de me débattre, mais ça ne sert à rien. Je suis presque sûre qu'il vient de me casser le nez, alors s'il n'appelle pas ça « me faire du mal », j'ai peur de découvrir ce qu'il compte m'infliger.

Il me force à me tourner face à la porte pour que la personne qui va franchir le seuil me voie saigner sur le tapis persan blanc. Quand Stella déboule et me voit me tenir le nez, elle s'arrête net. Je devrais être en colère contre elle, mais franchement, je suis soulagée, ce que je n'aurais jamais cru ressentir.

— Qu'est-ce que tu lui as fait ! s'exclame-t-elle en se précipitant à mon secours.

Will tend alors la main derrière lui et brandit un pistolet caché dans le bas de son dos. Je me fige en même temps que Stella.

— Tu es bien assez près, grogne-t-il en agitant son arme vers elle.

— Qu'est-ce que tu veux, Will ? J'ai fait tout ce que tu voulais. Tu as promis que tu ne lui ferais pas de mal.

Si je n'étais pas étourdie à cause du coup de poing, j'aurais pu croire avoir entendu de l'inquiétude dans sa voix. Mais c'est impossible.

— Je l'ai à peine touchée.

Il ricane, ravi d'être sous le feu des projecteurs.

— Je suis là pour régler de vieux comptes.

Stella déglutit en tirant sur sa boucle d'oreille en perle.

— Non, ne fais pas ça. Je t'en supplie.

Stella Lane qui supplie ? Je n'aurais jamais cru voir ça un jour.

Will avance d'un pas, m'entraînant à sa suite, et Stella reste immobile.

— Il est temps qu'elle connaisse la vérité. La vraie raison pour laquelle tu voulais qu'elle reste à l'écart de Cayden et moi.

— Qu'est-qu'est-ce qui se passe ?

Je les dévisage tour à tour, suppliant quelqu'un de m'expliquer. C'est quoi ce cirque ?

— Tu es un véritable enfoiré, crache Stella, sachant que son secret est sur le point d'être révélé.

— Tes mots ne me blessent pas, Star.

— Star ? balbutié-je, confuse.

Stella baisse la tête, et je commence à comprendre.

— Cayden m'a dit que Stella vous avait ridiculisé. C'est vrai ?

La mâchoire crispée de Will me confirme ce fait.

— Oui. Mademoiselle Parfaite n'aurait jamais toléré d'être vue avec un déchet comme moi. Mais quand personne ne regardait, c'était une autre histoire. Pas vrai, Star ?

Mon nez ne saigne plus, mais je me sens quand même étourdie par ces révélations.

— Oh, mon Dieu, haleté-je, les yeux écarquillés. Il te plaisait ?

Stella, forcée à reconnaître la vérité, relève néanmoins le menton.

— J'étais jeune. Stupide, dit-elle pour sa défense, ce qui confirme mes soupçons. Il m'a fait croire qu'il était un homme bien.

— Personne n'a rien fait croire à personne, mon cœur, réplique Will d'un air suffisant. Tu t'es encanaillée volontairement. Je crois même que tu aimais ça.

— La ferme ! s'écrie-t-elle en passant une main dans ses cheveux parfaitement coiffés.

On dirait qu'elle a besoin de s'assurer que son vernis social tient bon, lui.

Les gens comme nous ne tombent pas amoureux des Cayden Coachman de ce monde.

Les mots de Stella résonnent dans ma tête, parce qu'à l'époque, je pensais qu'elle parlait de moi, mais en réalité, c'était à elle qu'elle faisait référence.

— Tu es tombée amoureuse de lui ? demandé-je, même si je connais la réponse. Mais il était pauvre, c'était inacceptable. Alors tu l'as ridiculisé pour que personne ne soupçonne que tu avais des sentiments pour lui.

J'enroule mes bras autour de mon ventre, secouant la tête d'incrédulité.

— Je suis comme toi, chuchoté-je, les yeux remplis de larmes. Mais je suis passée par-dessus ces conneries superficielles et j'ai aimé Cayden pour lui, sans me préoccuper de son statut social. Je me fichais de son nom de famille.

— C'était différent pour moi ! s'exclame Stella, montrant une émotion pour la première fois. J'aurais été déshéritée. La risée de tout le monde. Mes parents m'auraient désavouée. Qu'est-ce qui me serait resté ?

— Donc l'argent était plus important que le bonheur ? demandé-je, incapable de comprendre.

— On peut rarement avoir les deux, Peyton, dit-elle avec regret.

Je ne suis pas d'accord.

Will en a marre d'être mis de côté, alors il se précipite sur Stella, lui agrippe le biceps, et la secoue comme une poupée de chiffon.

— Je t'aimais, et tu t'es servie de moi. Tout ce que j'étais pour toi, c'était un jouet qui te faisait du bien. Qui te disait combien tu étais jolie. Spéciale. Et tu l'étais, jusqu'à ce que tu m'arraches mon putain de cœur !

— Tu savais ce qu'on avait. Il n'aurait jamais pu y avoir plus, déclare Stella.

J'ai du mal à croire que ces deux-là aient pu ressentir un iota d'amour l'un pour l'autre.

— Tu m'as transformé en l'homme que je suis aujourd'hui.

Will la repousse en arrière. Elle perd l'équilibre, mais se reprend aussitôt.

— Ne t'avise pas de rejeter la faute sur moi. Les choix que tu as faits, tu les as faits tout seul. Je ne t'ai jamais forcé à devenir l'individu dérangé que tu es !

Il plisse les yeux.

— Tu viens juste de nourrir la bête, Star. Tout ça est ta faute.

Stella a infligé à Will une blessure qui ne guérira jamais, c'est évident. Et c'est Cayden et moi qui en payons le prix.

— Tu es partie d'ici et tu m'as oublié., mais moi je n'ai jamais oublié.

Will pointe son arme sur Stella, qui ne recule pas, je dois lui reconnaître ce courage.

— Ta fille qui tombe amoureuse de mon fils, c'est une forme de justice poétique. Mais elle te ressemblait tant…

Je déglutis. Le ton rêveur qu'il emploie révèle qu'il est transporté dans une autre époque.

— Et il s'avère qu'elle te ressemblait en tous points. Une allumeuse.

Il se tourne lentement, dirigeant son pistolet sur moi. Je pourrais aller me cacher, mais je ne le fais pas. Je refuse de plier ou de montrer la moindre faiblesse.

— Laisse-la en dehors de ça, plaide Stella, ce qui me surprend.

J'ai toujours du mal à la voir autrement que comme une garce sans cœur. Pourtant, là… je ne sais pas quoi penser.

— Je t'ai obéi. Pendant dix longues années, j'ai été prisonnière… ta prisonnière.

Quoi ?

Il doit y avoir une erreur. Elle *savait* qu'il était vivant pendant tout ce temps ?

— Je ne comprends pas ? balbutié-je.

Stella pousse un soupir tandis qu'elle décharge son âme de son fardeau.

— Will m'a dit ce que tu avais fait.

Je cligne des yeux. Les murs se referment sur moi.

— Il a dit qu'il irait voir la police. Il n'y avait qu'un seul moyen de l'arrêter, confesse-t-elle, misérable.

Je me couvre la bouche, nauséeuse.

— Non.

— Oh si, réplique Will avec un grand sourire. Et elle a adoré ça… à chaque fois. Elle m'a donné ce que tu m'as refusé.

— Espèce de salaud !

Je me jette sur lui, bien décidée à le tuer à mains nues, mais il agite son revolver. Je m'arrête net.

— Une fois qu'il a eu ce qu'il voulait, je pensais qu'il partirait. C'était ce qui était convenu, raconte Stella en fusillant Will du regard. Je devais… coucher avec lui et il te laisserait tranquille. Mais ça ne suffisait pas.

— Tu m'étais redevable, Star. L'argent était important pour toi, plus important que ce qu'on avait. Alors il était normal qu'il me revienne.

J'observe la scène, incrédule.

— Je lui ai donné beaucoup d'argent pour qu'il continue à faire croire qu'il était mort. Mais je n'ai pas cru une seule minute qu'il tiendrait parole, c'est pour ça que je devais payer Cayden. Pour te protéger. Si tu restais loin d'ici, jamais il ne te retrouverait. Tu serais en sécurité. Tu n'aurais plus jamais à payer pour mes erreurs, avoue-t-elle, les yeux remplis de larmes.

Cette vision est trop pour moi, et je me recroqueville sur moi-même, le cœur brisé.

— Tout ce temps, tu me protégeais de Will, pas de Cayden ?

— Oui.

Quelle idiote j'ai été.

Toutes les pièces du puzzle se mettent en place, et même si tous mes souvenirs ne sont pas revenus, une chose est claire.

— Cayden n'est pas comme son père. C'est un homme bon. Mais il te rappelait le passé. Et tu voulais l'oublier.

— J'avais peur que Will revienne. Il fallait que je te tienne à l'écart. Je ne vais pas m'excuser d'avoir voulu te protéger. Mais je ne savais pas que tu revoyais Cayden toutes ces années. Sinon, je t'aurais dit la vérité. Will m'a dit que Cayden se servait de toi. C'est pour ça que j'étais aussi opposée au fait que vous soyez ensemble. Je pensais qu'il était comme son père. Maintenant je me rends compte que j'avais tort.

Les morceaux du puzzle forment une image, mais il reste encore tellement de questions...

— Si vous avez obtenu ce que j'imagine être une grosse somme d'argent, pourquoi vous êtes revenu ? demandé-je à Will.

Leur ressemblance physique est frappante, ce qui m'horrifie. Car deux hommes ne peuvent pas être plus opposés que ces deux-là.

Will a l'air ravi d'être enfin le centre de l'attention.

— Parce que Star a raison. L'argent n'achète pas le bonheur. Pendant quelques années, avoir tout cet argent à disposition a tenu mes démons à l'écart, mais j'ai commencé à m'ennuyer. L'oisiveté, les vices, tout ça, déclare-t-il nonchalamment.

— J'ai décidé de rendre une petite visite à mon fils et à ma fille, mais je n'ai jamais eu l'intention de te voir. J'étais sûr que tu étais passée à autre chose, comme ta mère, mais tu étais là, toujours aussi amoureuse que quand vous étiez petits, et ça... m'a énervé. Vous aviez tous repris le cours de votre vie, vous étiez contents que je ne sois plus là. C'était injuste.

Je le dévisage, abasourdie qu'il ait l'air aussi pathétique.

Je me passe la langue sur les lèvres et repousse ma nervosité, parce qu'il faut que je sache.

— Est-ce que c'est vous... qui avez provoqué mon accident de voiture ?

Stella prend une brusque inspiration par le nez, et je n'ose plus respirer.

— Je ne pouvais pas te laisser partir. Sans toi, je n'aurais pas eu de levier pour obliger Star à revenir.

— Vous êtes cinglé, hoqueté-je, horrifiée. J'étais enceinte. Enceinte de votre petit-fils ou de votre petite-fille.

Les larmes me piquent les yeux.

Il entrouvre la bouche, et quand je pense qu'il va enfin montrer un peu d'humanité, il hausse les épaules.

— Œil pour œil. Tu m'as tué. Enfin, c'est ce que tu croyais.

Une colère féroce se déchaîne en moi. Je bondis en avant, bien décidée à faire disparaître son sourire à coup de gifles. Mais il me rappelle qui a le pouvoir en pointant son arme devant mon visage.

— Je te défie de bouger le petit doigt, ma jolie.

À cet instant, je m'en fiche, qu'il fasse ce qu'il veut, mais Stella me ramène à la raison en criant :

— Peyton, non ! Ne fais pas. Dis-nous juste ce que tu veux, Will.

Il prend une profonde inspiration en fermant brièvement les yeux, satisfait de l'entendre le supplier.

— Toujours aussi impatiente, dit-il avant de faire claquer sa langue.

De toute évidence, tout ça est un jeu pour lui. Mais je ne devrais pas m'attendre à autre chose. Cayden m'a raconté les sévices que lui infligeait son père quand il était petit.

Will est un monstre, un monstre dérangé et délirant, qui est venu régler ses comptes.

— Je veux que tout le monde sache qui tu es réellement, déclare-t-il en fixant Stella d'un regard de glace. Je veux que tous tes amis du *country club* soient au courant pour nous.

— Quoi ? halète-t-elle en reculant d'un pas. Pourquoi ? Ils ne savent même pas qui tu es.

— Je veux que tu fasses en sorte que ça change, explique-t-il, et je comprends enfin.

Will en a marre d'être un étranger. De toujours voir les choses de l'extérieur. C'est la punition de Stella pour lui avoir donné l'impression de n'être jamais assez bien. Will avait de l'argent, mais argent et chantage ? C'est un cocktail puissant pour un amant éconduit.

— Tu n'es pas sérieux. Ça va me ruiner, dit-elle en secouant la tête.

Ce qui est la raison même pour laquelle Will veut qu'elle le fasse.

— Et je veux que tu avoues à ton mari ce qu'on a fait.

— Non, Will. S'il te plaît, non. Tu ne peux pas me demander ça. Il ne comprendra pas. Il ne me pardonnera jamais.

Supplier un psychopathe est un signe de folie.

— J'avais de l'argent et je me suis dit que ça apaiserait la bête en moi, mais ça n'a pas marché. Je veux plus.

— C'est-à-dire ? demande Stella d'une voix tremblante.

La voir comme ça me brise le cœur.

— Ma vengeance, répond simplement Will. Je veux que tu ressentes ce que j'ai ressenti, Star. Je veux que tu perdes la chose qui a toujours été plus importante que moi. Ta précieuse réputation.

Si elle lui obéit, ça la ruinera. Les cercles sociaux se feront un plaisir de ternir le nom des Lane. Ça ne devrait pas avoir d'importance, mais pour Stella, ça en a. Le nom Lane serait entaché pour toujours, juste parce que Stella Lane était tombée amoureuse du mauvais garçon quand elle était jeune.

— Je ne peux pas ! s'écrie Stella.

J'ai presque envie d'aller vers elle, mais je ne m'abstiens. Parce que je sais que ce n'est pas terminé.

— Tu vas le faire, sinon, je serai une présence constante dans ta vie. Je te hanterai. Vous tous, ajoute-t-il avec un regard mauvais dans ma direction. Et je passerai un appel anonyme à la police pour leur dire qu'il y a un corps au fond du lac.

— Et quand ils le videront et se rendront compte qu'il n'y en a pas ? le provoqué-je, parce que son histoire ne tient pas sans ça.

Mais il me rappelle que c'est lui l'acteur principal de l'histoire.

— Qui a dit qu'il n'y en avait pas ?

Mon estomac se retourne, et je plaque une main sur ma bouche, de peur d'être malade.

— Ils vont faire des tests ADN. Ils verront que ce n'est pas vous.

— La seule chose qui repose au fond de ce lac, ce sont de vieux os tout tristes. Bonne chance pour trouver des traces d'ADN après dix longues années. Tu m'as rendu service. Être mort m'a permis d'échapper à mes dettes et avec tout mon argent, j'ai pu construire mon propre empire.

C'est un peu trop tiré par les cheveux, mais je ne doute pas de ses paroles. Je lance une prière pour la personne qui repose sous l'eau.

— Quand Cayden vous trouvera…, grogné-je en contrôlant ma respiration, il va vous tuer… pour de vrai, cette fois.

— Je n'en serais pas aussi sûr, à ta place.

Mon sang se glace dans mes veines.

— Qu'est-ce que vous avez fait ?

— Je salue la créativité de Cayden. Dommage que Benny fasse partie des méchants… comme moi.

— Non.

Je titube en arrière, le cœur dans la gorge.

— Qu'est-ce qui se passe ? demande Stella.

Mais je ne peux pas parler parce que je savais… au fond de moi, j'ai toujours su que ça finirait comme ça.

Will n'aurait pas pu avoir l'air plus content que quand il reprend :

— Oh, tu ne savais pas ? Cayden a essayé de me jeter en pâture à un vieil ami à moi. Il a une dette envers moi, j'ai sorti ses fesses maigrichonnes de prison plus tôt que prévu. C'est incroyable tout ce qu'on peut faire, quand on a de l'argent, Stella, parce que beaucoup de gens sont prêts à regarder ailleurs quand on leur promet un gros paquet de billets.

Je secoue lentement la tête. Je n'arrive pas à croire que ce soit en train de se produire. C'était Will qui avait le contrôle. On a été stupides de penser qu'il y avait un autre moyen.

— Où est-il ?

Will consulte sa montre, attachée autour de son poignet par un bracelet en cuir.

— Je crois qu'à l'heure qu'il est, Benny est en train d'apprendre à mon fils ce qui arrive aux balances…, ricane-t-il.

Cet homme ne ressent rien pour personne. Il peut rejeter la faute sur Stella autant qu'il veut, mais Will Coachman est pourri jusqu'à la moelle. Il lui fallait juste une excuse pour détruire la vie de tellement de gens, pour ajouter de la valeur à la sienne.

— Non, sangloté-je, en cherchant mon portable dans ma poche.

Mes mains sont poisseuses de sang et maladroites, alors mon portable finit sa course sur le sol.

Quand je plonge pour le ramasser, Will le bloque sous sa botte de motard. Je lève vers lui des yeux remplis de haine.

— Espèce de connard. Vous ne vous en tirerez pas comme ça.

Il se penche et me surplombe avec son arrogance.

— C'est trop tard.

— Non !

Je me jette sur lui, prête à le tuer à mains nues. Mais j'en paie le prix. On en paie tous le prix.

Will pivote et m'attrape par les bras, pour m'attirer contre sa poitrine. Il enfouit ses doigts dans mes cheveux et tire fort. Je lâche un grognement quand il tord mon cou en arrière.

— On peut peut-être arriver à un compromis, dans ce cas, Star.

Quand il frotte son entrejambe contre mon dos, je n'ai pas besoin qu'il me fasse un dessin.

— Je te laisse partir. Tu pourras vivre ta vie de rêve, pendant que j'ai la mienne avec ta fille.

Il lèche lentement ma joue en attirant encore plus ma tête en arrière.

— Lâche-la, espèce de taré !

— Le choix te revient. Est-ce que tu es prête à tout sacrifier pour la vie de quelqu'un d'autre ? Est-ce que tu es capable d'autant d'altruisme ?

— Bien sûr que oui ! C'est ma fille ! Ma chair et mon sang ! Je ferais n'importe quoi pour la sauver. Qu'est-ce que tu veux ?

Elle est sincère, elle l'a prouvé. J'ai l'impression que je lui dois des milliers d'excuses.

Will souffle, des vagues de colère émanent de lui.

— C'est tout à fait admirable, mais il n'y a pas vraiment de choix. Il est temps que je vous apprenne une leçon à vous, les Lane. Vous croyez que vous valez mieux que moi ? crache-t-il.

Il postillonne sur ma joue.

— Je vais vous montrer, parce que ça, c'est une bonne vieille revanche à l'ancienne.

Et ça, c'est bien plus effrayant que je ne sais quel plan élaboré.

Quand Will mordille mon cou à l'endroit où mon pouls s'affole et tripote mes seins, je ferme les yeux, incapable de regarder ma mère. Je sais qu'elle n'a pas appelé la police. Elle ne savait pas ce que mijotait Will. On est seules. Personne ne viendra nous sauver.

J'entends ses talons claquer sur le sol, un cri de guerre perce l'air, puis un sifflement suraigu rebondit dans toute la pièce. Ma mère laisse échapper un sanglot.

— Ne me force pas à m'en servir, Star.

Je suppose que Will a tiré une balle en l'air en guise d'avertissement, parce qu'au fond, j'espère à tout prix que son obsession pour ma mère va la sauver. Quant à moi, en revanche… je sais que je ne dois m'attendre à aucune grâce.

Il continue à me tripoter pendant que les larmes de Stella me déchirent en deux. Je suis convaincue qu'il se servira de son arme sur moi. Ce n'est pas le genre d'homme qui a besoin d'un partenaire consentant, mais il gèlera en enfer le jour où je me soumettrai à cette ordure.

Alors que l'adrénaline inonde mes veines, je me débats avec violence comme un animal en cage pour me libérer. Je m'agite dans tous les sens, en mettant des coups de pied et en hurlant, mais cette agressivité a l'air d'exciter Will davantage.

Il tire encore plus ma tête en arrière, au point qu'il va finir par me briser la nuque. Mais je ne crie pas, et je ne le supplie pas d'arrêter. Je ne lui donnerai pas ce plaisir.

— Tu sais, tu es vraiment le portrait craché de ta mère, grogne-t-il dans mon oreille avant de sucer mon lobe. Peut-être que je vais la laisser partir et m'amuser avec toi. Tu me dois bien ça, en plus, garce.

Je sais qu'il fait référence au fait que je l'ai balancé dans le lac.

Will a l'air de reprocher ses problèmes à tout le monde, sauf à lui-même. C'est plus facile de dire que c'est la faute des autres plutôt que de se remettre en question.

Il est tellement occupé à me tripoter et à se frotter contre moi que sa poigne se relâche une seconde, mais c'est tout ce dont j'ai besoin pour lui écraser le pied et lui donner un coup de tête arrière dans le nez.

— Salope ! crie-t-il en me lâchant.

— Ça vous plaît, ça ? rugis-je quand je le vois plaquer une main sur son nez en sang.

Je suis sur le point de lui envoyer un coup de genou dans les parties, mais il faut croire que jusque-là il avait utilisé la manière douce, parce qu'il riposte en me donnant un coup de pistolet dans la tempe. Prise par surprise, je titube sur la gauche, tentant de trouver quelque chose à quoi me rattraper avant de perdre connaissance.

Je baigne dans le sang, la douleur et la peur, et j'ai l'impression que tout espoir est perdu. Puis je l'entends. La voix de Cayden. Mon ancre éternelle. Je m'accorde un bref sursis et laisse échapper un sanglot de soulagement.

— Espèce de fils de pute… qu'est-ce que tu as fait ?

Cayden fonce à travers la pièce en brandissant un objet brillant dans lequel se reflète la lumière. Mon cerveau groggy met quelques secondes à enregistrer qu'il s'agit d'une arme.

Tout se précipite. Un instant, je plonge les yeux dans ceux de Cayden et l'instant d'après, le monde bascule sur son axe. Will me fait pivoter et m'emprisonne dans ses bras. Je suis à nouveau bloquée.

— Espèce de bat…

Je m'interromps net quand Will appuie le canon de son revolver contre ma tempe. J'ai le souffle coupé. Cayden se fige, le regard fou, mais il ne baisse pas son arme.

— C'est quoi ce bordel ? gronde Will, sa voix exprimant un véritable choc. Tu es censé être mort.

— Oui, eh bien, répond Cayden sans me quitter des yeux, il ne faut jamais faire confiance à un escroc, surtout un escroc qui se laisse acheter facilement. Il n'y a aucune loyauté possible pour les gens comme toi.

Il prend une grande inspiration par le nez tout en m'examinant de la tête aux pieds. J'ose à peine imaginer de quoi j'ai l'air.

— Tu vas bien ? me demande-t-il, l'air peiné.

Je hoche la tête parce que je ne fais pas confiance à ma voix.

— Lâche-la. C'est entre toi et moi.

Cayden agrippe son revolver plus fort, toujours pointé sur son père. Le seul problème, c'est que je lui sers de bouclier.

— Je ne crois pas, non. Lâche ton flingue.

Comme Cayden ne bouge pas, Will arme son pistolet et je n'ai aucun doute qu'il appuiera sur la détente.

— Ne fais rien de stupide. Cette jolie poupée compte sur toi.

Cayden serre les dents.

— Ce n'est pas une poupée et elle ne t'appartient pas.

Sa colère est palpable, ce qui me pousse à me demander pourquoi ce surnom l'énerve.

— Elle l'était, à une époque, dit Will d'un air suffisant avant de se pencher et de me lécher lentement la joue.

Je tremble de rage, mais aussi de peur. Qu'est-ce qu'il veut dire ?

J'essaie de me libérer, mais il me plaque contre lui en appuyant son bras contre mon ventre. Impossible de m'échapper. Je me concentre sur Cayden, et me demande comment on va se sortir d'ici vivants.

— Pou-poupée ? bégayé-je, ignorant les vagues de fureur qui émanent de Cayden, parce que j'ai besoin de savoir.

— Oh, oui. Avec ces cheveux roux…

Il baisse la tête et les renifle.

— … et cette peau de porcelaine. Tu es parfaite, comme une poupée.

Quand il presse son bras plus fort sur mon estomac, je halète pour chercher de l'air.

— Mais au fond, j'ai toujours voulu ruiner cette perfection. Te voir craquer. Peut-être que mon vœu va enfin se réaliser.

Cayden rugit et se précipite sur lui avec une rage qui s'échappe de tous ses pores. Les yeux écarquillés, je secoue la tête et m'écrie :

— Non ! Ellie !

Ma sécurité est le moindre de mes soucis, mais si Cayden n'obéit pas à son père, j'ai peur qu'Ellie devienne la victime de ses petits jeux malsains.

Cayden se fige tout à coup. L'arme tremble au bout de son bras.

— Quoi ?

— Je crois qu'il sait où est Ellie, révélé-je.

Inutile de lui faire un dessin.

— Je n'y crois pas.

Cayden secoue violemment la tête, mais il hésite, je le vois.

Will fredonne d'un air joyeux avant de donner une adresse. Cayden pâlit, tous ses doutes s'envolent.

— Cette Hazel n'a pas changé du tout. Toujours si désireuse de faire plaisir. Ça n'a pas été bien compliqué de découvrir tout ce que j'avais besoin de savoir.

— Espèce de connard ! Reste loin de ma fille.

Ça n'a pas l'air de surprendre Cayden que Will semble sous-entendre qu'Hazel et lui ont une relation, ce qui me pousse à me poser des questions sur le commentaire que Will a fait tout à l'heure.

— Il a dit que tu avais fait exprès de mettre Hazel enceinte. Mais qu'Ellie pourrait aussi bien être de lui.

Au regard de la situation, je sais que c'est insignifiant, mais si je suis à quelques minutes de mourir, je veux savoir la vérité.

Cayden blêmit, horrifié.

— Et tu le crois ?

— Je-je ne sais pas, avoué-je. Il était au courant pour Benny. Il a dit que tu savais qu'il était là. Je suis perdue.

Mon cœur veut le croire, mais ma tête… tout le monde m'a menti.

Cayden fronce les sourcils, et le voir comme ça me fend le cœur.

— Je suis désolé de t'avoir donné une raison de ne pas me faire confiance, dit-il en secouant la tête lentement. C'est ma faute. J'aurais dû être honnête depuis le début. Mais je t'aime pour de bon, Peyton. Je t'ai toujours aimée. Tout ce que je voulais, c'était mettre un terme à tout ça une bonne fois pour toutes.

Les larmes coulent sur mes joues ; il est sincère. J'ai envie de lui dire que je l'aime aussi, mais ce n'est pas le moment.

Cayden reporte son attention sur Will, qui est toujours plaqué contre mon dos, me retenant prisonnière.

— Et quant à Ellie, grogne-t-il, elle est ma fille. Il n'y a aucun doute là-dessus. Tu es on ne peut plus pathétique, tu le sais ?

Will se crispe tandis que je retiens mon souffle. Pourquoi Cayden le provoque-t-il ?

— Toute ta vie, commence-t-il en avançant à pas lents vers nous, n'est remplie que de cupidité, de mensonges, et tu es si malheureux que tu entraînes tout le monde dans ton malheur. Tu es tout seul. Tes méfaits te donnent l'impression d'être puissant. Or en réalité, tu es faible.

La respiration de Will devient de plus en plus lourde. De toute évidence, Cayden a touché un point sensible.

— Je pourrais me sentir désolé pour toi, mais en vérité, tu es le seul à blâmer. Quand Lacey et moi étions petits, tu avais l'opportunité de changer ta vie, en dépit de ton passé. Mais tu ne l'as pas fait. Tu as choisi de te morfondre parce que quelqu'un t'avait brisé le cœur.

Il lâche un souffle moqueur et affiche un grand sourire.

— Et ça prouve à quel point tu es faible. Il faut être un homme pour affronter ses problèmes. Mais tu as démontré encore et encore que tu n'es qu'un lâche.

Quand il enlève le pistolet de ma tempe et le pointe sur Cayden, je comprends pourquoi ce dernier l'a appâté. Il préfère être tué que me regarder souffrir. Et ça confirme ce que j'ai toujours su au fond de moi : Will a dit toutes ces choses pour me mettre la tête à l'envers. Pour que je doute de Cayden, parce que si Benny avait fait ce que Will lui avait demandé, je n'aurais jamais su la vérité. Cayden serait mort, et j'aurais cru qu'il m'avait menti et qu'il n'avait jamais tenu à moi.

— Vas-y, le défie Cayden en s'arrêtant à quelques mètres. Tire. J'aurais dû m'assurer que tu étais bien mort quand je t'ai balancé dans le lac, espèce de merde de bon à rien.

— Non ! m'écrié-je en tentant de me libérer.

Cayden se sent peut-être assez confiant pour provoquer Will, mais pas moi.

— Lâchez-moi !

Mes efforts sont futiles, Will m'agrippe avec force, mais s'il veut s'en prendre à Cayden, il va devoir desserrer sa prise. Il ne pourra pas faire les deux : soit il me retient, soit il tire sur Cayden. Ce dernier ne lui facilitera pas la tâche et Will sait qu'il a besoin de ses deux mains pour tuer son fils.

Paniquée, je fouille la pièce des yeux à la recherche d'un truc, n'importe quoi, qui nous aiderait, quand mon regard croise celui de Stella. Elle est notre sauveur.

— Je me rappelle la première fois qu'on s'est rencontrés. Tu portais ce T-shirt Pepsi que tu adorais.

L'atmosphère change.

— Je savais que tu allais m'attirer des ennuis, mais je m'en fichais. Tu me captivais.

Cayden tourne lentement la tête, la bouche entrouverte tandis qu'il regarde Stella avancer sans se presser.

— Tu te souviens du T-shirt Pepsi ? demande Will, surpris.

Elle affiche un petit sourire timide, mais il n'y a rien de timide chez Stella Lane. Elle m'adresse un subtil hochement de tête, et si j'avais cligné des yeux, je l'aurais raté. Mais je l'ai vu. C'est sa façon de me dire que la situation va déraper.

— Bien sûr. Comment je pourrais oublier ? Tu avais treize ans, mais tu en paraissais dix de plus. Tu étais un *bad boy*. Tu te fichais des règles. Tu faisais ce qui te chantait et je t'admirais.

Will prend de grandes respirations. Il doit essayer de savoir si Stella est en train de jouer avec lui. Elle passe ses doigts sur ses perles, attirant son attention sur son décolleté plongeant, grâce aux trois boutons qu'elle a ouverts sur son chemisier en soie quand personne ne regardait.

— Si tu m'admirais, pourquoi tu as tout gâché ? demande-t-il, en m'empoignant un peu moins fort. Tu as laissé ces enfoirés me voler ! Tu es restée là alors qu'ils me cassaient la gueule et me volaient mes affaires.

Pendant que Will revit leur histoire, Cayden croise mon regard et sans un mot, il me dit d'attendre mon heure. Quand Will sera complètement captivé par Stella, je devrai me battre et me libérer. Mais il faut attendre le bon moment.

— Je sais, et je suis désolée. J'avais peur, admet Stella d'une voix docile que je ne lui ai jamais entendue. Je ne voulais pas te faire de mal. Si je pouvais revenir en arrière, je le ferais. Et là, maintenant, je peux. Tu m'as toujours voulue. Viens me prendre.

— C'est un piège, réplique Will ; mais son incertitude est évidente.

Stella secoue la tête.

— Non, pas du tout. Je te veux, William. Tu veux que je parle de nous à Augusto ? Je vais l'appeler. Tout de suite. Je lui dirai tout. Tu ne seras plus jamais oublié.

La pièce est sous tension alors qu'on attend que Will prenne sa décision. Est-ce qu'il va voir clair dans le jeu de ma mère ? Ou est-ce qu'il va croire à ses mensonges ?

Stella attend, sans bouger, se servant de la seule chose qui nous sortira de là : elle-même.

Au moment où je me dis que ça ne sert à rien, quelque chose d'incroyable se produit. Will me relâche.

Je bascule en avant, tentée de pousser Cayden pour nous mettre tous les deux en sécurité. Mais je ne veux pas faire sursauter Will qui a toujours une arme à la main. Alors je me tourne sur la gauche, hors de portée, en observant la scène sans m'en mêler.

— Tu me veux ? répète Will, les yeux écarquillés, comme s'il était hypnotisé par Stella.

— Oui. Je suis désolée pour tout. S'il te plaît, pardonne-moi.

Je suis aussi captivée que Will, parce que je n'arrive pas à croire ce qui se passe. Stella joue avec le feu, mais apparemment, elle s'en fiche, tant que je suis sauve.

Notre histoire ne peut pas se terminer comme ça. Je refuse. Cependant je ne vois pas comment elle pourrait s'en tirer indemne. Cayden serre fort son arme dans son poing, mais il n'a rien en commun avec son père. Il ne peut pas lui tirer dessus de sang-froid.

— Appelle-le.

Will fouille dans sa poche arrière et en sort son portable.

— Dis-lui que tu le quittes pour être avec moi.

Stella accepte le téléphone et compose aussitôt un numéro.

Une énergie nerveuse fait vibrer tout mon corps alors que je regarde Stella passer l'appel.

— Bonjour, Augusto. Je te quitte. Je ne t'aime pas. Je ne t'ai jamais aimé. J'aime William Coachman. Je l'ai toujours aimé.

Son visage reste impassible pendant qu'elle écoute la réponse de mon père.

Will la regarde, un sourire victorieux aux lèvres. Il est en plein délire, néanmoins, s'il croit qu'elle pense un seul mot de ce qu'elle vient de dire.

— J'attendrai à la maison du lac. Appelle-moi quand tu seras parti.

Elle raccroche, pas du tout perturbée par le fait qu'elle vient de rompre avec son mari par téléphone. Même si Augusto n'est qu'un étranger pour moi, je ne peux m'empêcher de me sentir mal pour lui.

Stella rend son portable à Will. Sa main ne tremble pas.

— Il sera parti dans quelques heures. On pourra aller chez moi après.

Will lève le menton et prend une grande inspiration victorieuse. Stella me jette un bref coup d'œil, et hoche la tête comme pour me dire que tout va bien se passer. Je ne vois pas comment.

— La décision t'appartient, Will.

Elle pourrait lui suggérer de nous laisser partir, Cayden et moi, mais ça le rendrait suspicieux. Stella n'est pas idiote. Elle lui laisse croire que la balle est dans son camp.

— Oui, Star, en effet.

Il se précipite sur elle pour agripper les pans de son chemisier. Quand il l'attire vers lui, elle masque avec peine son envie de reculer.

— Tu ne sais pas depuis combien d'années j'attends ce moment.

Avant qu'elle n'ait le temps de répondre, il plaque brutalement ses lèvres sur les siennes, l'embrassant avec rudesse, parce qu'il n'y a aucun amour. Il n'est question que de possession. De victoire. Et il est évident qu'il a gagné quand il met fin au baiser et la fixe d'un regard sinistre.

— Mais tu n'es pas une si bonne actrice que ça. Quand je pense que je t'appelais Star parce que tu étais la seule lumière dans mes ténèbres. Maintenant, je comprends que j'aurais dû rester dans l'obscurité.

Je ne comprends pas ce qu'il dit jusqu'à ce qu'il appuie sur le bouton « rappel ». Michael Robb, l'avocat de Stella, nous répond :

— Stella, je ne sais pas ce qui se passe, mais j'ai appelé la police. Ils sont en chemin.

Will n'est pas stupide. Même s'il avait envie de croire Stella, c'est trop tard. Il ne veut pas qu'elle se repente. Il veut juste se venger, et il ne se contentera de rien de moins.

Il raccroche, la mâchoire serrée, tout en dévisageant Stella.

— Les choses auraient pu être tellement différentes entre nous. Le problème, c'est que tu ne changeras jamais. Tu seras toujours la gamine riche pourrie gâtée qui m'a brisé le cœur.

Stella pâlit. Elle est démasquée.

— Will, je t'en prie. Laisse juste ma fille partir.

Mais ça n'a jamais été une option. Et Cayden le sait aussi. Il se précipite en avant, l'arme levée, et pousse Stella hors de danger. C'était écrit, ça va se terminer dans un bain de sang.

— Tu ne lui feras plus jamais de mal !

Tout arrive en une fraction de seconde.

Un instant, je me tiens en retrait, et le suivant, le chaos explose dans la pièce. Cayden rugit, mais c'est sans commune mesure avec la détonation assourdissante qui résonne quand Will appuie sur la détente. Le cri qui s'échappe de ma poitrine ne ressemble à rien de ce que j'ai pu entendre auparavant et d'instinct, je me rue en avant dans une tentative désespérée de sauver Cayden. Une réaction que je regretterai pour le restant de mes jours.

— Non !

Ce hurlement de panique fait écho au mien. Mes os s'entrechoquent.

Bang.

Bang.

Je ne comprends pas ce que je vois, il y a trop de sang… tellement de sang. Un autre tir résonne, mais je ne parviens pas à me concentrer sur autre chose que la silhouette sans vie devant moi, recroquevillée et baignant dans une flaque de sang.

J'ouvre la bouche, mais aucun son n'en sort. Ce que j'ai sous les yeux est trop horrible. Alors je me précipite et me laisse tomber à genoux, berçant le corps inerte dans mes bras.

— Non, gémis-je en clignant des yeux pour chasser les larmes.

Mais le sang chaud qui recouvre mes mains ne laisse pas de place au doute. Stella Lane est allongée dans mes bras. Et elle se meurt.

Cayden me rejoint et s'accroupit à côté de moi pour s'assurer qu'elle tiendra le coup pendant qu'il appelle les secours. Je plonge dans ses yeux, des yeux si semblables aux miens, et je sais avec certitude qu'elle va mourir.

Je ne sais même pas où est Will, mais si Cayden et moi sommes en vie, ça veut dire que Cayden a enfin réglé le problème. Il a terminé ce qu'on avait commencé dix ans plus tôt.

— La police est en chemin.

Mais ça n'a aucune importance, parce que le temps qu'ils arrivent, elle sera partie.

— Pey-Peyton, siffle-t-elle, en grimaçant quand elle tente de lever la main.

— Non, ne parle pas. Économise tes forces, dis-je en essayant de ne pas m'effondrer parce que c'est à mon tour d'être forte pour elle.

Sans son acte d'altruisme, c'est moi qui serais allongée sur le sol. Sans hésiter, Stella a surgi devant moi et a pris la balle qui m'était destinée. Je lui dois la vie.

— Les secours arrivent, OK ?

J'essaie de l'installer confortablement, mais ça ne sert à rien.

— Reste avec moi.

— Je ne sens plus mes jambes, dit-elle en me fixant dans les yeux.

Sa respiration est erratique, sifflante.

Je baisse la tête et je constate que c'est à cause du trou béant dans son ventre. Je me contente de lui caresser les cheveux.

— Ça va aller.

Cayden me serre le bras, et ce simple contact me rappelle que je ne suis pas seule. Je ne l'ai jamais été.

Les yeux de Stella suivent le mouvement, et un petit sourire étire ses lèvres en sang.

— Je suis dé-désolée, Cayden. Je croyais la protéger.

— Chut, tout va bien. Vous n'avez aucune raison de vous excuser.

Mais même aux portes de la mort, Stella Lane est têtue comme une mule.

— Vei-veille sur elle, bégaie-t-elle, avec un frisson qui secoue tout son corps. Je suis désolée, Peyton. Pour tout. J'aurais a-adoré être grand-mère. Sois heureuse, et ne regarde pas en arrière.

Les larmes que j'ai essayé de retenir débordent, et je sanglote violemment.

— Tout va bien… maman.

— Tu… tu m'as appelée… maman.

Elle cligne des yeux malgré ses larmes et sourit, et c'est comme ça que je me souviendrai d'elle. C'est comme ça qu'elle rend son dernier souffle.

Même si je sais ce qui se passe, mon cerveau n'a pas l'air de comprendre qu'elle est partie.

— Non. Non ! m'écrié-je en la berçant, mais son corps flasque est sans vie.

Une enveloppe vide. Son âme est partie.

Haletante, j'essaie de remonter à la surface, parce que brusquement, je ne peux plus nager. Plus je pousse, plus je coule. Des menottes invisibles m'enserrent les chevilles, me tirant vers le bas. De l'eau boueuse remplit ma bouche, et bientôt, je ne sens plus que ça. J'arrête de me battre et j'abandonne… je m'abandonne à la mort.

Les murs commencent à se refermer sur moi et je ne peux plus respirer. La voix de Cayden flotte en arrière-plan, mais cette fois, il ne peut pas être mon ancre. Je suis déjà en train de dériver.

Les sanglots déchirants de Will m'apprennent qu'il est toujours en vie, et savoir qu'il devra vivre avec la culpabilité d'avoir tué l'amour de sa vie m'apporte un peu de réconfort. La pièce tourne, et les ténèbres s'emparent de moi, me saisissent par les pieds pour m'attirer vers le fond.

Je halète à la recherche d'air. Je me suis habituée à cette sensation et cette fois, je ne la combats pas. Je lâche prise, parce que tout comme Will, je devrai vivre avec ce que j'ai fait.

— Neige, non ! Je te l'interdis ! Reviens vers moi.

Les cris de Cayden m'apprennent que je suis en train de flotter de plus en plus loin.

D'autres voix s'ajoutent tout à coup à la sienne, et je me sens soulagée de savoir qu'il ira bien. J'aurais dû rester dans l'ignorance. Retrouver mes souvenirs, savoir qui je suis, tout ça nous a coûté tellement. Alors j'accepte mon sort et embrasse les ténèbres. J'ai vécu dans la lumière, et tout ce que ça a apporté, c'est de la destruction.

Ma tête touche le sol, et je me rends parce qu'il y a toujours du réconfort dans l'obscurité. Mais très vite, cette noirceur explose en un maelstrom de couleurs, et des images mouvantes défilent devant mes yeux. Je ne me rappelle pas ces images parce qu'elles se sont produites dans une autre vie.

Je me vois quand j'étais petite. Il me manque mes dents de devant et j'ai l'air innocente en courant dans l'herbe verte, affublée de ce qui ressemble à un déguisement de Blanche-Neige. Les images se succèdent si vite que je n'arrive pas à suivre, mais celle qui revient le plus souvent, je ne pourrai jamais oublier, c'est Cayden Coachman.

Je le vois petit garçon, puis tous les deux quand on est adolescents, et enfin adultes. Je sens ses baisers. Je l'entends me dire qu'il m'aime. Il a toujours été mon protecteur parce qu'il m'aime depuis qu'on s'est rencontrés.

La réalité et le passé s'entremêlent, et je ne sais plus ce qui est réel et ce qui ne l'est pas. Et puis Cayden presse ses lèvres contre les miennes. Il insuffle la vie en moi, je me souviens… je me souviens de tout.

Sois heureuse et ne regarde pas en arrière…

C'est ce que ma mère m'a demandé, et je ne la laisserai plus jamais tomber.

— Je… t'aime, parviens-je à marmonner, toujours perdue dans les souvenirs qui ont marqué le début de toute cette histoire.

Alors il me semble approprié de la terminer ici.

ÉPILOGUE

Un an plus tard

— Un peu plus sur la gauche. OK, stop. Non, encore un petit peu.

Cayden tourne la tête vers moi, son sourire creusant une fossette qui me donne l'impression de me prendre un coup de poing dans l'estomac. On pourrait penser que je m'y suis habituée. Mais non.

Ça fait un an que ma vie a changé pour toujours. Encore une fois. J'ai l'impression que mon existence entière a été jalonnée d'événements qui ont secoué mon monde au-delà de tout espoir. Mais me rappeler qui j'étais... ça, ça a tout changé.

Le jour où ma mère, Stella Lane, a sacrifié sa vie pour sauver la mienne, est un souvenir doux-amer. Tout m'est finalement revenu, mais j'ai payé le prix fort. Sa mort a poussé mes démons à refaire surface, et cette fois, ils avaient bien l'intention de m'emporter avec eux pour de bon.

Néanmoins j'ai refusé qu'elle soit morte en vain, parce que d'une façon ou d'une autre, à travers les ténèbres, tout m'est revenu. Les médecins ont dit que pour retrouver la mémoire, un petit rien suffisait parfois, mais dans mon cas, ça a été un événement dramatique.

Avec le choc, j'ai perdu connaissance, incapable de digérer le fait d'avoir vu ma mère mourir dans mes bras. Mais même dans la mort, Stella Lane m'a montré que tout ce qu'elle a fait, elle l'a fait pour moi.

Sois heureuse et ne regarde pas en arrière.

Ces mots m'ont aidée à nager dans les ténèbres et à vivre la vie que Stella souhaitait pour moi.

Les voix que j'ai entendues appartenaient à des agents de police, enfin, plus spécifiquement à l'inspecteur Parks. Il est arrivé sur la scène de crime en premier parce qu'il n'était jamais loin. Ses soupçons étaient fondés. On cachait quelque chose, et quand il a vu Will en sang sur le sol, il est devenu impossible de continuer à nier.

Cayden a blessé Will, mais ce n'est pas un tueur, même s'il avait voulu. Ils nous ont tous emmenés au poste, et après des semaines d'enquête, Cayden et moi avons été mis hors de cause. Will, en revanche, a eu ce qu'il méritait.

Un jury de huit hommes et quatre femmes l'ont déclaré coupable du meurtre de ma mère et l'ont condamné à la prison à perpétuité – là où est sa place. Sa sentence ne ramènera pas ma mère, mais savoir qu'il vit avec sa mort sur la conscience me réconforte.

Cette balle m'était destinée, mais ma mère m'a sauvée. Le monde sait quelle femme extraordinaire elle était. Bien sûr, ça ne la ramènera pas.

— Tu sais, tu pourrais le faire toi-même, dit Cayden, le marteau à la main.

— Je pourrais, confirmé-je en battant des cils. Mais j'aime bien mater tes fesses.

Il ouvre la bouche, prêt à répliquer, mais la referme aussitôt. Qu'est-ce qu'il pourrait bien répondre à ça ?

— C'est parfait ! lance une voix joyeuse, une voix que j'affectionne.

Lacey entre avec des plateaux de pizzas faites maison, me rappelant qu'on a un délai à respecter.

— Je vais t'aider, proposé-je en tendant mes mains vides.

Cayden lève ses magnifiques yeux au ciel.

— Donc tu veux bien aider ma sœur, mais pas moi ?

Lacey et moi tentons de masquer nos sourires, parce qu'on adore l'agacer.

— Je suis presque sûre qu'elle a aidé quand tu nous as aboyé dessus pour mettre une troisième couche de peinture. Ou quand tu as fait assembler ce bureau ergonomique tout tordu. Pour info, c'est un truc de vieux.

— OK, ça suffit, déclare Cayden avec un grand sourire.

— Tu devrais savoir, depuis le temps, que tu n'es pas de taille contre nous deux.

Avec arrogance, Lacey s'approche des marches du porche et de la bâtisse qu'on a tous construite de nos propres mains.

Comme je le disais, c'est une façon pour moi d'honorer ma mère. Elle n'aurait sans doute pas gagné le concours de la mère de l'année, mais elle a fait ce qu'elle pensait être le mieux. Et je n'aurais pas pu demander mieux.

— Lacey a raison. C'est parfait, dis-je en hochant la tête.

Je contemple le porche, sur lequel Cayden est en train de positionner une pancarte en bois.

— Tu es sûre ?

— Oui, je ne change plus d'avis. Vas-y.

Avec un sourire débordant d'amour, Cayden positionne le clou et l'enfonce d'un seul coup de marteau. Quand je vois le panneau accroché près de la porte, ma poitrine se remplit de fierté.

Les paroles de Stella sont immortalisées. Nous ne les oublierons jamais, ni nous ni aucune des personnes qui passeront cette porte. Elles m'ont sauvée et à présent, j'espère qu'elles pourront sauver le monde.

Sois heureux et ne regarde pas en arrière.

Ce sont les mots qui accueillent les gens qui viendront ici. Cayden et moi voyons enfin notre rêve devenir réalité, parce que devant moi se trouve un sanctuaire pour tous ceux qui en ont besoin. On a construit notre refuge, mais c'est un endroit pour tout le monde. Un endroit qui réunit le quartier, parce que nous sommes tous égaux. Comme nous l'avons toujours été.

— Tout va bien ? demande Cayden en descendant les marches pour venir à côté de moi.

— Oui.

Et je le pense vraiment.

Un morceau de moi sera toujours perdu, mais cet endroit va m'aider à guérir. La maison de quartier Stella Lane a été érigée en son honneur. Elle me rappelle que l'obscurité peut toujours être éclipsée par la lumière. Malgré les tragédies, nous refusons d'être des victimes, et nous ferons de notre mieux pour changer le passé en rendant le futur le meilleur possible.

— La presse devrait bientôt arriver, annonce Cayden en consultant sa montre.

Quand les médias ont entendu parler de notre histoire, et de ce qu'on avait l'intention de faire, tout le monde a voulu aider. Cayden étant le propriétaire d'une des plus grosses sociétés de construction de Caroline du Sud, on ne manquait pas d'outils. Mais tout le monde a voulu donner de sa personne pour rendre ce projet possible. Pour faire une différence.

Cet endroit aidera les gens à voir qu'ils ne sont pas seuls, quelles que soient les circonstances. L'histoire ne se répétera pas, grâce à Stella Lane.

— À quelle heure doit arriver Ellie ?

Cayden enroule son bras autour de mon ventre, et je savoure les souvenirs – anciens et récents.

— Hazel a dit vers 16 heures.

La gentillesse de Cayden ne connaît aucune limite. Il a pardonné à Hazel de s'être liguée avec son père. Mais d'une certaine manière, elle était aussi une victime, comme nous. Ce qui est justement la raison pour laquelle cet endroit sera utile. L'histoire ne se répétera pas. On fera tout notre possible pour que ce ne soit pas le cas.

— On ferait mieux de rentrer et de s'assurer que tout est prêt.

Toutefois aucun de nous ne bouge.

Je ne sais pas ce que nous réserve l'avenir. Mais je sais que mon passé a tracé le chemin, et avec Cayden, Ellie et Lacey à mes côtés, tout est possible. J'aime cet homme d'aussi loin que remontent mes souvenirs. Et apparemment, on se connaît depuis si longtemps qu'on pense à la même chose au même moment.

— C'est moi qui pousse, dit-il d'un air taquin, en déposant un tendre baiser sur ma joue.

Son toucher, son odeur, ce que je ressens quand je suis dans ses bras, ce sont toutes les raisons pour lesquelles je suis là. On se tourne tous les deux vers la balançoire, qui nous a fait monter dans le ciel et redescendre sur terre, tout comme le ruban rouge attaché au chêne.

Cayden glisse sa main dans la mienne, un geste qui me va droit au cœur, parce qu'il ne m'a jamais lâchée à travers toutes ces épreuves. Il est mon prince charmant éternel. Et moi sa Blanche-Neige pour toujours.

Mon conte de fées n'est peut-être pas parfait, mais c'est mon histoire… et c'est un conte que je n'oublierai jamais.

Plus jamais.

REMERCIEMENTS

Ma famille d'auteurs : Elle et Vi – je vous aime énormément toutes les deux.

Mes parents qui me soutiennent toujours. Vous êtes les meilleurs. Je suis qui je suis grâce à vous. Je vous aime. Repose en paix, papa. Je ne t'oublierai jamais. Tu es dans mon cœur. Pour toujours.

Mon agent, Kimberley Brower, de Brower Literary & Management. Merci pour ta patience, tu es exceptionnelle.

Mon éditrice, Jenny Sims. Que puis-je dire d'autre à part JE T'AIME ! Merci pour tout. Tu fais tellement pour moi.

Ma relectrice, Rumi Khan, tu es incroyable !

Sommer Stein, tu as tout déchiré avec cette couverture ! Merci d'être si patiente et de rendre tout le processus aussi amusant. Je suis désolée de t'embêter tout le temps.

Mon attachée de presse, Danielle Sanchez de Wildfire Marketing Solutions. Merci pour toute ton aide.

À tous les blogs qui me soutiennent depuis le premier jour… vous avez changé ma vie.

Mes bookstagrammers, votre créativité m'abasourdit. Vos efforts sont incroyables. Merci pour les posts, les teasings, le soutien, les messages, l'amour… TOUT ! Je vois tout ce que vous faites, et je vous en suis tellement, tellement reconnaissante.

Mon équipe d'édition, vous êtes les meilleurs ! Merci de votre soutien.

Mon groupe de lecteurs, un énorme bisou à tous.

Samantha et Amelia, je vous adore.

Mes bébés poilus, maman vous aime tant ! Dacca, je sais que tu traînes avec Jaggy, Dina, Niknja et papa.

À tous ceux que j'ai oubliés, pardon. Ce n'était pas intentionnel.

Pour finir, un dernier merci, mais pas des moindres, à VOUS ! Merci de m'avoir accueillie dans vos cœurs et vos maisons. Mes lecteurs sont les MEILLEURS de tout l'univers ! Je vous aime tous !

PEFC
10-31-3532

www.editions-alter-real.com
ISSN : 2646-6899
Dépôt légal : novembre 2025
Imprimé en France.
ALTER REAL (SARL PROVEXIM) bénéficie du soutien de la Région Centre-Val de Loire, de l'État (DRAC Centre-Val de Loire) et de Ciclic dans le cadre de l'aide aux entreprises d'édition imprimée ou numérique.